Gigi Pandian

Geister der Vergangenheit

Gigi Pandian

DIE UNGLAUBLICHEN FÄLLE DER ZOE FAUST

GEISTER DER VERGANGENHEIT

Roman

Aus dem Amerikanischen
von Michaela Link

PIPER

Von Gigi Pandian liegen im Piper Verlag vor:
Alchemistin wider Willen. Die unglaublichen Fälle der Zoe Faust 1
Geister der Vergangenheit. Die unglaublichen Fälle der Zoe Faust 2

Unser Versprechen für mehr Nachhaltigkeit
Klimaneutrales Produkt
FSC®-zertifiziertes Papier
Hergestellt in Europa

FSC
www.fsc.org
MIX
Papier | Fördert gute Waldnutzung
FSC® C083411

Deutsche Erstausgabe
ISBN 978-3-492-70772-5
2. Auflage 2023

Titel der amerikanischen Originalausgabe:
»The Masquerading Magician«, Gargoyle Girl Productions 2016

Redaktion: Antje Steinhäuser
Satz: Satz für Satz, Wangen im Allgäu
Gesetzt aus der Arno Pro
Druck und Bindung: CPI Books GmbH, Leck
Printed in the EU

Für die Krankenschwestern bei der Chemo,
die den Krebs zerstören
und neuen Lebensmut wecken

1

Persephones und Prometheus' Phantasmagoria:
Eine klassische Zaubershow in der modernen Welt.

Das riesige Plakat war im Stil der Anschläge für Bühnenmagie im viktorianischen Zeitalter gehalten. Zwei Gestalten standen einander zugewandt am linken und rechten Rand einer Bühne, die größere in Frack und Zylinder, die kleinere, koboldhafte in einem roten Teufelskostüm. Die größere Gestalt im Frack deutete mit einem Zauberstab nach oben auf eine ätherische, schwebende Figur. Der teuflische Mann hielt einen Feuerball in der Hand.

Lächelnd ging ich Hand in Hand mit Max durchs Foyer des Theaters. Seit der viktorianischen Ära hatte sich manches verändert. Der Magier im Frack auf dem Plakat war eine Frau. Prometheus und Persephone waren ein Ehepaar und traten als Zauberkünstlerpaar gleichberechtigt auf.

Ihr Stil erinnerte mich stark an ein Plakat des Königs der Karten, Howard Thurston, und an den großen Charles Carter. Beide hatten mit ihrer Werbung und bei ihren Aufführungen mit Bildern von Geistern und Teufeln den Eindruck erwecken wollen, dass sie Magier waren und imstande, die Geisterwelt zu beherrschen. Das

Ambiente fühlte sich beinahe an wie im nagelneuen Palais-Royal, einem Theater in Paris, auf dessen Bühne Jean Eugène Robert-Houdin 1845 seine genialen mechanischen Erfindungen und meisterhaften Taschenspielertricks gezeigt hatte. Wir befanden uns hier zwar in einem kleinen Theater in der Nähe des Mount Tabor in Portland, über hundertfünfzig Jahre später. Aber beim Anblick dieses Plakats fühlte ich mich in der Zeit zurückversetzt.

Und ich musste es schließlich wissen, denn ich hatte vor über einem Jahrhundert Robert-Houdins Aufführung besucht.

Nur dem äußeren Schein nach war ich eine junge Frau von Ende zwanzig mit trendig weiß gefärbtem Haar, und meinen Namen – Zoe Faust – habe ich auch nicht, wie ich andere gern glauben lasse, zu Ehren meiner Großmutter erhalten. In Wahrheit war ich, lange bevor ich vor drei Monaten ein heruntergekommenes Haus in Portland in Oregon gekauft hatte, in Salem in Massachusetts auf die Welt gekommen. Im Jahr 1676. Ein Schauder überlief mich, als mich eine Erinnerung an einen anderen Ort und eine andere Zeit überfiel. Lässig gekleidete Bewohner Oregons mit Handys in den Taschen verwandelten sich in förmlich gewandete Mitglieder der besseren Gesellschaft, die sich ein Leben lang an diese Vorstellung erinnern würden.

Atme, Zoe.

Ich ermahnte mich selbst, dass es kein enges Korsett war, das meine Atmung behinderte, sondern meine eigene Nervosität. Ich hatte gedacht, dass die Premiere heute Abend die perfekte Gelegenheit wäre, ein wenig Zeit mit Max zu verbringen, nachdem er fort gewesen war. Aber konnte ich mir in seiner Gesellschaft trauen? Ich durfte ihm die Wahrheit über meine Vergangenheit nicht offenbaren, so gern ich das auch getan hätte. Vielleicht war das hier eine furchtbar schlechte Idee gewesen.

Max zog mich zu der Frau hinüber, die die Eintrittskarten kontrollierte. Hinter uns hatte sich eine Schlange gebildet. Ich warf einen letzten Blick auf das vom Boden bis zur Decke reichende Plakat im Foyer. Obwohl es dem Maler wunderbar gelungen war, das geisterhafte Gefühl der ersten Phantasmagoria-Aufführungen einzufangen, bis hin zu künstlich vergilbten Rändern, gab es eine Ergänzung aus dem 21. Jahrhundert: Quer über den unteren Rand gezogen war ein grellgelber Streifen mit einer Warnung an die Theaterbesucher, dass jeder Versuch, die Aufführung mit Handys oder anderen Geräten aufzunehmen, mit einem Verweis aus dem Theater geahndet würde.

Ich hatte keine Zeit, weiter darüber nachzudenken, ob dieser Besuch heute Abend hier ein Fehler war. Denn kurz nachdem wir unsere Plätze gefunden hatten, erlosch das Licht. Die dramatische Ouvertüre von Carl Orffs *Carmina Burana* ertönte aus den Lautsprechern in der Decke. Die Musik ließ den Geist der Ära aufscheinen, die heraufbeschworen werden sollte, obwohl sie erst in den 1930er-Jahren komponiert worden war. Ein Funke flammte in der hinteren Ecke der dunklen Bühne auf. Zuerst war er kaum wahrnehmbar, aber einen Moment später loderten Flammen auf der Bühne.

Eine Welle des Raunens und der unterdrückten Ausrufe wogte durch die Reihen des Theaters. Max riss den Kopf herum, vermutlich auf der Suche nach dem Feueralarm.

»Entspann dich«, flüsterte ich.

»Auf keinen Fall ist dieses kleine Theater für ein derartiges Feuer sicher genug«, flüsterte er zurück. »Wir müssen …«

»Es ist nur eine Illusion.« Ich legte ihm eine Hand auf den Arm. »Versprochen.«

Max' Reaktion überraschte mich nicht. Ganz gleich, ob er als Detective im Dienst war oder nicht, er fühlte sich immer für andere verantwortlich. Jetzt lehnte er sich wieder in seinem Sitz zurück und warf mir ein verlegenes Lächeln zu, bevor er seine Aufmerksamkeit erneut auf die Bühne richtete.

Die Flammen loderten in einer fortlaufenden Reihe auf, wie fallende Dominosteine. Aus dem winzigen Funken, der in einer Ecke der Bühne aufgeglommen war, wurde jetzt ein ausgewachsenes Feuer, das der Linie eines Seils folgte. Das Seil war kurz zuvor auf dem Boden der Bühne aufgetaucht. Dann rasten die Flammen auf einmal bis zur Decke, als würden sie gejagt, und sprangen auf ein herabhängendes Spinnennetz aus Seilen über. Die Flammen folgten dem gewebten Netz und zeichneten das kunstvolle Muster nach wie tollwütige Mäuse in einem Labyrinth.

Ich atmete tief ein und überzeugte mich davon, dass dies tatsächlich nur eine Illusion war. Ich roch kein Feuer. Rauch und Spiegel. Oder genauer gesagt: Glas und Lichter.

Als sich die falschen Flammen der Mitte des Netzes näherten, das über dem hinteren Teil der Bühne aufgespannt war, schwoll die Musik an und fand ihren Höhepunkt in einem kräftigen Zimbelschlag, sobald das Feuer die Mitte erreichte.

»Meine Damen und Herren«, ertönte eine körperlose Frauenstimme von irgendwo abseits der Bühne. »Diese Vorführung des Feuers ist das Werk des Prometheus. Aber keine Angst. Ich weiß, wie ich mit ihm umgehen muss.«

Die illusorischen Flammen erloschen so abrupt, als hätte sich eine Flutwelle über die Bühne ergossen. Ein kleiner Mann in einem leuchtend roten Frack und mit stacheligem, rotem Haar, das züngelnden Flammen ähnelte, betrat die leere Bühne.

»Persephone«, sagte er mit kräftigerer Stimme, als sein schmaler Körperbau es hätte vermuten lassen. »Du bist eine Spielverderberin.« Er wandte sich dem Publikum zu, dann legte er eine Hand seitlich an den Mund, als wolle er beiseitesprechen, ohne auf der Bühne gehört zu werden. »Achten Sie gar nicht auf sie. Aber seien Sie auch nicht zu hart mit ihr. Ich wäre auch mürrisch, wenn ich in der Unterwelt leben müsste.«

Er wandte sich der Dunkelheit abseits der Bühne zu, aus der

die Frauenstimme gekommen war. Ich wusste, dass er wollte, dass wir dort hinschauten, also schaute ich woanders hin, um herauszubekommen, was uns als Nächstes erwartete. Ich legte den Kopf in den Nacken und sah zu den Scheinwerfern über der Bühne auf. Und erstarrte.

Es war definitiv ein Fehler gewesen, heute Abend hierher zu kommen.

Prometheus wandte dem Publikum den Rücken zu, aber meine eigenen Blicke flogen zurück zu dem Laufsteg über der Bühne, und ich umklammerte die Armlehnen. Ich konnte nicht glauben, was ich da sah. Nein, falsch. Ich glaubte es absolut. Ich *wollte* es nicht glauben.

Max beugte sich zu mir und flüsterte mir ins Ohr: »Was ist los? Hast du dich geirrt, und das ist doch keine Illusion?«

Ich schüttelte den Kopf. »Ist nur meine Fantasie«, wisperte ich. Ich zwang mich, den Blick von dem Steg loszureißen. Wegzuschauen von Dorian. Es konnte sehr heikel werden, wenn ich Aufmerksamkeit auf den Eindringling lenkte.

Mein Freund stand im Schatten hoch über der Bühne und beobachtete die Vorstellung von oben wie Quasimodo oder das Phantom der Oper. Ihm fehlten zwar nicht die Mittel, um sich eine Eintrittskarte leisten zu können. Aber Dorian Robert-Houdin durfte sich in der Öffentlichkeit nicht zeigen. Er war ein Gargoyle und einst aus Stein gehauen worden. Vor über hundertfünfzig Jahren war er zum Leben erweckt worden, und zwar von Jean Eugène Robert-Houdin, dem »Vater der modernen Magie«. Der Mann hatte den Gargoyle nicht nur mechanisch zum Leben erweckt, sondern weit umfassender, als irgendjemandem klar war.

Was denkt Dorian sich nur dabei? Was, wenn ihn jemand sieht?

Ich verspürte einen überwältigenden Drang, ihn zu beschützen. Sollte ich eingreifen? Was konnte ich tun? Er und ich waren beide Außenseiter und Sonderlinge und mussten damit klarkommen, dass wir durch Alchemie unsterblich waren. Ich hatte versehentlich das größte Geheimnis der Alchemie entdeckt, das Elixier des Lebens, damals, an der Wende zum 18. Jahrhundert. Die folgenden Jahre waren erfüllt gewesen von qualvollem Schmerz wegen des Verlustes der Menschen, die ich geliebt hatte, aber mich hatte auch nicht zu überbietendes Glück über die Zeit erfüllt, die ich mit ihnen hatte verbringen dürfen. Im letzten Vierteljahr waren Max und Dorian schnell sehr wichtig für mich geworden. Wie konnte ich mit Dorian umgehen, ohne Max auf die Existenz eines lebendigen Gargoyles aufmerksam zu machen?

Ich sah mich im Theater um. Das Klopfen meines Herzens klang in meinen Ohren genauso laut wie die Zimbeln, die gerade eben erklungen waren. Mein Herzklopfen ließ ein ganz klein wenig nach, als mir klar wurde, dass niemand sonst den gut einen Meter großen Gargoyle bemerkt hatte, der das Geschehen von oben verfolgte. Aller Augen waren auf die Bühne gerichtet. Gott sei Dank fesselte die unterhaltsame Darbietung die Aufmerksamkeit des Publikums. Jedenfalls bisher. Prometheus sprach noch immer und setzte das leichtgängige Geplapper fort, das ein erfolgreicher Bühnenmagier unbedingt beherrschen muss. Im Hintergrund erklangen weiter die *Carmina Burana,* und ihre dramatischen Gesänge nährten auf effektive Weise die Spannung, aber die Lautstärke wurde zurückgenommen, wenn der Magier sprach.

Ich riss den Blick von Dorian los, als eine Frau in schwarzem Frack auftauchte. Sie verschränkte die Arme vor der Brust, zog eine mit Theaterschminke nachgezogene Augenbraue hoch und sah Prometheus an.

Mit ihren schwarzen, hochhackigen Lackschuhen, die im Scheinwerferlicht glänzten, war sie größer als eins achtzig. Statt des typischen Trikots oder Abendkleides, das man bei den meisten Frauen in einer Zaubervorführung auf der Bühne erwartete, trug sie einen figurbetont geschnittenen Frack, dessen Schöße ihr bis zu den Knien reichten. Ihre glänzend braunen Locken trug sie zu den akkurat gelegten Wellen frisiert, die in den 1920er-Jahren so populär gewesen waren, und ihre leuchtend rot geschminkten Lippen stachen aus ihrem blassen Gesicht hervor. Einem attraktiven Gesicht nach den damaligen Maßstäben. Sie wirkte selbstbewusst und unerschütterlich, aber mit ihrem Zylinder in den Händen gleichzeitig wie die fleischgewordene Eleganz.

»Ich bin Persephone«, erklang ihre klare Stimme. »Vielleicht haben Sie von mir gehört. Ich bin die Königin der Unterwelt. Aber keine Sorge. Ich bin auch die Göttin des Frühlingserwachens. Wir griechischen Götter sind schwer einzuordnen. Ich weiß. Da diese Woche Frühlingsanfang ist, werden Sie heute Abend eine wohlwollende Persephone erleben. Es ist Prometheus, vor dem Sie sich in Acht nehmen müssen. Aber ich werde Sie vor seiner Neigung zur Brandstiftung beschützen.«

»Sie dramatisiert ganz schön, nicht wahr?«, bemerkte Prometheus, der jetzt ins Scheinwerferlicht trat. Wenn es je ein Duo voller Gegensätze gegeben hatte, dann waren es die beiden Gestalten auf der Bühne. Während Persephone groß und mächtig erschien, war Prometheus ein Winzling von einem Mann. Wenn auch nicht zerbrechlich. Selbst von meinem Platz in den hinteren Reihen konnte ich erkennen, dass er den geschmeidigen Körper eines Akrobaten hatte. Das war gut. Das Publikum sollte ihn im Auge behalten, statt den Blick schweifen zu lassen – und statt nach oben zu schauen.

»Ich warne dich, Prometheus«, sagte Persephone. »Keine Feuerspiele für diese guten Leute heute Abend. Sie sind hergekommen, um sich eine klassische Zaubershow anzusehen. Ich werde sie mit meiner Taschenspielerkunst beeindrucken.«

Prometheus schnippte mit den Fingern. Ein Knacken ertönte, das weitaus lauter war als das Schnippen, und eine Flamme schoss aus seinen Fingerspitzen. Gleichzeitig wogten lodernde Flammen durch den Stängel einer eingetopften Fenchelpflanze weiter hinten auf der Bühne. Die Flammen züngelten nach oben.

Es war nur eine Frage der Zeit, bevor die Zuschauer im Publikum hochblickten und Dorian sahen.

Wenn er entdeckt wurde, würde er dann so klug sein, sich vollkommen reglos zu halten und so zu tun, als sei er ein steinerner Gargoyle, der zum Scherz dort platziert worden war? Oder würde er versuchen wegzulaufen? Ich hoffte, dass es nicht Letzteres sein würde. Dorian war nicht mehr das flinke Geschöpf, das er einst gewesen war. Sein Körper versteinerte langsam wieder. Dieser Abend war für mich eine seltene Pause von meinen Nachforschungen und Experimenten zu den Geheimnissen aus *Non Degenera Alchemia – Nicht unwahre Alchemie –*, dem Buch, von dem Dorian hoffte, dass es ihm das Leben retten konnte. Er hatte sich als blinder Passagier in einer Kiste von Frankreich herschicken lassen, nur um mich aufzusuchen, aber drei Monate meiner alchemistischen Arbeit hatten nur magere Resultate geliefert. Nach so vielen Jahrzehnten, in denen ich mein Talent verleugnet hatte, verleugnete mein Talent jetzt mich.

Ich hatte eine schnelle Lösung entdeckt, einen Aschetee, der seinen Verfall vorübergehend umkehrte. Aber es war mir nicht gelungen, eine dauerhafte Lösung zu finden, und meinen Freund erwartete ein Schicksal, das viel schlimmer war als der Tod. Schon bald würde Dorian hellwach sein, aber gefangen in einem reglosen, steinernen Körper – und ich wusste nicht, ob dieser Zustand umkehrbar sein würde.

Ich warf einen weiteren verstohlenen Blick auf den Gargoyle. Er hockte nicht mehr reglos da. Ich stieß einen Seufzer der Erleichterung aus, als ich sah, wie er sich zentimeterweise langsam über den Steg zur Seitenbühne hin vorarbeitete. Zumindest versuchte er es. Eine seiner Krallen verklemmte sich in dem metallenen Gitterwerk. Es war der Fuß, der ihm Probleme bereitete. Er zog mit beiden Händen an seinem Bein. Meine Brust schnürte sich zusammen, als ich sah, was passierte.

Dorian ruderte mit seinen krallenbewehrten Händen und verlor das Gleichgewicht. Ich umklammerte die Armlehne und erwartete, ihn vor über hundert Zuschauern auf die Bühne fallen zu sehen.

2

Auf der Bühne flackerten und wuchsen Prometheus' illusorische Flammen. Hoch oben ruderte Dorian wild mit den Armen. Ich hielt den Atem an und suchte nach einer schnellen Möglichkeit, die Zuschauer abzulenken und daran zu hindern, den gut einen Meter großen Gargoyle zu bemerken, der auf die Bühne zu stürzen drohte.

Bevor ich handeln konnte, bekam Dorian eine metallene Stange zu fassen und hielt sich fest. Er stand vollkommen reglos da. Wenn jemand aufschaute, würde der Betreffende vermuten, dass er einfach ein steinerner Gargoyle war. Eine Steinmetzarbeit, die dem »Denker-Gargoyle« auf Notre-Dame in Paris ähnelte, mit hinter seinen breiten Schultern gefalteten Flügeln und kleinen Hörnern, die aus seinem Kopf ragten. Eine solche Statue war zwar eine seltsame Wahl als Dekoration für einen Beleuchtungssteg, aber alle wussten, dass Theaterleute ein exzentrisches Völkchen waren, nicht wahr?

Ich schluckte hörbar. Wie konnte er überhaupt so dumm sein, hierher zu kommen? Dorian wusste, wie wichtig es war, sich nicht sehen zu lassen. Es war schwierig genug, seine Existenz geheim zu halten, auch ohne dass er über dem Publikum einer ausverkauften Vorstellung auftauchte.

Aber ich verstand seinen Impuls auch. Der Gargoyle hatte Heimweh. Er konnte der Verlockung einer Zaubershow nicht widerstehen, deren Plakate eine klassische Vorstellung annoncierten, die eher an die Belle Époque von Paris erinnerte als an die Dotcom-Ära von Las Vegas.

Persephone zeigte mit einem rot lackierten Fingernagel auf Prometheus. Die Flammen im Fenchel erloschen. Wie ein Phönix, der sich aus den Flammen erhebt, wenn er sich erneuert hat, spross aus Prometheus' Kopf ein metallener Baum und bohrte sich durch sein stacheliges Haar mit den dunkelroten Spitzen. Der Baum reckte sich empor, und grüne Blätter tauchten daran auf.

»Was machst du da?«, stotterte Prometheus und hielt sich den Kopf, als würden ihm die Baumwurzeln Schmerzen bereiten, während die Metalläste weiter wuchsen. »Feuer soll Tod und Zerstörung bringen, nicht *Erneuerung.*«

»Hängt nicht alles miteinander zusammen?«, versetzte Persephone. »Dein Feuer hat die Erde genährt, damit dieser Baum daraus wachsen konnte. Das ist dein eigenes Werk.«

Prometheus stöhnte, während der mechanische Baum langsam, aber methodisch weiterwuchs, bis er dreißig Zentimeter hoch war. Prometheus schüttelte den Kopf, woraufhin einige der falschen Blätter auf den Bühnenboden fielen. Anstelle der Blätter wuchs eine Orange. Persephone ging mit flatternden Rockschößen ihres schwarzen Fracks über die Bühne, dann pflückte sie die Orange von dem jetzt circa sechzig Zentimeter hohen Baum, der auf dem Kopf ihres Partners prangte. Diese Illusion war eine, die Jean Eugène Robert-Houdin kreiert hatte – wie auch Dorian begriffen haben musste. Deshalb waren wir bei der Premiere hier anwesend. Ich wollte eine klassische Zaubervorstellung sehen wie die, die mir aus einer fernen Vergangenheit in Erinnerung geblieben waren, aus einer glücklichen Zeit, die viel zu kurz gewesen war. Ich konnte Dorian keinen Vorwurf daraus machen, dass er das Gleiche wollte, vor allem da der Gargoyle dem großen Magier näherstand als irgendjemand sonst.

Die Plakate hatten nicht zu viel versprochen. Die Spannung hier war viel subtiler als bei den meisten modernen Shows, die ich gesehen hatte, und sie baute sich langsam auf und fesselte unsere Aufmerksamkeit mit Erstaunlichem, statt sie mit Glamour zu fordern.

Natürlich konnte ich meinem Date nicht erzählen, dass ich den Bühnenzauber tatsächlich in der Ausführung seines Erfinders gesehen hatte, und zwar vor weit über einem Jahrhundert.

Vielleicht war es doch eine schlechte Idee gewesen, heute Abend herzukommen. Vielleicht war *alles* eine schreckliche Idee gewesen.

Doch darüber konnte ich mir jetzt nicht den Kopf zerbrechen. Ich hatte zu große Angst, jemand würde Dorian sehen. Ich spürte den warmen Druck des schweren, goldenen Medaillons, das ich an einer Kette um den Hals trug. Ich durfte nicht zulassen, dass das passierte. *Nicht noch einmal.*

Es waren Augenblicke wie dieser, in denen ich mir töricht vorkam, weil ich gedacht hatte, ich könnte hier in Portland ein normales Leben führen. Aber ich hatte es so satt, wegzulaufen. Es schien zu gut, um wahr zu sein, dass ich hier eine Gemeinschaft gefunden hatte, zu der ich gehörte. Genau wie die Begegnung mit einem Mann, dessen Talent als Kräutergärtner mit meinem konkurrieren konnte und der obendrein gut aussah und faszinierend war. Max Liu war aus demselben Grund gefährlich, aus dem er nicht gefährlich war. Gleichzeitig reizvoll und sicher. Ein rationaler Detective, der von seiner Großmutter, einer Kräuterhändlerin in China, unterrichtet worden war. Er war Anfang vierzig und ledig nach dem Tod seiner Frau vor Jahren. Ihr Verlust hatte dazu geführt, dass er sein Leben in der Gegenwart lebte, statt in der Vergangenheit, und seine Erfahrungen trieben ihn dazu, jedwede Gespräche über die

Vergangenheit zu meiden. Das war einer der Gründe, warum es leicht war, Zeit mit ihm zu verbringen. Er drängte mich nicht, mich zu öffnen und von einer Vergangenheit zu erzählen, die er niemals verstehen würde, was ich auch sagen mochte.

Aber ich wusste, dass das mit Max und mir langfristig niemals funktionieren würde, denn selbst wenn er mich als die akzeptierte, die ich war, würde er weiter auf natürliche Weise altern, ich dagegen niemals. Doch ich konnte mir vorstellen, mich behaglich zusammen mit ihm im Leben einzurichten, mit ihm und den vielen Freunden, die ich hier in kurzer Zeit gefunden hatte.

Persephone scherzte mit den Zuschauern, während sie die Orange schälte, die sie von dem wundersamen Orangenbaum gepflückt hatte. Dies war keine so kunstvolle Illusion wie Robert-Houdins Original, aber das Publikum war wie gebannt. Persephone warf die geschälte Orange in das Publikum. Ein junger Mann, den ich kannte, fing die Frucht auf.

»Sie ist echt!«, rief er und hielt die Orange hoch.

Brixton, ein Nachbarsjunge, besuchte die Vorstellung zusammen mit seinen Freunden, und sie saßen mehrere Reihen vor Max und mir. Dorian hatte uns beide neugierig auf das klassische Zauberstück gemacht, und Brixton hatte Ethan und Veronica, seine Freunde, dazu überredet, die Vorstellung mit ihm zu besuchen.

Der vierzehnjährige Brixton war der einzige Mensch in Portland, der von meinem und Dorians Geheimnis wusste. Es war nicht absichtlich passiert, und ich hatte mir zu Anfang schreckliche Sorgen deswegen gemacht, bis Ereignisse in diesem Winter Brixtons Loyalität zementierten. Zuerst hatte er versucht, Ethan und Veronica davon zu überzeugen, dass er tatsächlich einen lebenden Gargoyle gesehen hatte, aber das lag lange hinter uns. Hoffte ich jedenfalls.

»Darf ich fragen«, sagte Persephone, »ob heute Abend jemand hier ist, der gern versuchen würde, vor Prometheus' Trickserei zu fliehen? Ich kann Sie in die Unterwelt schicken, wo Sie in Sicherheit sein werden.« Sie ging auf der Bühne auf und ab, und das Rampenlicht folgte ihren bedächtigen Schritten. »So früh am Abend sind die Geister nur stark genug, um einen von Ihnen zu tragen. Ich werde mein Bestes tun, um den Rest von Ihnen zu beschützen. Ein Freiwilliger?«

»Brixton meldet sich freiwillig!«, rief Ethan und hob Brixtons Arm für ihn hoch. Brixton riss den Arm zurück und funkelte Ethan an.

»Vielen Dank, meine jungen Freunde«, warf Prometheus ein, »aber ich muss in diesen modernen Zeiten bedauerlicherweise auf einem Freiwilligen bestehen, der mindestens achtzehn ist.« Der mechanische Orangenbaum war inzwischen von seinem Kopf verschwunden. Ich konnte ihn nirgends sehen. Wir hatten alle Persephone unsere ganze Aufmerksamkeit geschenkt.

»Wie wär's mit jemandem, der eher den achtzig nahe ist?« Ein Spot folgte der Stimme und ruhte schließlich auf zwei älteren Männern. Ein bulliger Typ mit weißem Haar und buschigen, schwarzen Brauen grinste und zeigte auf seinen Freund, einen schmächtigen Übriggebliebenen der Hippiezeit in einem weißen, kragenlosen Hemd und mit langem, ebenfalls weißem Haar, das er zu einem Pferdeschwanz gebunden trug.

Persephone holte den kleineren der beiden Männer auf die Bühne und fragte ihn nach seinem Namen.

»Wallace«, stellte er sich mit einer Gelassenheit vor, die mir auf der dramatischen Bühne deplatziert erschien. »Wallace Mason.« Er trug das Baumwollhemd, das in indischem Stil gehalten war, über verwaschenen Jeans und Sandalen. Während die meisten Zuschauer sich herausgeputzt hatten, wirkte er wie jemand, für den der bestickte Halsausschnitt seines Hemdes fein genug für jede Gelegenheit war.

Persephone setzte das unbeschwerte Geplauder mit dem Publikum fort, und der Scheinwerfer blieb auf sie gerichtet, während Prometheus den Mann vorbereitete. Eine Minute später flackerten die Scheinwerfer. Dabei stieg mir ein beißender Geruch in die Nase.

»Die Geister sind so weit«, verkündete Persephone. »Sie werden meinen Freund hier über den Äther in Sicherheit bringen.« Sie hob die Arme, und Wallace Mason begann zu schweben. Sein weißes Haar löste sich aus seinem Pferdeschwanz und wallte über seine Schultern. Als seine Füße sich von der Bühne lösten, erschien über seiner Kleidung das Bild eines wallenden Abendkleides. Die Zuschauer lachten.

»Verzeihen Sie den Geistern«, bat Persephone. »Sie denken, dass Frauen es am ehesten wert sind, gerettet zu werden.«

Ich wusste, was da passierte. Im Lauf der Jahre hatte ich verschiedene Versionen der Illusion der schwebenden Dame gesehen. Sie alle verlangten, dass jemand – oder vielmehr sein Bild – hoch über der Bühne in der Luft hing. Bedauerlicherweise war es die Illusion, die fast sicher zu Dorians Entdeckung führen würde. Irgendeiner der Zuschauer musste ihn garantiert bemerken.

Im Theater herrschte plötzlich Dunkelheit. Es war nur noch die geisterhafte, schwebende Gestalt eines verwirrten Mannes sichtbar – und für jeden, der aufschaute, der schockierte Gargoyle über ihm.

Ein Raunen ging durch die Menge. Ich sah hinter mich, um herauszufinden, was die Menschen sich ansahen. Als ich den Blick wieder hob, war Dorian verschwunden.

Ich hielt links und rechts Ausschau nach dem Gargoyle. Da keine schwere, steinerne Skulptur auf die Bühne oder ins Publikum gekracht war, musste Dorian es geschafft haben, seinen Fuß zu befreien und in Sicherheit zu huschen. Ich hatte mir seine Anwesenheit hier doch nicht etwa eingebildet, oder?

Max legte mir eine Hand auf den Arm. »Keine Sorge«, flüsterte er. »Er wird schon nicht fallen.«

Ich erstarrte, aber dann begriff ich, dass Max nicht über den verschwundenen Gargoyle sprach, sondern über den Freiwilligen, der über der Bühne schwebte.

»Ich bin nur müde«, erwiderte ich ebenfalls flüsternd. Max wusste, wie hart ich in letzter Zeit arbeitete. Er glaubte, ich sei mit meinem Job beschäftigt und mit der Instandsetzung meines baufälligen Hauses, nicht jedoch damit, Dorian das Leben zu retten. Das Belügen der Menschen, die einem am nächsten stehen, ist ein Preis, den man für Unsterblichkeit zahlen muss.

Ich zwang mich, meine Schultern zu lockern. Sobald Max' Aufmerksamkeit wieder auf der Illusion ruhte, schaute ich auf, zu der Stelle, wo ich kurz zuvor Dorian gesehen hatte. Es war nach wie vor kein Gargoyle da. Nur das geisterhafte Bild des Freiwilligen in einem auf seinen Körper projizierten Abendkleid. Wallace Masons schwebendes Bild erreichte den Steg – und verschwand in den Äther.

Wieder erlosch das Licht. Einen Moment später standen Prometheus und Persephone mitten auf der Bühne, den Freiwilligen zwischen sich. Die Magier ergriffen seine Hände und hoben die Arme über ihre Köpfe, und dann verbeugten sie sich tief. Ich klatschte begeistert in die Hände, und mein Applaus galt ebenso Dorians Flucht wie der Illusion.

Während der kurzen Pause entschuldigte ich mich, um die Toilette aufzusuchen, obwohl ich mich in Wahrheit davon überzeugen wollte, dass von Dorian nicht die kleinste Spur zu sehen war. Ich kannte ihn, daher wusste ich auch, an welchen Orten er sich gern versteckte. Dieses Theater hatte keinen Rang, daher ging ich in die angrenzende Gasse, sah ihn aber auch dort nicht. Schließlich raffte ich mein Kleid und kletterte über die Feuerleiter aufs Dach. Auch dort keine Spur von ihm. Ich hatte ihn immer noch nicht gefunden, als die Klänge von Akkordeonmusik durch die Luftschächte emporwehten und signalisierten, dass es Zeit war, auf unsere Plätze zurückzukehren. *Wo ist Dorian?* Ich erreichte meinen Platz genau in dem Moment, als das Licht ausging.

»Ich wünschte wirklich, du würdest dein Handy anlassen«, sagte Max leicht verärgert.

»Hast du die Zeichen in der Lobby nicht gesehen? Auf die Benutzung eines Handys hier steht die Todesstrafe.«

Das entlockte ihm zumindest ein Lächeln.

Während der restlichen Aufführung erzählten die Magier die Geschichte von Persephones Kräften als Göttin des Frühlingserwachens, die die Fähigkeit besaß, die Toten ins Leben zurückzuholen. Eine gute Geschichte ist eins der Geheimnisse einer erfolgreichen Zaubervorstellung. Illusionen sind lediglich Tricks, wenn sie keine Geschichte erzählen. *Persephones und Prometheus' Phantasmagoria* war ein düsteres Märchen. Die Magier wussten, wie sie ihr Publikum dort hinführen konnten, wo sie es haben wollten. Ich wünschte, ich hätte mich entspannen und die Vorstellung genießen können.

Als die Bühne am Ende der Vorstellung im Dunkel versank, wandte ich mich Max zu und versuchte, mir auszudenken, wie ich mich entschuldigen konnte, um nach meinem Gargoyle zu suchen.

Max und ich hatten uns in diesem Winter kennengelernt, und zwar genau an dem Tag, an dem ich nach Portland gezogen war. Jetzt begann der Frühling, und Max hatte das Erblühen der ersten Blumen verpasst, während er außer Landes gewesen war, um in China den hundertsten Geburtstag seines Großvaters zu feiern. Vor einigen Wochen war er verändert zurückgekehrt und behauptete, er sei bei der Arbeit mit einem Fall beschäftigt gewesen. Ob das aber alles war, was dahintersteckte? Der Besuch dieser Zaubervorstellung war unser erstes Date seit über einem Monat. Aber wenn Dorian irgendwo in der Klemme steckte wegen seines unbeweglichen versteinerten Beins und es nicht nach Hause schaffen konnte …

»Wie wär's, wenn ich uns bei mir eine Kanne Tee koche«, schlug Max vor. »Ich habe aus China einen Oolong-Tee mit einem Aroma mitgebracht, das die perfekteste Mischung aus Pfirsichen und Honig besitzt, die mir je begegnet ist.«

Die Wärme in seinen dunkelbraunen Augen, als er über eine seiner Leidenschaften sprach, ließ mich Dorian für einen Moment vergessen. Max' glattes, schwarzes Haar fiel ihm schräg über Stirn und Brauen. Der leicht vernachlässigte Eindruck war sexy, aber passte nicht zu ihm. Was war in China passiert?

»Ich bin sehr müde«, antwortete ich. »Ich weiß, wir hatten noch keine große Chance, miteinander zu reden …«

»Ja, du warst während des halben Abends mit den Gedanken woanders.«

»Tut mir leid, Max. Ich …«

»Ist schon gut, Zoe«, unterbrach er mich mit einem Lächeln, das seine Augen nicht erreichte. »Außerdem leide ich wegen eines Falls, an dem ich arbeite, ebenfalls an Schlafmangel.«

Ich schaute auf das grüne Seidenkleid hinab, das ich seit Jahren nicht mehr getragen hatte. Ich hatte es eigens für diesen Abend hervorgeholt, von dem ich mir gewünscht hatte, dass er etwas Besonderes werden sollte. Das Kleid war eins der wenigen, die nicht ruiniert worden waren, als während eines brutalen Wintersturms ein Teil meines Dachs eingestürzt war, und es war nur erhalten geblieben, weil es sich im Stauraum meines Airstream-Trailers befunden hatte. Der Stoff war lediglich ein wenig zerknittert von meiner Spritztour hinauf aufs Dach. Ich pflegte vorsichtig mit Kleidungsstücken umzugehen, eine Gewohnheit aus einer Zeit, als sie nicht so leicht zu ersetzen gewesen waren. Max hatte sich ebenfalls in Schale geworfen und trug einen eng geschnittenen, schwarzen Anzug und dazu die schwarz-weißen Budapester, die ich so liebte.

»Es soll am Wochenende schön werden«, murmelte ich. »Wie wär's, wenn du morgen Nachmittag zu mir kommst? Wir könnten in meinem Garten grillen.«

Bei diesem Vorschlag verwandelte sich Max' verschlossene Miene in ein echtes Lächeln.

Und so kam es, dass ich, statt mit einem Mann auszugehen, zu dem ich niemals ganz ehrlich sein konnte, wie sehr ich es mir auch wünschte, nach Hause in ein baufälliges Gebäude fuhr und dabei hoffte, dass ein Gargoyle mit einem siechen, versteinernden Körper auf mich wartete.

3

Ich gelangte in den Bezirk Hawthorne im südöstlichen Portland und stellte meinen alten Wagen in die Einfahrt. Seufzend betrachtete ich das klaffende Loch im Dach, abgedeckt mit einer Plane, die im Wind flatterte. Eines Tages würde ich Zeit haben, das alte Haus instandzusetzen.

Eine magere Gestalt in Jeans und einer grässlichen Smokingjacke aus Samt erwartete mich vor dem Haus.

»Zoe!«, sagte Brixton. »Sie haben ja lange gebraucht. Sie *müssen* sich das anhören.«

Da Brixton nicht mein Sohn war, hatte ich nicht erwartet, ihn um zehn Uhr abends in meinem Haus zu sehen.

»Einen Moment, Brixton. Lass mich hineingehen. Was hast du da an? Du siehst wie Hugh Hefner aus.«

»Wer?«

»Vergiss es.«

Ich ging über die knarrende Veranda und öffnete meine Haustür. Der diffuse Schein einer goldfarbenen, chinesischen Laterne beleuchtete eine Wohnzimmerecke. Sie warf ihr durchbrochenes Licht auf meine Couch aus grünem Samt und Dorians Bücherstapel aus der Bibliothek, der fast so hoch war wie er selbst.

»Dorian?«, rief ich, nachdem Brixton die Tür geschlossen hatte.

Licht drang durch den Spalt der Küchentür, und ich hörte ein rhythmisches Schaben.

Ich trat durch die Schwingtür und fand Dorian vor, wie er in einem dampfendem Topf rührte. Wie gewöhnlich stand der Gargoyle auf einem Hocker, um an den Herd heranzukommen. Er war zu einem Spitzenkoch geworden, nachdem er einem blinden ehemaligen Meisterkoch in Paris als Gefährte gedient hatte. Dieser Koch hatte Dorian für einen entstellten Mann gehalten. Jetzt war der Gargoyle mein Mitbewohner. Ein geheimer Mitbewohner, der kein WG-Zimmer brauchte, aber trotzdem ein Mitbewohner.

Ich war froh zu sehen, dass er in Sicherheit war, aber seine Gelassenheit ließ mich hinterfragen, was ich an diesem Abend zu sehen geglaubt hatte. Ein Aufblitzen von Ärger durchzuckte mich. Ich war schroff zu Max gewesen, weil ich mir Sorgen um Dorian gemacht hatte, und da stand er und benahm sich, als sei nichts passiert.

»Geht es dir gut, Dorian?«

»*Ce n'est rien*«, antwortete Dorian und rührte weiter in dem Topf. »Es ist nichts. Mein Bein ist nur steif geworden, weil ich so lange über der Bühne stillgestanden habe.«

»Du hättest überhaupt nicht dort sein sollen! Was hast du dir nur dabei gedacht?«

»Hey«, meldete Brixton sich zu Wort, »hast du draußen nicht mitbekommen, was ich gesagt habe? Willst du dir das nicht anhören?«

»Ich habe über hundertfünfzig Jahre sicher im Verborgenen gelebt«, sagte Dorian mit seinem starken französischen Akzent und ignorierte Brixton ebenfalls, als er sich zu mir umdrehte. »Ich weiß, was ich tue.«

»Aber dein Körper war zuvor nicht im Begriff, sich in Stein zurückzuverwandeln.« Ich betrachtete Dorians Beine. Sein linkes Bein war von einem dunklerem Grau als der Rest seines Körpers und stand in einem seltsamen Winkel ab, und sein mit Krallen ausgerüsteter Fuß war nach außen gedreht. Etwas geschah mit ihm, das wir noch nicht verstanden. »Du wärst um ein Haar heruntergefallen. Und jeder hätte dich sehen können.«

»Weder bin ich gefallen, noch hat mich jemand gesehen.« Er drehte sich wieder zum Herd um und stellte die Gasflamme ab.

»Du warst bei der Vorstellung?«, fragte Brixton.

»Sie war nicht besonders bemerkenswert, hatte aber durchaus einige Höhepunkte. Würdest du mir jetzt bitte drei Becher holen?«

Der mürrische Teenager gehorchte, steckte sein Handy in die Tasche und wählte drei handgedrehte Keramikbecher aus, die mit leuchtenden Rot- und Orangetönen bemalt waren. Ich hatte die Becher in den 1960er-Jahren in New Mexico von einer Töpferin gekauft. Trotz der ernsten Situation lächelte ich in mich hinein. Ich besaß eine kleine Sammlung von Bechern, aber diese hier waren die, zu denen die meisten Menschen sich hingezogen fühlten. Es waren auch meine Lieblingsbecher. Die Handwerkerin hatte Lebensenergie in den Ton einfließen lassen und aus einem Klumpen Rohmaterial etwas gemacht, das gleichzeitig wunderschön und funktional war. Ich betrachtete Handwerker wie sie als künstlerische Alchemisten.

Dorian goss eine dickflüssige, dampfende Flüssigkeit aus einem Topf in die drei Becher. Dann zuckte er zurück, als er zu Brixton aufsah. »Was trägst du da für eine vulgäre Jacke?«

»Gefällt sie dir?«, fragte Brixton, dessen Erregung plötzlich vergessen war. »Veronica fand, dass wir uns für die Aufführung in Schale werfen sollten. Die hier habe ich ganz hinten im Kleiderschrank meiner Mom gefunden.«

»Hmm …« Dorian reichte Brixton seinen Becher.

Brixton nahm einen Schluck. »Ich weiß nicht, wie er es schafft, heiße Schokolade ohne Milch oder Zucker so gut schmecken zu lassen.«

»Kakao-Elixier?« Dorian sah mich mit unschuldigen, schwarzen Augen an, die bei einem Welpen keineswegs deplatziert gewesen wären. »Ich weiß, dass Sie sich krank gefühlt haben. *Alors* habe ich Ihnen Ihr Lieblingsgetränk gemacht.«

»Ein Glück, dass du so ein großartiger Koch bist«, bemerkte ich und nahm meinen Becher entgegen. »Du verstehst dich darauf, mich zu bestechen.« Ich nippte an dem kräftigen, schokoladigen Getränk. Es schmeckte auch ein klein wenig nach Kokos und Zimt. »Ich hätte fast vergessen, dass du heute Abend beinahe erwischt worden wärest.«

Dorian grinste und sprang von seinem Hocker. Er stolperte, fing sich aber wieder, bevor er mit dem Gesicht voraus auf den Linoleumboden fallen konnte. »*Merde*«, murmelte er.

»Du bist fällig für eine weitere Alchemieinfusion«, stellte ich fest. Es war klug gewesen, mich zu fragen, ob es ihm gut ging. »Im Garten wachsen inzwischen jede Menge Pflanzen, um Salze für deinen Aschetee herzustellen.

»Ich bevorzuge das Aroma meines Kakao-Elixiers bei Weitem«, warf Dorian ein.

Mit einer Mischung aus Quecksilber und Schwefel gelang es mir, meine von Hand ausgesäten Pflanzen zu salzähnlicher Asche zu machen, und zwar mithilfe einer alchemistischen Verwandlung, die in Dorians eigentümlichem Alchemiebuch beschrieben wurde, der *Non Degenera Alchemia*. Salz war eins der drei entscheidenden Elemente für Alchemisten. Quecksilber ist der Geist, Schwefel die Seele und Salz der Körper. Dorians Seele und sein Geist waren unversehrt. Es war sein Körper, der ihn im Stich ließ. Mein Aschetee wirkte, indem er Dorians Körper vorübergehend vorgaukelte, er sei mithilfe eines echten alchemistischen Salzes verjüngt worden.

Alchemie ist normalerweise ein langfristiger Prozess. Man kann nichts überstürzen. Die Disziplin der Alchemie trachtet danach, das Unreine zu etwas Reinem zu machen, sei es, um aus Blei Gold zu gewinnen oder einen versagenden Körper in einen unsterblichen zu verwandeln. Es geht ebenso um den Alchemisten wie um die Zutaten. Es ist eine persönliche Transformation, durchgeführt in der Isolation des eigenen Labors, während man einer Reihe natürlicher Schritte folgt, die die Elemente verwandeln. Mithilfe von Erde, Luft, Wasser und Feuer kalziniert man, löst auf, trennt, fügt zusammen, fermentiert, destilliert, und koaguliert. Man bekommt heraus, was man hineingegeben hat. Und alchemistische Transformationen des Körpers lassen sich nicht auf andere übertragen – eine Lektion, die ich vor sehr langer Zeit auf die harte Tour gelernt hatte.

Das war die Art und Weise, wie Alchemie funktionieren *sollte.*

Aber das Buch, das Dorian hatte lebendig werden lassen, war nicht so. *Non Degenera Alchemia* war rückschreitende Alchemie, eine gefährliche alchemistische Idee, zu der schnelle Lösungen gehörten. Ich hatte die Vermutung, dass der Titel deshalb nicht *Wahre Alchemie* lautete, sondern die doppelte Verneinung benutzt wurde: *Nicht unwahre Alchemie.* Rückschreitende Alchemie, die sich externer Lebenskräfte bediente, um im Schnellverfahren Eigenschaften zu ändern, war die Antithese zu wahrer Alchemie. Die »Todesrotation«, beschrieben in den codierten Illustrationen und dem lateinischen Text des Buches, umfasste rückschreitende Vorgehensweisen, die Minuten dauerten statt Monate, und die mit Feuer begannen, statt mit diesem zu enden.

Die schnellen Lösungen in dem Buch zeigten mir, dass ich meine Energie zusammen mit der der Pflanzen, die ich liebevoll in meinem Garten züchtete, nutzen konnte, um hastig das Endprodukt zu erzeugen, eine Asche. Aber das war noch keine dauerhafte Lösung. Bisher hatte ich nur an der Oberfläche des Buches gekratzt, statt es ganz zu verstehen.

»Ist noch genug da für einen zweiten Becher?«, fragte Brixton.

Dorian lächelte und füllte Brixtons Kakaobecher wieder auf. »Ein Jammer, dass die Magier den Orangenbaum-Automaten ausgewählt haben«, sagte er.

»Ich fand das ziemlich cool«, erwiderte Brixton. »Das war eine echte Orange, die an dem Metallbaum gewachsen ist.«

»Es war hübsch gemacht«, pflichtete ich ihm bei und wandte mich an Dorian. »Du nimmst Anstoß daran, dass sie die Idee von dem großen Jean Eugène Robert-Houdin gestohlen haben?«

»*Non.* Ich hätte es bei Weitem vorgezogen, wenn sie Vaters Kuchenbäckerautomaten neu kreiert hätten.«

»Natürlich hättest du das vorgezogen«, entgegnete ich und war kaum imstande, mir ein Lächeln zu verkneifen.

»*Bon soir, mes amis*«, sagte Dorian und ließ seinen leeren Becher auf der Theke stehen. Dann humpelte er aus der Küche. Ich nahm an, dass er auf dem Weg zu seiner nächtlichen Exkursion war. Da es für ihn keine gute Idee war, tagsüber das Haus zu verlassen, wenn ihn allzu leicht jemand sehen konnte, erkundete er die Stadt und die umliegenden Wälder bei Nacht. In letzter Zeit waren seine nächtlichen Spritztouren begrenzt gewesen, weil in einen Teil des Stadtwaldes Schatzsucher eingefallen waren. Der brutale Wintersturm, der mein Dach zerstörte, bewirkte außerdem einen Erdrutsch, bei dem ein Teil der versteckten Juwelen aus einem Jahrzehnte zurückliegenden Zugraub freigelegt worden war. Jetzt musste der arme Dorian sich den Wald mit heimlichen Schatzsuchern teilen.

»Das war merkwürdig«, stellte Brixton fest.

So viel von meinem Leben war merkwürdig, dass ich mir nicht sicher war, wovon er sprach.

»Besteht er sonst nicht immer darauf, ›seine‹ Küche aufzuräumen?«, fuhr Brixton fort.

»Ich denke, es ist ihm peinlich, dass wir gesehen haben, wie er die Kontrolle über seinen Körper verloren hat.«

»Das ist genau das, warum ich dachte, dass Sie das hier würden hören wollen.« Brixton versuchte, auf rätselhafte Weise eine Augenbraue hochzuziehen, aber am Ende zog er beide hoch.

»Stimmt! Du wolltest mir etwas erzählen. Tut mir leid, Brix. Worum geht es?«

»Dieser Magier, Prometheus ...« – er hielt um des dramatischen Effektes willen inne – »... *ist ein Alchemist.*«

Ich stieß den Atem aus und lächelte. Brixton hatte eine rege Fantasie. Seit er in mein Haus eingebrochen war und herausgefunden hatte, dass ich eine Alchemistin war, sah er überall Alchemisten. Nun, vielleicht nicht überall. Aber es war mehr als einmal passiert.

»Begreifen Sie denn nicht?«, fragte Brixton. »Er könnte Ihnen helfen!«

Brixton wusste, dass ich als gut Zwanzigjährige das Elixier des Lebens entdeckt hatte. Abgesehen von meinem Haar, das schon vor Jahrhunderten weiß geworden war, verhinderte das Elixier, dass ich alterte. Außerdem wusste er, dass Alchemisten nicht vollkommen unsterblich waren. Obwohl einige von uns die Geheimnisse der Transformation von Energie in ewiges Leben entdeckt haben, sind wir Wesen aus Fleisch und Blut und können krank werden oder uns verletzen. Aufgrund meiner Kräuterkenntnisse ist Krankheit ein weniger großes Problem, aber ich habe mehrere Narben, die mich daran erinnern, dass auch mein Leben auf Messers Schneide stehen kann.

Es war typisch für die Jugend, dass Brixton mich nie gefragt hatte, wann und wo ich zur Welt gekommen war. Er wusste, dass ich zu Beginn des 20. Jahrhunderts ein Geschäft in Paris betrieben hatte, bevor ich in die USA zurückgekehrt war und mit meinem Chevy-Truck aus den Vierzigern und meinem Trailer der Marke Airstream aus den Fünfzigern das Land bereist hatte. Im Gegensatz zu Dorian hatte er nie nach Einzelheiten über meine Geburt und meine Kindheit und Jugend gefragt, daher wusste er nicht, dass ich im Jahr 1676 in Salem Village geboren worden war oder dass ich wegen meiner Talente im Umgang mit Kräutern und Pflanzen mit sechzehn der Hexerei beschuldigt worden war. Seither hatten sowohl ich als auch die Welt einen weiten Weg hinter sich gebracht.

»Oh, Brix ...«

»Warum sehen Sie mich so an?«, fragte Brixton. »Ich sage Ihnen ...«

»So wie du mir das mit Mrs Andrews gesagt hast?«

»Das war etwas anderes.« Er runzelte finster die Stirn und beschäftigte sich mit seinem Kakaobecher.

Brixton hatte geschworen, dass eine unserer Nachbarinnen in zehn Jahren nicht gealtert sei, und das hatte er mit seinen ersten Erinnerungen im Alter von vier Jahren bis hin zu seinem gegenwärtigen Alter von vierzehn festzustellen geglaubt. Ich hatte ihn ernst genommen – und herausgefunden, dass die Frau sich einer Schönheitsoperation unterzogen hatte.

»Und was war mit Jonas Latham?«, fragte ich.

Wieder runzelte Brixton die Stirn. »Obwohl ich nicht recht damit hatte, dass er ein Alchemist ist, hatte ich sehr wohl recht damit, dass er etwas im Schilde führte.«

Als Brixton einmal mit seinem Fahrrad zu mir unterwegs gewesen war, hatte er einen Mann beobachtet, der Laborutensilien transportiert hatte. Die Sachen ähnelten meinen alchemistischen Gefäßen. Als der Mann in seine Garage gefahren war, hatte Brixton einen Blick auf sein »Alchemielabor« erhascht.

Wieder hatte ich gedacht, im Zweifelsfall schaue ich es mir an. Als ich der Sache nachgegangen war, war die Polizei bei dem Mann zu Hause gewesen und hatte ihn verhaftet. Brixton behauptete, es sei eine Hexenjagd gewesen und dass die Polizei ihn verhaftet habe, weil er ein Alchemist sei. Ich habe Max deswegen gefragt und die neugierige Nachbarin gemimt. Wie sich herausstellte, hatte der Mann in seiner Garage ein Methadonlabor betrieben.

Eine Frau, die eine Schönheits-OP hinter sich hatte. Dann ein Mann, der mit Drogen dealte.

»Na schön, Brixton. Was ist es diesmal?«

4

Ähm …« Brixton schien plötzlich ganz fasziniert zu sein von den Kratzern, die sich kreuz und quer über den Linoleumboden zogen.

»Brix.«

»Nun, die Sache ist die … er kommt mir sehr bekannt vor.«

»*Er kommt dir sehr bekannt vor?* Das ist alles, was du diesmal hast?«

»Das ist nicht so wie bei dem Methadondealer oder bei Mrs Andrews.«

»Du hast wahrscheinlich online Plakate von den Zauberern gesehen, bevor sie nach Portland gekommen sind«, bemerkte ich.

»Würden Sie mich bitte zu Ende sprechen lassen? Der Magier kommt mir bekannt vor aus der *Geschichte.* Ich schwöre, dass ich ihn auf einer Abbildung in einem Geschichtsbuch schon gesehen habe.« Er hielt inne, um den letzten Kokoskeks aus der Keksdose, die Aladins Wunderlampe nachempfunden war und auf der Theke stand, zu nehmen und sich in den Mund zu stecken.

»Vielleicht ein ehemaliger Präsident?«

»Sehr witzig, Zoe. Sehr witzig. Ich meine es ernst!« Mit einem Mund voller klebriger Kekskrümel brachte Brixton seine Sache nicht besonders überzeugend vor. »Haben Sie ihn nicht erkannt? Gibt es nicht so etwas wie, hm, ein Register der Alchemisten?«

»So funktioniert das nicht.«

»Nun, sollte es aber. Wie soll ich mich an jeden erinnern, dessen Bild ich mal in einem Geschichtsbuch gesehen habe?«

»Wenn dieser Mann ein Alchemist ist, der das Elixier des Lebens entdeckt hat, glaubst du dann wirklich, dass er sich einen Beruf ausgesucht hätte, der ihn berühmt macht? Würde ihm dies die Notwendigkeit, sein Geheimnis zu hüten, nicht erschweren?«

»Ich weiß, dass Sie gut darin sind, dafür zu sorgen, niemals die Aufmerksamkeit der Öffentlichkeit zu erregen oder so, aber es gibt eine Menge Menschen, deren Ego größer ist als Ihres. Menschen, die Aufmerksamkeit wollen. Und erinnern Sie sich nicht daran, dass er gesagt hat, er brauche ›in diesen modernen Zeiten‹ einen volljährigen Freiwilligen, ganz so, als hätte er *frühere* Zeiten gekannt?«

Ich runzelte die Stirn. Die Zaubervorstellung an diesem Abend kam direkt aus dem 19. Jahrhundert und hatte ein unbehagliches Gefühl von Vertrautheit in mir geweckt, und Prometheus hatte das Rampenlicht offensichtlich genossen. War es möglich, dass Brixton diesmal recht hatte? Ich schüttelte den Kopf. »Ein Leben außerhalb des Rampenlichts ist keine Frage persönlicher Vorlieben«, erklärte ich. »Es geht ums Überleben.«

»Unsterbliche sind im Film immer berühmt …«

»Genau. Im Film. Nicht im echten Leben. Es gibt nur eine Handvoll Alchemisten, denen es gelungen ist, ihr Leben zu verlängern. Sie verstecken sich so gut, dass es mir nicht gelungen ist, auch nur einen einzigen zu finden, seit ich Anfang des Jahres begonnen habe zu suchen.«

»Und genau deshalb ist es so toll, dass sich ein Alchemist hier in der Stadt aufhält. Sie sollten ihn in die Teestube einladen.«

Brixton hatte recht damit, dass ich Hilfe brauchte, aber wenn er auch recht damit hatte, dass dieser Mann eine historische Gestalt war, bedeutete das, dass dieser Alchemist eine gefährliche und unberechenbare Größe darstellte. Bevor ich an ihn herantrat, musste ich mehr wissen. Nicht nur, ob Prometheus ein Alchemist war, sondern auch, ob man ihm vertrauen konnte.

Ich dachte darüber nach, wie ich meine Sorgen am besten erklären konnte, aber Brixton beachtete mich gar nicht mehr. »Das ist seltsam«, sagte er und starrte auf den Bildschirm seines Handys.

»Was?«

»Ach, nichts. Nur eine Website, die gehackt worden ist.« Er steckte das Handy in seine Jeanstasche.

»Geh nicht weg«, befahl ich. »Ich bin gleich wieder da.«

Ich ging zwei Treppen hinauf, um in mein Büro auf dem Dachboden zu gelangen. Ein knapper Quadratmeter Dach fehlte, war aber provisorisch ersetzt worden – wie auch alles andere gegenwärtig in meinem Leben. Unter dem Schaden im Dach war der Boden auf dem Speicher ebenfalls durchbrochen. Das klaffende Loch, das sich direkt über meinem Schlafzimmerschrank befand, wurde jetzt mit einem stabilen Holzbrett und einem aus Qalicheh stammenden Perserteppich verdeckt.

Eine kreative Kombination aus Plastik, Sperrholz und einer Plane hielt den Regen fern, bis ich Dorians Verfall rückgängig machen konnte. Dann wollte ich die Reparaturen am Haus fortsetzen. Die Rettung von Dorians Leben hatte eine höhere Priorität als die Rettung des Hauses vor dem Hausschwamm. Außerdem erwies sich dieses Loch im Dach für Dorian als eine einfache Möglichkeit, das Haus zu verlassen und zurückzukehren, ohne gesehen zu werden. Anders als das alte Loch im Dach, das er benutzt hatte, um sich hindurchzuzwängen, war dieses hier groß genug für ihn, um einfach hindurchzutreten und selbst mit einem steifen Bein die Plane wieder darüber auszubreiten.

Durch die Sturmschäden war mein Büro auf dem Dachboden

ebenso wie das Alchemielabor im Keller ein Provisorium. Der obere Teil des Craftsman-Hauses enthielt mein öffentliches Ich; im Keller versteckte sich meine private Persönlichkeit: Zoe Faust, die achtundzwanzig Jahre alte Besitzerin des Online-Antiquitäten-Ladens Elixier, eine Nachfahrin der Frau, die 1872 in Paris eine Apotheke namens Elixier eröffnet hatte; und Zoe Faust, die dreihundertvierzig Jahre alte Alchemistin, die vor dreihundertzwölf Jahren versehentlich das Elixier des Lebens entdeckt hatte. Zoe Faust, die ein Onlinegeschäft betrieb, weil sie nicht gut darin war, Blei in Gold zu verwandeln.

Ich ging vorbei an einer Ansammlung antiker Bücher über Kräutermittel, einer Reihe japanischer Rätselkästchen und dem mit Gelenken versehenen Skelett eines Pelikans und schnappte mir meinen Laptop. Als ich kurz darauf in die Küche kam, stand die Kühlschranktür offen, aber Brixton war nirgends zu sehen.

Dann tauchte sein Haarschopf hinter der Kühlschranktür auf, und er versetzte ihr einen Tritt, um sie zu schließen. Er balancierte in jeder Hand einen Edelstahlbehälter mit einem Gebäckteller darauf.

»Der Gebäcknachschub wäre in den paar Sekunden, die du gebraucht hättest, um dir welches zu holen, schon nicht weggelaufen«, bemerkte ich.

»Aber dieser Kokoskeks war so appetitlich, und ich konnte mich nicht entscheiden, was ich wollte. Das geht doch in Ordnung, oder? Dorian hat gesagt, es wäre mehr da, als Sie beide essen könnten.«

Ich hob mit meiner freien Hand den Teller, der stärker gefährdet war, und ging zum Esstisch.

»Ich habe die beiden bereits gegoogelt, als wir noch im Theater waren«, berichtete Brixton. »Der Magier kam mir gleich bekannt vor, sobald ich ihn gesehen hatte, aber ich konnte mein Handy erst in der Pause benutzen, sonst hätte Veronica mir in die Seite geboxt.

Doch dann konnte ich Sie nicht finden, um es Ihnen zu erzählen. Wie dem auch sei, die beiden Magier, Prometheus und Persephone, sind ein Ehepaar, Peter und Penelope Silverman. Sie geben nichts von sich preis, schon gar nicht ihre geheimen Identitäten.«

»Und jetzt denkst du, sie seien *beide* Alchemisten?«

Er zuckte die Achseln. »Ich habe nur Prometheus erkannt, aber wer weiß? Deshalb sollten Sie der Sache nachgehen. Wenn Ihnen zwei Alchemisten helfen würden, könnte das Dorians Rettung sein.«

Ich öffnete den Laptop, während Brixton ein Stück Schokoladen-Zucchini-Brot verschlang. Peter Silvermans Biografie auf seiner Website war kurz, aber als Magier war er so bekannt, dass es eine ganze Liste von Online-Einträgen sowohl für ihn selbst als auch für Penelope gab, die sowohl seine Ehefrau war als auch seine Partnerin im Zaubertheater. Sie waren beiden Anfang fünfzig, und Peter war das Kind Marge Silvermans aus Silver Springs in Ohio. Penelope Silverman, geborene Fitzgerald, hatte ihre Karriere in einem Zirkus begonnen und war eine erfahrene Löwendompteuse und Messerwerferin gewesen, bevor sie dem Zirkus den Rücken gekehrt hatte, um Magierin zu werden.

Peter und Penelope hatten sich in Las Vegas kennengelernt, wo sie jeder ihre eigene Bühnenshow hatten. Auf Penelopes Seite fand sich ein Foto von ihrer Solo-Show, und auf Peters Seite war ein Plakat ihres gemeinsamen Programms unter dem Namen *Phantasmagoria* abgebildet, ähnlich dem, das ich an diesem Abend gesehen hatte. Bevor die beiden einander kennengelernt hatten, hatten beide sich nur mit Mühe über Wasser gehalten und waren lediglich in Vorprogrammen aufgetreten oder in Hotels, in denen niemand im nüchternen Zustand abgestiegen wäre. Vor ungefähr fünf Jahren waren sie zu dem leidlich erfolgreichen Team Persephone & Prometheus geworden. Da war nichts Auffälliges bis auf eine einzige Tatsache: Peter hatte einmal einen Theaterbesucher verprügelt, der ein Foto von seinem Auftritt gemacht hatte.

Ich sah mir noch einmal die Plakate an. Darauf waren sie beide nur vage erkennbar und keineswegs in fotografischer Qualität abgebildet. Es gab auf keiner ihrer Websites *oder* den externen Links Fotos. Das war seltsam. Ich tippe eine Bildersuche ein. Hunderte von Bildern von Penelope wurden mir angeboten, und die meisten zeigten sie als eine junge Frau in einem knappen Kostüm und mit einer Peitsche in der Hand. Obwohl Penelope in ihren Fünfzigern atemberaubend war, war sie auf ganz normale Weise gealtert.

Aber ich konnte nicht ein einziges Foto von Peter Silverman finden.

»Was ist los?«, fragte Brixton.

»Nichts.« Ich probierte es mit einer weiteren schnellen Suche und fand mehr vom Gleichen. Penelope hatte mehrere Social-Media-Accounts, Peter dagegen keinen einzigen.

»Was sehen Sie sich da an?«

Ich klappte den Laptop zu. »Deine Mom macht sich bestimmt schon Sorgen, weil du noch nicht zu Hause bist. Am besten, ich verfrachte dein Fahrrad in den Kofferraum meines Wagens und fahre dich heim.«

Es war eine fünfzehnminütige Fahrt bis zu dem Cottage, in dem Brixton und seine Mutter wohnten, während Teestubenbesitzerin Blue nicht da war. Brixton setzte seinen Kopfhörer auf, sobald er auf dem Beifahrersitz Platz genommen hatte, was mir durchaus recht war. Ich brauchte Zeit zum Nachdenken.

Peter Silverman hatte irgendetwas zu verbergen. Das bedeutete nicht zwangsläufig, dass er ein Alchemist war. Viel eher hatte es wohl einen von einem Dutzend anderer Gründe, die nichts mit Alchemie zu tun hatten. Vielleicht hatte er seinen Namen geändert, weil er ein Verbrechen begangen hatte. Oder vielleicht war er auf der Flucht vor Alimentenzahlungen. Ich erwog kurz die Möglichkeit, dass er ein Held sein könnte und sich im Zeugenschutzprogramm befand, aber dann hätte man ihn niemals auf einer Bühne auftreten lassen.

Was es auch war, es konnte nichts Gutes sein.

Nachdem ich Brixton vor dem Cottage abgesetzt hatte, wählte ich einen meiner Lieblingssongs aus, um ihn mir auf der Heimfahrt anzuhören. Ich hatte in den frühen 1970er-Jahren einen Kompaktkassettenspieler installiert, ungefähr dreißig Jahre nach dem Kauf des Wagens. Mich verband eine sentimentale Anhänglichkeit mit den vielen, vielen Mixtapes, die ich mir für meine langen Fahrten durchs Land aufgenommen hatte, daher hatte ich mir niemals ein moderneres Gerät zugelegt. Ich fand eine Kassette, auf der auch *Accidental Life* war, ein Song aus den 1950er-Jahren von einem Sänger, der sich selbst The Philosopher nannte. *Leben aus Versehen* … Das Stück vereinte einen spirituellen Sound mit den tanzbaren Rockrhythmen, die in den Fünfzigern an Popularität gewannen. Am meisten mochte ich daran, wie The Philosopher seine tiefe, seelenvolle Stimme einsetzte, die Geschichte eines Mannes zu erzählen, der tausend Jahre lang auf der Erde umhergewandert war.

Es war nicht nur der Text, der mich ansprach. Es gibt Stimmen, die sich einfach nach zu Hause anfühlen.

Der Song endete lange bevor ich zu Hause angelangt war. Ich fuhr den Rest des Weges durch Nebenstraßen und genoss die nächtliche Stille. In der Einfahrt nahm ich mir einen Moment Zeit, um die frische Nachtluft einzuatmen. Eine Windböe wehte mir die Frühlingsdüfte von Kirschblüten, Narzissen und Hyazinthen zu.

Im Haus ging ich von Zimmer zu Zimmer, um mich davon zu überzeugen, dass alle Fenster und Türen verschlossen waren. Nachdem jemand bei mir eingebrochen hatte, kurz nachdem ich das Haus gekauft hatte, war das zu meinem abendlichen Ritual geworden. Trotz des Einbruchs fühlte sich dieses klapprige Gebäude wie ein echtes Zuhause an. Abgesehen von meinem Airstream, in dem ich jahrzehntelang gelebt hatte, war dies der erste Ort seit einem Jahrhundert, der sich wie ein Zuhause anfühlte.

Gerade als ich die Küchenlampe ausschalten wollte, entdeckte ich einen Holzlöffel, der in den Spalt zwischen dem Wedgwood-Ofen und der Theke gefallen war. Ich kam mühelos heran, hielt aber inne, bevor ich ihn abspülte. Der Duft von Vanille, Nelken und Kardamom wehte mir von dem Löffel entgegen, zusammen mit einem Geruch, den ich nicht einordnen konnte. Obwohl ich seit viel mehr Jahren kochte als Dorian, war er derjenige, der wusste, wie man verschiedene Aromen zusammenstellen musste, damit sie einander überraschend ergänzten. Sobald ich mir klar gemacht hatte, dass ich ein gutes Leben verdiente, hatte ich begonnen, mir aus Gemüse, Kräutern und Gewürzen gesunde Mahlzeiten herzustellen. Aber der Sinn meiner eigenen Gerichte war der, gesund zu sein, nicht zwangsläufig gut zu schmecken. Obwohl ich wusste, wie man qualitativ hochwertige Kräuter und Gewürze für alchemistische Transformationen trocknete und wie heilende Tinkturen, Tees und Salben hergestellt wurden, hatte ich, bevor Dorian in mein Leben getreten war, nie daran gedacht, die gleichen Zutaten zu benutzen, um aus einfachen Speisen himmlische Meisterwerke zu machen. Mein kleiner Gargoyle-Gourmet war ein kulinarischer Alchemist.

Neuerdings betrachtete ich mich als Veganerin. Als ich ungefähr um die Wende zum 20. Jahrhundert herum begonnen hatte, mich von pflanzlicher Kost zu ernähren, bezeichnete man das als pythagoräische Diät, benannt nach dem Mathematiker Pythagoras, einem Fürsprecher der Tilgung tierischer Produkte aus der Ernährung. Dorian war entsetzt gewesen, als er erfahren hatte, dass ich weder Schinken noch Butter oder Sahne als Grundzutaten vorrätig hielt. Man hatte ihn gelehrt, mit den traditionellen französischen Methoden zu kochen, daher war es eine Umstellung für ihn gewesen zu lernen, mit den Zutaten in meiner Küche zurechtzukommen. Doch er zeigte sich der Herausforderung gewachsen und erklärte jetzt, dass seine veganen Kreationen die beeindruckendsten gastronomischen Leistungen in dieser Hemisphäre seien. Es seien nicht nur die besten *veganen* Kreationen, sondern die köstlichsten Speisen, Punkt. Man konnte nicht behaupten, er sei bescheiden.

Dorian war noch immer nicht von seinem nächtlichen Spaziergang zurückgekehrt. Er brauchte keinen Schlaf, daher verbrachte er nach diesen nächtlichen Gängen die Stunden vor dem Sonnenaufgang damit, in Blue Sky Teas Kuchen zu backen und hinauszuschlüpfen, bevor ihn jemand sah. Das Backen von veganen Leckereien für die örtliche Teestube war Dorians Beitrag zu unseren Haushaltskosten. Weil niemand von seiner Existenz erfahren durfte, war ich seine Fassade. Außer Dorian und Brixton dachten alle, ich sei die Köchin, die vor Morgengrauen aufstand, um frisches Brot und allerlei Delikatessen zu backen. Ich verabscheute all die Lügen, die ich erzählen musste, um mich in die normale Gesellschaft einzufügen, aber diese Unwahrheit erwies sich als eine vernünftige Erklärung, warum ich in letzter Zeit so müde war. Bei diesem Gedanken musste ich gähnen.

Mein letzter Stopp für die Nacht war der Keller. Als ich die Tür öffnete, die ich immer verschlossen hielt, war ich mit einem Mal hellwach. Das zweite Gähnen, das sich gerade hatte Bahn brechen wollen, unterblieb, und stattdessen erfuhr ich einen Adrenalinstoß.

»Dorian?«, rief ich.

Stille.

Ich ging die Treppe hinunter. Auf der untersten Stufe blieb ich stehen, denn von dort aus hatte ich volle Einsicht in den Raum. Der Duft nach Moder und selbst gebrautem Bier, der bei meinem Einzug in das Haus so stark gewesen war, hatte sich schon vor Monaten verflüchtigt, genau wie die widerwärtigen Düfte meiner früheren gescheiterten Experimente. Nachdem ich mich versehentlich selbst vergiftet hatte, nahm ich meine Reinigungsarbeiten jetzt sehr ernst, genau wie die Lagerung alchemistischer Zutaten, und ich sorgte dafür, dass dieser Raum zu jeder Zeit abgesperrt war. Doch der scharfe Geruch von Schwefel durchdrang den Keller. Wie konnte das sein?

Ich trat in den Raum hinein und dachte, ich müsse so müde sein, dass ich nicht richtig roch. Das hier war kein Schwefel. Es war der durchdringende Duft von Gewürznelken. Nein, auch das konnte nicht stimmen. Es roch stockig, wie von einem alten Buch. Das musste es sein. Es war im Moment nicht wichtig, herauszufinden, von welchem es kam. Ich hatte genug Rätsel am Hals, auch ohne Sorgen wegen der natürlichen Alterung eines antiken Buches. Außerdem war ich mir nicht sicher, was ich eigentlich roch. Ich wusste nur, dass der verwirrende Gestank von einem Bücherregal in der gegenüberliegenden Ecke kam. Nachdem ich das Licht ausgeschaltet hatte, hielt ich noch kurz inne, und ein letzter Gedanke huschte mir durch den Kopf: Wie seltsam, dass der Duft mit dem Alter süßer zu werden schien, statt widerwärtiger.

5

Als ich kurz nach Sonnenaufgang in meine Küche kam, war Dorian bereits an diesem Zufluchtsort, stand bekleidet mit einer Schürze hoch aufgerichtet auf seinem Hocker und bereitete sich einen Espresso zu. Ich holte tief Luft und kostete die belebenden Düfte um mich herum aus. Der einer Schale mit frisch zubereitetem Kompott aus wilden Brombeeren vermischte sich mit dem von Brot, der von einem Hefezopf im Ofen herrührte, und den frisch gemahlenen Kaffeebohnen, einer französischen Röstung. Neben der Espressomaschine standen zwei Mühlen, eine für Kaffeebohnen und eine für aromatische Gewürze.

Ich zupfte am Ärmel meiner Bluse, der unter einem schlecht sitzenden Pullover vorlugte. Ich hasste fast all die neuen Kleider, die ich in einem Secondhandladen im Ort gekauft hatte, nachdem meine früheren Kleider ruiniert worden waren. Wahrscheinlich war es besser, dass der gebrochene Balken in meinen Kleiderschrank gekracht war und nicht auf mein Bett, aber ich war trotzdem unglücklich. Ich hatte mich nie daran gewöhnt, Kleider von der Stange zu tragen. Selbst wenn Konfektionskleidung angeblich richtig passte, waren keine zwei Körper gleich, und kein Kleidungsstück passte richtig, wenn es nicht maßgeschneidert war.

Ich zog meine hochtaillierten, übergroßen Jeans hoch, um nicht zu stolpern, aber meine oberflächlichen Sorgen waren vergessen, sobald mein Blick auf Dorians linken Fuß fiel. Er war nicht nur zur Gänze versteinert, es war auch eine weitere Kralle abgebrochen. Würde sie nachwachsen, wenn ich ihn geheilt hatte?

»Morgen, Dorian«, begrüßte ich ihn und zögerte, seinen Fuß zu erwähnen. Außerdem besann ich mich eines Besseren und erwähnte auch die Tatsache nicht, dass es in der Stadt möglicherweise einen weiteren Alchemisten gab. Die Wahrscheinlichkeit war größer, dass Peter Silverman ein Krimineller war, der sich vor seiner Vergangenheit versteckte. Das würde erklären, warum er Fotos hasste und die sozialen Medien mied. Dorian hatte die Neigung überzureagieren.

»Wenn Sie heute zu Blue Sky Teas gehen«, begann er, während er das Kaffeepulver herunterdrückte, »werden Sie einen neuen Kuchen sehen, den ich nach Brixton benannt habe. Ich habe eine große Brombeerhecke gefunden, deren Früchte der Junge so liebt. *Brixtons Brombeerbrot* wird auf der Speisekarte stehen.« Er wandte sich von der Espressomaschine ab und riss seine schwarzen Augen auf. »*Mon Dieu.* Ich dachte, Sie wären ein Morgenmensch.«

»So schlimm, hm?« Ich hatte seit fast einem Jahrhundert mit keiner anderen Person mehr zusammengelebt. Daher war ich es nicht gewohnt, mich vor dem Frühstück präsentabel herzurichten. Jetzt fuhr ich mir mit den Fingern durch mein verfilztes Haar. Als sich dabei ein ganzes Büschel löste, zuckte ich zusammen. *Schon wieder.* Schnell warf ich das Haarknäuel in den Müll. Glücklicherweise schien Dorian es nicht bemerkt zu haben.

»Ich würde Ihnen mit Freuden einen Espresso machen. Vielleicht einen, der *très petit* wäre?«

Dorian hatte sich mithilfe meiner Kreditkarte eine Espressomaschine gekauft – ohne mich zu fragen. Da ich keinen Kaffee trank, hatte die Existenz des Geräts etliche Leute auf die Idee gebracht, ich hätte einen »Freund«, der bei mir übernachtete. Brixtons Bemühungen hatten das Gerücht zementiert, ich hätte einen heimlichen französischen Lover. Bevor ihm klar geworden war, dass er Dorian vor der Welt beschützen musste, hatte er versucht, den Gargoyle bloßzustellen. Obwohl ich Brixtons Versuche, ein Video von Dorian zu verbreiten, vereitelt hatte, war er an eine Aufnahme von Dorians tiefer Stimme mit dem französischen Akzent gekommen, die er mit seinen Freunden geteilt hatte. Ich konnte die Existenz eines Franzosen nicht vollkommen leugnen, daher erfand ich einen Geschichte über einen platonischen Freund, der entstellt war und daher nicht gern neue Bekannte kennenlernte. Es war eine schmutzige Lüge und eine, die ich nicht erzählen wollte, aber ich hatte improvisieren müssen, um Dorian zu schützen. Besonders störte mich, dass Max dachte, ich würde ihm einen Freund vorenthalten, obwohl das im Prinzip ja durchaus stimmte.

»Danke, aber ich bleibe bei Tee.« Da Pflanzen und Arzneien, die ich zu mir nahm, eine so starke Wirkung auf mich hatten, hatte ich nie Kaffee trinken können. Entkoffeinierter hätte funktioniert, aber wozu? Die Menge an Koffein in schwarzem Tee, grünem Tee oder Schokolade machte mich munter, ohne dass ich zum Berserker wurde. Ich holte mir ein Glas Wasser und wandte mich wieder dem kränkelnden Gargoyle zu. Obwohl die Transformation mich auf eine Weise verletzte, die mir Angst machte, wusste ich doch, was ich tun musste. »Ich werde heute eine weitere Pflanzentransformation vornehmen, um deinen Aschetee zu machen.«

»*Non.*«

»Was soll das heißen, nein? Dein Fuß …«

»Es bringt Sie um, Zoe.« Statt herunterzuhüpfen, kletterte er mühsam von dem Hocker. »Denken Sie, ich sehe nicht, was mit Ihnen passiert? Ich kann Sie nicht mehr bitten, das für mich zu tun.«

»Du bittest nicht darum. Ich biete es dir an.«

Die grauen Lippen des Gargoyles zitterten. »Ich möchte nicht, dass wir beide sterben.«

»Keiner von uns wird sterben«, widersprach ich energisch. Ich glaubte nicht, dass es helfen würde, die Tatsache zu erwähnen, dass es, wenn ich starb, ein natürlicher Tod sein würde – nichts im Vergleich zu Dorians tragischem Schicksal, am Leben zu sein, aber gefangen in unbeweglichem Stein.

»Sie sind eine gute Frau, Zoe. Ich danke Ihnen, dass Sie es versuchen.«

»Dorian …«

»*Un moment.*« Er öffnete die Ofentür und legte den Hefezopf auf ein hölzernes Schneidbrett. »Wollten Sie sich nicht um Ihren Potager kümmern?«

Obwohl er es erwähnte, um einem schmerzlichen Thema auszuweichen, hatte er recht. Ich wollte tatsächlich nach meinem Küchen- und Gemüsegarten hinter dem Haus sehen.

»Ich gehe ins Esszimmer frühstücken und die Zeitung lesen«, verkündete Dorian. »Wenn Sie sich zu mir gesellen und von anderen Dingen sprechen möchten, würde ich Ihnen mit Freuden etwas Brot aufheben.«

Verdrängen war nicht gesund, aber wer war ich, mir in diesem Punkt ein Urteil anzumaßen? Ich hatte es selbst jahrzehntelang getan. Ich wünschte mir verzweifelt, Dorian heilen zu können, aber nachdem ich so lange vor der Alchemie davongelaufen war, wusste ich nicht, ob ich allein dazu imstande sein würde. Lohnte es sich, mit dem Bühnenmagier zu sprechen, nur für den Fall, dass Brixton recht hatte?

Ich überließ Dorian seinem Espresso und seinem Hefezopf und ging hinaus, um nach meinen beiden Gärten zu schauen: dem Kräutergarten im Fensterkasten und den essbaren Pflanzen draußen. Obwohl ich meinen neuen Garten mitten in einem kalten, verregneten Winter in Portland ausgesät hatte, wusste ich, wie man aus Pflanzen das Beste herausholte. Weil ich in kurzer Zeit eine ordentliche Menge davon benötigte, um Dorians Aschetee zuzubereiten, hatte ich mehrere schnell wachsende Kräuter und Gemüsesorten angebaut, darunter Zitronenmelisse, Petersilie, grünen Salat, Spinat, Sauerampfer, Brennnesseln und Fenchel. Die meisten davon würden den Garten mühelos zuwuchern, wenn man sie nicht erntete, aber das war kein Problem. Die gut gedeihenden Pflanzen schenkten mir für ein paar Minuten Frieden, allerdings verrieten sie mir nicht, wie ich es anstellen sollte, an Peter Silverman heranzutreten.

Nachdem ich mich davon überzeugt hatte, dass die Pflanzen versorgt waren, mixte ich mir mithilfe meines altehrwürdigen Mixers einen grünen Smoothie mit Gemüse aus dem Garten, einem grünen Apfel als Süße und einer Ingwerknolle als Kick. Ich glaubte von ganzem Herzen, dass in den Vierzigerjahren des letzten Jahrhunderts sowohl Autos als auch Haushaltsgeräte perfektioniert worden waren. In der modernen Welt, in der alles zum Wegwerfen bestimmt war, dachte ich mit Wehmut an die Zeit zurück, in der Dinge dazu gebaut worden waren zu überdauern.

Ich fand Dorian am Esstisch vor, eine leere Espressotasse neben sich. Kleine Krümel von dem frisch gebackenen Zopf waren über den ganzen Tisch verteilt. Gentleman, der er war, hatte er ein Viertel des kleinen Laibs auf einem Teller für mich übrig gelassen.

Direkt vor ihm lagen *Le Monde* und zwei Lokalzeitungen. Er las seit Monaten zwanghaft jedes Wort in *Le Monde*, seit die französische Zeitung über Golddiebstähle aus europäischen Museen berichtete. Es war wichtig, die Geschichte zu verfolgen, denn Dorian und ich glaubten, dass es sich bei den »Diebstählen« gar nicht um Diebstähle handelte, sondern vielmehr um das Werk von skrupellosen Alchemisten, die vor Jahrhunderten gestorben waren, aber falsches Gold hinterlassen hatten. Anders als echtes Gold, das in langwierigen alchemistischen Transformationen hergestellt werden konnte, ließen sich die abgekürzten Verfahren der rückschreitenden Alchemie dazu nutzen, falsches Gold zu erschaffen. Denn Absicht ist etwas sehr Wichtiges bei alchemistischen Transformationen, und die Absichten der Adepten dieser rückschreitenden Alchemie waren nicht rein, und ihr falsches Gold verwandelte sich jetzt in Staub. Es hatte keine neuen Nachrichten darüber gegeben, aber nach den vielen Jahren eines Lebens auf Wanderschaft genoss ich es so oder so, dass mir Zeitungen an die Tür geliefert wurden.

»Gut, dass wir die los sind!«, erklärte Dorian.

»Ist mir etwas entgangen?«

»Diese Lokalzeitung berichtet, dass die letzten Schatzsucher verschwunden seien. In meinem Wald kann jetzt wieder Normalität einkehren.«

Der Wald in der Nähe des River-View-Friedhofs war eines von Dorians Lieblingsgebieten für nächtliche Erkundungen, und es bekümmerte ihn, dass so viele Eindringlinge in »seiner« Domäne umherstreiften.

»Hat jemand den Schatz gefunden?«, fragte ich.

»Das scheint nicht der Fall sein.« Er gluckste.

»Was ist so witzig?« Ich schaute ihm über die Schulter. »*DREI VERLETZTE BEI ERDRUTSCH IN DER NÄHE DES RIVER-VIEW-FRIEDHOFS*. Diese Schlagzeile klingt für mich nicht sehr amüsant.«

»Ich meine nicht diesen trübseligen Artikel.« Dorian zeigte mit einer Kralle auf eine andere Spalte. »Die Klatschkolumnistin ist viel dramatischer und schreibt über Monsunregen und tollkühne Gangster. *Écoutez.*«

SCHATZSUCHER GEBEN DIE HOFFNUNG AUF

Amateurschatzsucher aus dem gesamten pazifischen Nordwesten sind im Februar in Scharen nach Portland gekommen, nachdem monsunähnliche Regenfälle zu der Entdeckung von Schmuck aus der Beute eines Zugüberfalls von 1969 geführt hatten. Drei Monate später haben diese Schatzsucher ihr Vorhaben aufgegeben. Drastische Bilder der Verletzungen von drei Männern, die von einem zweiten Erdrutsch überrascht worden waren, sind der Presse zugespielt worden. Seither hat man auf dem Hang keine Schatzsucher mehr gesehen.
Eine der Polizei nahestehende Quelle hat dieser Reporterin erzählt, die Fotos seien mit Absicht veröffentlicht worden, um andere Amateurschatzsucher abzuschrecken und zu verhindern, dass sie das abgesperrte Gebiet erkunden, in dem noch immer ein hohes Risiko von Erdrutschen besteht.

»Was schreibt die Kolumnistin sonst noch Interessantes? Mmm … *Oui* … *Bon.*« Ich nahm ihm die Zeitung aus den Händen.

»Ich habe noch nicht alles gelesen!«, protestierte er.

»Du hast aufgehört, laut vorzulesen. Lass mich das übernehmen.«

Im Jahr 1969 hat der Gangster Franklin Thorne den Privatwaggon der wohlhabenden Familie Lake überfallen und dabei den Wachmann Arnold Burke getötet. In der Folge kam Thorne selbst bei einem Schusswechsel mit der Polizei ums Leben. Der bei dem dreisten Zugüberfall erbeutete Schmuck – im Volksmund die Lake-Beute genannt – blieb seither unauffindbar … bis zum Februar diesen Jahres, als sturzflutähnliche Regenfälle in den Hügeln am River-View-Friedhof einen Erdrutsch verursachten. Tage später fanden zwei kleine Jungen, als sie am Ufer des Willamette Rivers spielten, ein Saphirhalsband aus der Beute des Überfalls. Seit das bekannt wurde, kommen Schatzsucher scharenweise in das Gebiet.

»Zoe«, unterbrach Dorian mich.

Ich blickte auf.

Er streckte eine krallenbewehrte Hand aus. »Darf ich?«

»Was gibt es daran auszusetzen, wie ich den Artikel vorlese?«

»Ihrer Stimme mangelt ein gewisses … *je ne sais quoi.*«

»Ich lese für deine Begriffe nicht melodramatisch genug vor?«

Dorian blinzelte mich an. »Es ist eine dramatische Geschichte. Sie verlangt danach, dramatisch vorgelesen zu werden.«

»Hier.« Ich reichte ihm die Zeitung.

Besorgt wegen eines weiteren Erdrutsches haben die Behörden das Gebiet abgesperrt und jedem Haft angedroht, der es unerlaubt betritt. Aber der Reiz der verschwundenen Beute aus dem Zugüberfall war zu groß. Diese Ankündigung war offensichtlich ein Fehler, der die Schatzsucher lediglich dazu veranlasst hat, im Schutz der Dunkelheit zurückzukehren, unter noch gefährlicheren Bedingungen, die dazu geführt haben, dass drei Männer schwer verletzt wurden. War es der Kitzel der Jagd, der die drei aus Oregon in die Gefahr gelockt hat? Wenn man den unverkennbaren Schmuck findet, muss man ihn seinen rechtmäßigen Besitzern zurückgeben, der Familie Lake, die eine kleine Belohnung ausgesetzt hat. Julian Lake, der achtzigjährige Überlebende des Überfalls aus dem Jahr 1969, hat keinen Kommentar zu den jüngsten Entwicklungen abgegeben …

»Das ist noch nicht das Ende. Warum hast du aufgehört zu lesen?«

»Sechsundvierzig Jahre«, murmelte Dorian. »Und die Leute tun so, als sei das eine lange Zeit.« Er warf die Zeitung beiseite und räumte den Tisch ab.

Für mich war es Zeit, in mein Alchemielabor im Keller zu gehen. Dorian mochte gegen meine fortgesetzte Herstellung seines Tees Einwände erheben, aber ich hatte nicht die Absicht, zuzulassen, dass er einfach wieder zu Stein wurde. Statt die Deckenbeleuchtung einzuschalten, entzündete ich eine Öllampe. Sie versetzte mich in eine bessere Gemütsverfassung, um Alchemie zu praktizieren.

Aber statt Frieden erfüllte mich Verwirrung. Der Geruch, den ich in der vergangenen Nacht wahrgenommen hatte, war verschwunden. Es musste meine überaktive Fantasie gewesen sein. Da ich kein Nachtmensch war, war ich offensichtlich zu müde gewesen, um klar zu denken. Ich wünschte, dass die Reaktion meines Körpers auf die Herstellung von Dorians Aschetee nichts anderes wäre als meine Fantasie. Meine Krankheit war viel schlimmer, als ich Dorian oder mir selbst gegenüber eingestehen mochte. Wenn ich keine wahre Lösung fand, würde ich schon bald genauso vollständig verwelken wie die Pflanzen, die ich gleich in Asche verwandeln würde.

6

In meinem improvisierten Alchemielabor versuchte ich, mich zu konzentrieren. In den vergangenen drei Monaten hatte ich vierzehn Glasgefäße zerbrochen, sieben Fontänen einer grünen Flüssigkeit bis an die Decke spritzen lassen – und mir bei der anschließenden Reinigung der Decke einen steifen Nacken geholt – und vier Tinkturen mit derart abscheulichem Gestank kreiert, dass der Keller tagelang unbenutzbar gewesen war.

So sollte das nicht laufen.

In den achtzig Jahren, seit ich mich vom Praktizieren der Alchemie abgewandt hatte, war mir mein Händchen dafür verloren gegangen. Ich hatte vieles weitgehend verlernt. Arbeiten, die ich einst im Schlaf beherrschte, waren mir nur noch vage in Erinnerung. Wenn ich an die Jahre zurückdachte, in denen ich Seite an Seite mit meinem geliebten Ambrose gearbeitet hatte, über vier Jahrzehnte hinweg mein Partner sowohl im Leben als auch in der Alchemie, hatte ich das Gefühl, einen unscharfen Film über das Leben einer anderen Person zu verfolgen. Ich hatte weiter mit Kräutern für Speisen und Medikamente gearbeitet, die Pflanzen in meinen Gärten waren immer gut gediehen. Meine getrockneten Kräuter verwandelten langweilige Suppen in köstliche, und meine Tinkturen und Tees waren wirksame Heilmittel.

Was die vielschichtigeren Transformationen betraf, die ich abgelehnt hatte, weil sie mehr Kummer als Freude bereiteten, etwa das Entfesseln des Steins der Weisen – bei denen war ich blockiert. Ich konnte die weiße Phase einer Transformation nicht erreichen, wo neue Energie sich aus der Asche erhebt.

Ich griff nach dem Medaillon, das ich immer trug, aber selten öffnete. Es genügte, das ziselierte Gold zu spüren. Ich kannte bereits jedes Detail der beiden Gesichter darin, eins ein Miniaturporträt aus dem Jahr 1701, das andere eine Schwarz-Weiß-Fotografie von 1904.

Es spielte keine Rolle, ob ich mit den Pflanzentransformationen in meinem Alchemielabor arbeitete, Transformationen, die mir früher so leicht gefallen waren, oder ob ich an meinem Esstisch saß, vor mir stapelweise Bücher, die Licht auf die codierten Instruktionen in *Nicht Unwahrer Alchemie* werfen konnten. Mir wollte einfach nichts wieder einfallen.

In den vergangenen drei Monaten, seit ich meinen einzigartigen Freund kannte, machte ich mit seinem seltsamen Alchemiebuch nicht annähernd so gute Fortschritte, wie ich mir erhofft hatte. Vielleicht war mein größtes Versäumnis, dass ich nicht mehr wusste, wie man wahre Alchemisten fand. Ich hatte eine ganze Menge Zeit in diesem Winter auf die Suche nach jemandem verschwendet, der helfen konnte, aber erfolglos aufgegeben. Da ich meine alchemistische Ausbildung nie beendet hatte, klafften in meinem Wissen über die Geschichte der Alchemie große Lücken.

Das Verzwickte bei Alchemisten war, dass sie Codes liebten. Nachdem ich jedes Wort des Buches selbst gelesen hatte und den lateinischen Text von einem Experten hatte übersetzen lassen, wusste ich, so schien es mir jedenfalls, weniger als zu Anfang. Das Lateinische war offensichtlich so formuliert, dass man, um die Worte zu verstehen, die Bilder ansehen musste.

Der emeritierte Chemieprofessor Ivan Danko half mir, die codierten Nachrichten zu übersetzen, die in den Holzschnittillustrationen des Buches versteckt waren. Aber trotz seiner Leidenschaft für Alchemie als Vorläuferin der modernen Chemie war seine Hilfe nicht das Gleiche wie die Unterstützung eines wahren Alchemisten. Ivan hielt unsere Arbeit für die Beschäftigung von Gelehrten, denen es darum ging, die Geschichte zu verstehen. Weder kannte er die wahren Gründe für mein Interesse noch wusste er, dass Alchemie wirklich durchführbar war. Es war verständlich, dass er seinen eigenen historischen Forschungen mehr Zeit widmete als der Entschlüsselung der *Nicht unwahren Alchemie.*

Und weil ich so viel Kraft aufwenden musste, um die »schnelle Heilung«, den Aschetee, herzustellen, der Dorian auf kurze Sicht am Leben erhielt, hatte ich weder die Zeit noch die Energie, um mich zur Gänze dem grundsätzlichen Problem zu widmen, einer Lösung, die den Gargoyle für immer heilen konnte. Ich wusste jedoch, dass eine bessere Lösung in Reichweite war. Schließlich nahm ich Dorians Buch aus dem Regal. Es öffnete sich auf derselben Seite wie immer. Der Seite mit dem lateinischen Text, der Dorian ins Leben gerufen hatte. *Das Buch musste den Schlüssel in sich bergen.*

Dieses Bild von einem Basilisken hatte mich immer verstört. Die Kreatur mit dem Kopf eines Vogels und dem Körper einer Schlange war nichts Ungewöhnliches in codierten alchemistischen Illustrationen, aber dieser Basilisk war anders. Sein Schlangenschwanz war gegen den Uhrzeigersinn gewunden und hing in einem unnatürlichen Winkel herunter. Doch statt sich vor Schmerz zu winden, zeigte das Geschöpf keinerlei Ausdruck. Seine Züge waren *zu* leer. Es war tot. Sein steifer Körper klebte an dem einzigen Türmchen, das in einem Ödland von Burgruinen übrig geblieben war. Durch die Vereinigung von einem Vogel und einem Drachen symbolisierte der Basilisk die Vermischung von Quecksilber und Schwefel.

Ein süßer Duft lenkte mich ab. Ich sah mich in meinem Labor um und fragte mich, wo er herkommen könnte. Dann schaute ich zur Decke auf, wo sich noch immer Spuren einiger meiner explodierten Experimente befanden. Sie hatten Ähnlichkeit mit Sternbildern. Es war ein passendes Bild, da Alchemisten sich von den Planeten am Himmel Leitung versprachen, wann sie unterschiedliche Transformationen in Angriff nehmen sollten. Ich überlegte, ob an der Decke vielleicht irgendetwas ausgekeimt war, und nahm mir vor, mich darum zu kümmern. Aber fürs Erste wandte ich mich wieder dem Buch zu.

Vögel waren für Alchemisten von höchster Symbolik, weil ein Ei das perfekte Gefäß war, hermetisch versiegelt und Repräsentation des ganzen Universums. Verschiedene Vögel symbolisierten verschiedene alchemistische Prozeduren. Ein sich selbst aufopfernder Pelikan zum Beispiel bedeutete Destillation, und ein Phönix repräsentierte die letzte Phase, mit der der Stein der Weisen produziert wurde. Auf diese Weise konnten Alchemisten ihre Lehren formulieren, die mithilfe illustrierter und nur für wenige Eingeweihte verständlicher Bücher weitergegeben wurden. In der Blütezeit der Alchemie im Mittelalter waren codierte, in Gebäude eingemeißelte Botschaften gang und gäbe gewesen.

Andere Tiere wurden ebenfalls in alchemistischen Codes benutzt. Kröten symbolisierten die Erste Materie, und Bienen signalisierten Reinigung und Wiedergeburt. Doch die Bienen in diesem Buch schienen diese Nachricht nicht erhalten zu haben. In den Holzschnittillustrationen in *Non Degenera Alchemia* war der Himmel voller Bienen, die sich gegen den Uhrzeigersinn bewegten, wie sie da umherschwärmten, und einzelne Bienen stachen Menschen und Tiere in die Augen. Ich schauderte.

Um von der verstörenden Abbildung des Basilisken wegzukommen, blätterte ich die Seite um, nur um ein noch verstörenderes Bild vorzufinden. Es zeigte den Schwarzen Drachen, der Tod und Verwesung symbolisierte und ein Code für Antimon war. Antimon war Isaac Newtons Lieblingssubstanz gewesen, wegen ihrer sternförmigen, kristallenen Gestalt, von der er dachte, sie könne Licht und das Universum erklären. Dieser Schwarze Drache bahnte sich einen Weg durch andere Ruinen. Tod umgab ihn, doch er schien lebendig zu sein. Grimmige Flammen drangen aus dem Maul des Drachen. Ich klappte das Buch mit einem lauten Knall zu und fragte mich, ob ich es vielleicht unbewusst vermied, damit zu arbeiten, weil es so eine verstörende psychologische Wirkung auf mich hatte.

Irgendetwas musste sich ändern. Ich konnte nicht mehr sehr lange so weitermachen.

Das Buch hatte meine Fähigkeit, mich zu konzentrieren, erschüttert, daher war sowohl die Arbeit im Labor sinnlos als auch der Versuch, obskure Symbole in den Holzschnittillustrationen des Buches zu entschlüsseln. Mir wurde flau im Magen, als die Bilder von Dorians Buch durch meinen Kopf wirbelten. Ich musste raus aus dem Haus. *Weg von dem Buch.*

Ich rannte wie gehetzt aus dem Haus, um einen Spaziergang zu machen und einen klaren Kopf zu bekommen. Ich ging über den Lone-Fir-Friedhof, einen friedlichen Park, nicht weit entfernt. Während der ganzen Zeit konnte ich nicht aufhören, an den seltsamen Duft von meinem Bücherregal zu denken. Ich wusste, dass ich es mir eingebildet haben musste. Bücher mochten stockig werden und irgendwann schimmlig riechen, aber nicht süß. Und selbst wenn meine Pflanzentransformationen dazu geführt hatten, dass im Keller irgendetwas keimte, würden sie nicht das Aroma verströmen, das ich gerochen hatte. Nach Gewürznelken duftender Honig. *Das* war der süße Duft gewesen? Die Düfte von Frühling, die mich auf dem Friedhof umgaben, machten es mir unmöglich, die Erinnerung zu ignorieren.

Ich eilte nach Hause und ging sofort an das Bücherregal im verschlossenen Keller. Wieder nahm ich *Nicht unwahre Alchemie* aus dem Regal. Ich hielt mir die Seiten an die Nase und atmete tief ein. Ich inhalierte den modrigen, holzigen Geruch, den die meisten jahrhundertealten Bücher verströmten. Darunter nahm ich den offensichtlichen Duft von Honig wahr. Da also kam der Duft her. Aus *Dorians Buch.*

Ich habe mit vielen alten Büchern gearbeitet, aber ich war nie etwas Vergleichbarem wie diesem flüchtigen süßen Duft begegnet. Ich fragte mich, ob Ivan ihn kannte.

Ich hatte Ivan seit Wochen nicht gesehen. Er hatte sich in den letzten Tagen des Winters eine Lungenentzündung zugezogen, die ihn hart traf, weil er an einer degenerativen Krankheit litt. Er redete nicht über die Einzelheiten, daher wusste ich nicht, was genau nicht mit ihm stimmte. Nachdem er wieder auf die Beine gekommen war, hatte er verlorene Zeit für seine eigenen Forschungen wettmachen wollen. Ich hatte ihm eine heilende Knoblauchtinktur gebracht, als er krank war, aber ich respektierte seine Wünsche und ließ ihn in Frieden, damit er jetzt, da es ihm wieder gut ging, seine eigenen Forschungen fortsetzen konnte. Aber das hier war nicht der richtige Zeitpunkt für Höflichkeit. Wenn Dorians Buch sich wahrhaftig *veränderte,* war das ein Durchbruch, den ich nicht ignorieren konnte.

Ich griff nach meinem Handy.

»Dobryi djen«, erklang Ivans Stimme am anderen Ende der Leitung, und als ich mich zu erkennen gab, wechselte er ins Englische. »Ich bin so froh, dass Sie anrufen, Zoe«, begrüßte er mich mit seinem tschechischen Akzent. »Ich wollte mich bei Ihnen für die Tinktur bedanken, die Sie mir gebracht haben, als ich krank war.«

»Ich hoffe, sie hat geholfen.«

»Wollen Sie etwas darüber wissen, Tscheche zu sein?«, fragte er. »Die Menschen denken oft, mein Akzent klinge wie der eines

Transsylvaniers. Sie ermutigen mich, mich an Halloween als Dracula zu verkleiden. Vor allem ein kleines Mädchen, das nebenan wohnt. Sie heißt Sara und trägt immer einen Schal um den Hals. Ich dachte, das sei einfach ein modisches Ausrufezeichen einer Siebenjährigen auf Selbstfindungstrip, aber dann habe ich von ihrer Mutter erfahren, dass sie die Halstücher trägt, um sich vor Dracula zu schützen. Das Mädchen hatte sich eines Abends von den Eltern unbemerkt einen alten Schwarz-Weiß-Film mit Dracula angesehen, und das hat sie auf die Idee gebracht, Tür an Tür mit einem Vampir zu leben.«

Durch Ivans ergrauendes Haar und seinen zotteligen Bart konnte ich ihn mir nicht in der romantischen Hollywood-Version von Dracula vorstellen. Aber Ivan besaß eine stoische Stärke. Er grübelte nicht über seine gesundheitlichen Probleme nach, sondern nahm stattdessen ein ehrgeiziges Forschungsprojekt in Angriff, das er vor seinem Tod beenden wollte. Seine hellblauen Augen leuchteten immer vor Intelligenz und Entschlossenheit. Nein, ich konnte ihn mir nicht als Dracula vorstellen. Aber als Vlad III. Drăculea sah ich ihn sehr wohl.

»Danke für Ihre Knoblauchtinktur«, fuhr er fort, »Sara sagt jetzt, ich könne auf keinen Fall Dracula sein.«

Ich lachte. »Ich hoffe, die Tinktur hat auch gegen Ihre Infektion geholfen.«

»Das hat sie. *Děkuju*. Ich sitze wieder an der Arbeit an meinem Buch. Sara hat sich selbst zu meiner Forschungsassistentin ernannt und holt mir die Bücher in meiner Privatbibliothek aus den oberen Regalen, zu denen ich nicht mehr selbst hinaufklettern kann.«

»Noch mal zu Ihrer Bibliothek«, sagte ich. »Ich habe eine Frage an Sie.« Ich hielt inne und wählte meine Worte sehr bedächtig. »Sind Sie jemals auf ein altes alchemistisches Buch gestoßen, das im Vergleich mit dem typischen Modergeruch einen süßen Duft verströmt hat?«

Er kicherte. »Einmal, im Klementinum, wurde einem Besucher Hausverbot erteilt, weil er ein übel riechendes Buch mit Rosenwasserparfüm besprengt hat.«

»Was ist mit dem Duft von Honig?«

»Honig?« Ivan zögerte, und als er weitersprach, lag ein Unterton in seiner Stimme, der meine Haut kribbeln ließ. »Es ist eigenartig, dass Sie Honig erwähnen. Ich denke, ich habe da vielleicht etwas, das Sie interessieren könnte.«

Ich umklammerte mein Handy. »Sie haben ein solches Buch?«

»Ich erinnere mich daran wegen der verstörenden Natur der Holzschnittillustration.« Er hielt inne, und ich konnte direkt sehen, wie er schauderte. »Ich habe gar nicht daran gedacht, bis Sie Honig erwähnt haben, aber jetzt sehe ich es deutlich vor meinem inneren Auge.« Während er sprach, wechselte sein Ton von beiläufig zu erregt. »Vielleicht ist es das Beste, die Sache auf sich beruhen zu lassen.«

»Warum?«, fragte ich, und der Unterton meiner eigenen Stimme reagierte auf seine Sorge.

»Es ist ein Bild, von dem ich nicht weiß, ob Sie es je vergessen würden, Zoe«, sagte Ivan stockend. »Ich weiß nicht, ob Sie es würden sehen wollen.«

7

Ich versicherte Ivan, dass ich es verkraften konnte, ein verstörendes Bild zu sehen. Er sagte mir, er sei im Blue Sky Teas und habe seine Recherchen auf seinem Laptop dabei, daher antwortete ich ihm, dass ich gleich da sein würde. Die Teestube lag auf dem Hawthorne Boulevard, in Gehweite von meinem Haus. Mein Geist beruhigte sich immer deutlich, wenn ich durch die Tür unter dem Schild mit der Aufschrift *Keine Sorge ist so groß oder so ernst, dass man sie nicht mit einer schönen Tasse Tee verringern könnte – Bernard-Paul Heroux* trat. Im Innern ragte eine Birkenfeige bis zu der hohen Decke empor und warf friedliche Schatten über die Redwood-Tische.

Eine Frau von Anfang dreißig mit blonden Zöpfen kam hinter der Theke hervorgeeilt.

»Zoe!« Brixtons barfüßige Mom stellte sich auf die Zehenspitzen und schlang die Arme um mich. »Du hast dich bei den Backwaren für heute selbst übertroffen. Kann ich meine alltägliche Bestellung ändern? Diese Hafermehlkekse sind schon fast ausverkauft. Wer hätte gedacht, dass so viele Leute vegane Speisen dermaßen lecker finden?«

»Definitiv«, versprach ich und betrachtete die lange Reihe von Kunden. Dorian wäre begeistert gewesen.

Blue Sky Teas war von unserer beiderseitigen Freundin Blue ins Leben gerufen worden, die man wegen Mordes angeklagt hatte und die gegenwärtig eine kurze Gefängnisstrafe wegen einer früheren Straftat ableistete. Solange Blue fort war, hielt Heather, Brixtons junge Mutter, die Teestube für ein paar Stunden geöffnet, was beiden Frauen half. Heather versuchte, als Malerin Fuß zu fassen. Sie hatte das Talent dafür, aber bisher hatte sie noch nicht viel Geld verdient. Er überraschte mich, dass Brixton ihr heute nicht half. Es war allerdings Samstag und mitten am Vormittag, daher schlief er vielleicht noch. In meiner Jugend hätte man einem vierzehnjährigen Kind auf keinen Fall erlaubt auszuschlafen. Andererseits waren Vierzehnjährige in meiner Jugend nicht mehr als Kinder betrachtet worden.

Brixton und Heather hatten zuvor nur einige Blocks entfernt gewohnt, aber im Moment lebten sie vorübergehend in Blues Cottage am ländlichen Rand von Portland. In dem Cottage hatte Heather mehr Raum für ihre Malerei. Die jüngsten Überschwemmungen, die Portland betroffen hatten, inspirierten sie dazu, eine neue Reihe von Gemälden zu kreieren, in denen es um Wasser ging, und das Cottage war übersät von bemalten Leinwänden in verschiedenen Stadien der Vollendung. Brixton hatte auch einen Stiefvater, den er heiß und innig liebte, aber mir war der Mann noch nicht begegnet. Abel war die meiste Zeit aus beruflichen Gründen nicht in der Stadt. Niemand hatte mir von sich aus etwas über die Natur seiner Arbeit erzählt, daher hatte ich nicht nachgefragt.

Heather zog sich hinter die Theke zurück, und ich setzte mich zu Ivan an den Tisch am Fenster. Ein litergroßes Einmachglas, das gefüllt war mit gelben Narzissen und weißen Waldlilien, zeigte unmissverständlich, dass der Frühling begonnen hatte. Die Vase mit Wildblumen beherrschte den Tisch und ließ den ausgemergelten Mann, der daran saß, winzig wirken.

Ivan Danko war nicht dieses dürre Männlein gewesen, als ich ihn im Winter kennengelernt hatte. Obwohl seine chronische Krankheit stabil zu sein schien, hatte eine noch nicht lang zurückliegende Lungenentzündung ihren Tribut gefordert. Seine blauen Augen hatten einen grauen Schimmer, und sein kurzer Bart war zottelig. Er hatte sein Frühstück kaum angerührt.

»Ich dachte, ich hätte ein Bild von dem Buch auf meinem Laptop«, sagte Ivan, nachdem wir einige Nettigkeiten ausgetauscht hatten, »aber das war ein Irrtum. Es tut mir leid, dass Sie meinetwegen unnötigerweise hergekommen sind.«

Mir wurde schwer ums Herz. Wann immer ich dachte, ich sei mit Dorians Buch einem Durchbruch nah, kam mir etwas in die Quere. Es war, als würde das Universum mir Streiche spielen. »Können Sie sich denn an irgendetwas aus dem Buch erinnern?«

»Ich weiß nicht genau, wie ich es erklären soll«, antwortete Ivan. »Das Einfachste wäre es, wenn ich es Ihnen zeigen würde.«

Ich starrte ihn an. »Moment mal, ich dachte, Sie hätten das Buch nicht.«

»Nicht hier. In meiner Bibliothek zu Hause. Ich bin fast fertig mit meinem Tee. Wollen Sie mich nach Hause begleiten?«

»Ich nehme meinen Tee einfach mit.«

Ivan wohnte in einem kleinen Haus auf dem nördlichen Teil des Hawthorne Boulevard. Wir gingen zu Fuß zu seinem Haus und atmeten die süßen Düfte von Pflaumen- und Kirschbäumen ein, die jüngst erblüht waren, während der Frühling nach einem besonders harten Winter Einzug gehalten hatte. Ich gab mir Mühe, unser gemächliches Tempo nicht zu beschleunigen und entschlossen auszuschreiten, wie ich es vorzog, da ich wusste, dass es Ivan nicht gut ging.

Ein einziger Blick auf sein Haus genügte, um zu wissen, dass der pensionierte Chemieprofessor ein Gelehrter war. Ivan hatte den größten Raum seines Hauses zu einer Bibliothek über Alchemie gemacht. Er schrieb ein Buch über die unbesungenen Helden der Wissenschaft – Wissenschaftler, die als Teil ihrer Arbeit mit Alchemie experimentiert hatten. Isaac Newton war einer der berühmteren Wissenschaftler, die alchemistische Experimente durchgeführt hatten. Da Newton gewusst hatte, wie Wissenschaftler zur Alchemie standen, hatte er seine Arbeit verborgen, aber sie war ihm wichtig genug gewesen, um sie heimlich fortzuführen.

Es war Ivans Ziel, vor seinem Tod sein Fachbuch über weniger bekannte und geehrte Wissenschaftler zu vollenden, die sich mit Alchemie beschäftigt hatten. Wieder einmal staunte ich über die Sammlung, die er zusammengetragen hatte.

»Es muss hier irgendwo sein«, sagte er und stöberte in einem Stapel von Papieren auf einem Beistelltisch. »Wenn ich mich nur erinnern könnte, wo ich es hingelegt habe …«

Während er suchte, sah ich mich im Raum um. Die Eichenregale waren maßgefertigt eingebaut, und darunter befand sich ein niedriges Bücherregal, das von Wand zu Wand unter dem Fenster entlang verlief. Von dem Fenster aus hatte man einen Blick auf die Tannen, die das Haus überragten und diesen Raum so perfekt für kontemplative Forschungen machten. Auf dem Fenstersims standen mehrere Fotos, darunter eins aus jüngerer Zeit, auf dem er und Max mit riesigen Bierhumpen in den Händen lächelten. Die beiden Männer waren Freunde, die sich als Stammgäste von Blue Sky Teas kennengelernt hatten.

Auf Ivans Schreibtisch lag ein aufgeschlagenes Fotoalbum. Eine große Fotografie zeigte Ivan als jungen Mann. Ich trat näher an seinen Schreibtisch heran, um mir das Foto besser ansehen zu können. Ivan war darauf mit zwei anderen Männern abgebildet, auf dem Staromestske Namesti, einem Altstadtplatz in Prag, vor der berühmten astrologischen Uhr. Er hatte schon damals einen Bart gehabt, und sein Haar war genauso struppig gewesen wie heute. Sein weißes Oberhemd war falsch geknöpft. Ich lächelte, erheitert, zu sehen, dass er schon immer ein zerstreuter Professor gewesen war.

Ivan griff an mir vorbei und klappte das Album zu.

»Ich habe Sie nie gefragt, warum Sie Prag verlassen haben«, sagte ich. »Wäre es nicht einfacher gewesen, Ihr Buch dort zu schreiben, im Herzen der alchemistischen Geschichte?«

Er betrachtete das Fotoalbum, und auf seinem Gesicht stand eine Mischung aus Glück und Kummer. »Zu viele schmerzhafte Erinnerungen. Jemand, der so jung ist wie Sie, wird das nicht ganz verstehen ...«

»Ich dachte, Sie hätten gesagt, ich sei eine alte Seele.«

Ivan schenkte mir ein trauriges Lächeln. »Bevor ich mit meiner Krankheit Frieden gemacht hatte, habe ich mich ziemlich töricht aufgeführt. Ich sage den Leuten, mein Zustand habe es für mich erforderlich gemacht, frühzeitig in den Ruhestand zu treten. Das stimmt auch – bis zu einem gewissen Punkt. Hätte ich mich besser benommen, hätte die Universität mich als Professor emeritus behalten, und ich hätte noch immer mein Büro und meine Forschungsprivilegien.« Er schloss die Augen und verlor sich für einige Sekunden in Gedanken. »Aber diese Möglichkeit wurde mir genommen, und ich bin selbst schuld daran. Ich konnte nicht akzeptieren, dass ich zunehmend die Kontrolle über meinen Körper verlor. Ich würde es gern darauf schieben, dass die Krankheit meinen Verstand beeinflusst, aber das wäre eine Lüge. Mein Verstand ist so scharf wie eh und je.«

»Was für sich genommen ein Fluch ist«, murmelte ich. »Sie sind sich vollauf im Klaren darüber, dass Ihr Körper versagt, und Sie wissen genau, was das bedeutet.«

Ivans Augen leuchteten auf. »Sie verstehen es also doch.«

Ich dachte an Dorian, verlor aber kein Wort darüber. Stattdessen griff ich nach Ivans Hand, die für einen Mann von Ende fünfzig viel zu zerbrechlich war, und drückte sie sanft.

»Ich war zornig«, begann Ivan zu sprechen. »Ich habe um mich geschlagen und dabei alle um mich herum getroffen, in selbstzerstörerischer Absicht. Ich habe geschwankt zwischen der Suche nach falschen Heilmitteln und dem Wunsch, mich mit Alkohol zu betäuben. Die Universität hat mich gebeten, frühzeitig in den Ruhestand zu treten, um einen Skandal zu vermeiden. Es war zu schmerzhaft, in Prag zu bleiben, wo ich in meiner Jugend so viele glückliche Jahre verbracht habe. Und die Leute, die mich vor meiner Erkrankung kannten, sollten nicht sehen, was aus mir geworden war. In diesem modernen Zeitalter ist Forschung überall möglich.«

»Es ist nicht dasselbe.«

»Ich hatte die Wahl, in Prag zu bleiben, aber zu zornig zu sein, um meine Forschungen fortzusetzen, oder irgendwo anders hinzugehen, wo ich mich ausschließlich auf mein Buch konzentrieren kann, bevor ich sterbe.« Er räusperte sich und wandte den Blick ab. Ich gab ihm Raum, aber brauchte nicht lange. »Ah! Da ist es ja.«

Er reichte mir ein Blatt Papier. Es war nicht nur ein Ausdruck einer eingescannten Kopie, sondern die Kopie einer Sekundärquelle, nicht die einer Originalausgabe eines Alchemiebuchs. Die obere Hälfte der Seite enthielt einen erklärenden Text auf Deutsch, und die untere Hälfte zeigte ein schlechtes Foto von einer Illustration in einem Alchemiebuch. Die vergilbte Seite sah aus wie ein Holzschnitt, wie es bei alchemistischen Druckwerken üblich war. Trotz der unscharfen Kopie erkannte ich das zentrale Bild eines Engels, der in einem Gefängnis aus Flammen festsaß und um den herum gegen den Uhrzeigersinn Bienen kreisten.

Rückschreitende Alchemie.

Ich zitterte vor Furcht und Erregung, als ich all die Details in mich aufnahm. Am Rand des Bildes, außerhalb der Flammen, befanden sich zwei Männer, die als Narren verkleidet waren. Obwohl das Buch beschädigt worden war, war auf der Abbildung klar zu erkennen, dass die Bienen den Männern in die Augen stachen.

Die Bienen in Dorians Alchemiebuch waren auf ähnlich beunruhigende Weise eingesetzt worden. Aber hier auf diesem Bild gab es noch mehr. Mir wurde klar, warum Ivan es als verstörend bezeichnet hatte. Die Härchen auf meinen Armen stellten sich auf, als mein Blick auf die Augen des Engels fiel. Das absolute Grauen in den Augen des Engels – einer Frau – traf mich bis ins Mark.

»Ich habe Sie gewarnt, dass es erschreckend ist«, sagte Ivan. »Es ist weit schlimmer als jeder Horrorfilm, oder?«

Es hatte mich immer erstaunt, wie viel Leben Künstler einem Bild einhauchen konnten, selbst wenn sie nur ein Messer und ein Stück Holz hatten. »Warum hat meine Frage Sie an diese Illustration erinnert?«

»Honig«, antwortete Ivan. »Der Duft von Honig. Das ist aus einem Buch über Alchemie, nicht aus einem originalen Alchemiebuch. Der Verfasser dieses gelehrten Buches hat eine Anmerkung gemacht, dass er bei der Arbeit mit diesem Alchemiebuch den Duft von Honig wahrgenommen habe. Dass anscheinend Honig als Konservierungsmittel eingesetzt wurde. So ungewöhnlich das klingt, aber Alchemisten sind schon immer dafür bekannt gewesen, dass sie ihrer Zeit voraus sind.«

»Woher kommt dieses Buch?«, fragte ich. Die Idee von Ivan und dem Autor, Honig sei ein Konservierungsmittel, klang falsch für mich, aber irgendetwas steckte dahinter.

»Der Fachtext befindet sich im Archiv einer deutschen Universität«, berichtete Ivan, »aber bedauerlicherweise ist die ursprüngliche Quelle unbekannt. Der Holzschnitt setzt sich aus drei Blättern zusammen, die in einer französischen Buchhandlung gefunden worden sind.«

Ich nickte. »Die geschwärzten Ränder zeigen, dass das Buch schwer beschädigt wurde.«

»Ah!«, sagte Ivan. »Das habe ich zuerst auch gedacht. Aber schauen Sie genau hin. Dieses Foto zeigt die drei Seiten zusammen.«

Ich blinzelte. »Sie liegen übereinander«, flüsterte ich.

»Alchemisten und ihre Codes«, sagte Ivan. »Hier bemerkt der Autor, dass die Flammen von einer folgenden Seite stammen, doch wenn man die Seiten zusammenlegt, zeichnen die Flammen die Umrisse des Engels nach.«

Die Art, wie das Bild sich zusammensetzte, erschuf eine neue Bedeutung. War das Absicht? Oder ein Versehen? Wenn man die Kopie genauer betrachtete, sah es aus, als sei das Papier an den Rändern versengt worden. Und waren das Rußkörnchen? Ohne das Original ließ sich das unmöglich erkennen.

»Können Sie mir den Rest des Textes übersetzen?«, bat ich. Ich bin gut im Erlernen von Sprachen, aber das Deutsche habe ich nie gemeistert. Um mich vollends einzufügen – mich vor aller Augen sichtbar zu verstecken –, hielt ich es für das Beste, eine Handvoll Sprachen fließend zu beherrschen, statt mich um ein oberflächlicheres Verständnis vieler weiterer zu bemühen. Zusammen mit einem tiefen Verständnis einiger Sprachen bin ich gut darin, den regionalen Dialekt einer bestimmten Zeit aufzuschnappen. Im Gegensatz zu einigen anderen Alchemisten, die ich kannte und die sich an überkommene Sprachmuster klammerten, passte ich mich an.

Ivan erklärte, dass der Rest des Textes auf der Seite die Theorie enthalte, das Bild sei eine Warnung vor den Gefahren der Alchemie. Ich wusste es besser. Dieses Bild erzählte von der Todesrotation rückschreitender Alchemie. Ivan wusste um mein »gelehrtenhaftes« Interesse daran, aber er hatte die Verbindung dieser Illustration mit rückschreitender Alchemie nicht hergestellt. Das hätte mich nicht weiter überraschen sollen. Es war ein obskures Thema, selbst für Alchemisten und alchemistische Gelehrte. Sein

Fehler machte mir die Tatsache bewusst, dass Ivans Hilfe nicht ausreichte. Ich musste jemanden finden, der sich mit rückschreitender Alchemie auskannte. Ich musste einen wahren Alchemisten finden. Den Magier Prometheus?

»Der Absatz endet damit«, fuhr Ivan fort, »dass die Hälfte des Engelskörpers aus Stein ist.«

Ich schreckte auf und machte große Augen, als ich die untere Hälfte des Engelskörpers betrachtete. An diesem Punkt lag der Gelehrte richtig. Wegen der Unschärfe der Kopie war es mir vorher nicht aufgefallen, aber jetzt, da ich darauf achtete, war es offensichtlich. Die Beine des Engels waren mit einem Steinbrocken verschmolzen und zu einem einzigen geworden. Die Frau war gefangen in ihrem eigenen Körper.

Es ist genau das, was mit Dorian passiert.

Mein Handy summte und ließ mich aus den beunruhigenden Implikationen dieser neuen Information aufschrecken. Eine WhatsApp von Brixton erschien auf meinem Display. Er schrieb, es habe einen Notfall gegeben, und ich müsse auf der Stelle zurückkommen.

WAS FÜR EIN NOTFALL?, schrieb ich zurück.

Er antwortete nicht. Ich rief ihn an. Er hasste es, am Telefon zu reden, daher erwartete ich nicht, dass er den Anruf entgegennehmen würde. Aber er tat es.

»Zoe! Er ist hier!«

»Wer ist wo?«

»Kommen Sie schnell nach Hause.«

»Wer …«

»Es ist der Magier! Ich wusste, dass ich recht hatte. Er ist ein Alchemist – und er ist hier …«

»Er hat mich besuchen wollen?« Woher konnte er gewusst haben, wo ich wohnte? Und wichtiger noch, warum sollte er mich aufsuchen?

»Nein, er ist ein Krimineller, Zoe. Er ist …«

Das Blut gefror mir in den Adern. »Brix, wenn er versucht, ins Haus einzubrechen« – an dieser Stelle war die Leitung plötzlich tot – »ruf die Polizei an«, sagte ich zu toter Luft.

Ich versuchte, meinen Atem zu beruhigen. Eines Tages würde dieser Junge einmal zu oft davon reden, dass es brannte … aber ich würde mir nie verzeihen, wenn es stimmte, was er befürchtete. Ich hatte Brixton einen Schlüssel meines Hauses gegeben, als er einige Tage bei mir gewohnt hatte. Danach hatte er ihn nur noch selten benutzt, aber was war, wenn dieser Magier-Alchemist versuchte, ins Haus zu gelangen? Ich wusste nur, dass Peter Silverman ein Krimineller war. Und ein halbwüchsiger Junge würde ihn nicht aufhalten.

8

Notre-Dame de Paris, 1845

Irgendjemand musste hier eingebrochen sein und die Dokumente ausgetauscht haben. Das war jedenfalls die einzige Erklärung für das, was der berühmte Architekt den auf seinem Schreibtisch verstreuten Papieren entnehmen konnte.

Eugène Viollet-le-Duc runzelte die Stirn. Er sah sich noch einmal die alten Bauzeichnungen von Notre-Dame de Paris und die verschiedenen Abbildungen der Kathedrale im Laufe der Jahrhunderte an. Das waren untergeschobene Dokumente, oder? Doch Viollet-le-Duc verstand nicht, warum jemand einen solchen Austausch vorgenommen haben sollte.

Der weltberühmte Architekt und Künstler war zusammen mit Jean-Baptiste-Antoine Lassus engagiert worden, um die große Kathedrale zu restaurieren. Für Viollet-le-Duc war »Restaurieren« ein weitgefasster Ausdruck. Er hatte Pläne, das altmodische Gebäude ins 19. Jahrhundert zu bringen. Er träumte davon, gleichzeitig die frühere Pracht der Kathedrale wiederherzustellen und moderne Kleinigkeiten hinzuzufügen, um einer neuen Generation zu zeigen, wie herrlich diese Pariser Institution wahrhaft war.

Um sicherzustellen, dass sich seine eigenen Ergänzungen perfekt einfügten, hatte der Architekt offizielle historische Unterlagen zusammengetragen und künstlerische Wiedergaben der Kathedrale im Lauf der Jahrhunderte zurate gezogen.

Jetzt, da er die Dokumente beider Art vor sich hatte und verglich, fiel ihm auf, dass irgendetwas nicht stimmte. Die Bauphase der Kathedrale hatte im Jahr 1163 begonnen und war im Lauf der Jahrhunderte immer wieder fortgesetzt worden. Die Bauphase war in die Länge gezogen worden, um die Stätte zur Ehre Gottes noch prachtvoller zu gestalten und sich dabei die Fortschritte der Baukunst zunutze machen zu können. Viollet-le-Duc beabsichtigte, ebenso wie seine Vorgänger, die modernen Stile und zeitgenössischen Techniken einzusetzen und auch zeitgenössische Stilelemente zu verwenden. Außerdem ging es ihm nicht nur um Restauration und Vergrößerung. Es mussten auch zerstörte Bereiche wiederaufgebaut werden. Während der Französischen Revolution im vorangegangenen Jahrhundert, die kurz vor Viollet-le-Ducs Geburt zu Ende gegangen war, hatten die Aufständischen alles zerstört, was für sie Adel symbolisierte. Und da die Statuen der judäischen Könige an der Fassade von Notre-Dame fälschlicherweise für die Standbilder von französischen Königen gehalten worden waren, hatte man sie schwer beschädigt.

Doch wenn er den Zeichnungen zahlreicher Künstler glauben durfte, waren die alten Steinmetzarbeiten der Fassade nicht einfach nur verwüstet worden. Zu verschiedenen Zeiten in der Geschichte der Kathedrale hatte man die Steinmetzarbeiten der Fassade auch verändert, um ihnen eine neue Bedeutung zu verleihen.

Das hieß, dass nicht sämtliche Zerstörungen angerichtet worden waren, um das Monument zu verschandeln, wie man ihn hatte glauben machen wollen.

Viollet-le-Duc entfaltete hastig die offiziellen Pläne und Skizzen, die er besaß. Keins dieser Dokumente zeigte die seltsamen in die Fassade eingemeißelten Schriftzüge, die er auf einigen Zeichnungen fand. Er richtete seine Aufmerksamkeit wieder auf die Zeichnungen der tatsächlich vorhandenen Gravuren. Mit einem Vergrößerungsglas schaute er sie sich genauer an. *Rätsel.* Diese Worte ergaben keinen Sinn. Wie seltsam!

Und was war das? Er hielt sich seine Lupe vors Auge und schaute noch genauer hin. Auf einer Zeichnung der Kathedrale aus der Zeit vor der Französischen Revolution war eine männliche Skulptur zu sehen, die ein Buch in der Hand hielt. Das steinerne Buch trug den Titel: *Non Degenera Alchemia.*

Viollet-le-Duc fand das amüsant. Steinmetze beklagten oft, dass ihre Bemühungen nicht gebührend anerkannt wurden. Um in Erinnerung zu bleiben, stellten sie manchmal sich selbst in ihren Arbeiten dar. Die Steinmetze, die an diesem Teil von Notre-Dame gearbeitet hatten, mussten einen guten Sinn für Humor besessen haben. Sie hatten ihren eigenen geheimen Scherz an einer Stelle untergebracht, wo man ihn gewiss sehen würde. Viollet-le-Duc wusste ihre Mühe zu schätzen und bedauerte, dass er verpflichtet war, in diesem Teil der Kathedrale den ursprünglichen Zustand wiederherzustellen.

Ergriffen von jäher Inspiration räumte er den Schreibtisch auf und setzte sich mit einem aufgeschlagenen Notizbuch hin. Mit sachkundiger Hand begann er zu zeichnen. Eine geflügelte Kreatur nahm unter seiner Feder Gestalt an. Dies war kein Engel; es war ein Gargoyle.

Er hielt inne und sah im Geiste ein Bild der gegenwärtigen Kathedrale vor sich. Verwitterte, steinerne Gargoyles reihten sich bereits um einen großen Teil der alten Kirche. Wenn auch weit genug vom Boden entfernt, dass man die Augen zusammenkneifen musste, um ihre Einzelheiten zu erkennen, hatten diese Gargoyles immer seine Fantasie beflügelt. Es war eine Schande, dass ihre Funktion als Wasserspeier auch bedeutete, dass sie binnen Jahrzehnten statt Jahrhunderten auf natürliche Weise zerfielen. Er verspürte den Wunsch, größere Chimären in das Gemäuer zu meißeln, die man sowohl vom Platz vor der Kathedrale aus als auch aus der Nähe würde betrachten und bewundern können. Groteske Figuren, deren Gestalt nicht dadurch beeinträchtigt wurde, dass sie als Wasserspeier dienten. Viollet-le-Duc stellte sich eine Galerie hoch oben auf der Kathedrale vor, zu der das gemeine Volk hinaufklettern konnte, um die prachtvolle Stadt zu betrachten und auch um einen genaueren Blick auf die architektonischen Details der Kathedrale selbst werfen zu können. Hoch über dem Alchemistenscherz der Steinmetze würde dies seine Galerie der Chimären sein.

9

Als ich den Gehweg vor meinem Haus erreichte, kam als Erstes die Plane in Sicht, die das Loch im Dach verdeckte, durch das Dorian vom Dachboden aus nach draußen kletterte. Da seine Gestalt als Prototyp für eine Statue auf der Galerie der Gargoyles, die Notre-Dame zierte, aus Stein gehauen worden war, fühlte es sich für ihn am natürlichsten an, durch die Öffnung hoch oben über dem Boden zu kommen und zu gehen.

Ich lief zum Haus, wo Brixton auf der Bank auf meiner Veranda saß und gelassen seine Gitarre stimmte. Es war kein Notfall in Sicht.

»Er ist es, Zoe.« Brixton legte seine Gitarre beiseite und griff nach einem gebundenen Buch mit Bibliothekskennzeichen auf dem Rücken. »Prometheus. Der Alchemist.«

Ich stöhnte. »Brixton! Ich habe keine Zeit für noch mehr Theorien. Ich war gerade dabei, etwas Wichtiges …« Ich brach ab, als ich die Seite sah, die er aufgeschlagen hatte. Brixton hielt das alte Bibliotheksbuch so, dass ich ein Foto des Mannes sah, den wir als Peter Silverman kannten. Ich nahm ihm das Buch ab.

»Die Website, auf der ich sein Foto zum ersten Mal gesehen habe, ist nach wie vor nicht verfügbar«, berichtete Brixton, »daher bin ich in die Bibliothek gegangen und habe mir einen Leserausweis besorgt, um das hier auszuleihen und es Ihnen zu zeigen.«

Auf der Seite war eine Fotografie des Bühnenmagiers, den ich am vergangenen Abend gesehen hatte. Er schien ungefähr im selben Alter zu sein wie jetzt, um die fünfzig, aber mit einer anderen Frisur und einem Schnurrbart. Dieses Foto hatte etwas unheimlich Verstörendes. Ich konnte es nicht wirklich benennen, aber es wischte mir das Lächeln vom Gesicht. Ich war nie ein Fan von Schnurrbärten gewesen, doch daran lag es nicht. Auf dieser Nahaufnahme schaute der Mann, den ich als den Magier Prometheus kannte, mit leeren Augen an der Kamera vorbei, Augen, bei deren Anblick mich ein Schauder überlief.

»Er ist *tot*«, flüsterte ich und begriff jetzt, was an dem Foto nicht stimmte. »Dieses Foto wurde nach seinem Tod aufgenommen.«

»Er ist angeblich bei einer Schießerei mit der Polizei ums Leben gekommen, nachdem er einen Mann während eines Raubüberfalls getötet hatte.«

Ich betrachtete den Einband des schon etwas mitgenommenen Buches. Es handelte von berüchtigten Mördern aus Portland im Laufe der Zeiten. Brixton zeigte damit nicht nur, dass Peter Silverman ein Alchemist war. Der Mann auf diesem Foto war ein *Mörder.*

Die Bildunterschrift lautete: *Franklin Thorne, 1969 getötet von Polizisten des Staates Oregon.*

1969. *Vor fast fünfzig Jahren.* Der mordlustige Magier war keinen Tag gealtert.

»Ich habe Ihnen doch gesagt, dass er ein Alchemist ist«, begann Brixton. »Er muss genau wie Sie das Elixier des Lebens gefunden haben, sodass er nicht wirklich tot war. Er hat nur so getan als ob. Jetzt wissen Sie, dass er Ihnen bei Dorians Buch wirklich helfen könnte! Ich habe Ihnen doch gesagt, dass meine Idee für eine Datenbank für Alchemisten gut war. Es hätte mir die Notwendigkeit erspart, einen Leserausweis zu erwerben.«

Ich schüttelte den Kopf. »Der Magier aus der Show von gestern Abend muss mit diesem Mann verwandt sein. Es tut mir leid, dass ich daran gezweifelt habe, dass du ihn erkannt hast, aber du kannst mir in diesem Punkt vertrauen. Die einfachste Erklärung ist im Allgemeinen die richtige.«

Ich war schon lange genug auf der Welt, um zu wissen, dass die naheliegendste Antwort fast immer die richtige war. Wobei *fast* das Schlüsselwort war. Aber ich wollte Brixton gegenüber meine Zweifel nicht zugeben. Es war trotzdem viel wahrscheinlicher, dass der Magier einfach mit diesem berüchtigten Mörder verwandt war. In manchen Familien gab es verblüffende Ähnlichkeiten unter den Angehörigen. Diese Tatsache war der Grund, warum die Leute bereitwillig akzeptiert hatten, dass ich die Enkelin einer Frau sei, die bemerkenswerte Ähnlichkeit mit mir gehabt hatte. Das war viel glaubwürdiger für die Menschen als die Wahrheit, dass wir ein und dieselbe waren. Aber natürlich konnte dieser Mann in der gleichen Situation sein wie ich. Was dann?

Brixton nahm das Buch wieder an sich. »Ich habe mehr über Franklin Thorne recherchiert, während ich hier auf Sie gewartet habe. Wirklich, die beiden sind nicht miteinander verwandt. Dieser Thorne hatte überhaupt keine Familie.«

Franklin Thorne. Warum kam mir dieser Name bekannt vor?

»Der Lake-Raub!«, rief ich.

»Ja. Na endlich.«

Die verschwundene Beute des Zugüberfalls war jüngst entdeckt worden. Das war es, was Peter Silverman in die Stadt gelockt haben musste.

Ich bat Brixton zu warten, während ich es selbst nachschlug. Soweit ich feststellen konnte, hatte Brixton recht damit, dass die beiden Männer nicht verwandt waren. Und keiner von ihnen hatte irgendeine Verbindung zur Alchemie.

»Ein Publicity-Gag!«, rief ich. »Vielleicht hat er das Aussehen kultiviert. Es wäre eine tolle Publicity für einen Mann mit dem Bühnennamen Prometheus, so zu tun, als sei er unsterblich.«

»Er hätte dieses Bibliotheksbuch nicht verändern können«, hielt Brixton dagegen. »Die Seiten sind alle verblichen.«

»Nein, und er hätte sich wahrscheinlich gar nicht so viel Mühe gemacht«, flüsterte ich. Ich wusste, dass es technisch möglich war, eine so vielschichtige und komplexe Illusion zu erschaffen, aber ein in einer Bibliothek schmorendes Buch ergab keinen Sinn. Warum sich so ins Zeug legen? »Moment mal, du hast zuerst gesagt, du würdest dich aus einem Geschichtsbuch an diesen Mann erinnern, und dann ist dir bewusst geworden, dass du dieses Foto ursprünglich auf einer Website gesehen hast?«

»Ja, auf einer Website, der ich folge und die den Titel *Mörderisches Portland* trägt.«

Nachdem er zu Jahresbeginn von einem echten Mörder in eine Falle gelockt worden war, hatte Brixton tollkühne Aktivitäten aufgegeben, wie den Einbruch, bei dem er Dorian und mich kennengelernt hatte. Anstelle dieses riskanten Hobbys vertrieb er sich jetzt die Zeit mit der makaberen, aber sicheren Aktivität, etwas über die Geschichte der Mörder Portlands herauszufinden. Er war ganz verliebt in eine Website, die ein Student an der Portland State University unterhielt und die Portlands zwielichtiger Vergangenheit gewidmet war, begonnen mit der Gründung des Staates Mitte des neunzehnten bis hin zum Ende des 20. Jahrhunderts. Brixton hatte den Eindruck erweckt, als interessiere er sich am meisten für die Ära des Wilden Westens, jedoch hatte er anscheinend auch Artikel über jüngere Verbrechen gelesen.

»Aber die Seite ist gehackt worden und immer noch nicht wieder online«, fuhr Brixton fort. »Was ist da los?«

»Es ist ein furchterregend großer Zufall, dass die Website in dem Moment nicht mehr aufrufbar war, in dem Peter Silverman in der Stadt aufgetaucht ist. Es gefällt mir nicht. Wenn das ein Publicity-Gag wäre, würde Prometheus wollen, dass das Foto überall im Internet auftaucht. Aber stattdessen ist die größte Website, die sein Foto zugänglich macht, offline. Es ist, als wolle er nicht gefunden werden.«

»Genau das sage ich ja die ganze Zeit«, brummte Brixton. »Es fühlt sich so an, als würden Sie mir überhaupt nicht zuhören.«

Brixton hatte zweimal in ebenso vielen Monaten blinden Alarm geschlagen, aber das war es nicht, was mich skeptisch gemacht hatte. Es war die Tatsache, dass die Zahl der Alchemisten so gering war. Selbst als ich Alchemie studiert hatte und bevor ich ihr entflohen war, hatte ich nur sehr wenige Menschen gekannt, die ihre Geheimnisse aufgedeckt hatten. Nun gut, ich kannte weniger Alchemisten als meine männlichen Mitstreiter. Abgesehen von Nicolas und Perenelle Flamel, standen die meisten Menschen weiblichen Alchemisten skeptisch gegenüber. Ich war zu Beginn des 18. Jahrhunderts bei Nicolas in die Lehre gegangen, zweihundert Jahre nachdem er und seine Frau ihren eigenen Tod in Paris vorgetäuscht hatten. Weil er ein vorsichtiger Mensch war, dem seine Privatsphäre teuer war, hatte Nicolas selbst nicht einmal viele wahre Alchemisten gekannt. Und ich hatte die Flamels 1704 aus den Augen verloren. Ich wusste nicht einmal, ob sie noch lebten.

Einst hatte es eine größere Anzahl praktizierender Alchemisten gegeben. Doch selbst in Epochen, in denen es ein reges Interesse an alchemistischen Aktivitäten gegeben hatte, hatten nur wenige Menschen die Geheimnisse der Alchemie entschlüsselt. Die meisten Alchemisten starben entweder, weil sie sich in ihren Labors versehentlich selbst vergifteten, oder sie erlagen einem natürlichen Alterstod. Nur sehr wenige von uns hatten das Elixier des Lebens gefunden. Es gab plausiblere Erklärungen dafür, warum Peter Silverman Franklin Thorne ähnelte.

Trotzdem war ein ausgeklügelter Publicity-Gag nicht genug,

um obskure Bibliotheksbücher zu ändern. Hinter dieser Angelegenheit steckte mehr, als ich verstand.

»Solltest du nicht drüben in der Teestube sein und deiner Mom helfen?«

Brixton verdrehte die Augen, stand aber auf und hängte sich seine Gitarre auf den Rücken. Er hielt noch einmal kurz inne, bevor er sich auf sein Fahrrad setzte. »Sie wissen, dass Sie Mom-Jeans tragen, stimmt's?«, fragte er.

»So schlimm?«

»Noch schlimmer. Sehr viel schlimmer.«

Das war der letzte Tropfen auf ein übervolles Fass. Mein Bankkonto stand zu tief in den Miesen, um die maßgeschneiderten Kleider zu erwerben, an die ich gewöhnt war, und ich wollte die vielen Stunden nicht investieren, die vonnöten gewesen wären, um mir selbst eine neue Garderobe zu nähen. Ich bezweifelte auch, dass ich mir etwas Anständiges aus einem Kaufhaus leisten konnte – ganz zu schweigen davon, dass ich keine Ahnung von den gesellschaftlichen Gepflogenheiten des Einkaufens in Geschäften mit mehreren Etagen hatte. Das war eine moderne Erfindung, die ich immer nur von ferne betrachtet hatte. Bei einer der wenigen Gelegenheiten, als ich mich in ein Einkaufszentrum vorgewagt hatte, waren meine Sinne bombardiert worden von einer Explosion von Düften und Pudern, die »hilfsbereite« Verkäuferinnen mir zeigen wollten. Ich hatte die Flucht ergriffen, bevor ich es ganz durch die Kosmetikabteilung geschafft hatte. Aber ich schob das Unvermeidliche nur vor mir her. Ich war zu alt, um noch zu lernen, versiert aus Blei Gold zu machen, aber es musste eine Spur einfacher sein zu lernen, wie man in einem Einkaufszentrum einkaufte. Oder? Sobald ich herausgefunden hatte, wie ich Dorian retten konnte, würde ich mich selbst neu erfinden.

»Ich passe auf das Buch aus der Bibliothek auf«, versprach ich. Sobald Brixton die Einfahrt hinunter verschwunden war, sprang ich in meinen Wagen. Ich hatte mein eigenes Ziel, das ich erreichen musste. Ich wusste nicht, was ich von dem alchemistischen Holzschnitt halten sollte, der einen sich in Stein verwandelnden Engel zeigte, aber es gab etwas Konkreteres, das ich tun konnte.

Die Zeitungsarchive der Bibliothek waren sehr umfänglich. Ich hatte keine Mühe, Scans der ursprünglichen Zeitungsausgaben aus dem Frühling 1969 zu finden, als der berüchtigte Zugüberfall stattgefunden hatte.

In den Tagen nach dem Verbrechen, bei dem Arnold Burke, der Wachposten, ums Leben gekommen war – und das auch zum Tod des Diebes geführt hatte –, berichteten die Lokalzeitungen über verschiedene Aspekte des Zugüberfalls. Mehrere Reporter zitierten widersprüchliche Augenzeugenaussagen über den Raub, und ein Reporter hatte eine Kurzbiografie des heldenhaften Wachpostens verfasst, während ein unternehmungslustiger investigativer Journalist in der Vergangenheit von Franklin Thorne gewühlt hatte, und das so schnell, dass seine Story schon am Tag nach dem Überfall erschienen war. Außerdem gab es Spekulationen darüber, was Thorne, einen Spielzeugmacher, zum Dieb hatte werden lassen. Die landläufige Erklärung lautete, dass die Familie Thorne einst ziemlich wohlhabend gewesen, aber eine Generation zuvor verarmt war. Wie es weit verbreitete Geschichten an sich hatten, stimmten die Reporter in einem Punkt überein. Abgesehen von einer kinderlosen älteren Schwester, hatte Thorne keine Familie.

Ich las Zeitungsartikel aus den ersten Tagen nach dem Diebstahl und den Schießereien, dann bettete ich den Kopf auf den Bibliothekstisch und schloss die Augen. Das unechte Holz der Tischfläche roch nach Plastik und Reinigungsmittel. Peter Silverman, auch bekannt als Bühnenmagier Prometheus, auch bekannt als mörderischer Dieb Franklin Thorne, hatte nichts mit mir zu tun. Er war nicht hier, um eine andere Alchemistin zu finden. Er war hier, um sich die Reichtümer zu holen, die er vor Jahrzehnten gestohlen hatte, jetzt, da erneutes Interesse bedeutete, dass vielleicht jemand anders den Schatz in die Hände bekam.

Ich hob den Kopf und streckte die Hand instinktiv wieder nach der Maus aus, um den Bibliotheksbildschirm zum Leben zu erwecken. Ich bremste mich. *Peter Silverman ist nicht dein Problem, Zoe.*

Wenn Brixton aber recht hatte, konnte er dann die Lösung meines Problems sein?

10

Warum sitzen Sie in Ihrem *imperméable* auf dem Sofa?«, fragte mein Gargoyle und zog seine dunkelgrauen Brauen zusammen.

»Ich war fest entschlossen, mich einem Problem zu stellen, aber dann habe ich mich eines anderen besonnen.« Ich saß steif auf dem mit grünem Samt bezogenen Sofa, im über meiner unförmigen Kleidung zugeknöpften silbernen Regenmantel, und hielt die Schlüssel zu meinem Wagen in der Hand.

Wenn Peter Silverman ein Mörder war und zurück in der Stadt, um nach der Beute zu suchen, die er für verloren gehalten hatte, warum sollte er dann zugeben, ein Alchemist zu sein? Selbst wenn ich ihn dazu bewegen könnte, sich mir zu öffnen, lohnte ein Bündnis mit einem gefährlichen Alchemisten das Risiko? Ich hatte Jahrhunderte überlebt, weil ich auf meine Intuition gehört hatte. Und meine Intuition schrie mir förmlich zu, dass ich mich von Peter Silverman fernhalten sollte. Aber andererseits, wenn seine Hilfe Dorians Leben retten konnte …

Dorian sprang neben mir auf das Sofa. Seine Füße berührten den Boden nicht. »Ich nehme an, es ist von einer Alchemistin zu viel verlangt, nicht in Rätseln zu sprechen.«

»Es ist nicht meine Absicht, mich geheimnisvoll auszudrücken.

Wirf mal einen Blick auf dieses Buch.« Ich nahm das Buch aus der Bibliothek vom Couchtisch und schlug es auf der mit einem Lesezeichen markierten Seite auf.

»Der Feuergott-Magier«, bemerkte Dorian. »Prometheus. Ich hätte nicht gedacht, dass er gut genug ist, um einen Eintrag in einem Buch zu bekommen. Es ist kein besonders schmeichelhaftes Foto, oder?«

»Wirf mal einen Blick auf den Titel des Buches. Es ist ein Buch über berüchtigte Mörder aus Portland.«

Dorians Schnauze zuckte, als er von dem Cover zu der Information über das Foto schaute. »Aber das ist ... wie ist das möglich? Da steht, der Mann sei 1969 von *les flics* getötet worden.«

»Ich denke, er ist ein Alchemist. Ein echter Alchemist, der das Elixier des Lebens entdeckt hat.« Doch irgendetwas stimmte nicht mit diesem Foto. Alchemisten sind nicht unsterblich. Wenn er wirklich tot war, wie dieses Bild andeutete, gab es nur zwei Möglichkeiten, wie er ins Leben zurückgekehrt sein konnte. Erstens, er könnte seinen Tod von Anfang an nur vorgetäuscht haben. Zweitens konnte er möglicherweise rückwärts gerichtete Alchemie benutzt haben, dieselbe unnatürliche Alchemie, die Dorian zum Leben erweckt hatte und die seinen Körper jetzt versteinern ließ.

»*C'est vrai*? Ist es wahr? Aber das ist ja wunderbar! Sie hatten während all dieser Monate solche Mühe, einen anderen wahren Alchemisten aufzuspüren. Monsieur Danko will Ihnen helfen, aber er ist kein wahrer Alchemist und kennt Ihr wirkliches Ziel nicht. Warum ist Ihr Gesicht so ernst, Zoe? Eine Zusammenarbeit mit einem gelehrten Alchemisten, der vielleicht noch länger lebt als Sie, könnte Ihnen helfen, mein Buch zu entziffern, oder?«

»Er ist ein Mörder, Dorian.«

Dorian wedelte mit einer Hand. »Sie haben keinen Blick fürs große Ganze.«

Ich seufzte. »Das große Ganze beinhaltet ganz allgemein gesagt, dass man sich von Mördern fernhält, auf die die Polizei mehrfach geschossen hat, weil sie es für notwendig hielt.«

»Ja, aber …« Er brach ab. »*Attendez.* Warum ist er zurückgekommen?«

»Sehen Sie sich seinen Namen an.«

»Franklin Thorne? Ah! Er ist der Mann, der die Lake-Juwelen gestohlen hat und der diese nervigen Schatzsucher angelockt hat.«

»Er war damals gezwungen, die Stadt schnell zu verlassen, und hatte die Beute nicht mitnehmen können, ohne geschnappt zu werden. Aber jetzt, nachdem genug Zeit verstrichen ist, will er sich höchstwahrscheinlich den Rest davon holen, bevor jemand anders sie findet, da ein Teil des Schatzes bereits entdeckt worden ist.«

»Die plausiblere Erklärung«, wandte ich ein, »ist, dass er einfach hier ist, um sich den Rest der Juwelen zu schnappen, die bei diesem Erdrutsch am Willamette River hochgespült worden sind.«

»*Alors*«, erwiderte Dorian und riss bewusst seine glänzend schwarzen Augen weit auf, sodass er aussah wie ein Teddybär-Gargoyle, »er versucht lediglich zu finden, was er erbeutet hat. Das klingt für mich nicht nach einem allzu schlechten Menschen.«

»Dorian!«

»Ja, ja, der Mord, den er begangen hat …«

»Das hört sich so an, als sei es nur ein versehentlicher Mord gewesen.« Ich wand mich innerlich. Versuchte ich, Entschuldigungen für ihn zu finden?

Dorians Flügel sackten herab. »Es tut mir leid, Sie dazu zu drängen, mit dem Alchemisten zu sprechen, meine Freundin. Ich wünsche Ihnen nichts Böses. Aber wenn die Möglichkeit besteht, dass dieser Mann mir helfen kann, ohne dass Sie dabei zu Schaden kommen, möchten Sie der Sache dann nicht auf den Grund gehen?«

»Natürlich.«

»*Bon.* Wir können uns zumindest seine Seite der Geschichte anhören.«

»*Wir?*«

Dorian sah mich mit unschuldigen Augen an. »Alchemisten, die das Elixier des Lebens entdeckt haben, würden sich vor mir nicht fürchten. Ich begleite Sie.«

11

Eine Stunde später ließ ich eine schwere Reisetasche zu meinen Füßen auf den Boden fallen und schaute mich um.

Wir wären früher hier gewesen, aber Dorian hatte darauf bestanden, ein frühes Mittagessen für uns zu kochen, um »bei Kräften zu bleiben«. Ich hatte keine Einwände, nachdem ich seine neueste Version von Makkaroni mit »Käse« gekostet hatte, den er aus Cashewsahne herstellte.

»Wir sind allein«, sagte ich und zog den Reißverschluss der Reisetasche auf. Schweiß rann mir an der Schläfe hinab. Dieser Gargoyle war schwer. »Aber du solltest dich beeilen.«

»*Mais oui.*« Dorian stieg aus der Tasche, bat mich um Hilfe bei seinem linken Fuß und machte sich dann sofort über das Schloss vor uns her. Er hatte es in weniger als einer Minute geöffnet.

»*Merde*«, flüsterte er. »Ich glaube nicht, dass ich in der Lage sein werde, diese Tür von der Innenseite wieder zu verschließen.«

»Solange wir wieder hinauskommen, soll es mir recht sein.«

Ich verzog das Gesicht, als die Angeln der Tür quietschten, obwohl ich vom Verstand her wusste, dass wir nicht leise zu sein brauchten. Noch nicht.

Das Portal des Theaters war verschlossen. Das Personal und die Darsteller waren noch nicht eingetroffen, um sich auf die abendliche Vorstellung vorzubereiten. Ich hatte Dorian gebeten, das Schloss des Bühneneingangs zu öffnen, der in einer verlassenen Gasse lag.

Mit der Geschicklichkeit von Dorians krallenbewehrten Fingerspitzen war es so, als hätte ich meinen höchsteigenen Schlosser bei mir. Ich betrachtete ihn eher als »Schlosser« und weniger als »Einbrecher«, weil meine Absichten rein waren – ich wollte nichts stehlen. Ich wollte mich nur umsehen, um festzustellen, ob irgendetwas darauf schließen ließ, dass diese Magier mehr waren, als sie zu sein vorgaben. Bevor ich einen potenziellen Mörder zur Rede stellte und offenbarte, dass ich sein Geheimnis kannte, musste ich die Lage sondieren. Darauf hatte ich bestanden. Meine Erwartungen waren klein, da Alchemisten sich darauf verstehen, Vorsicht walten zu lassen. Aber gleichzeitig war es verführerisch, in seiner Wachsamkeit nachzulassen, wenn niemand glaubte, Alchemie gebe es wirklich. Auf diese mangelnde Vorsicht bei Prometheus, auch bekannt als Peter Silverman, hoffte ich.

Dorian konnte im Dunkeln sehen, daher brauchte er kein Licht zu machen. Auf mich traf das jedoch nicht zu. Zumindest nicht, wenn ich in irgendeiner Weise von Nutzen sein wollte. Aber ich stellte fest, dass bereits ein Licht brannte.

»Zoe!«, flüsterte Dorian mit der tiefen, rauen Stimme, von der er irrigerweise annahm, sie sei leise genug, um nicht gehört zu werden. »Wir sind nicht allein!«

»Ist schon gut, Dorian. Es ist eine Geisterlampe.« Ich zeigte auf eine einsame Glühbirne auf einer Stehlampe mitten auf der Bühne. Das bedeutete nicht, dass jemand im Theater war. Diese Theatertradition war alt. Die einzelne brennende Glühbirne sollte Geister abwehren oder die Sicherheit eines jeden Menschen gewährleisten, der spät noch arbeitete. Die Erklärung hing davon ab, wen man fragte. Der Punkt war, dass es sich hier um eine alte Tradition handelte, die bei der modernen Beleuchtung nicht mehr vonnöten war. Einige Theater pflegten sie immer noch, aber für jemanden, der vor hundert Jahren in einem Theater gearbeitet hatte, würde das zur zweiten Natur geworden sein.

Dorian bemerkte meine Sorge nicht. Er machte sich daran, das Theater im Licht der schmucklosen, geisterhaften Glühbirne zu erforschen.

»Es ist alles abgeschlossen!«, verkündete er entrüstet.

»Habe ich dich nicht aus eben diesem Grund mitgenommen? Es war schwer, dich in dieser Tasche herumzuschleppen. Ich glaube, du hast zu viel von den Kuchen gegessen, die du für Blue Sky Teas gebacken hast.«

Dorian rümpfte seine Schnauze und sah mich an. »Eine wichtige Aufgabe des Kochs besteht darin, seine eigenen Kreationen zu kosten! Wie sonst sollten kulinarische Fortschritte gemacht werden? Vor allem bei diesen komplizierten veganen Regeln, die Sie mir aufzwingen.«

»Wie kannst du behaupten, die Regeln seien kompliziert? Die einzige Regel ist das Verbot von tierischen Produkten.«

»Wortklauberei«, murmelte Dorian. »*Alors,* das sind Schlösser, die meine Krallen nicht aufschließen können. Ich habe keine Ahnung, welche abscheuliche Magie jenseits dieser Ketten lauert.«

Ich kniete mich auf den Boden, um die Kette zu inspizieren, die um eine Reisetruhe geschlungen war, dann beäugte ich den dramatischen kleinen Gargoyle. »Sie sind Schausteller, Dorian. Du weißt von deinem Vater ganz genau, dass Bühnenmagier darauf achten, ihre Illusionen zu schützen. Das hier verrät uns nur, dass es sich um Magier handelt, die ihre eigenen Illusionen erschaffen. Was wir bereits wussten, weil wir ihre Vorstellung gesehen haben.« Ich wünschte, ich wäre so selbstbewusst, wie meine Worte ahnen ließen.

Ich ging um die Truhen, Kisten und Schränke herum, die vielfach mit Metallketten gesichert waren. Die Silvermans waren vielleicht eine Spur paranoid, aber nichts Ungewöhnliches für Bühnenmagier.

Zu Beginn des 19. Jahrhunderts hatten mehrere berühmte Magier innovative Apparaturen voneinander gestohlen. Viele Magier reichten Patente für ihre Erfindungen ein, wie zum Beispiel der Ghost, aber Spione schlichen sich unter ihre Bühnenarbeiter, um genug Wissen zusammenzutragen, dass andere so tun konnten, als hätten sie ganz allein ähnliche Illusionen erfunden. Ich musste kurz in meiner Erinnerung versunken gewesen sein, denn ich hörte nichts, bis eine Stimme erscholl.

»Wer hat das Licht angelassen?« Eine tiefe Frauenstimme hallte durch das Theater.

»Vielleicht war es der Geist«, antwortete eine Männerstimme.

Dorian und ich zogen uns in den Schatten am hinteren Bühnenrand zurück, während Prometheus und Persephone, diesmal ohne Kostüme, durch den Mittelgang auf uns zukamen. Wenn sie irgendwelche Scheinwerfer einschalteten, würden sie uns sehen. Ich zog Dorian hinter einen Teil des Vorhangs und ließ einen Spalt offen, gerade weit genug, um hindurchzuspähen.

»Sehr witzig, Liebling«, sagte Penelope.

Peter zuckte die Achseln. »Ich erinnere mich nicht daran, Licht angelassen zu haben, aber du hast recht. Wahrscheinlich war ich es. Alte Gewohnheiten …«

Mein Herz raste. *Alte Gewohnheiten.*

»Ich dachte, du wärst über den Drang hinweg, für die Geister des Theaters ein Licht brennen zu lassen.«

Die beiden Magier sprangen auf die Bühne, nur wenige Meter von uns entfernt. Obwohl sie beide lässig gekleidet waren und Jeans mit Farbspritzern trugen, waren sie bereits für ihre Rollen an diesem Abend frisiert. Penelopes frisch gelegte Locken umrahmten ihr Gesicht, und Peters von Flammen inspirierte Haarspitzen waren steif genug, um damit jemanden aufzuspießen.

Peter strich mit einer Hand über den Rand einer ramponierten Truhe, die mit Ketten umwickelt war. »Die Rückkehr nach Portland hat viele Erinnerungen wieder wachgerufen, Pen.«

Dorian zog an meiner Hand. Die Magier waren uns so nah, dass ich es nicht wagte, eine Antwort zu flüstern oder mich auch nur zu bewegen, um ihn anzusehen.

»Niemand hat sich an diesen Schlössern zu schaffen gemacht«, bemerkte Penelope. »Ich weiß nicht, warum du darauf bestehst, alles so abzuschließen. Es dauert allzu lange, die Kisten wieder zu öffnen.«

»Du weißt, warum ich das tue.«

»Wahrhaftig«, antwortete Penelope, »ich würde der Person gern eins über die Rübe ziehen, die dieses verdammte Gerücht in die Welt gesetzt hat, Macbeth sei verflucht. Und die Lüge, dass Gaston Leroux angeblich *Das Phantom der Oper* geschrieben hat.«

»Also gut. Konzentrieren wir uns. Wir haben nicht viel Zeit. Die Crew wird bald eintreffen. Lass uns diese Truhe öffnen und von hier verschwinden.«

Also traute Peter der Crew nicht über den Weg. Ich dachte über die Illusionen nach, die die Magier aufgeführt hatten. Obwohl die Tricks detailliert waren und Präzision verlangten, machten sie nicht viele Mitarbeiter erforderlich, um sie umzusetzen. Von Dorian, der das von seinem Vater gelernt hatte, wusste ich, dass es viele Möglichkeiten gab, den gleichen Zaubertrick vorzuführen. Statt ein kompliziertes Seilwerk zu benutzen, wie einige Magier es taten, erforderten die Illusionen, die ich am vergangenen Abend gesehen hatte, einfallsreiche Lichttricks. Die Magier hatten kein echtes Feuer benutzt, daher konnten sie mit ein oder zwei Bühnenarbeitern aus dem Ort zurechtgekommen sein.

Penelope öffnete zwei Kombinationsschlösser, mit denen eine der Lagertruhen an Ort und Stelle gehalten wurde.

»Nur noch eins ...« Peter brach ab. »Hast du etwas gehört?«

»Vielleicht den Geist?«

»Ich meine es ernst, Pen. Ich glaube, ich habe etwas gehört.«

»Ich wünschte, du wärst nicht so geheimniskrämerisch.«

Peter stand für einen Moment reglos da, lauschte und seufzte dann. »Du hast recht. Die Sache muss mir langsam unter die Haut gehen. Ich habe mir das Geräusch sicher nur eingebildet.«

Nur dass er es sich nicht eingebildet hatte. Dorian zeigte auf die Galerie über der Bühne. Zwei Gestalten, die in der Dunkelheit kaum sichtbar waren, schlichen über den Steg, an dem sich die Bühnenscheinwerfer befanden.

12

Der Bereich über der Bühne lag im Dunkeln, und ich konnte die Gesichter der beiden Gestalten nicht erkennen, die über den Steg schlichen. Doch das wenige, das ich von dem langhaarigen Mann sah, kam mir vage bekannt vor.

Als er an einigen Metalllampen vorbei in den schummrigen Schein des Geisterlichtes trat, konnte ich sein Gesicht besser sehen. Ich unterdrückte ein Aufkeuchen. Es war der alte Freiwillige aus der Vorstellung am vergangenen Abend. Wallace Mason, der die schwebende Dame gespielt hatte!

Im Angesicht von Peters und Penelopes seltsamen Benehmen und der über uns herumlungernden Gestalten war ich verwirrter denn je. Was war hier los? »Freiwillige« in Zaubervorstellungen wurden oft im Publikum platziert und waren selbst Schausteller, die Teil der Aufführung waren. Es war eine einfache Methode, um sicherzustellen, dass der Freiwillige sich genauso benahm, wie er das innerhalb einer komplexen Illusion tun sollte. Aber Wallace und sein Komplize gaben sich Peter und Penelope nicht zu erkennen. Sie waren kein Teil der Nummer.

Sobald Peter den Deckel der Truhe anhob, vergaß ich für einen Moment die Männer, die den Magiern nachspionierten. Auf der Innenseite des Truhendeckels klebte ein Plakat der Königin der

Magie, Adelaide Herrmann. Das war die Person, an die Persephone mich am vergangenen Abend erinnert hatte. Adelaide Herrmann war die erste berühmte Magierin gewesen, die auch als solche bezeichnet worden war. Zusammen mit ihrem Ehemann, Alexander Herrmann, hatte sie im späten 19. Jahrhundert Zuschauer in ganz Europa und Amerika gefesselt.

Die beiden Magier nahmen einen kleinen Rucksack von der Größe, wie ihn vielleicht ein Kind tragen würde, aus der Truhe, verschlossen sie wieder und gingen. Eine schwere Tür knallte zu. Das Geräusch hallte in dem leeren Theater wider.

Dorian und ich wagten es nicht, uns zu bewegen. Jeder Laut, den wir von uns gaben, würde die anderen Eindringlinge auf unsere Anwesenheit aufmerksam machen.

»Sie sind weg«, erklang eine ernste Stimme von oben.

»Schsch.«

»Du bist übervorsichtig.«

»Und du bist nicht vorsichtig genug. Ich wette, sie haben es bei sich. Es hat keinen Sinn hierzubleiben.«

»Wir können uns geradeso gut umsehen. Wenn wir schon mal hier sind.«

Die Männer kletterten von dem Steg herunter. Sie machten auf den Sprossen der schmalen Metallleiter genug Lärm, dass Dorian und ich einander zunickten und aus unserem Versteck hinter dem Vorhang huschten. Dorian eilte zum Bühneneingang, aber ich blieb stehen, als ich sah, was er hinterließ. Ein weiteres kleines Stück von seinem linken Fuß war heruntergefallen und rollte über die Dielenbretter. Noch eine Kralle? Ich hatte keine Ahnung, ob steinerne Krallen von allein nachwuchsen, deshalb lief ich hinterher. Wenn es mir gelang, Dorians Leben zu retten, wollte ich, dass er so unversehrt wie möglich war.

Wo war die Kralle hingerollt? Hinter mir erklangen Schritte. Ich hatte keine Zeit, danach zu suchen.

Am Bühneneingang holte ich Dorian ein. Er stieg gerade in die Reisetasche, als das Licht über uns anging.

»Ich habe dir doch *gesagt,* dass ich etwas gehört habe«, erklang Peters Stimme. Ich drehte mich um und sah, dass er und Penelope Dorian und mich anstarrten.

»Was haben Sie da?«, fragte Penelope und deutete auf die ausgebeulte Tasche, die Dorian enthielt.

»Sie hat etwas gestohlen. Ich kann nur nicht erkennen, *was* diese Umrisse in dem Sack sein könnten.«

»Gestohlen?«, wiederholte ich. »Ich würde nicht einmal im Traum daran denken. Ich habe angeklopft, und es hat niemand geantwortet, und als ich die offene Tür gesehen habe …«

»Die Tür ist verschlossen«, wandte Penelope ein.

»Vielleicht hat einer der Bühnenarbeiter vergessen abzusperren«, sagte ich. »Die Tür stand weit offen. Sehen Sie selbst.«

»Warum sollten wir das tun?«, fragte Peter. »Wenn die Tür unverschlossen ist, bedeutet das nur, dass Sie eine gute Einbrecherin sind. Pen, wie wär's, wenn du sie nach Picks durchsuchen würdest.«

Penelope verschränkte die Arme vor der Brust und lehnte sich an die schwarze Wand. Sie lächelte, als verfolge sie eine amüsante Fernsehsendung, an der sie keinen Anteil hatte. »Wenn sie so gut ist, Peter, werde ich die Picks niemals finden. Sie könnten unter einer unechten Narbe stecken oder in ihrem Mund verborgen sein. Sie könnte sie sogar heruntergeschluckt haben, wenn sie eine Würgerin ist.«

Dorian gab einen Würgelaut von sich, als sie das Wort ausgesprochen hatte.

Ich hustete schnell, um den Laut zu überdecken, aber Penelope sah zu der Reisetasche hinab.

»Ich bin schrecklich neugierig«, hob sie zu sprechen an, »was Sie da in der Tasche haben. Wir haben unsere Besitztümer gern innerhalb des Theaters. Ich bin mir sicher, dass Sie das verstehen.«

»Tut mir leid. Ich denke, wir haben uns auf dem falschen Fuß erwischt. Ich lebe in der Nähe und betreibe einen Online-Laden namens Elixier. Wir bekommen jede Menge wirklich coole Antiquitäten herein, und ich dachte, die könnten sich für Sie für Ihre Vorstellung als Kulisse eignen. Ich habe eine meiner Statuen mitgebracht, um sie Ihnen zu zeigen. Nur um Ihnen eine Vorstellung von den Dingen zu verschaffen, die ich habe.«

Ich hoffte, dass Dorian darauf gefasst war, sich totzustellen wie ein steinerner Gargoyle. Mit einem tiefen Atemzug öffnete ich den Reißverschluss der Tasche. Darin fand ich einen steinernen Gargoyle, dessen Schnauze weiter offen stand als gewöhnlich und dessen Antlitz ein wütendes Stirnrunzeln zeigte.

»Bemerkenswert«, lautete Penelopes Urteil. »Peter, willst du dir das mal ansehen?«

Wollte er nicht. Er tippte auf das Display seines Handys. »Elixier, hm. Ist das Ihre Website?« Er hielt das Handy hoch.

»Stimmt.«

»Sie erwarten von uns, dass wir Ihnen glauben, Sie könnten von den Verkäufen dieser Website leben? Sie ist nicht einmal mobilfreundlich.«

»Ich habe sie eingerichtet, bevor es Smartphones gab«, antwortete ich.

»Wie ist das möglich? Sie können nicht älter als fünfundzwanzig sein.«

»Nein, ich bin achtundzwanzig.« Das war das Alter, in dem ich versehentlich das Elixier des Lebens entdeckt hatte.

»Wir nehmen ihn«, verkündete Penelope.

»Was?«

»Den Gargoyle. Deshalb sind Sie doch hier. Wir nehmen ihn.«

»Oh! Oh. Das ist nur ein Beispiel für die Dinge, die ich anbiete. Ein Prototyp. Er ist nicht zu verkaufen. Sie können über mich eine maßgefertigte Steinmetzarbeit erwerben, nach Ihren eigenen Angaben.«

»Uns gefällt dieser da.«

»Wunderbar. Ich kann einen machen lassen, der genauso aussieht.« Ich nannte einen Preis, von dem ich hoffte, er würde zu hoch sein.

»Perfekt.«

»Perfekt?«

»Gibt es ein Problem?«, fragte Penelope.

»Natürlich nicht«, stotterte ich und dachte, ich hätte sie besser in dem Glauben gelassen, ich sei eine Diebin. Wo sollte ich jemanden finden, der einen Abdruck von Dorian nehmen konnte? »Ich komme am Montag mit einigen Mustern vorbei, um verschiedene Materialien zu erörtern.«

»Wir freuen uns darauf«, sagte Peter.

Ich zuckte zusammen, als die Tür des Bühneneingangs quietschte, als ich hindurchtrat, obwohl Heimlichkeit nicht mehr nötig war. In der Gasse zögerte ich. Warum hatten sie nicht die Polizei gerufen? Tun Menschen das nicht, wenn sie in ihren Geschäftsräumen einen Einbrecher finden? Es sei denn, sie hatten tatsächlich etwas zu verbergen.

Aber es gab wichtigere Sorgen als die Motive der Magier. Um sich zu verstecken, hatte Dorian sich vollkommen in Stein verwandelt. Würde es ihm gelingen, sich selbst ins Leben zurückzubringen?

Als ich die Reisetasche zu meinem Auto schleppte, bekam ich meine Antwort. Die Tasche trat nach mir.

»Das hat wehgetan«, sagte ich.

»Nicht so weh, wie es mir tun wird, einen Gipsabdruck von meinem Körper machen zu lassen«, murmelte die Tasche.

»Du kannst dich glücklich schätzen, dass sie nicht gesehen haben, wie du dich bewegst.«

Eine ältere Frau, die auf dem Gehweg vorbeikam, warf mir einen befremdlichen Blick zu. Ich sollte lieber warten, bis wir im Auto waren, bevor ich noch etwas sagte. Ich quetschte die Tasche in den Fußraum vor dem Beifahrersitz des Pick-ups. Sobald wir beide sicher im Wagen saßen, beugte ich mich vor und zog den Reißverschluss einige Zentimeter weit auf. Ein schmollender Gargoyle sah mich an.

»Alles okay bei dir?«

»Warum«, fragte er nachdenklich, »haben sie nicht die Polizei verständigt, als sie Sie in ihrem Theater gesehen haben?«

»Genau darüber habe ich auch nachgedacht.«

»Und warum haben Sie Monsieur Silverman nicht erzählt, dass Sie wissen, dass er ein Alchemist ist? Das war der ganze Sinn unserer Expedition!«

»Hey, was machst du da? Du musst in der Tasche bleiben, bis wir zu Hause sind.«

»Ich versuche nicht, aus der Tasche rauszukommen, sondern mich zu strecken. Ich kann meine Beine nicht krümmen.«

Bei dieser Nachricht fühlten sich meine eigenen Beine plötzlich ebenfalls schwach an. »Lass mich dich nach Hause bringen.«

»*Non!*«

»Was soll das heißen, *nein*?«

»Machen Sie sich keine Sorgen wegen meines gegenwärtigen Zustands. Wichtig ist nicht, was *heute* mit mir passiert. Langsam kehrt schon das Gefühl in meine Beine zurück.« Er zappelte in der Tasche. »Es wird jedes Mal schwieriger, Zoe. Sie müssen den Magier zur Rede stellen.«

»Du vergisst da etwas.«

»Ich vergesse nichts. Ich sage nur nicht alles gleichzeitig. Ich bin ein zivilisierter Franzose«, fügte das Gesicht hinzu, das aus der alten Reisetasche spähte.

»Die beiden Eindringlinge«, vermutete ich.

»Ja. Ich habe sie erkannt. Es waren die Freiwilligen aus der Aufführung gestern Abend.«

»Es hat nur einen einzigen Freiwilligen gegeben. Der Mann mit dem langen, grauen Haar war die schwebende Dame.«

»Der andere Mann«, sagte Dorian, »war der Freund, der mit ihm im Publikum gesessen hat.«

Wohin waren die anderen Eindringlinge gegangen? Worauf hatten sie es abgesehen? Und was war der Gegenstand, den Peter und Penelope aus der Truhe genommen hatten und den Wallace und der andere Mann gesehen hatten? *Ich wette, sie haben es bei sich,* hatte er gesagt.

»Ich werde niemanden zur Rede stellen, ohne zu wissen, was los ist«, verkündete ich. »Ich habe eine bessere Idee.«

Dorian erlebte Hitze und Kälte nicht so wie Menschen, daher ließ ich ihn in meinem verschlossenen Truck und hoffte, dass er sich nicht so kräftig reckte, dass er den Wagen zum Schaukeln brachte und Aufmerksamkeit auf sich lenkte.

Ich hatte Glück. Der Eintrittskartenschalter öffnete gerade. Die Premiere war ausverkauft gewesen, aber ich hoffte, dass die frühe Öffnungszeit dieses Schalters bedeutete, dass noch Eintrittskarten übrig waren. Ich näherte mich dem Schalter und kaufte mir eine Eintrittskarte für die Vorstellung an diesem Abend.

13

Es war bereits ein langer Tag gewesen, dabei war es erst Nachmittag, als ich die schwere Reisetasche mit Dorian meine Einfahrt hinaufschleppte. Ich stellte sie unsanft auf den Boden, als ich sah, wer an meiner Haustür mit einer Tüte Lebensmittel in der Hand auf mich wartete.

»Max!«

»Ich dachte schon, du hättest mich und unsere Grillpläne vergessen.«

»Ich habe dich natürlich nicht vergessen«, log ich. Ich hatte Max vermisst, als er in China gewesen war, mehr, als ich erwartet hatte, aber jetzt, da er zurück war, hatte ich keine Zeit für ihn. Dorians Dilemma verschlang all meine Energie – sowohl mental wie physisch. Eine Welle des Zorns stieg in mir auf, der sofort Gewissensbisse wegen meiner Selbstsüchtigkeit folgten. Es war nicht Dorians Schuld. Ich wünschte, meine Welt wäre anders, eine, in der ich Max hätte sagen können, wo ich gewesen war. Eine, in der ich ihn hätte mitnehmen können. Ich wusste, dass er würde helfen können, und wichtiger noch, er würde mich auf einer tieferen Ebene verstehen, wonach ich mich sehnte. Vielleicht konnte ich …

»Wolltest du noch etwas sagen?«, fragte er. »Dein Gesichtsausdruck …«

Ich schüttelte den Kopf. »Ich fühle mich schlecht, weil ich die Zeit vergessen habe. Das ist alles. Du weißt, wie die Natur mich fesselt, wenn ich einen Spaziergang mache.«

»Du bist mit dem Auto vorgefahren, Zoe.«

»Natürlich.« *Verdammt.* »Das liegt daran, dass ich zum River-View-Friedhof gefahren bin, um *dort* einen Spaziergang zu machen. Ich mag ein wenig Abwechslung.«

Max' entspannte Haltung versteifte sich. »Ich dachte, der größte Teil des Friedhofs sei nach den Erdrutschen abgesperrt. Es ist gefährlich dort oben.«

Gott, ich war eine miserable Lügnerin. Ich grub mir ein immer tieferes Loch. »Es ist so wunderschön dort. Und es ist nur ein Teil abgesperrt.«

»Du bist doch nicht zu den instabilen, steileren Bereichen gegangen, oder?«, hakte Max nach, während er die Verandatreppe hinunterging. Ich wusste, dass er nicht anders konnte, als pedantisch zu sein, wenn es um Recht und Ordnung ging, aber die Sorge auf seinem Gesicht war größer, als die Situation rechtfertigte.

»Warum das Verhör?«

»Ach, nichts. Kann ich dir mit dieser … Tasche helfen?«

»Ich komme schon zurecht. Es ist nur eine meiner Antiquitäten. Ich habe sie noch nicht gesäubert. Ich, ähm, habe sie auf dem Heimweg abgeholt.« Ich musste das Thema wechseln. »Zeig mal her, was du mitgebracht hast.«

»Alles frisch vom Bauernmarkt.« Blätter von Roter Bete lugten über den Rand der braunen Papiertüte, die er in der Hand hielt. Darauf lagen mehrere Bund Spargel, und ich erspähte rosaroten Knoblauch und Rosenkohl darunter. Es war eine üppige Frühlingsernte.

»Es freut mich, dass du etwas zu essen mitgebracht hast. Weil ich jedes Zeitgefühl verloren habe, hatte ich keine Gelegenheit, selbst zum Markt zu gehen.«

»Und das hier«, sagte er und reichte mir eine Tüte mit duftendem Tee, »ist der Tee, von dem ich gestern Abend gesprochen habe. Hey, ist wirklich alles in Ordnung mit dir?«

Ich strich mir verlegen eine Haarsträhne hinters Ohr, darauf bedacht, nicht zu kräftig daran zu ziehen, um mir nur nicht weitere Büschel herauszureißen. »Wovon sprichst du?«

»Gestern Abend dachte ich, es liege an der Beleuchtung im Theater, aber du hast dunkle Ringe unter den Augen. Und du bist blass.«

Ich inspizierte die Tüte mit Tee und ignorierte Max' skeptischen Blick. »Es ist Frühling. Ich habe Allergien. Kein Grund zur Sorge.«

»Das ist der Tee, den ich aus China mitgebracht habe, aber ich fange jetzt mit meinem eigenen Frühlingsgarten an, obwohl es schon ein wenig spät ist. Du wirst feststellen, dass eine der Annehmlichkeiten des Lebens in Portland darin besteht, dass wir genug Regen bekommen, sodass Pflanzen häufig gut gedeihen, selbst während längerer Urlaube.«

Ich lächelte Max an. »Mein Geheimnis ist der Holunderstrauch. Du weißt, dass Holunder auf andere Pflanzen achtgeben, ihnen helfen.« Ich drehte mich um und betrachtete den Strauch liebevoll, von dem man früher dachte, er sei der »Beschützer« eines Gartens, dann sah ich Max mit der gleichen Zuneigung an. »Ich bin froh, dass du wieder da bist. Und ich bin froh, dass du hier bist.« Ich hatte ihm während der letzten fünf Minuten viel zu viele Lügen aufgetischt, aber diese Feststellung entsprach der Wahrheit. Obwohl ich ihm nicht so viel erzählen konnte, wie ich es gern getan hätte, war seine bloße Anwesenheit ein Trost. Ich klammerte mich an die Hoffnung, ihm eines Tages mehr erzählen zu dürfen.

»Es hat mir gefehlt, mit dir in meinem Garten zu sitzen«, sagte er leise.

»Während die Sonne untergeht.«

»Und dann mit dir zu beobachten, wie der nachtblühende Jasmin zum Leben erwacht.«

»Weißt du«, antwortete ich, »du hast dein Geheimnis, wie du ihn außerhalb der Blütezeit zum Leben erweckst, nie preisgegeben.«

»Du willst all meine Geheimnisse herausfinden?«

»Ein wenig Mysterium ist schon ganz gut, aber du könntest mir zumindest verraten, wie die Geburtstagsfeier deines Großvaters war.«

»Habe ich das noch nicht getan? Ich habe dir doch erzählt, dass er sich sehr darüber gefreut hat, seine in alle vier Winde verstreute Familie ein letztes Mal um sich zu haben.«

»Aber was ist mit *dir*? Wie war der Besuch für dich?«

»Ein Besuch in China. Es war … sagen wir einfach, es war wohltuend, zu Hause zu sein, Zoe.« Er trat einen Schritt auf mich zu, dann prallte er abrupt zurück. »Was zur …? Ist das eine batteriebetriebene Antiquität?«

»Wovon sprichst du?«

»Deine Tasche. Da ist gerade ein Geräusch rausgekommen.«

»Es ist auch noch etwas anderes in der Tasche. Etwas mit, ähm, Batterien, wie du gesagt hast. Ich sollte die Tasche lieber ins Haus bringen. Du kannst die Lebensmittel in die Küche stellen.« Ich seufzte. »Ich bin gleich bei dir.«

Ich ließ Max ins Haus, bevor ich wieder in den Garten ging, um Dorian zu holen.

»Stell mich vor den Kamin«, flüsterte die Tasche, als ich sie die Verandatreppe hochhievte.

»Ich bringe dich in den Keller«, erwiderte ich ebenfalls im Flüsterton.

»Ich möchte aber oben bleiben«, jammerte er.

Ich schloss die klapprige Haustür hinter uns. »Das ist keine gute Idee, Dorian.«

»Ich traue diesem Mann in meiner Küche nicht.«

»Hast du etwas gesagt?«, rief Max aus der Küche und streckte den Kopf durch die Schwingtür ins Wohnzimmer.

»Nur der knarrende Boden.« Ich wartete, bis Max wieder in der Küche verschwunden war, dann nahm ich den versteinerten Dorian heraus und stellte ihn vor den Kamin. Es war ein Platz, der ihm gefiel, denn selbst in seiner versteinerten Gestalt konnte er alles sehen. Ich hatte kein gutes Gefühl dabei, ihn allzu lange in seiner versteinerten Gestalt zu belassen, aber solange Max hier war, konnte ich mit Dorian nicht darüber streiten.

Als ich in die Küche trat, stapelte sich das Gemüse vom Bauernmarkt auf der Theke, und Max hielt ein Einmachglas mit meinen jüngsten Transformationen in der Hand – einen von Sonne durchtränkten, heilsamen Zitronenmelissentee, den ich täglich gegen die Auswirkungen der Heilung Dorians trank, unter denen ich litt.

»Es ist eine Solarinfusion«, erklärte ich.

Er zog eine Braue hoch.

»Man gießt diese getrockneten Kräuter in der Sonne auf, statt in der Küche, um ihre heilenden Kräfte zu entfachen«, erläuterte ich ihm das Verfahren. Die Alchemie nutzt alle Naturgewalten, und die Planeten gehören zu den stärksten Kräften. Alchemisten konsultieren generell planetare Stellungen, bevor sie irgendwelche Verwandlungsprozesse in Gang setzen. Je komplexer die Operation oder je größer der gewünschte Effekt ist, umso wichtiger wird die Stellung der Planeten. Jeder Himmelskörper hat außerdem ein mit ihm assoziiertes Metall, so wie Blei für Saturn, Quecksilber für Merkur, Silber für den Mond und Gold für die Sonne.

»Ich weiß, was eine Solarinfusion ist. Meine Großmutter hat etwas Ähnliches gemacht, als ich ein Kind war. Du würdest dich blendend mit meiner weitverzweigten Familie verstehen. Es hat für mich nie einen Sinn ergeben, warum das all die Mühe wert sein soll. Vor allem Mondinfusionen, wenn sie Kräuter unter dem Vollmond aufgegossen und gedacht hat, es sei möglich, die Kraft des Mondes zu nutzen.«

»Max. Du stellst deinen eigenen Tee her. Du besitzt einen der einzigartigsten Gärten, die ich je gesehen habe. Und vor nicht einmal zwei Minuten haben wir über nachtblühende Pflanzen geredet!« Wenn mein Haar nicht wegen der rückwärtsgerichteten Alchemie so vom Ausfallen bedroht gewesen wäre, hätte ich es mir frustriert gerauft.

»Das ist etwas anderes.«

»Ach ja?«

In Max sah ich jemanden, der einst an alle Möglichkeiten der Welt geglaubt hatte, der sich aber nicht von dem zu lösen vermochte, wozu er geworden war. Mir war das bis zu diesem Moment nicht so deutlich bewusst gewesen. Max balancierte auf einem Drahtseil, gefangen zwischen zwei Welten: seiner Kindheit mit seiner kräuterkundigen Großmutter, die Händlerin war, und seinem Erwachsenenleben als Detective mit einer ganzen Litanei an verfahrensrechtlichen und wissenschaftlichen Regeln, die sein Verständnis von Vernunft bestimmten. Ich wusste, dass es fast unmöglich war, einen Menschen zu ändern, wenn er nicht bereit war, sich zu ändern, aber ich glaubte, dass Max die Offenheit, die er einst besessen hatte, zurückerobern konnte. Es brauchte keine Entscheidung zwischen zwei Extremen zu sein. Sobald ihm das klar geworden war, konnte ich mich ihm meinerseits öffnen, und wir würden vielleicht eine Chance auf eine gemeinsame Zukunft haben.

Ich nahm ihm das Einmachglas aus der Hand und stellte es zurück auf die Theke.

»Können wir das Thema wechseln?«, bat Max.

»Was schwebt dir denn vor?«

»So liebreizend und kompliziert diese Solarinfusion von Kräutern auch ist, sie ist nicht annähernd so liebreizend und kompliziert wie die Frau vor mir.« Max trat einen Schritt näher und strich mir mit dem Zeigefinger übers Kinn. Sein Atem roch nach frischem Lavendel und Pfefferminz.

Max' dunkle Augen waren anders als die aller Menschen, die ich je gekannt hatte, und zwar wegen der Weise, wie sich seine Seele darin offenbarte. Ich habe in meinem Leben viele Menschen gekannt. Gesichter verschmelzen in meinen Erinnerungen miteinander, aber ich habe nie die Augen der Menschen vergessen. Vor dem Aufkommen der Fotografie waren es für gewöhnlich nur wohlhabendere Leute gewesen, die sich hatten porträtieren lassen, daher besaß ich keine greifbaren Erinnerungen an die vielen Menschen, die ich gekannt hatte. Ich erinnerte mich nicht deshalb an ihre Augen, weil sie von einzigartiger Form oder Farbe gewesen wären, sondern weil sie mit einem nach außen gerichteten Ausdruck verknüpft sind, dessen die Menschen selbst sich nicht bewusst sind.

»Gestern Abend«, griff Max den Gesprächsfaden wieder auf, »habe ich gehofft, dass wir dort weitermachen könnten, wo wir aufgehört haben.«

»Das würde mich freuen.«

Kurz war ich verlegen wegen meiner rissigen Lippen und meiner altmodischen Kleidung. Aber als er mir in die Augen sah und mir über die Wange strich, vergaß ich schnell all meine eigenen Unzulänglichkeiten.

Ein schwaches Klopfen erklang. An der Haustür? Ich konnte mir nicht ganz sicher sein, ob ich es mir nicht nur einbildete. Max hörte es entweder nicht oder entschied sich dafür, es ebenfalls zu ignorieren.

»Hey, Zoe!«, erklang Brixtons Stimme aus dem Garten. »Sind Sie da?«

Ich löste mich von Max.

»Ich dachte, wir wollten grillen, nur wir beide«, sagte er.

»Das dachte ich auch.« Ich öffnete die Hintertür, durch die man aus der Küche hinaustreten konnte.

Brixton uns seine Freunde, Ethan und Veronica, standen in meinem Garten. Veronicas schlaksige Gestalt überragte die Jungen. Das glatte, schwarze Haar fiel ihr über die Schultern, und es freute mich, dass sie sich in ihrer Haut viel wohler zu fühlen schien, als das noch wenige Monate zuvor der Fall gewesen war, bevor ich sie kennengelernt hatte.

»Hi, Ms Faust, Mr Liu«, begrüßte sie uns.

»Was liegt an?«, fragte ich.

»Sie sind ganz rot im Gesicht«, warf Brixton ein. »Fühlen Sie sich schlechter?«

»Schlechter?«, hakte Max nach.

»Er muss meine Allergien meinen.« Ich wandte mich wieder den jungen Leuten zu. »Max und ich wollten gerade den Grill anwerfen.«

»Ich liebe Gegrilltes«, verkündete Ethan.

Veronica stieß ihm einen Ellbogen in die Seite.

Max lachte. »Es ist reichlich zu essen da.«

Der Mini-Kohlengrill, den ich in meinem Trailer hatte, reichte gerade eben, um für zwei Personen gleichzeitig Mahlzeiten zu liefen, aber ich hatte in meiner Küche genug zu essen für eine ganze Armee und eine gegnerische dazu. Ich bat Max, den Grill anzuzünden, während ich verzehrfertige Leckerbissen herbeischaffte. Ich nahm eine Karaffe Eistee aus dem Kühlschrank, wählte eine Ansammlung von aus Nussmilch hergestellten Käsesorten aus, tat Brot dazu und wusch das Gemüse.

Wegen Dorian hatte ich die meiste Zeit meine Vorhänge zugezogen. Jetzt, da er sich in seiner steinernen Gestalt versteckte, zog ich die Küchengardinen auf. Ich sah aus dem Küchenfenster und beobachtete, wie Max draußen zwei Dutzend Spargelstangen grillte, zusammen mit ganzen, in Alufolie gewickelten Knoblauchknollen.

Ich wollte gerade die Küche verlassen, um den Statuen-Dorian in den Keller zu tragen, damit er seine versteinerte Gestalt verlassen konnte, als Veronica die Hintertür öffnete. Sie gesellte sich zu mir ins Haus, während die Jungen draußen bei Max blieben.

»Jetzt, da man in Blue Sky Teas meine Speisen bestellen kann«, bemerkte ich, »kann ich euer wahres Motiv nicht erkennen, warum ihr hierherkommt.«

Veronica errötete. »Wir sind nicht *nur* wegen des Essens hergekommen.«

»Ach nein?«

»Brix weiß, dass Sie in letzter Zeit so hart gearbeitet haben«, erklärte Veronica. »Sie müssen doch mitten in der Nacht aufstehen, um für Blue Sky Teas zu backen und Ihr Online-Geschäft zu managen. Brix hat gesagt, Sie seien unglücklich darüber, dass Sie keine Zeit hätten, Ihren Frühlingsgarten so herzurichten, wie Sie es sich wünschen.«

»Deshalb hat er euch zwei hierher eingeladen?«

Sie lächelte schüchtern. »Ja, aber er hat Ethan auch versprochen, dass Sie für uns kochen würden. Ihre Kuchen sind im Blue Sky Teas so beliebt, dass sie normalerweise alle weg sind, wenn wir am Wochenende aufwachen.«

»Ah.« Ich schaute durch das Fenster. Brixton bog gerade einen langen Stängel Gewürzfenchel zurück, ließ ihn los und klatschte ihn Ethan mitten ins Gesicht. Ich hatte Brixton genug über Gartenarbeit und Pflanzen beigebracht, dass er wusste, dass die unkrautähnliche Pflanze robust genug für ein wenig Grobheit war. Er würde es nicht wagen, sich an den Zwergenzitronenbäumen zu vergreifen, die noch nicht recht Fuß gefasst hatten.

»Wirklich?«, sagte Ethan zu Brixton und nieste dann. »Mehr hast du nicht auf Lager?« Er brach einen dicken Fenchelstängel ab und hielt ihn wie ein Schwert von sich gestreckt. Der Aufprall wurde durch die Tatsache gedämpft, dass die Spitze aus einer Dolde gelber Blüten bestand. Brixton brach einen Kohlstängel ab, der übrig geblieben war, nachdem ich den essbaren Teil geerntet hatte. Für eine falsche Waffe war Brixtons Wahl die weitaus bessere.

»Also, ähm, Ms Faust?« Veronica saß mit ihrem Telefon in der Hand auf einer der Arbeitsplatten. »Kann ich über etwas anderes mit Ihnen sprechen?«

»Natürlich.« Aufgrund des grimmigen Ausdrucks auf ihrem Gesicht fragte ich mich, was sie beschäftigen mochte. Machte sie sich Sorgen, wie Brixton reagieren würde, wenn sie anfing, mehr Zeit allein mit Ethan zu verbringen? Ich hatte gesehen, worauf das alles mit dem Trio zusteuerte.

»Es geht um Ihre Website«, sagte sie ernst. »Sie ist nicht mobilfreundlich. Ich meine, total nicht.«

»Meine *Website*?« War es wirklich so schlimm? »Als ich sie eingerichtet habe, gab es so etwas wie Smartphones noch nicht«, sagte ich zum zweiten Mal an diesem Tag.

Sie starrte mich mit offenem Mund an. »Aber wie wollen Sie dann irgendetwas verkaufen?«

»Ich glaube nicht, dass meine Käufer mithilfe ihrer Handys einkaufen.«

Ihre Verwirrung vertiefte sich offensichtlich noch. »Ähm, ich könnte Ihnen dabei helfen. Also nur wenn Sie wollen. Ich bin irgendwie gut in solchen Sachen.«

»Ich könnte nicht von dir verlangen …«

»Es macht Spaß, also würde ich es wirklich gern tun. Sie brauchen meine Vorschläge nicht anzunehmen, wenn sie Ihnen nicht gefallen, aber ich könnte ein wenig herumspielen und feststellen, ob Ihnen gefällt, was ich da einrichte. Sie müssen zumindest Ihre Suchmaschinenoptimierung in Ordnung bringen.«

»Meine was?«

»Ich denke, etwas in der Art könnte Ihnen gefallen.« Veronica rutschte zur Seite, sodass wir beide das Display sehen konnten, und zeigte mir eine Reihe mobilfreundlicher Websites für Waren wie meine. »Da Sie einen Haufen Zeugs aus China haben, könnte ich chinesische Schriftzeichen einfügen, die wir neben die englischen Beschreibungen stellen könnten. Und ich werde meine Mom bitten, meine Arbeit zu überprüfen, um sicherzustellen, dass ich die Schriftzeichen richtig hinbekommen habe. Ich finde, das würde wirklich cool aussehen.«

Ich lächelte. Wahrscheinlich hatte ich mehr Zeit in China verbracht als Veronicas Mutter, die halb Chinesin, halb Amerikanerin war, und ich hätte das Chinesische selbst überprüfen können, aber ich machte nicht gern Reklame dafür, wie viele Sprachen ich beherrschte. Das warf zu viele Fragen auf. Und es freute mich, Veronica etwas zu verschaffen, das sie mit ihrer Mom gemeinsam tun konnte. Brixton hatte mir erzählt, dass sie ihrem italienischen Dad näherstehe, weil sie beide Fußball mochten. »Das klingt toll, Veronica. Du solltest dir etwas von Elixier aussuchen, damit ich mich bei dir bedanken kann.«

Ich notierte die Log-in-Informationen, um auf meine Website zu gelangen. Als ich aufschaute und zum Fenster hinausblickte, sah ich nicht Max am Grill und die Jungen, wie sie mit Pflanzen fochten, ich sah, wie die drei sich um etwas anderes scharten: Dorians Alchemiebuch. Das gefährliche, geheime Buch, von dem ich hätte schwören können, dass ich es an diesem Morgen im Keller eingeschlossen hatte, bevor ich aus dem Haus gegangen war. Ich war in einen Hinterhalt geraten.

Das war Brixtons Grund hierher zu kommen. Er wollte Dorians Buch.

14

Frankreich, 1855

Der junge Arzt hielt sich für nichts Besonderes. Er wusste, dass er ein tüchtiger Arzt war, ein gerechter Mann und ein mittelmäßiger Alchemist. Er hatte den Stein der Weisen nicht entdeckt, doch sein bescheidenes Labor enthielt Kräuter, mit deren Hilfe er seine Frau und seinen Sohn heilte, wenn sie krank waren. Er gestand sich zu, neidisch auf die Männer zu sein, die in früheren Jahrhunderten gelebt hatten, als die Alchemie ihre Blütezeit erlebt hatte. Er malte sich aus, dass er, wenn er damals gelebt hätte, vielleicht mit einem Platz am Hof von Rudolf II. in Prag geehrt worden wäre, wo Männer aus der ganzen Welt angeblich ein Stipendium bekommen hatten, um Alchemie zu praktizieren. Aber dafür war der Arzt Jahrhunderte zu spät geboren worden, im 19. Jahrhundert, und musste seine Fantasien mithilfe von Büchern ausleben.

Dieses Hobby bescherte ihm den unglaublichsten Tag seines Lebens.

Der Arzt und seine Familie lebten in Paris, die Frau des Arztes stammte jedoch aus der Stadt Blois. Er und seine Familie reisten regelmäßig dorthin, um die gebrechliche Mutter seiner Frau zu besuchen. Seine Liebe zu Büchern war in seiner Familie wohlbekannt, daher dachte sich niemand etwas dabei, wenn er den Nachmittag in einer Buchhandlung im Ort verbrachte. In Wahrheit war sein Wunsch, der Gesellschaft seiner Schwiegermutter zu entgehen, ein mindestens ebenso starker Drang wie der Sog der Bücher, der ihn an diesem Nachmittag in die Buchhandlung führte.

Er hatte gelernt, nicht offen zu zeigen, wie besessen er von Alchemie war. Selbst in den gegenwärtigen Zeiten, in denen er lebte, wurde Alchemie mit Argwohn betrachtet. Daher heuchelte er Interesse an einer breiten Palette wissenschaftlicher Themen. Sobald er dem Buchhändler die Palette von Themen enthüllt hatte, die ihn interessierten, nickte der gebeugte Mann, der kein einziges Haar mehr auf dem Kopf hatte, und zog sich in den hinteren Teil seines Geschäftes zurück.

Der Arzt betrachtete die Bücher, die der Mann für ihn ausgewählt hatte, und dann fragte er ihn höflich, ob er etwas habe, das vielleicht ... älter war.

Der Buchhändler nickte verständnisvoll. Der Arzt beobachtete, wie der verhutzelte alte Mann eine Leiter hinaufkletterte, und er überlegte, ob er dem Buchhändler helfen sollte, damit er nicht von den hohen Sprossen herunterfiel, wenn er mit einer Hand ein großes Buch festhielt. Bevor der Arzt sich entscheiden konnte, stand der Buchhändler wieder auf dem Boden und drückte dem Mediziner das Buch in die Hand.

»Entspricht das eher Ihrem Geschmack, Monsieur?«

Das tat es. Der Arzt zahlte einen mehr als fairen Preis für *Non Degenera Alchemia,* eine Summe, die den Buchhändler noch auf Monate hinaus mit feinem Wein versorgen würde. Der Mann war ziemlich glücklich darüber, denn er selbst hatte das Buch nicht einmal eingekauft. Vor einigen Jahren hatte es ihm jemand auf die Eingangstreppe seines Hauses gelegt. Zunächst dachte er, der anonyme Spender müsse den Wert des Buches nicht gekannt haben, doch als er darin blätterte, erriet er die wahre Absicht des Spenders. Das Buch verströmte einen abscheulichen Gestank. Wenn man gewisse Seiten aufschlug, wurde der Geruch noch stärker. Aber der Buchhändler war auch ein Buchliebhaber. Er konnte ein so kunstvoll gestaltetes Buch nicht wegwerfen. Nicht einmal eine Reinigung des Buches konnte den Gestank entfernen, und trotzdem wollte er sich nicht davon trennen. Stattdessen kletterte er auf die oberste Sprosse seiner Leiter und stellte das Buch ganz oben auf sein höchstes Bord, von wo aus der Geruch seine Nase nicht erreichen würde. Der Gestank würde im Laufe der Zeit verfliegen, vermutete er. Da das Buch weit außerhalb seiner Sichtweite stand, vergaß er es prompt – bis zu dem Tag, an dem ein junger Mann mit Interesse an Alchemie seinen Laden betrat.

Der Arzt bemerkte nichts Seltsames an dem Duft des Buches, bis er und seine Familie nach Paris zurückkehrten. Bildete er es sich nur ein, oder roch das Buch nach mehr als staubigem Leder und Schimmel? Vielleicht war eine der Phiolen in seiner Medizintasche ausgelaufen und hatte die Seiten befeuchtet. Normalerweise war er nicht so unvorsichtig, aber mit einem kleinen Sohn im Schlepptau war er weder so methodisch noch so gut ausgeruht wie früher.

Er besaß eine kleine Sammlung von Alchemiebüchern, die er mitten in einer viel größeren Sammlung literarischer und wissenschaftlicher Bände aufbewahrte. *Non Degenera Alchemia* war anders als jedes andere Alchemiebuch, das er je gesehen hatte. Die Transformationen, die darin abgebildet waren, waren alle falsch. In der Tat, sobald er wieder daheim in Paris war, war sich der Arzt nicht mehr sicher, ob es sich überhaupt um ein echtes Alchemiebuch handelte. Die winzige Buchhandlung hatte seine romantischen Neigungen angesprochen. Vielleicht hatte er sein Geld mehr für eine Wunschvorstellung ausgegeben als für das Buch selbst.

Jetzt machte es den Anschein, als würde er keine Chance haben, es herauszufinden. Seine Frau bestand darauf, dass er das Buch entfernte, das roch, als sei es in einem Stall voller Tiere gelagert worden. Er konnte ihr nicht widersprechen, und nicht nur weil sie jeden Streit gewann. In diesem Fall glaubte er, dass sie recht hatte.

Er kannte keine Alchemisten, die das Buch vielleicht kaufen wollten. Einmal hatte er versucht, einer Geheimgesellschaft aus Alchemisten in Paris beizutreten, aber er hatte herausgefunden, dass es sich in Wirklichkeit nur um eine Gruppe sehr törichter Männer handelte. Keiner von ihnen hatte die Geheimnisse der Alchemie gelüftet, aber sie alle ergötzten sich daran, Rätsel zu lösen.

Daher klemmte er sich das Buch schweren Herzens unter den Arm und machte sich auf die Suche nach einem Buchhändler, der ihm vielleicht ein paar Francs dafür bezahlen würde. Bevor er aufbrach, sprühte er einige Tropfen des Parfüms seiner Frau auf den Buchrücken, in der Hoffnung, die anderen Gerüche zu überlagern. Er hasste es, das Buch zu beschädigen, aber wer würde es in seinem gegenwärtigen Zustand kaufen?

Sein Tun war vergebens. Kaum war er ein paar Schritte gegangen, kehrte der Gestank des Buches zurück. Das Parfüm musste in der trockenen Luft schnell verflogen sein. Vielleicht konnte er einen Buchhändler mit verstopfter Nase finden. Der Arzt ging am Seineufer entlang, und der angenehme Tag linderte ein wenig das Gefühl, dass sein Kauf töricht und voreilig gewesen war. Als die Türme von Notre-Dame in Sicht kamen, verschwand der Geruch von Bauernhoftieren, und an seine Stelle traten Düfte des Waldes. Der Arzt war so schockiert darüber, dass er stolperte. Das Buch entglitt ihm und landete einige Schritte von ihm entfernt. Er klopfte sich den Staub von der Hose, die glücklicherweise nicht zerrissen war, dann hob er das Buch vom Boden auf. Erinnerungen an Weihnachtsfeiern aus seiner Kindheit strömten durch seinen Kopf, während aromatische Düfte an seine Nase drangen.

Verlor er den Verstand? Oder war das hier vielleicht doch Alchemie?

15

Was ist schon groß dabei?«, frage Brixton. »Ich habe Ethan das Alchemiebuch nur gezeigt, weil er in seiner Privatschule Latein belegt hatte, bevor er hierher umgezogen ist. Ich dachte, er könnte helfen, einige der verrückten Sachen da drin zu übersetzen.«

»Es ist eine wertvolle Antiquität«, fuhr ich ihn an. »Es hat draußen nichts zu suchen. Die Sporen aus dem Garten werden es ruinieren.« Das entsprach der Wahrheit, obwohl es nicht das war, was mich beunruhigte.

»Riecht es deshalb so seltsam?«, fragte Ethan.

»Schimmel?«, warf Max ein. »Ich habe vor einigen Jahren mal einen Buchrestaurateur kennengelernt, bei der Arbeit an einem Fall. Er könnte vielleicht helfen.«

»Danke«, sagte ich und nahm Ethan das Buch aus der Hand. »Ich werde es im Hinterkopf behalten.«

»Sie haben doch nicht vergessen, dass Sie das Buch ohne mich gar nicht zurückbekommen hätten?«, stellte Ethan fest.

Meine Schultern verspannten sich, aber ich hielt das Buch fest in der Hand. Ich hätte Ethan nie gebeten, das Buch dem unschuldigen Händler seltener Bücher abzukaufen, aber ich war dankbar, dass *Non Degenera Alchemia* nicht in die Mühlen der Polizei geraten war, während ich darum kämpfte, es zurückzubekommen, nachdem jemand es mir bei einem Einbruch vor einigen Monaten gestohlen hatte. Ethans Familie war so wohlhabend, dass die Belastung der Kreditkarte seines Vaters kein Problem dargestellt hatte. Ich bezweifelte, dass der Mann es überhaupt bemerkt hatte.

»Du weißt, dass ich dir dankbar dafür bin, Ethan. Und ich arbeite daran, dir das Geld zurückzuzahlen …«

»Egal. Ich dachte einfach, es wäre cool zu sehen, was dieser ganze Wirbel zu bedeuten hat. Schließlich ist es das Buch, über das Brix all diese Geschichten erfunden hat. Zum Beispiel die Geschichte, dass das Buch Ihren schüchternen französischen Freund zum Leben erweckt hat. Übrigens, hübsche Geschichte, Brix.«

Brixton interessierte sich plötzlich sehr für ein wildes Gestrüpp aus Pfefferminzpflanzen, das am Zaun emporwuchs. Er wusste, warum er ihnen den wahren Grund nicht nennen durfte, aus dem ich das Buch entziffern musste, aber mir war nicht bewusst gewesen, wie viel er seinen Freunden kurz nach unserer ersten Begegnung erzählt hatte.

»Essen wir jetzt oder was?«, fragte Ethan.

Ich brachte das Buch ins Haus, weil ich mir nicht zutraute, mit Brixton zu sprechen, während die anderen noch da waren. Ich wusste, dass er es gut meinte. Er sah, dass Dorian dem Tode nah war, und wusste, dass meine eigenen Bemühungen, ihn zu retten, nicht fruchteten. Da Ethan Latein lesen konnte, war es eine natürliche Schlussfolgerung für Brixton zu denken, Ethan sei vielleicht in der Lage zu helfen.

Ich vertraute auf Brixtons gute Absichten, aber er war vierzehn. In meiner Jugend galt man in diesem Alter praktisch als Erwachsener. Aber ein Teenager von heute war kein Erwachsener. Ich konnte nicht davon ausgehen, dass Brixton eine Ausnahme darstellte. Ich war zu unvorsichtig mit dem gewesen, was ich ihm erzählt hatte.

Er würde Dorians und mein Geheimnis niemals *absichtlich* offenbaren, aber sein Bestreben konnte trotzdem gefährliche Situationen heraufbeschwören. Ich machte mir keine Sorgen, dass Brixton etwas herausrutschen könnte oder dass er bewusst jemandem von mir und Dorian erzählte. Als er das kurz nach unserer ersten Begegnung getan hatte, hatte ihm niemand geglaubt. Die Leute sahen nur, was ihre Weltsicht sie zu sehen befähigte. Es war, als würden wir alle mit verschiedenen Scheuklappen herumlaufen. Wenn man den meisten Menschen etwas von einem lebendigen »französischen Gargoyle« erzählte, beschwor ihre Fantasie das Bild eines entstellten Franzosen herauf, dem es peinlich war, sich sehen zu lassen, keinen steinernen Gargoyle, der zufällig mit Lebenskraft erfüllt worden war, als ein argloser Bühnenmagier etwas aus den Seiten eines Buches vorgelesen hatte, von dem er nie geahnt hätte, dass es tatsächlich Magie enthielt. Die wenigen Personen, die Dorian in Bewegung gesehen hatten, als er sich vor aller Augen versteckt hatte, vermuteten, das Licht habe ihnen einen Streich gespielt oder sie hätten ein Glas zu viel von Portlands exquisitem Bier getrunken.

Nun gut, mein Leben wäre einfacher gewesen, wenn ich nicht so hätte tun müssen, als hätte ich einen schüchternen Freund aus Frankreich, aber ich machte Brixton keinen Vorwurf daraus, dass er zu helfen versuchte. Problematisch wurde es, wenn er etwas Verwegenes tat, indem er die Sache selbst in die Hand nahm. Wenn dieser Fall eintrat, konnte ich all die unbeabsichtigten Konsequenzen nicht einmal erahnen.

Nachdem ich das Buch auf das Regal im Keller zurückgestellt hatte, trug ich den Statuen-Dorian ebenfalls nach unten. Da ich viel im Garten arbeitete und lange Spaziergänge unternahm, ging ich nie in ein Fitnessstudio. Ehrlich, das ganze Konzept eines Fitnessstudios, in dem es nicht um irgendwelche Wettkämpfe ging, versetzte mich in Erstaunen. Unproduktive körperliche Arbeit in der Enge eines dunklen Gebäudes verrichten, statt im Freien schweißtreibenden Arbeiten nachzugehen?

Aber als ich Dorian hochhievte, wurde mir bewusst, dass es vielleicht gar keine so schlechte Idee war, Krafttraining zu machen.

Ich stellte ihn auf den Boden am Fuß der Kellertreppe und spürte ein Zwicken im Rücken. Nachdem ich hinter uns abgeschlossen hatte, sagte ich ihm, es sei sicher aufzuwachen.

»Das kann ich sehen.« Er reckte den Hals, flatterte mit den Flügeln und krümmte die Finger. Als er die Hüften kreisen ließ, als spiele er mit einem unsichtbaren Hula-Hoop-Reifen, betrachtete er stirnrunzelnd seine Beine. Sie brauchten länger als der Rest seines Körpers, zu ihrer Beweglichkeit zurückzufinden.

»Du hast gehört, was passiert ist?«, fragte ich. Er hasste es, wenn ich einen großen Wirbel um seinen Zustand machte.

»Natürlich.« Er schüttelte traurig den Kopf. »Ich höre und sehe sehr gut, wenn ich im Stein gefangen bin. Ich habe mit angesehen, wie das Essen vorbereitet worden ist. Was für eine jämmerliche Kochtechnik! Sie haben nicht annähernd lange genug gewartet, um die Kohlen verglühen zu lassen, bevor sie das Gemüse auf den Grill gelegt haben.«

»Dorian …«

»Und ich habe das perfekte Rezept für eine Estragonsoße zum Spargel, aber ich darf mich ja nicht zeigen, um die Soße zuzubereiten …«

»Dorian!«

»Ja?«

»Ich habe davon gesprochen, ob du gehört hast, dass Brixton Ethan dein Buch gezeigt hat.«

Dorian kniff die Augen zusammen. »Sie versuchen, das Thema zu wechseln, weil Sie Estragon noch nie gemocht haben.«

»Ich esse Estragon sehr wohl gern, wie du genau weißt. Ich

pflanze nur selbst keinen an, weil er nicht so viele Heilkräfte hat wie andere Kräuter.«

»Estragon ist der König der Kräuter, Zoe. Der König der Kräuter.«

»Würdest du dich bitte konzentrieren? Ich muss gleich wieder zurück nach oben.«

»Ja, ja. Ich habe gehört, wie Sie die Jungen zur Rede gestellt haben und war etwas verwirrt, als Sie Ethan daran gehindert haben, sich mein Buch anzusehen.«

»Er ist ein *Kind,* Dorian.«

»Und doch ist er derjenige, er es uns ermöglicht hat, es zurückzubekommen.«

»Ich weiß, Dorian. Ich habe es nicht vergessen.« Wenn all dies vorüber war, musste ich versuchen, genug Gold zu erschaffen, um Ethan das wiedergutzumachen. »Aber zu wissen, wie man die Kreditkartennummer seines wohlhabenden Vater eintippt, ist etwas ganz anderes, als zu wissen, wie man mit einem uralten, gefährlichen Text umzugehen hat.«

»Frische Augen. Heißt es nicht so?«

»Ja. Ein frisches Augenpaar. Aber er ist vierzehn. Und er weiß nichts über Alchemie. Habe ich schon erwähnt, dass er vierzehn ist? Hör mal, ich muss wirklich zurück. Schließ dich hier ein. Lass niemanden durch die Tür. Lass niemanden außer uns beiden einen Blick auf das Buch werfen.«

»Sie haben es Ivan gezeigt …«

»Das war etwas anderes. Er ist ein Gelehrter …«

Der Gargoyle warf verärgert die Arme hoch. »Kein *Schinken*«, murrte er. »Keine *Butter.* Und ich darf meine *eigenen persönlichen Besitztümer* nicht jedem zeigen, dem ich sie zeigen möchte.«

Ich seufzte. »Vermisst du den Schinken wirklich?«

Er funkelte mich finster an. »Nein, ich vermisse ihn nicht. Aber darum geht es nicht.«

»Ich gebe es auf. Bleib hier, Dorian. Ich werde dafür sorgen, dass alle sich bald verabschieden.«

Es erwies sich als schwieriger als erwartet, meine Gäste loszuwerden. Es war so ein wunderschöner Nachmittag zum Grillen, dass mein Ausbruch den Spaß nicht verdorben hatte. Als ich fünf Minuten nachdem ich Dorian und sein Buch in den Keller bugsiert hatte, in den Garten zurückkam, saßen Max, Brixton und Ethan auf hölzernen Klappstühlen im Halbkreis um den Grill herum, während Veronica Spargelstangen wendete.

Niemand schien meine Übellaunigkeit zu bemerken. Dorian hatte recht damit, dass meine eigenen Versuche, das Buch zu entziffern, gescheitert waren, daher war es kein Wunder, dass er Brixton zustimmte und ihm jede Hilfe willkommen war. Ein Junge, der ein wenig Latein gelernt hatte, würde uns nicht helfen können. Aber ein alter Alchemist, das war eine andere Geschichte. Jetzt, da ich Prometheus' wahre Identität kannte, brannte ich darauf, mir die Zaubervorstellung *Phantasmagoria* heute Abend noch einmal anzusehen.

Da keiner meiner Gäste meine Ungeduld wahrnahm, ebenso wenig wie meine Vorschläge, sich zu verabschieden, wurde es Zeit für eine andere Herangehensweise. Ich griff nach einem Stängel Besenkraut, um mich dazu zu bringen, wiederholt zu niesen. Mit roter Nase und ebenso roten Augen war es viel einfacher, den Grillabend zu beenden. Durch meine übereifrige Besenkrautinhalation stellte ich sicher, dass ich nicht wie eine Frau aussah, mit der Max den Abend verbringen wollte, sodass ich frei war, mich auf die Zaubervorstellung vorzubereiten. Ich verabscheute die fortgesetzte Irreführung. Es wurde nie einfacher.

Ich bekämpfte die Wirkung der Pollen mit einem Bad mit Kamillensalzen, dann zog ich eine übergroße, schwarze Bluse an, die viel zu lange Ärmel für mich hatte, und dazu schwarze Leggings, die nichts der Fantasie überließen. In schlichtes Schwarz gewandet, hoffte ich mit dem Hintergrund zu verschmelzen.

Ich war etwas zu früh dran und bestellte mir an der Bar im Foyer ein Glas Rotwein. Mindestens zwei Dutzend Theaterbesucher waren bereits vor mir eingetroffen und hielten Drinks in Händen, während sie mit Freunden plauderten. Ich lächelte, fing aber mit niemandem ein Gespräch an. Heute Abend war ich da, um zu sehen, was ich sonst noch herausfinden konnte.

Also sah ich mich im holzvertäfelten Foyer um und nippte an meinem Wein. Die würzigen und süßen Aromen von Nelken, Pfeffer und schwarzen Johannisbeeren tanzten auf meiner Zunge. Ich war nie eine große Trinkerin gewesen, da mein alchemistisch trainierter Körper auf alles stark reagierte, was ich ihm zuführte. Aber ich genoss die komplexen Eigenschaften von Wein. Und anders als bei Kaffee, der mich tagelang wach halten konnte, ließ mich zu viel Wein einschlafen. Nach einem weiteren Schluck stellte ich das halb volle Weinglas auf die Tresenkante.

Das Foyer füllte sich langsam und bot mir die Deckung, die ich brauchte. Ich ahmte die Autorität der Magier auf dem bunten Plakat von *Persephones und Prometheus' Phantasmagoria* neben mir nach und ging zielstrebig auf die geschlossenen Türen zu, die zum Zuschauerraum führten. Bedauerlicherweise waren sie verschlossen. Das war nicht ungewöhnlich, und ich hätte damit rechnen sollen. Bühnenmagier würden nicht wollen, dass jemand ihre Kulissen zu genau betrachtete. Ich wünschte, ich hätte Schlösser genauso geschickt knacken können, wie Dorian das mit seinen Krallen machte. Wie die Dinge lagen, musste ich warten, bis das Publikum eingelassen wurde, was einige Minuten später geschah. Ich verweilte in der Nähe der Türen, sodass ich eine der ersten Zuschauerinnen war, die Einlass fanden. Ich entdeckte zwei in Schwarz gekleidete Angestellte des Theaters. Einer stand in der Tonkabine und einer an der Seite der Bühne und bewachte den

Vorhang, falls sich neugierige Gäste vielleicht versucht fühlten, einen Blick dahinter zu werfen. Für mich sahen beide nicht viel älter aus als Brixton.

Statt mir meinen Platz zu suchen, ging ich zur ersten Reihe und suchte den Blick des Bühnenarbeiters, der am Vorhang stand.

»Das ist ein wundervolles altes Theater«, sagte ich. »Arbeiten Sie schon lange hier?«

Er grinste. »In diesem Mai werden es zwei Jahre, nachdem ich meinen Abschluss in Theaterwissenschaften gemacht habe.«

»Was ist mit dem Mann in der Tonkabine?«

Sein Grinsen verrutschte. »Er ist schon ein Weilchen länger dabei, aber ich weiß eine Menge über dieses Theater. Hören Sie, ich habe erst mal zu tun, aber wollen wir nach der Vorstellung ein Glas Bier zusammen trinken? Ich kann Ihnen alles darüber erzählen.«

Die wie eine zweite Haut sitzenden Leggings waren definitiv keine gute Idee gewesen. Ich lehnte sein Angebot höflich ab. Er hatte mir verraten, was ich wissen musste. Peter und Penelope hatten keine eigene Crew mitgebracht. Sie arbeiteten mit Einheimischen.

Bei dieser Vorstellung blieben im Theater einige Plätze frei, aber nicht viele. Es ermutigte mich zu sehen, dass Menschen sich immer noch dafür interessierten, einer klassischen Zaubervorführung beizuwohnen. Ich wünschte, ich hätte die Darbietung genießen können.

Das Licht flackerte und signalisierte, dass die Vorstellung in Kürze anfangen würde. Ich hatte einen Platz in einer hinteren Reihe und behielt die Bühne genau im Auge.

Der Vorhang öffnete sich langsam und gab einen dunklen Raum frei. Ein Lichtstrahl brach sich auf einem Stückchen Glas. Der schlampige Aufbau überraschte mich. Am Abend zuvor war nicht sofort offensichtlich gewesen, dass es sich bei dem Feuer um eine Illusion handelte.

Den Magiern musste ebenfalls aufgefallen sein, dass etwas nicht stimmte. Statt des Anschwellens der Musik, die bei der Aufführung am vergangenen Abend erklungen war, begann sich der Vorhang wieder zu schließen.

Aber zur gleichen Zeit geschah irgendetwas auf der Bühne. Während meine Augen sich an die Dunkelheit gewöhnten, nahm ich die Umrisse eines hohen Schranks am Rand der Bühne wahr. Der Schrank war am vergangenen Abend ebenfalls da gewesen, daran erinnerte ich mich, aber er war nicht benutzt worden. Zumindest nicht auf eine Weise, die das Publikum sehen konnte. Doch diesmal öffnete sich die Tür des Schranks langsam. Es war jemand darin. Der Mann hielt sich ausgesprochen steif, fast so, als spiele er die Rolle eines Leichnams.

Das passte definitiv zum Thema von Tod und Wiederauferstehung der *Phantasmagoria*, aber es überraschte mich, dass die Magier ihre Nummer zwischen zwei Vorstellungen so gravierend verändert haben sollten.

Die beiden Hälften des Vorhangs bewegten sich weiter aufeinander zu, aber der schwere Stoff schloss sich nur langsam. Ich konnte noch immer die Mitte der Bühne sehen. Und ich erkannte den Mann in dem sargähnlichen Schrank.

Es war der Freiwillige aus der Nummer der schwebenden Dame, den ich mittags im Theater gesehen hatte. Was machte er dort? War er im Theater geblieben, um die Magier auszuspionieren, und hatte er sich in diesem Schrank versteckt, ohne zu wissen, dass er auf der Bühne benutzt werden würde? Er war ein wenig spät dran, um sich unbemerkt davonzuschleichen.

Unmittelbar bevor die Vorhänge sich schlossen, stockte mir der Atem. Wallace Mason versuchte keineswegs, sich zu verstecken. Ein dunkelroter Fleck breitete sich auf seiner Brust aus.

Er taumelte genau in dem Moment aus dem Schrank, in dem sich die beiden Teile des Vorhangs mit einem Krachen schlossen.

Natürlich waren es nicht die Vorhänge, die den Lärm machten. Es war das Geräusch eines Leichnams, der auf den Bühnenbrettern aufschlug.

Ein Raunen lief durch das Theater, während Zuschauer sich einander zuwandten und sich wahrscheinlich fragten, was es mit der seltsamen Eröffnung der Show auf sich hatte. Obwohl Magier morbide Bilder lieben, hatte die Szene auf der Bühne nichts von dem dramatischen Flair des vergangenen Abends. Das hier war keine Nummer.

Der Magier hatte abermals getötet.

Und ohne zu offenbaren, wer ich war, konnte ich nichts unternehmen.

16

Als ich am nächsten Morgen mein Gesicht im Spiegel betrachtete, erkannte ich mich kaum wieder. Meine Haut war gespannt, wie sie es gewesen war, bevor ich angefangen hatte, auf mich selbst achtzugeben, und die dunklen Ringe unter meinen Augen waren noch dunkler als am vergangenen Tag. Nach dem Kämmen hingen eine Menge Haare in meiner Bürste. Selbst meine Zähne überzog ein schwacher Grauschimmer.

Dorian hatte recht. Es brachte mich um, ihm zu helfen.

Wann immer ich den Aschetee machte, hielten die Begleiterscheinungen länger an und waren verheerender als je zuvor. Trotzdem war ich besser in Form als Wallace Mason. Ich wurde das Bild von seinem Leichnam nicht los. Erst als er auf der Bühne gelegen hatte, war mir klar geworden, dass er tot war.

Obwohl ich im Laufe der Jahre eine Menge Tote gesehen hatte, war es gelinde gesagt beunruhigend, zwei Mordopfer binnen dreier Monate zu verkraften.

Hatte Wallace Mason zu viel gesehen, als er gegen Mittag im Theater gewesen war? Wenn es der Magier-Alchemist war, der ihn getötet hatte, um sein Geheimnis zu schützen, wie konnte ich den Mord dann ignorieren? Ich war darin verwickelt, ob es mir gefiel oder nicht.

Ich bezweifelte, dass die beiden jungen Bühnenarbeiter etwas mit dem Mord zu tun hatten. Die ältere Platzanweiserin, die unsere Eintrittskarten abgerissen hatte, war wohl auch keine wahrscheinliche Kandidatin. Ich nahm an, dass die Polizei sie von jedem Verdacht freisprechen würde, womit die Magier als die wahrscheinlichsten Verdächtigen übrig blieben. Würde die Polizei Peter Silvermans wahre Identität herausfinden? Es würde wieder so sein wie bei den Hexenprozessen von Salem – nur dass die Anklagen gegen mich in diesem Fall wahr sein würden.

Als unschuldige Sechzehnjährige war ich damals der Hexerei beschuldigt worden, meiner Liebe zu Pflanzen wegen. Ich konnte auf eine Weise mit Pflanzen arbeiten, die den meisten Menschen unmöglich war, sowohl wenn es darum ging, sie zum Wachsen zu bringen, als auch darum, ihre geheimnisvollen Eigenschaften hervorzulocken. Menschen hatten Angst vor dem, was sie nicht verstanden. Es war ihre Angst, die mich von ihnen weg und in die Arme der Alchemisten getrieben hatte. Jetzt war ich zu einer Person geworden, die zu fürchten die Menschen vielleicht wirklich Grund hatten, nicht weil ich jemandem etwas zuleide tun würde – ich hatte mein Leben mit dem Versuch verbracht, genau das Gegenteil zu bewirken –, sondern weil ich machtvolle Geheimnisse enträtselt hatte, die sowohl zum Guten wie zum Bösen benutzt werden konnten.

Atme, Zoe.

Jetzt, da ich einige Stunden geschlafen hatte, begann ich an meinen hastigen Mutmaßungen zu zweifeln. War ich zu der richtigen Schlussfolgerung gelangt? Hatte der Magier etwas mit der Sache zu tun? Ich betrachtete nur die Hälfte des Bildes – den Magier-Alchemisten, nicht den Mann, der getötet worden war. Das Leben des Toten würde von der Polizei untersucht werden, und dieser Spur würde sie folgen, wo immer sie hinführte.

Ich schob alle Gedanken an Mord beiseite und machte mir zum Frühstück eine Tasse Gelbwurztee und einen grünen Smoothie, dann kümmerte ich mich um mein Fensterbeet und meinen Garten hinter dem Haus. Drei Sorten Minze – Zitronenmelisse, Schokoladen-Minze und Pfefferminz – wucherten ein wenig und streckten ihre Wurzeln und Stängel zu nah an die Petersilie heran. Das würde keine der Pflanzen glücklich machen. Ich hatte meine den Garten betreffenden Entscheidungen teilweise in dem Bemühen getroffen, schnell wachsende Pflanzen für Dorians Aschetee zu ernten. Normalerweise hätte ich die Minze in Behältern gepflanzt.

Die vertraute Routine des Berührens der Pflanzen, bevor ich ihnen die Menge an Wasser gab, die sie brauchten, beruhigte mich ein wenig, aber mein Geist war immer noch rastlos. Ich zog meine schlecht sitzende Jeans und ein Sweatshirt an und brach zu einem Spaziergang auf, um den Kopf freizubekommen. Aber der Frühlingsduft in Portland erinnerte mich bloß an die seltsamen Gerüche, von denen ich geglaubt hatte, sie kämen aus Dorians Buch.

Als ich wieder zu Hause war, ging ich direkt in die Küche, in der Absicht, noch eine Tasse Tee zu trinken. Bevor die Tasse meine Lippen erreichte, erklang ein Klopfen an der Haustür.

Ich hatte am vergangenen Abend einem Polizeibeamten eine kurze Aussage geliefert, als ich zusammen mit dem Rest des Publikums befragt worden war. Ich hatte gesagt, ich wisse nichts, daher konnte ich mir nicht vorstellen, dass sie jetzt vor meiner Tür standen. Ich wusste, dass ich ihnen von den beiden Männern hätte erzählen sollen, die am Mittag im Theater herumgeschlichen waren, aber das konnte ich nicht tun, ohne mich selbst zu belasten. Es war immer eine heikle Abwägung für einen Alchemisten, das Richtige zu tun. Wenn ich ihnen die ganze Wahrheit sagte, konnte das mühelos zu noch größerer Verwirrung und Ungerechtigkeiten führen.

Wenn ich etwas gewusst hätte, das helfen könnte, hätte ich gesprochen. Aber trotz meiner ersten Einschätzung wusste ich nicht, was sich zugetragen hatte.

Ich holte tief Luft und öffnete die Tür.

»Du warst gestern Abend dort?«

»Freut mich auch, dich zu sehen, Max.«

Er schob sich an mir vorbei ins Haus. »Du hast nichts davon gesagt, dass du dir die Zaubervorstellung noch einmal ansehen wolltest.«

»Ich habe mich unmittelbar davor dazu entschlossen. Ich wollte feststellen, ob ich herausfinden kann, wie einige der Tricks funktionieren. Ich habe dir doch erzählt, wie sehr ich altmodische Zaubervorstellungen liebe.«

Max sah mich durchdringend an. Ich war plötzlich sehr verlegen wegen meines Haares und wegen meiner Haut.

»Was erzählst du mir nicht, Zoe?«

»Bist du in offizieller Eigenschaft hier?«

»Nein. Ich bin hier als dein … was auch immer ich für dich bin. Aber deine Antwort sagt mir, was ich für dich bin.«

»Max …«

»Ein Mann ist tot, Zoe.«

»Warum denkst du, das hätte etwas mit mir zu tun?«

»Das habe ich nicht behauptet! Ich mache mir Sorgen um dich. Deshalb bin ich vorbeigekommen. Du warst am selben Ort wie ein Killer.«

»Oh.«

»Du findest es so überraschend, dass ich mir um dich Sorgen mache?«

»Nein, es ist nur …«

»Was?«

»Es hat sich schon lange niemand mehr Sorgen um mich gemacht.«

Ein Krachen aus dem Inneren des Hauses unterbrach uns. Ich zuckte zusammen, und Max' Schultern spannten sich an.

»Du ziehst Einbrecher an wie eine Duftnessel Bienen«, flüsterte Max und legte sich dann einen Finger auf die Lippen.

Nur Max konnte so ein Vergleich mit einer Gewürzpflanze einfallen. Ich legte ihm meine Hand auf seine und hinderte ihn daran, auf eigene Faust auf die Suche zu gehen. »Das ist kein Einbrecher. Ich habe mein Inventar katalogisiert und einen Stapel Bücher liegen lassen, der nicht besonders stabil war. Ich habe nicht damit gerechnet, so lange aufgehalten zu werden.«

»Bist du dir sicher?«

Ein weiteres Krachen ertönte.

»Ich sollte lieber nachsehen gehen.«

»Max, wirklich …«

Ich fürchtete mich vor dem, was er vorfinden würde. Da jeden Tag ein größerer Teil von Dorians Körper versteinerte, würde er sich vielleicht nicht in die geziemende Gestalt verwandeln können, die andere bisher gesehen hatten. Ich galt bereits als »schrullig«, weil ich meine große Gargoyle-Skulptur regelmäßig in verschiedene Räume meines Hauses trug. Das war in Ordnung. Aber wie sollte ich eine seltsam verzogene Gargoyle-Skulptur erklären?

Ohne auf Max' Flehen zu achten, dass ich besser draußen warten solle, folgte ich ihm die Treppe hinauf. Max zuckte jedes Mal zusammen, wenn eine Stufe unter unseren Füßen knarrte. In diesem alten Haus war Verstohlenheit unmöglich.

Der Dachboden war vollgestopft mit allerlei Artefakten für mein Geschäft, aber bar jeden Lebens. Es war nicht einmal ein steinerner Gargoyle zu sehen. Doch lag da tatsächlich ein Stapel Bücher auf dem Boden verstreut, obwohl ich gelogen hatte, als ich von einem instabilen Stapel gesprochen hatte. War jetzt mein Haus zum Leben erwacht? Genau das hatte mir noch gefehlt.

Mein Dachboden war das komplette Gegenteil von Max' Haus.

Statt seiner puristischen Einrichtung, in der ein eiserner Teekessel, ein weißes Sofa, zwei Landschaftsgemälde und zwei persönliche Fotografien dem Haus seine Persönlichkeit verliehen, war mein Dachboden ein buntes Chaos aus Relikten, die ich im Lauf der Jahrhunderte angesammelt hatte. Während der Jahrzehnte, in denen ich mit meinem Truck und meinem Trailer die Vereinigten Staaten bereist hatte, hatten diese Bücher, Kunstwerke und alchemistischen Artefakte in einer Lagereinheit in Paris gelegen.

Der Dielenboden war gesprenkelt mit Wasserflecken von den winterlichen Regenfällen. Man sollte meinen, dass ich nach all diesen Jahren eine hinreichend qualifizierte Handwerkerin gewesen wäre, die den Schaden am Dach schnell repariert hätte, damit ich mein alchemistisches Werk zur Rettung von Dorians Leben fortsetzen konnte. Aber zu meiner Verteidigung sei gesagt, dass ich nur sehr selten in einem eigenen Haus gewohnt hatte. Die meiste Zeit hatte ich überhaupt nicht in einem richtigen Haus gelebt. Dieses Craftsman-Haus in Portland war ein Luxus.

»Wow«, murmelte Max und sah sich im Raum um.

Ich konnte nicht erkennen, ob er das in einem guten Sinne meinte oder in einem schlechten.

»Sind das alles echte Antiquitäten?«

»Es sind nicht direkt Antiquitäten. Zumindest betrachte ich sie nicht als solche. Sie sind alle verbunden mit der Wissenschaft des Heilens. Deshalb heißt der Laden auch Elixier.«

»Mir war nicht klar, dass du immer noch dein Geschäft führst.« Er schüttelte den Kopf. »Ich schätze, wir kennen einander doch nicht so gut, wie ich dachte.«

»Max ...«

»Ich dachte, dass du als Köchin in Blue Sky Teas arbeitest.«

»Das ist eine Teilzeitstelle. Was hat dich auf die Idee gebracht, ich hätte Elixier aufgegeben? Du hast gewusst, dass ich die Kisten aus meinem Lager habe herbringen lassen, als ich eingezogen bin.

Ich habe nichts geheim gehalten.« Nun, ich hatte das nicht geheim gehalten. »Liegt es daran, dass ich dich nicht früher auf den Dachboden eingeladen habe? Wie du sehen kannst, ist das nicht gerade ein Raum, in dem ich einen Gast empfangen würde. Ich habe mich noch nicht richtig häuslich eingerichtet.«

»Das ist es nicht.«

»Ach nein?«

»Ich habe mir deine Website angesehen.«

Ich stöhnte.

»Sie hat den Eindruck gemacht, als hättest du sie während des letzten Jahrzehnts nicht auf den neuesten Stand gebracht«, sagte Max verlegen.

Drei Bemerkungen über meine Website in ebenso vielen Tagen? Ich würde Veronicas Angebot, die Website auf den neuesten Stand zu bringen, definitiv annehmen. Aber im Moment kümmerte mich das nicht besonders. Dorian starb eines unnatürlichen Todes. Ich wurde von Tag zu Tag kränker, während ich versuchte, ihn zu retten. Ein mordlustiger Alchemist war in der Stadt und auf der Suche nach seiner versteckten Beute, einem Schatz, der zum Tod eines Wachpostens geführt hatte und von dem jetzt ein Teil am Ufer des nahen Willamette aufgetaucht war. Und ein Mann, der den Alchemisten ausspioniert hatte, war ermordet und der Leichnam direkt vor meinen Augen aufgefunden worden.

Also ja, es war in der Tat nicht meine oberste Priorität, meine Website auf den neuesten Stand zu bringen, damit ich genug Geld verdienen konnte, um mein Haus instandsetzen zu lassen und meine Schulden bei Ethan zu begleichen. Ich schauderte unwillkürlich, als ich wieder an dieses verdammte Theater dachte, an Dorians Fuß, wie er sich auf der Galerie verhakt hatte, und an den Leichnam des Freiwilligen, der auf die Bühne gefallen war.

»Du denkst an den Toten, nicht wahr?«, fragte Max. »Ich sehe es dir an. Es tut mir leid, dass du das miterleben musstest.«

Ich nickte, traute mich aber nicht zu sprechen. Ich hatte in meinem Leben mehr Tote gesehen, als mir lieb war. Es wurde nicht leichter. Aber das war etwas Gutes.

»Gibt es irgendetwas, das du mir erzählen möchtest, Zoe?«

Meine Kehle schnürte sich zu, und Ärger trieb mir die Röte ins Gesicht. Warum war die Kommunikation mit Max gleichzeitig einfacher und schwieriger als mit irgendeinem anderen Menschen? »Glaubst du wirklich, ich hätte etwas zu tun mit seinem …«

»So habe ich das nicht gemeint! Natürlich habe ich das nicht so gemeint. Manchmal habe ich das Gefühl, dass du mich besser verstehst als jeder andere, aber dann wieder … spüre ich, dass du etwas vor mir verbirgst.« Er runzelte die Stirn, als etwas in der Ecke seine Aufmerksamkeit erregte. Er legte das Kochbuch mit den medizinischen Heilmitteln, das er vom Boden aufgehoben hatte, beiseite und ging zu einer weiß gestrichenen Kiste, die Gläser mit alten Originaletiketten enthielt. »Importierte Kräutermittel? Wirklich? Nach allem, was im letzten Winter passiert ist, wie kannst du da …«

»Gott, Max!«, brauste ich auf. »Ich kenne den Mann nicht, der ermordet worden ist, und das da sind uralte *Gläser.* Ohne Inhalt. Es ist nichts drin. Diese Gefäße haben früher berühmte Wissenschaftler benutzt. Deshalb sind sie viel Geld wert.«

»Wirklich? Die Leute werden glauben, Louis Pasteur habe eins dieser Dinger benutzt? Sind seine Fingerabdrücke drauf?«

»In Wahrheit haben sie Isaac Newton gehört, aber ja. Ich habe keine Fingerabdrücke … aber Dokumente, die beweisen …«

»Du glaubst tatsächlich, dass Papiere so lange erhalten geblieben und nicht gefälscht worden sind? Gott, Zoe. Du glaubst das wirklich.« Er kniff sich in den Nasenrücken. »Tut mir leid. Hör mal, können wir das Thema wechseln?«

»Zurück zu dem Toten, von dem du denkst, ich hätte etwas

mit ihm tun gehabt? Ich habe dir erklärt, dass ich den Mann nicht kenne. Er hat nichts mit mir zu tun.«

»Streiten wir uns? Wie ist es so weit gekommen? Ich bin hier, weil ich mich davon überzeugen wollte, dass es dir gut geht, dass du nicht verwickelt warst in ...«

Ein Husten erklang aus dem Schrank hinter mir. Ich kannte dieses Geräusch. Schnell hustete ich ebenfalls und hoffte, dass Max denken würde, ich sei die Person, die auch beim ersten Mal gehustet hatte.

»Ich könnte einen Tee gegen meine Allergien gebrauchen«, verkündete ich. »Ich habe einen ganz trockenen Hals. Wie wär's, wenn wir nach unten gehen würden?«

»Ich finde allein hinaus.«

»So habe ich das nicht gemeint.«

»Irgendwie ist unsere Kommunikation heute nicht besonders gut. Ich lasse dich allein, damit du diesen Schlamassel aufräumen kannst.« Er hielt inne, und ein verschleierter Ausdruck, den ich nicht einordnen konnte, glitt über seine Züge. »Wo ist eigentlich deine Gargoyle-Statue? Ich habe sie nicht gesehen, als ich durchs Haus gegangen bin.«

»Warum?« Meine Intuition schaltete einen Gang höher. Max wusste, dass ich meine Statue »umherbewegte«, aber er hatte nie gesehen, wie Dorian sich von allein bewegte.

»Vergiss es. Es ist nichts.« Er hielt inne. »Ich hoffe, dass es nichts ist.«

»Was soll das heißen?«

»Ich muss gehen, Zoe.«

Und mit diesen Worten ließ er mich allein. *Warum hatte er etwas über Dorian wissen wollen?*

17

Ich lehnte mich ein Weilchen an die Schranktür und gab Max Zeit wegzufahren und mir selbst, meine Gedanken zu sammeln.

Als ich mir sicher war, dass er fort war, riss ich die Tür des Dachbodenschranks auf. »Die Luft ist rein.«

»Ich hoffe, der Junge hat keins Ihrer Bücher ruiniert«, sagte Dorian. Sein grauer Arm war um Brixtons Schulter geschlungen. Die beiden standen auf, und Brixton half Dorian beim Verlassen des Schranks.

»Er hat das Gleichgewicht verloren«, berichtete Brixton. »Das hat den Krach gemacht. Wir wussten nicht, dass du zurück warst, bis wir dich und Max laut haben sprechen hören. Als Dorian hingefallen ist, dachte ich, ich sollte dafür sorgen, dass es hier genauso aussieht, wie du es behauptet hattest.«

»Max weiß, dass *du* existierst. Warum hast du nicht einfach behauptet, du seist hergekommen, um den Kühlschrank zu plündern oder so?«

Brixton und Dorian sahen einander an, und beide runzelten die Stirn.

»Sie ist schlau, diese Alchemistin«, bemerkte Dorian.

Ich presste mir die Finger an die Schläfen. Ich erinnerte mich nicht daran, mich dafür gemeldet zu haben, mich um zwei Halbwüchsige zu kümmern.

»Seien Sie nicht sauer, Zoe«, bat Brixton. »Max kriegt sich bestimmt wieder ein.« Er überzeugte sich davon, dass Dorian stehen konnte, ohne umzukippen, dann legte er mir eine Hand auf die Schulter. Okay, manchmal konnte er ein aufmerksames Kind sein.

Ich betrachtete die beiden. »Warum bist du überhaupt hier? Ich wusste nicht, dass du vorbeikommen wolltest. Ich dachte, du wärest bei Blue Sky, um deiner Mom mit den Gästen des Sonntagsbrunchs zu helfen.«

»Ja, das war der Plan, aber dann habe ich von dem Mann gehört, der von dem Alchemisten getötet worden ist ...«

»Wir wissen nicht mit Bestimmtheit, dass es sich so zugetragen hat.«

»Alchemisten«, schaltete Dorian sich in das Gespräch ein, »sind bekannt für drastische Maßnahmen, um ihre Geheimnisse zu schützen.«

»Du warst derjenige, der gesagt hat, wir sollten mit unserem Urteil zurückhaltend sein!«, entgegnete Brixton und starrte den Gargoyle an.

»Mein junger Freund«, sagte Dorian zu Brixton, »bring mir die Lokalzeitung, *s'il te plaît.*«

Dorian bat für gewöhnlich nicht auf diese Weise um Hilfe. Sein linker Fuß hing in einem unnatürlichen Winkel herab. Er sah mich hinschauen und warf eine kleine Decke darüber.

Dann räusperte er sich und schlug die Zeitung auf. »Wallace Mason war wichtig genug, um in der Zeitung einen kurzen Nachruf über ihn zu bringen. Er hat in den 1960er-Jahren ein Wellness-Zentrum in Portland gebaut, wo er die Vorzüge von Vegetarismus und Kräuterkunde angepriesen hat, und er hat viele unglückliche Menschen aufgenommen. Eine Tochter von ihm lebt noch. Die wohnt im Ausland.«

»Und das ist alles?«, fragte ich.

»He, Leute«, meldete Brixton sich zu Wort, »online findet man noch viel mehr.« Er scrollte auf seinem Handy. »Nachdem diese Saphirkette aus der Lake-Beute gefunden worden ist, haben die Medien ihn zitiert.«

»Aha!«, rief Dorian.

»Er war einer der Schatzsucher?«, fragte ich. Seine Anwesenheit im Theater gewann eine neue Bedeutung. »Was hat er denn gesagt?«

»Dass man den Leuten erlauben solle zu suchen«, antwortete Brixton, der immer noch las, was auf dem Display seines Handys stand, »weil das die beste Chance sei, die Beute für die Familie zu bergen. Warum wollte er den Schatz nicht für sich selbst?«

»Benutze deine *kleinen grauen Zellen*«, warf Dorian ein und tippte sich an die Stirn. Die Geste weckte in mir den Wunsch, ich hätte während des Winters nicht jedes einzelne Poirot-Buch für ihn aus der Bibliothek entliehen. »Ein Wellness-Zentrum in den Sechzigern des vergangenen Jahrhunderts. Das bedeutet, dass er ein *Gutmensch* war. Natürlich wollte er den *Trésor* für die Familie finden.«

»Es sein denn, er hat gelogen«, bemerkte ich.

Dorian funkelte mich an, reckte die Schultern und flatterte dabei sanft mit den Flügeln. »Wir würden mehr wissen, wenn jemand den Alchemisten zur Rede stellen würde. Dann könnten wir in Erfahrung bringen, ob er uns vielleicht helfen kann.«

»Wir haben bereits über alle Gründe gesprochen, warum das eine furchtbar schlechte Idee ist.«

»Ja, aber dies ist eine Demokratie«, wandte Dorian ein. »Der Junge und ich haben Sie überstimmt.«

»Dies ist keine Demokratie.«

»Natürlich ist es eine«, konterte Brixton. »Ich habe einen Haufen Politikstunden verschlafen, aber selbst ich weiß das.«

»Dieses *Haus* ist keine Demokratie«, erklärte ich.

»Wir werden ihn doch nicht in diesem Haus zur Rede stellen«, hielt Dorian dagegen, während er mit trügerisch unschuldiger Miene die Augen aufriss.

Ich stöhnte. *Ein einfaches Leben, Zoe. Du hast wirklich geglaubt, du könntest ein einfaches Leben haben?* Ich wünschte, ich hätte sagen können, dass die Polizei schon dahinterkommen würde, wenn der Magier ein Mörder war. Aber wenn er ein Alchemist war?

»Vielleicht hat Zoe nicht ganz unrecht«, sagte Brixton.

»Danke«, antwortete ich.

»Ich meine, Franklin Thorne ist ein wirklich guter Magier mit seiner Prometheus-Figur. Wenn Sie ihn direkt damit konfrontieren, wird er Sie vielleicht ergreifen, bevor Sie wissen, wie Ihnen geschieht.«

Ich versuchte, Brixton daran zu hindern, Dorian etwas zu erklären, was ich gar nicht meinte, aber er sprach weiter.

»Sie waren bei der Vorstellung«, sagte er. »Sie haben ihn gesehen. Prometheus ist gut, ich meine *Houdini-gut.*«

Dorian gab ein Krächzen von sich, das ich noch nie zuvor von seinen würdevollen grauen Lippen gehört hatte. »Houdini! *Non!* Ehrich Weiss hat den Namen meines Vaters gestohlen und ihn entehrt! Houdini ist nur ein jämmerlicher Imitator des großen Robert-Houdin! Diese Illusionen, die du bei der Vorstellung miterlebt hast? Diese Illusionen waren nicht inspiriert von den haarsträubenden, realitätsfernen Nummern von Houdini. *Non.* Viele davon hat der wunderbare Robert-Houdin erschaffen.«

Brixton stolperte rückwärts, als Dorians schwere Flügel hin und her flatterten.

»Er ist ein wenig überempfindlich bei diesem Thema«, sagte ich zu Brixton.

»Überempfindlich?«, äffte Dorian mich nach. »Ich bin bloß kein selbstgefälliger Mann, der den Wunsch einer Familie nicht versteht, in aller Abgeschiedenheit um ihren Verwandten zu trauern. So einer war Houdini. Seit dem Tag, an dem man ihm seinen Wunsch verwehrt hat, das Grab seines Idols zu besuchen, war Houdini fest entschlossen, Vaters Namen in den Schmutz zu ziehen.«

»Wow«, murmelte Brixton, während er immer noch sein Handydisplay betrachtete. »So ein Huren ... «

»Achte auf deine Ausdrucksweise«, unterbrach ich ihn automatisch.

»Tut mir leid, D«, sagte Brixton, der mich ignorierte und stattdessen das Wort an Dorian richtete. »Ich habe mir nichts dabei gedacht. Ich meinte nur, dass Prometheus ein wahnsinnig guter Magier ist, der wahrscheinlich Unmengen Handschellen und so was besitzt, daher sollte Zoe sich eine gute Tarngeschichte ausdenken, bevor sie loszieht und mit ihm redet.«

»Ich stehe übrigens gleich neben dir«, warf ich ein.

»Ja«, pflichtete Brixton mir bei, »aber Sie sehen so aus, als würden Sie sich dagegen sträuben, sich einen Plan zurechtzulegen. Also sollten Dorian und ich uns einen für Sie ausdenken.«

Ich seufzte und versuchte zu überlegen, was ich sagen konnte, das nicht dazu führen würde, dass sie mir das Wort im Mund herumdrehen und selbst ermitteln würden.

»Unter der Bedingung, dass ihr zwei euch vollkommen aus der Sache heraushaltet«, versprach ich, »und ich meine *vollkommen,* werde ich mich darum kümmern.«

»Bon«, sagte Dorian. In einer Stunde habe ich das Mittagessen für Sie fertig. Auf diese Weise können Sie sich Ihre Energie für Ihre Ermittlungen aufsparen.«

Vor dem Theater sah es ziemlich genauso aus, wie ich es erwartet hatte. Das Gebäude am Fuß des Mount Tabor war mit Polizeiband abgesperrt, und Beamte liefen umher.

Peter und Penelope saßen zusammen auf der Stoßstange eines

großen SUV, der erst seit Kurzem auf dem Markt war und die winzigen Autos aus Portland überragte, die um ihn herumstanden. Aufgrund der Anhängerkupplung nahm ich an, dass sie den SUV benutzten, um die Dinge für ihre Zaubernummern in einem Anhänger zu transportieren. Sie trugen weder Bühnen Make-up noch die förmliche Kleidung vom vergangenen Tag, obwohl Penelopes glänzende Locken für jedwede Bühne bereit gewesen wären. Sie paffte an einer Zigarre und schaute gen Himmel.

»Wenn das nicht unsere freundliche Nachbarin ist«, begrüßte Peter mich mit einer Stimme, von der selbst ein Kleinkind hätte erkennen können, dass sie von Sarkasmus troff. »Hergekommen, um uns mitzuteilen, dass unser neuer Gargoyle fertig ist? Es tut mir so leid, aber wie Sie sehen können, ist dies der denkbar schlechteste Zeitpunkt für einen Besuch.«

Der Mann erschien mir viel zu unreif, um seit hundert Jahren auf der Welt zu sein. Er war selbst für fünfzig unreif. Ich habe Alchemisten gekannt, die ihre Menschlichkeit verloren hatten, aber das äußerte sich meistens auf eine andere Weise. Hochmut und ein Mangel an Empathie, ja. Aber Sarkasmus? Dem war ich noch nicht begegnet. Andererseits hatte ich noch nie irgendwelche Alchemisten gekannt, die rückschreitende Alchemie praktizierten. Und genau damit musste er wohl zu tun haben, da er von den Toten zurückgekehrt war.

»Mein Beileid zu Ihrem Verlust«, sagte ich, obwohl ich in Wirklichkeit darüber nachdachte, dass Morde Peter Silvermans Weg pflasterten.

»Wir haben ihn nicht gekannt«, schaltete Penelope sich ein, während sie Rauchringe in den Himmel blies. Sie gab einen von Herzen kommenden Seufzer von sich und tupfte dann die Zigarre aus. »Aber ja, es ist trotzdem eine Tragödie.«

»Ich habe angenommen, dass Sie ihn kannten, weil er ein Freiwilliger war.«

»Alle denken, sie wüssten, wie so eine Aufführung funktioniert«, versetzte Peter mit einem resignierten Feixen. »Das wäre ja dann *gemogelt,* meine Liebe.«

Penelope richtete ihren scharfen Blick auf mich. »Achten Sie gar nicht auf ihn. Er regt sich darüber auf, dass die Polizei unsere gesamte irdische Habe zerfleddert, während wir uns hier unterhalten.«

»Auf der Suche nach der Mordwaffe?«

»Ich habe keine Ahnung, was sie tun«, sagte Peter, »aber so sieht es ganz sicher nicht aus.«

Mein Handy summte in der Tasche. »Entschuldigen Sie mich bitte«, murmelte ich und betrachtete stirnrunzelnd das Telefon.

»Zoe, Gott sei Dank, dass Sie rangegangen sind«, erklang die Stimme am anderen Ende der Leitung. »Wir haben hier einen Notfall. Hören Sie zu ...«

»Du kannst nicht ständig Alarm geben, Brixton«, blaffte ich.

»Sie verstehen nicht! Es geht um Ethan. Ich habe herausgefunden, dass er eine Seite aus dem Alchemiebuch fotografiert hat ...«

»Das ist in Ordnung. Es ist nicht so, als sei die Existenz des Buchs ein Geheimnis ...«

»Hören Sie mir doch mal *zu,* Zoe! Er hat es laut vorgelesen. Den lateinischen Text. Er hat einen steinernen Gartenzwerg zum Leben erweckt.«

18

Frankreich, 1855

Mit zitternden Knien umklammerte der junge Arzt *Non Degenera Alchemia* und ging in ein Café in der Nähe, wo er Wein in rauen Mengen trank.

Er hatte einmal etwas über eine Sekte von Alchemisten aus dem 16. Jahrhundert gelesen, die sich in der Krypta unter Notre-Dame de Paris trafen. Er hatte die Behauptung als Gerücht abgetan, denn selbst als er andere Alchemisten danach gefragt hatte, hatten sie sich geringschätzig über diese »rückschreitende« Alchemie geäußert, die ein Mythos sei. Aber was, wenn es die Wahrheit war? Erst als er nach Paris zurückgekehrt war, hatte das Buch einen seltsamen Geruch verströmt. Und erst als er sich der Kathedrale genähert hatte, hatte der Gestank sich verändert.

Er stolperte jetzt auf seinem Weg zur Kathedrale und war unsicher, ob es am Wein lag oder an der Alchemie, die das Buch in seinen Händen sich so leicht anfühlen ließ wie eine Feder. Er ging die Treppe zu der neuen Galerie der Chimären hinauf und schaute über die Stadt. So viele große Männer hatten Paris gestaltet. Er wusste, dass er niemals einer von ihnen sein würde. *Es sei denn, dieses Buch konnte aus ihm einen wahren Alchemisten machen.*

Vom höchsten Punkt von Notre-Dame de Paris aus las der betrunkene Arzt etwas aus den Seiten des seltsamen Alchemiebuchs vor und hoffte gegen alle Vernunft, dass das Wissen sich hier, an diesem heiligen historischen Ort, in seinen Adern ausbreiten und ihn zu mehr machen würde als den einfachen Mann, der er war, wie er sehr wohl wusste.

Nachdem er seine Aufmerksamkeit auf die steinerne Chimäre vor ihm gerichtet hatte, rezitierte er die lateinischen Wort. Der Stein begann sich zu bewegen. Der Arzt musste berauschter sein als gedacht. Er hatte in seinem Leben nur ein einziges Mal halluziniert, als man ihm eine falsch berechnete Dosis Laudanum verabreicht hatte. Der gehörnte Gargoyle trat von seinem Podest und baute sich vor ihm auf. Was für eine Hexerei war das? Er konnte seine eigene Frage nicht beantworten, weil er prompt in Ohnmacht fiel.

Als er aufwachte, befand er sich wegen Trunkenheit in einer Gefängniszelle. Er erinnerte sich nicht mehr, ob die Ereignisse des vergangenen Abends real gewesen waren oder ein Traum. Ein verstauchtes Handgelenk war der einzige Hinweis darauf, dass an diesem Abend etwas passiert war.

Hatte das Buch es ihm wirklich ermöglicht, eine steinerne Kreatur zum Leben zur erwecken? Es war undenkbar! Alchemistische Transformationen ließen sich nicht auf solche Weise übertragen. Doch er hatte das Geschöpf mit eigenen Augen gesehen. Er hatte die Hände von sich weggestreckt und halb erwartet, dass seine Finger sich in Stein verwandeln würden.

Als er aus seiner Gefängniszelle entlassen wurde, bekam er das Buch zurück. Ohne auf den Schmerz in seiner Hand und dem Gelenk zu achten, lief er zur Kathedrale und hoffte ernsthaft, dass die Ereignisse, die sich dort zugetragen hatten, nur ein Albtraum gewesen waren. Als er die Galerie erreichte, fand er ein leeres Podest, wo zuvor der Gargoyle gestanden hatte. Irrte er sich? Hatte überhaupt eine Figur dort gestanden?

Tagelang suchte der Arzt nach der Kreatur, von der er halb überzeugt war, sie sich nur eingebildet zu haben, aber er fand den Gargoyle nicht. Er las die Morgen- und Abendzeitungen und forschte nach, ob über das Auftauchen eines solchen Geschöpfes berichtet wurde. Nichts.

Wenn es das war, wozu Alchemie ihn getrieben hatte, hatte er kein Recht darauf zu versuchen, mehr zu sein als der harmlose Mann, der er war. An einem Tag, als seine Frau mit ihrem gemeinsamen Sohn im Park war, warf er das Buch in den Kamin.

Es verbrannte nicht.

Er legte mehr Holz in die Flammen. Und weiterhin fing das Buch nicht Feuer. Er warf eins seiner langweiligsten Bücher in die Flammen. Es knackte und zischelte in der Hitze, und schon bald war nur noch Asche von dem Buch übrig. *Non Degenera Alchemia* glühte im Feuer, verbrannte aber nicht. Dessen war er sich sicher. Heute war er vollkommen nüchtern. Das hier war keine Halluzination.

Der junge Arzt schrie vor Verwirrung, als er das Buch mit einem Schüreisen aus dem Feuer zog. Er wickelte es in eine Decke, weil er Angst davor hatte, es noch einmal zu berühren. Er schrieb einen Brief für seine Frau und ging davon.

Als er eine Woche später zurückkehrte, sah der junge Arzt nicht mehr so jung aus. Aber das Buch war sicher versteckt, und er hoffte, dass niemand es jemals wiederfinden würde.

19

Was ist mit deiner Hand passiert?«, fragte ich.

»Ich habe Ethan sein Handy weggenommen«, berichtete Brixton und versteckte seine blutigen Knöchel. »Er war nicht glücklich darüber.«

»Du hast ihn *geschlagen*?«

»Was hätte ich denn sonst tun sollen? Wie dem auch sei, er hat es nicht online gestellt.« Brixton schluckte hörbar. »Noch nicht.«

Dorian fluchte auf Französisch.

»Wir werden später über deine Methoden reden«, entschied ich. »Spiel das Video ab.«

Brixton, Dorian und ich kauerten uns auf meinem Dachboden zusammen, nachdem ich nach Brixtons Neuigkeiten nach Hause geeilt war.

Das Videobild war verwackelt und instabil. Ethan hatte keinen Dreifuß benutzt. Es war irgendjemand bei ihm, der die Aufnahme machte. Es musste Veronica gewesen sein.

Auf dem Bildschirm stand Ethan in einem großen Garten mit makellosen, steinernen Gehwegen und teuren Topfpflanzen, die alle der Zierde dienten und nicht essbar waren. Steinerne Cherubim und Gartenzwerge lugten hinter drei der taillenhohen Töpfe hervor. Weiter hinten umschloss ein hoher Holzzaun den Garten.

Das musste Ethans Zuhause sein. »Ein Buch über uralte Magie«, sagte der Junge in die Handykamera, »ist unlängst in meinen Besitz gelangt. Ich werde mein erstes Experiment so durchführen, dass die Welt es sehen kann. Man hat mir gesagt, diese lateinischen Worte hätten schon Monster zum Leben erweckt ...«

Dorian schnaubte. Ich legte ihm eine Hand auf die Schulter.

»Heute«, sprach Ethan auf dem Video weiter, »werde ich entweder beweisen, dass dieses alte Buch ›magisch‹ ist, oder es widerlegen. Ich werde feststellen, ob ich unseren Harry zum Leben erwecken kann. Er wird ›Harry, der lebende Gartenzwerg‹ sein.«

Er machte einige Schritte über einen gut gepflegten Plattenweg. Der Bildschirm verschwamm für einen Moment, als die Person, die die Handykamera hielt, näher heranzoomte. Im Bildausschnitt erschienen nun sowohl Ethan als auch ein etwa sechzig Zentimeter großer Gartenzwerg, der eine rote Mütze und ein bösartiges Grinsen trug. Das bedeutete nichts Gutes.

Ethan griff nach einem zerfledderten, antiken Buch. Es handelte sich bei dem Buch nicht um *Non Degenera Alchemia.*

»Was macht er da?«, fragte ich. »Das ist nicht Dorians Buch.«

»Schauen Sie genauer hin.« Brixton deutete auf eine Stelle auf dem Display. »Während ich auf Sie gewartet habe, habe ich es mir fünf Mal angesehen. Sie können einen Zettel aus diesem alten Buch ragen sehen. Er dramatisiert, wie er es so gern tut. Er muss dieses alte Buch in der Bibliothek seiner Eltern gefunden haben, und dann hat er einen Ausdruck von dem Foto, das er von Dorians Buch gemacht hat, hineingeschoben.«

»Um so zu tun, als lese er aus einem echten Zauberbuch vor ...«, murmelte ich, während Ethan die lateinischen Worte aufsagte. Er war gar nicht mal schlecht. Ich hatte nicht erwartet, dass sein Latein so gut sein würde, aber er war ein kluger Junge. Kein Wunder, dass Brixton mit ihm befreundet war.

»Was zur ...« Ethan brach abrupt ab. An die Stelle eines zuversichtlichen, selbstgefälligen Lächelns trat ein Ausdruck des Entsetzens, und er riss die Augen auf. Die Kamera zoomte sein Gesicht näher heran. »Nein!«, rief er. »Du musst nicht *mich* filmen, Veronica. Konzentriere dich auf Harry!«

Das Bild wirbelte vom Himmel zum Boden herab und zeigte nun die Stelle, wo der Gartenzwerg, der anscheinend den Namen Harry trug, gestanden hatte. Die Gestalt war verschwunden.

Das Display wurde schwarz.

»Ethan hat mich angerufen«, erklärte Brixton mit zitternder Stimme. »Er ist total ausgeflippt. Was machen wir jetzt?«

»Du hattest nichts mit dieser Sache zu tun?«, hakte ich nach.

»Natürlich nicht. Ethan hat einen Scherz darüber gemacht, was ich ihm erzählt habe, gleich nachdem ich euch beide kennengelernt hatte und als ich wollte, dass er und V mir glaubten, was ich über Dorian erzählt hatte. Nur dass es sich nicht als Scherz entpuppt hat. Also, was machen wir?«

»Wir suchen nach Harry«, antwortete ich. Mein Herz schlug mir bis zum Hals, aber ich musste um Brixtons willen Ruhe bewahren. Ich drehte mich zu Dorian um. Ich hatte noch nie erlebt, dass er sprachlos war, aber der Gargoyle stand wie vom Donner gerührt da. »Dorian, denk nach. Als du zum Leben erweckt worden bist, was hast du getan? Wo bist du hingegangen?«

Er schlug mit den Flügeln und blinzelte mich an, als tauche er aus einer Trance auf. »Wo ich hingegangen bin? Zuerst war es eine verwirrende Zeit. Da die Worte, die mich ins Leben geholt hatten, lateinisch waren, bin ich mit der Fähigkeit geboren worden, Latein zu sprechen und zu verstehen. Aber keine anderen Sprachen. Nicht bis Vater mir Französisch beigebracht hat.«

»Die Bibliothek?«, überlegte Brixton laut. »Dort stehen lateinische Bücher.«

»Oder er könnte sich an einen Lateinprofessor an der Universität wenden«, sagte ich.

Dorian wedelte mit der Hand, um beide Ideen von sich zu weisen. »Dieser Gartenzwerg wird solche Möglichkeiten nicht kennen. Er ist im Moment noch ein Kind. Er braucht Leitung und Anweisungen. Er wird nicht weit weggegangen sein.«

»Vielleicht könntest du ihn mit deiner Kochkunst hierher in Zoes Haus locken«, schlug Brixton vor.

»Ich wünschte, ich könnte deine Begeisterung für diese Idee teilen, mein junger Freund. Es würde mir eine Ausrede liefern, Zoe zu bitten, die teuren Zutaten zu kaufen, die sie für meine Gourmetküche für unnötig hält ...«

»Hey!«, fiel ich ihm ins Wort. »Wir müssen uns konzentrieren.«

Brixton ging auf und ab, und sein Daumen flog rhythmisch über den Bildschirm seines Handys, als würde er es streicheln »Klar, er ist ein kleines Monsterbaby ...«

»Ich bin kein Monster!«

Das Telefon wurde Brixton aus der Hand geschlagen und landete scheppernd auf dem Boden des Speichers. Keiner von uns gab einen Laut von sich. Der Einzige, der sich überhaupt bewegte, war Dorian, dessen Brust sich hob und senkte. Seine Schnauze bebte, und seine schwarzen Augen wurden schmal. Wenn ich in Bezug auf Dorian irgendwelche Zweifel gehabt hätte, würde ich um Brixtons Sicherheit bangen. Wie die Dinge lagen, war mir nicht ganz wohl damit, wie schnell seine Stimmungen sich neuerdings veränderten.

Nach einem Weilchen hob Brixton sein Handy auf. »Ich habe mir nichts Böses dabei gedacht«, murmelte er.

»Worte haben Macht«, sagte ich leise. »Daran musst du immer denken. Brix, wie wär's, wenn du dein Fahrrad nimmst und feststellst, ob du irgendwo etwas Seltsames bemerkst. Fang bei Ethan zu Hause an, und fahr durch die Straßen.«

»Was werdet ihr beide tun?«

»Ich werde das Gleiche tun, aber mit meinem Truck. Da wir sonst niemanden um Hilfe bitten können, müssen wir uns aufteilen …«

»Was ist mit dem Alchemisten?«, fragte Brixton.

»Du wirst dich von diesem Mann fernhalten, Brix. Ich meine es ernst.«

»Was auch immer.«

»Was tun Ethan und Veronica?«

Brixton verdrehte die Augen. »Ich denke, Ethan ›tröstet‹ Veronica. Er hat gesagt, sie sei total ausgeflippt.«

»Aber gesehen hast du sie nicht?«

»Nur kurz. Sie wollte mich nicht anschauen. Ich dachte, das hier sei dringend. Deshalb habe ich ihm sein Handy weggenommen …«

»Gute Arbeit, mein junger Freund«, lobte Dorian den Teenager.

Jetzt war nicht der richtige Augenblick, um zu erklären, dass es alles andere als gute Arbeit war, einem Freund einen Boxhieb zu verpassen, vor allem wenn man ein bereits straffällig gewordener Junge war. »Ruf mich an, falls du Harry siehst«, sagte ich. »Du darfst dich dem Zwerg auf keinen Fall allein nähern.«

Brixton blinzelte mich an. »Er ist ein niedlicher kleiner Gartenzwerg.«

»Trotzdem.«

»Wenn wir ihn finden«, schaltete Dorian sich ein, nachdem sein Ärger von eben anscheinend vergessen war, »könnte ich ihn unterweisen. Er könnte mein Lehrling werden.«

»Ein Gartenzwerg-Kochgehilfe«, murmelte Brixton. »Mein Leben ist echt seltsam.«

»Sobald die Sonne untergeht«, begann Dorian, »werde ich mit der Suche beginnen. Fürs Erste bleibe ich hier. Ich werde eine Liste von Ideen zusammenstellen, wohin er gehen könnte.«

»Gut«, antwortete ich. »Wir treffen uns bei Sonnenuntergang im Haus.«

Brixton und ich ließen Dorian auf dem Dachboden zurück. Ich warf einen letzten Blick auf sein graues Gesicht. Es zeigte einen sehnsüchtigen, fast glücklichen Ausdruck.

Ich fuhr zu Rosengärten, Friedhöfen und Parks und hielt Ausschau nach irgendwelchen Hinweisen auf einen entlaufenen Zwerg. Immer wieder hielt ich an, um mir die Lokalnachrichten auf meinem Handy anzusehen, in der Hoffnung, ich würde keine Berichte über einen lebendigen Gartenzwerg dort finden.

Meine Stimmung sank zusammen mit der Sonne. Das hier war hoffnungslos. Ich überprüfte zum hundertsten Mal mein Handy auf mögliche Sichtungen in den Nachrichten oder eine Botschaft von Brixton. Nichts.

Brixton war bereits bei Dorian auf dem Dachboden, als ich zurückkehrte. Seine Knöchel waren immer noch blutig, und in den vergangenen Stunden war seine Hand angeschwollen. Ich tadelte mich dafür, dass ich mich nicht sofort darum gekümmert hatte. Also holte ich eine heilende Salbe, trug sie auf und wickelte einen sauberen Verband um seine Hand.

»Ethan hat mich angerufen«, berichtete Brixton. »Er ist sauer. Er will, dass ich zu ihm komme und ihm sein Handy zurückgebe. Sollen wir das tun? Ich habe das Video bereits überspielt und dann von seinem Handy gelöscht.«

»Wir müssen ihm irgendetwas erzählen …«

Da ich nicht wusste, was ich sonst tun sollte, fuhr ich mit Brixton zu Ethan nach Hause. Wir schwiegen während der Fahrt alle beide. Obwohl die Menschen nur das glauben, was sie zu glauben bereit sind, würde es schwer sein wegzuerklären, dass ein unbelebter Gegenstand zum Leben erwacht war.

Ethan öffnete mit stoischer Miene die Tür. Seine Wange war ganz rot, genau wie die eine Hälfte seiner Nase.

»Hör mal«, sagte Brixton, »es tut mir wirklich leid …«

»Was tut dir leid? Ich bin vom Fahrrad gefallen, als ich ein Kunststück versucht habe. Auf keinen Fall würde ich mich von irgendeinem Weichei verprügeln lassen.«

»Was meine Gründe dafür betrifft …«

»Meine Eltern sind heute Abend bei irgendeiner Wohltätigkeitsveranstaltung, also können wir uns drinnen unterhalten.« Ethan lud uns ins opulente Wohnzimmer ein. Es hatte eine hohe Decke, ein Flügel stand darin, und die Möbel waren ultramodern und in schwarz-weiß gehalten. Das Ganze sah aus, als sei es ein Wartezimmer eines Schönheitschirurgen, nicht ein Wohnzimmer in einem Privathaus.

Brixton gab Ethan sein Handy zurück.

»Hat ja lange genug gedauert. Was hast du den ganzen Nachmittag gemacht?«

»Natürlich nach Harry gesucht!«

Ethan starrte uns an. »Ihr habt das ernst genommen?«

Brixton starrte seinen Freund jetzt seinerseits an. »Das Video …«

»Es war ein Scherz! Gott, du hast es wirklich geglaubt?« Ethan lachte so heftig, dass seine verletzte Nase wieder zu bluten begann. Er nahm ein Papiertaschentuch aus einem Porzellanbehälter neben dem Sofa, auf dem Platz zu nehmen ich nicht wagte, und tupfte sich damit das Blut vom Gesicht.

»Du hast Veronica dazu gebracht, da mitzumachen?«, fragte Brixton, sein Gesicht rot vor Zorn und Verlegenheit.

»Ja, das war schwierig«, antwortete Ethan zwischen zwei Lachanfällen. »Ich weiß nicht, ob sie saurer auf dich ist, weil du mich geschlagen hast, oder auf mich, weil ich sie dazu gebracht habe, dir einen Streich zu spielen.«

»Es war nicht witzig«, bemerkte Brixton. Sein Gesicht war inzwischen tiefrot, entweder vor Ärger oder vor Verlegenheit. Wahrscheinlich war es beides.

»Ja, du hast recht«, sagte Ethan mit ungerührter Miene, bevor er erneut in Gelächter ausbrach. »Es ist nicht *witzig.* Es ist *zum Schreien komisch!* Verstehst du denn keinen Spaß, Brix?«

»Du bist ein beachtlicher Filmemacher, Ethan«, warf ich ein. Ich wagte es nicht, allzu viel zu sprechen. Meine eigenen Gefühle waren längst nicht unter Kontrolle. Eine Mischung aus Erleichterung, Ärger und Verwirrung durchströmte mich.

»Ich habe nicht gedacht, dass es funktionieren würde«, sagte Ethan. »Nichts für ungut, Zoe, aber ich dachte, Sie würden Brix das schon klarmachen.«

Brixton riss die Haustür auf und stürmte hinaus.

»Warte doch mal!« Ethan lief zur offenen Tür. »Ihr solltet zum Abendessen bleiben! Ich bestelle etwas von diesem vietnamesischen Restaurant, das du so gern magst, aber zu schick findest. Meine Eltern sind den ganzen Abend bei diesem blödsinnigen Wohltätigkeitsevent. Ich habe die Kreditkarte meines Dads. Du kannst alles auf der Speisekarte bestellen, was du willst. Komm schon, Brix. Brix?«

Ethans Schultern sackten herab. Ich ging zu ihm und stellte mich neben ihn in den Eingang. Von unserem Platz aus konnte ich Brixton mit verschränkten Armen vor meinem Wagen stehen und in die Ferne schauen sehen.

»Wir sollten besser fahren«, sagte ich. »Aber danke für die Einladung.«

Als Ethan sich mit einem halbherzigen Nicken zu mir umdrehte, war die Einsamkeit auf seinem Gesicht nicht zu übersehen. »Sagen Sie ihm, dass es nur ein Scherz war, okay?«

»Er wird darüber hinwegkommen, Ethan«, beteuerte ich. Ich hoffte, dass ich damit recht hatte. Trotz seiner Fehler war Ethan ein guter Junge. Er betrachtete sich selbst als Rebellen, aber in seiner Welt bedeutete das, Designer-Kleidung zu kaufen, um den Stil von James Dean nachzuäffen, und sich zu weigern, an den unzähligen außerschulischen Aktivitäten teilzunehmen, zu denen seine Eltern ihn drängten. Brixton und Veronica waren beste Freunde seit Kindertagen, und Ethan hatte in den beiden seine ersten wahren Freunde, die er je hatte, gefunden.

Ich ging durch den penibel gepflegten Garten, der gut in eine moderne Landlebenzeitschrift hineingepasst hätte, und schaute noch einmal zum Haus hinüber, während ich meinen Wagen aufschloss. Die übergroße Eingangstür war geschlossen, aber ich glaubte, jemanden hinter den schweren, weißen Vorhängen hervorspähen zu sehen.

»Ich bringe ihn um«, murmelte Brixton und schlug die Tür meines alten Wagens zu.

»Weißt du«, erwiderte ich und blieb einen Moment still sitzen, bevor ich den Motor anließ, »sein Scherz verrät uns etwas Wichtiges.«

»Dass Ethan ein Riesenmistkerl ist – und Veronica ist nicht besser. Ihretwegen habe ich keine Sekunde lang daran gezweifelt, dass die Geschichte der Wahrheit entsprach!« Er ließ sich in seinen Sitz sinken.

»Brixton, er hat die Worte laut vorgelesen. Er hat den echten lateinischen Text vorgelesen, von dem Dorian weiß, dass er ihn lebendig gemacht hat.«

»Ja, ist mir klar.«

»Es hat nicht funktioniert.«

»Sie meinen, Dorian sei gar nicht auf diese Weise ins Leben geholt worden?«

»Es muss etwas anderes sein, das die Wirkung der lateinischen Worte auslöst«, sagte ich. »Es steckt noch mehr dahinter.« Das Buch, so begriff ich jetzt, war viel gefährlicher und rätselhafter, als ich vermutet hatte.

20

Die Lösung des Problems«, verkündete Dorian, während er auf dem knarrenden Boden des Speichers auf und ab ging, »muss darin bestehen, dass der Junge nicht direkt aus meinem Buch vorgelesen hat.«

»Vielleicht«, antwortete ich. »Oder es liegt daran, dass der Zwerg aus Gips gemacht war, nicht aus Stein.« Ich dachte an die Illustration über rückschreitende Alchemie, die Ivan mir gezeigt hatte, mit dem Engel, der zu Stein wurde. Aber schon während ich die Worte aussprach, war ich selbst nicht davon überzeugt.

»Es gibt eine Methode«, bemerkte Dorian, »es herauszufinden.«

»Darüber haben wir bereits gesprochen. Es ist zu gefährlich.« Ich wollte nicht mit den dunklen Mächten rückschreitender Alchemie herumspielen, ich wollte sie nur bekämpfen. Deshalb hatte ich bei all meinen Nachforschungen, um Dorian zu verjüngen, nie versucht, einen unbelebten Gegenstand ins Leben zu rufen. Aber verzweifelte Zeiten verlangen verzweifelte Maßnahmen.

»Ihr Gesicht verrät Sie, Alchemistin. Sie sind genauso neugierig wie ich.«

»Es geht nicht um Neugier«, blaffte ich. »Ich wollte überhaupt nie Alchemistin werden. Ich war glücklich als Kräuterkundige.

Naturheilkundliche Alchemie war eine Möglichkeit, mehr über die Eigenschaften von Pflanzen herauszufinden. Aber jetzt?« Ich schüttelte meinen Kopf, dass mein weißes Haar flog, meine tägliche Erinnerung daran, dass die Alchemie den Rest meines Körpers vor dem Zahn der Zeit gerettet hatte, während mein Haar und der Rest der Welt um mich herum gealtert waren. »Manchmal wünschte ich, Nicolas und Perenelle hätten mein Potenzial nie erkannt, hätten mich nie bei sich aufgenommen. Dann wäre es mir vielleicht gelungen, meinen Bruder so zu heilen, wie ich es immer gemacht hatte, bevor ich dem Alchemisten begegnet war. Denn ich hätte keine Zeit damit verschwendet, der falschen Hoffnung nachzujagen, für ihn das Elixier des Lebens zu finden.«

Dorian blinzelte mich an. »Aber dann wären Sie nicht hier bei mir. Und wo wäre ich ohne Sie?«

»Du hättest einen kompetenteren Alchemisten gefunden, der dir geholfen hätte.« Ich griff nach dem Gegenstand, der mir am nächsten war, einem Rätselkästchen, zu dem die Anleitung fehlte, die verriet, wie man es öffnete. Ich warf es mit so viel Wucht durch den Raum, wie ich nur konnte. Es prallte von der Wand ab und landete auf dem Perserteppich, der das Loch im Boden verdeckte. Das Kästchen zerbrach nicht. Ich war sogar dann eine Versagerin, wenn es darum ging, Frust abzulassen. Die Holzstäbe waren so miteinander verhakt, dass ich bezweifelte, ob etwas anderes als ein Vorschlaghammer oder Feuer das Kästchen öffnen könnte.

Dorian kam zu mir herübergehumpelt, bettete den Kopf auf meinem Ellbogen und schlang dann einen Flügel um meine Schulter. »Wenn Sie sich besser fühlen, wenn Sie Gegenstände zertrümmern, kann ich viele Dinge zusammenräubern, die die Welt, wenn sie zerbrochen werden würden, zu einem besseren Ort machen würden.«

Ich lachte, und eine Träne kam mir und rollte über meine Wange. Anschließend löste ich mich aus Dorians Flügel, um das

Rätselkästchen aufzuheben. Er sollte nicht sehen, wie erregt ich war. Wünschte ich mir so verzweifelt Antworten, dass ich ernsthaft in Erwägung zog, absichtlich einen steinernen Gegenstand zum Leben zu erwecken? Würde mir das etwas bringen, das ich nicht irgendwie auch auf andere Weise verstehen könnte?

Wahre Alchemie war ein konzentrierter, strenger Ablauf natürlicher Prozesse, rückschreitende, umgekehrte Alchemie dagegen stellte die Natur auf den Kopf. Ich hatte nicht annähernd genug von der »Todesrotation« verstanden, die in *Non Degenera Alchemia* abgebildet war. Trotz meines mangelnden Verständnisses glaubte ich von ganzem Herzen, dass Dorian, auch wenn das Buch ihn zum Leben erweckt hatte, nicht böse war wie die rückschreitenden Alchemisten, die *Non Degenera Alchemia* erschaffen hatten.

»Die Absicht«, sagte ich laut, und Hoffnung stieg in mir auf.

»*Pardon?*«

»Ich habe darüber nachgedacht, was wir tatsächlich wissen.« Ich stellte das Intarsienkästchen zurück auf das Regal und betrachtete das Pelikan-Skelett näher. Pelikane waren ein wichtiges Symbol in der Alchemie, wegen der Opfer, die sie für ihre Jungen brachten. »Die Absicht ist wichtig für die Arbeit eines Alchemisten. Da es bei Alchemie darum geht, aus Unreinem Reines zu machen, ist die Absicht des Alchemisten für eine Transformation genauso wichtig wie die Zutaten.«

»Die Absicht«, murmelte Dorian.

»Du bist nicht von diesem Buch verdorben worden, obwohl die rückschreitende Alchemie darin so viel Tod zeigt, zusammen mit Macht und Wiederauferstehung. Ich frage mich, ob Ethans Beschwörung wegen seiner Absicht nicht funktioniert hat. Er hat gewusst, dass er jemandem einen Streich spielen wollte.«

»*Non*«, widersprach Dorian kopfschüttelnd. »Mein Vater war kein Alchemist. Er wusste nicht, dass die Worte, die er vorlas, mich zum Leben erwecken würden.«

»Aber er hat die Worte für einen gewissen Zweck vorgelesen. Er wollte einen Gargoyle-Automaten bauen, der ›zum Leben erwacht‹.«

Dorian schnappte nach Luft. »*C'est vrai!* Das war seine Absicht. Und das wird Ihre Absicht sein, wenn Sie die Worte vorlesen.«

»Ich weiß immer noch nicht, ob wir uns mit den dunklen Kräften rückschreitender Alchemie abgeben sollten.«

»Wenn Sie nicht dazu bereit sind, kann ich den Jungen um Hilfe bitten.«

»Nein. So weit wird es nicht kommen.« Ich hatte Brixton nach unserem erhellenden Besuch bei Ethan nach Hause gebracht, daher waren nur ich und der Gargoyle hier. Ich hatte Brixton bereits tiefer in das Ganze hineingezogen, als ich das hätte tun sollen.

»Er würde nur allzu gern helfen.«

Ich rieb mir die Schläfen. Manchmal konnte man mit einem verzweifelten Gargoyle wirklich nicht diskutieren. Wenn ich ihm nicht half, würde er es zweifellos auf eigene Faust oder mit Brixton zusammen versuchen. Meine mangelnde Bereitschaft, Risiken einzugehen, führte dazu, dass wir uns im Kreis drehten. Es gab zu viele unbeantwortete Fragen. Verglichen mit der Annäherung an einen mordlustigen Adepten der rückschreitenden Alchemie, schien es mir wesentlich sicherer zu sein, ein Dorian-Baby zum Leben zu erwecken.

»Wenn wir das tun«, verfügte ich, »folgst du meinem Beispiel. Was immer passiert, du tust, was ich sage.«

Dorian murmelte leise etwas auf Französisch, bei dem es um narzisstische Alchemisten ging, die glaubten, es am besten zu wissen. Ich ignorierte ihn, drückte die Dachbodentür zu, sperrte uns ein und stellte dann eine circa dreißig Zentimeter hohe steinerne Buddha-Figur auf den Boden.

Ich öffnete die Seite von *Non Degenera Alchemia,* die Jean Eugène Robert-Houdin vor einigen Jahren laut vorgelesen hatte.

Der verstörende Holzschnitt zeigte einen toten Basilisken, der auf den halb zerfallenen Mauern einer Ruine hockte, und Bienen kreisten gegen den Uhrzeigersinn um ihn herum. Ein starker Kontrast zu dem trostlosen Bild war der süße Duft von Blumen, der mir von der verblichenen Seite entgegenwehte. Unter dem stärkeren Aroma von Gewürznelken und Honig nahm ich den Duft von Rosen wahr.

Dorian runzelte die Stirn. »Buddha ist eine schlechte Wahl.«

»Er hat einen voll ausgeformten Körper, genau wie du. Und er besteht aus einem ähnlichen Stein. Diese Statue ist die perfekte Wahl.«

»Aber es ist Buddha.«

Ich dachte nach. »Du meinst, es sei Blasphemie?«, fragte ich.

»*Non*«, antwortete Dorian. »Ich finde es einfach langweilig. Wenn ich einen Gefährten bekommen soll, sollte es jemand sein, der großartiges Essen genießt. Der Buddha würde darauf bestehen, einfache Mahlzeiten zu sich zu nehmen. Die Worte ›einfach‹ und ›Mahlzeit‹ sollten niemals im selben Satz verwendet werden. Non. Das ist nicht gut.«

»Ich werde nicht den Geist des Buddha zum Leben erwecken, weißt du. Wir haben noch keine Ahnung, woher diese Geisteskraft kommt, aber du bist jedenfalls nicht der Teufel, obwohl du wie einer aussiehst.«

Dorian berührte seine Hörner mit seinen steinernen Händen und riss die Augen auf. »Sie finden, ich sei ein Teufel?«

Ich seufzte. »Natürlich nicht. Ich weiß nicht, was Viollet-le-Duc im Sinn hatte, als er dich aus Stein gehauen hat, aber ich bin mir sicher, dass sein Ziel nicht die Seele eines Gourmet-Kochs war. Du bist zu dem geworden, der du sein wolltest, Dorian. Genau wie es mit diesem kleinen Buddha passieren wird. Falls es funktioniert.«

»*D'accord.* Sie dürfen es versuchen.« Er funkelte Buddha an und zog sich dann in die Ecke zurück.

Ich hielt das Buch mit zitternden Händen fest und las den lateinischen Text vor. Ich hatte diese Seite im Laufe der vergangenen Monate so gründlich studiert, dass ich die Worte auswendig kannte. Aber ich gab darauf acht, sie von der Seite vorzulesen, und dirigierte meine Energie und meine Absicht auf die steinerne Buddha-Statue.

Ich beendete die Beschwörung und betrachtete den steinernen Buddha.

21

Er bewegt sich nicht«, bemerkte Dorian und pikste mit einer zu einer Kralle gebogenen Fingerspitze in die Buddha-Statue.

»Nein«, pflichtete ich ihm bei. »Ich habe die Worte fehlerfrei vorgelesen. Bist du dir sicher, dass das alles ist, was Robert-Houdin getan hat?«

»Das ist es jedenfalls, was er gesagt hat. Und ja, er war ein Mann, der Details liebte. Das ist der Grund, warum er so ein erfolgreicher Bühnenmagier war. Er hätte keine Details ausgelassen, als er mir erzählt hat, was passiert ist. Vielleicht liegt es an meiner Anwesenheit?«

Im Laufe der nächsten Stunde versuchten wir alles, was mir einfiel. Unterschiedliche Figuren aus unterschiedlichen Materialien und von unterschiedlichen Größen, unterschiedliche Stellen im Haus, und mal war Dorian zugegen, mal nicht.

Nichts funktionierte.

»Vielleicht liegt es an Ihrer Kleidung«, schlug Dorian vor. »Die Naturgewalten glauben anscheinend nicht, dass Sie eine Alchemistin sind. Vor dem Sturmschaden waren Ihre Kleider viel hübscher.«

Ich betrachtete meine unansehnliche Jeans und dachte an das

zerrissene Kleid, das während des ersten Jahres nach meiner Flucht mit meinem Bruder aus Salem mein einziger Besitz gewesen war. »Es liegt nicht an meinen Kleidern.«

»*Alors*, ich bin wahrhaft ein Monster.«

»Dorian …«

»Sie sind erschöpft. Es ist fast zehn Uhr, und wir haben noch nicht zu Abend gegessen. Ich werde uns etwas kochen.«

»Ich gehe zu Bett.«

»Zoe, Sie haben einen halben Tag lang nichts gegessen. Ihre Haut spannt. Ihre Augen sind stark gerötet. Ihre Haare übersäen den Boden. Sie müssen etwas essen.«

Er hatte recht. Es gab einmal eine Zeit, als ich mich überhaupt nicht um mich selbst kümmerte, und es war überraschend einfach, in diese schlechten Angewohnheiten zurückzufallen, wenn ich unter Druck stand. Wir gingen die steile Treppe vom Dachboden nach unten. Dorian bewegte sich langsam. Er war nicht mehr das flinke Geschöpf, das ich vor drei Monaten kennengelernt hatte.

»Ah!«, rief er.

Ich sah, was passierte, bekam seine rudernden Arme aber nicht rechtzeitig zu fassen.

Er kullerte die steile Dachbodentreppe hinunter, und lebendiger Stein krachte gegen jede einzelne dicke, hölzerne Stufe. Ich zuckte innerlich zusammen, während ich beobachtete, wie sein grauer Leib sich verdrehte und mit einem Krachen auf dem Hartholzboden vor meinem Schlafzimmer landete.

»Mein linker Flügel!«

Ich eilte die Treppe hinunter und kniete mich neben den lang ausgestreckten Gargoyle. »Er ist nicht abgebrochen.«

»Ich kann ihn nicht bewegen.« Seine Unterlippe zitterte.

»Du musst mir erlauben, dir eine weitere alchemistische Infusion zu verabreichen.«

Der Gargoyle mühte sich, sich aufrecht hinzusetzen, wehrte

aber meine Versuche ab, ihm zu helfen. Sein linkes Bein war jetzt vollends versteinert, und er konnte es nicht mehr krümmen, um das Gleichgewicht zu wahren. Nachdem er sich mit seinem funktionierenden Flügel hochgestemmt hatte, nahm er widerstrebend meine Hilfe an, um ins Wohnzimmer zu humpeln.

»Wenn Sie mir erlauben, heute Abend ein herzhaftes Mahl für Sie zuzubereiten«, sagte er, ohne mir in die Augen zu sehen, »stimme ich zu, dass Sie mir mit einer weiteren Tasse Aschetee behilflich sind.«

Am nächsten Morgen wachte ich mit der Sonne auf und konnte nicht sagen, ob ich optimistisch gestimmt war oder mutlos. Ich wusste mehr *und* weniger über Dorians Buch.

Ethans Streich hatte mich gezwungen, aktiv zu werden, wobei ich die Entdeckung gemacht hatte, dass die Beschwörung der Macht der Worte in dem Buch nicht ausreichte, um einen steinernen Gegenstand ins Leben zu rufen. Ich hatte jetzt mehr Informationen. Trotzdem hatte ich gleichzeitig das Gefühl, als sei ich weiter denn je davon entfernt, die Geheimnisse des Buches zu entschlüsseln. Und selbst wenn ich dazu in der Lage gewesen wäre, würde die Entschlüsselung der kodierten Informationen in dem Buch vielleicht trotzdem nicht ausreichen, um meinen Freund zu retten.

Ich brauchte Hilfe. Ich kam wieder zurück zu der Frage, ob es das Risiko wert war, Peter Silverman hinzuzuziehen, den mordlustigen Magier-Alchemisten. Sollte ich einen Pakt mit dem Teufel eingehen, um einen Unschuldigen zu retten?

Das war eine Frage, mit der ich zum ersten Mal vor dreihundert Jahren gerungen hatte. Damals hatte ich zu lange gewartet mit meiner Entscheidung. Es war nicht buchstäblich ein Pakt mit dem Teufel, fühlte sich aber trotzdem genauso an. Mein Bruder hatte deswegen gelitten und war gestorben. Ich hatte mich einer närrischen Beschäftigung gewidmet, die mich in den letzten Tagen, die mein Bruder auf Erden hatte, von ihm ferngehalten und dazu verflucht hatte weiterzuleben.

Thomas, mein kleiner Bruder, war im Jahr 1704 an der Pest gestorben, als er erst sechsundzwanzig Jahre alt gewesen war. Damals glaubte ich nicht, dass mein gebrochenes Herz jemals heilen würde. Ich hatte natürlich bereits Kummer erfahren. Durch Krankheiten, Misstrauen und Tod war das Leben im »Zeitalter der Aufklärung« brutal gewesen. Ich hatte mit angesehen, wie drei meiner Geschwister im Säuglingsalter gestorben waren, ich hatte mit angesehen, wie meine Mutter und mein Vater stumm danebenstanden, als man mich wegen meiner Pflanzenkundigkeit der Hexerei anklagte, und ich hatte das Getuschel meiner ehemaligen Freunde gehört, die sich einer nach dem anderen von mir abgewandt hatten.

Es war nicht Thomas' Tod *für sich genommen,* der mir das Herz gebrochen hatte; es war dessen Ursache. Thomas war es, der mir geholfen hatte zu fliehen, bevor ich als Hexe verbrannt werden konnte. Mit sechzehn Jahren war ich aus Salem in Massachusetts nach London geflohen, und geholfen hatte mir dabei der vierzehn Jahre alte Thomas. Er war der einzige Mensch gewesen, der während der nächsten zwölf Jahre zu mir gestanden hatte. Ich hatte ihn im Stich gelassen. Vielleicht wäre es mir gelungen, ihn zu retten, wenn ich für ihn da gewesen wäre, statt ihn sich selbst zu überlassen, um Alchemie zu studieren.

Ich hatte seine letzten Wochen auf Erden auf den Versuch verwand, das Elixier des Lebens zu finden. Ich hatte Nicolas Flamels Rat ignoriert und mich geweigert zu glauben, dass ich einen alchemistischen Schutz nicht auf eine andere Person übertragen konnte. Nicolas hatte mir geraten, Thomas' Gesellschaft während seiner letzten Lebenstage zu genießen und es ihm so behaglich zu machen wie nur möglich. Stattdessen hatte ich das Elixier des Lebens für mich selbst entdeckt, ohne es zu bemerken, und Thomas starb allein.

Es war mein Pakt mit dem Teufel gewesen. Ich hatte um Unsterblichkeit gebeten, um meinen Bruder zu retten, aber stattdessen war sie nur mir selbst gewährt worden, und ich war verflucht, meine endlosen Tage allein zu durchleben. Ich hatte mir diesen Fehler in jungen Jahren nie verziehen. Die nächsten hundert Jahre hatte ich mit dem Versuch verbracht, Buße für meine Sünden zu tun und jedem außer mir selbst zu helfen. Ich hatte nicht das Gefühl, meiner geschenkten Unsterblichkeit würdig zu sein. Als Alchemistin wider Willen büßte ich für meine Sünden, indem ich andere heilte. Manchmal war es genug, manchmal nicht.

Ich wollte dieselben Fehler nicht noch einmal machen.

Also zog ich die dicken Wollsocken an, die neben meinem Bett lagen, und schlüpfte in einen Morgenrock. Obwohl Frühling war, hatte die nächtliche Zugluft das Haus ausgekühlt, eine Folge meines Versäumnisses, das Haus ausreichend instandsetzen zu lassen. Eines Tages.

In der Küche nahm ich mir ein Glas Wasser mit frischen Zitronenscheiben. Ich war immer noch satt von dem spätnächtlichen Mahl, das Dorian zubereitet hatte: gebratenem Spargel mit Estragon und Avocadosoße, einem französischen Linsensalat und Käsekuchen aus Cashewkernen, aber ich wusste, dass ich ein Frühstück brauchte, wenn ich die Energie haben wollte, um Dorians Tee mittels rückschreitender Alchemie zuzubereiten.

Ich ging mit einem dampfenden Becher grünem Tee unter das Vordach der Hintertür und nahm einen Stift und ein Notizbuch mit, außerdem einen von Dorians Haferkeksen. Draußen beobachtete ich, wie die Sonne das erste Licht auf meinen unansehnlichen Garten warf: In der einen Hälfte gediehen Nutzpflanzen, die andere Hälfte war voller Strünke, wo ich verschiedene Pflanzen geerntet hatte, um sie für die rückschreitende umgekehrte Alchemie zu verwenden, die mit Feuer begann, statt mit Feuer zu enden.

Mit dem venezianischen Füller stellte ich eine Liste von dem zusammen, was ich wusste: Erstens, ich brauchte Hilfe bei Dorians Buch. Zweitens, Peter Silverman war ein Alchemist und höchstwahrscheinlich in die Stadt gekommen, um seinen verlorenen Schatz zu bergen, bevor ihn jemand anderes hob.

Die Liste dessen, was ich nicht wusste, war viel länger: War es ungefährlich, offen an Peter heranzutreten? Würde Peter zugeben, was er war, oder würde er in die Defensive gehen und versuchen, mich zum Schweigen zu bringen, wie er es vielleicht mit Wallace Mason getan hatte? Drohte auch Wallace' Freund Gefahr? Ich hielt in meinem Gekritzel inne. Wenn das der Fall war, hatte ich dann nicht die moralische Pflicht, ihn zu warnen? Wenn es tatsächlich der Magier-Alchemist war, der Wallace getötet hatte, würde es der Polizei niemals gelingen, das Motiv offenzulegen. Ich konnte nur hoffen, dass sie genug belastbare Indizien hatten, um ihn einzusperren. Aber wie seine Anwesenheit hier bewies, hatte die Polizei ihn in der Vergangenheit nicht aufhalten können.

Apropos Polizei, warum hatte Max kurz vor seinem Abschied Interesse an meiner Gargoyle-Statue bekundet? Ich hatte keine Zeit gehabt, während Ethans Gartenzwerg-Streich darüber nachzudenken, aber alles, was Aufmerksamkeit auf Dorian lenkte, erfüllte mich mit Unbehagen.

Ich wünschte, ich hätte jemand anderen, dem ich mich anvertrauen konnte, nicht nur einen Teenager und einen Gargoyle. Aber Alchemisten waren ausgesprochen selten. Ein schlechtes Gefühl kribbelte in meinen kalten Fingerspitzen und breitete sich in meinem ganzen Körper aus. Da die Entdeckung des Elixiers des Lebens etwas Persönliches war, kam es nur selten vor, dass beide Teile eines Paars es fanden. Nun gut, sowohl Nicolas als auch Perenelle Flamel hatten es geschafft, genau wie Ambrose und ich.

Aber wir waren die Ausnahmen. Konnte Penelope ebenfalls eine Alchemistin sein? Wenn das stimmte, konnte er nach dem, was ich jetzt über rückschreitende Alchemie wusste, seine Kenntnisse benutzt haben, um Penelope zu helfen, das gleiche Ausmaß unnatürlicher Unsterblichkeit zu erlangen. Zu allermindest musste sie Peters Geheimnis kennen. Vielleicht hatte sie auch die Finger im Spiel, was die Vortäuschung seines eigenen Todes betraf.

Ich konnte den Magier-Alchemisten nicht über den Weg trauen. Noch konnte ich die Hilfe, die ich brauchte, von meinem jugendlichen Verbündeten oder dem sterbenden Gargoyle bekommen. Ivans theoretische Kenntnisse über Alchemie halfen, und obwohl ich ihm mein Geheimnis nicht anvertrauen konnte, wusste ich doch, dass er auf meiner Seite war. Aber seine Hilfe kam zu langsam.

Ich trank meinen Tee aus, verzehrte den Haferkeks, zog mich an und sammelte dann einen Kupfereimer voller Pflanzen aus dem Garten. Die Pflanzen, die an diesem Morgen am kräftigsten aussahen, waren Brennnesseln und Sonnenblumen. Meine blühende Zitronenmelisse ließ ich wohlweislich weg. Paracelsus, der Arzt und Alchemist aus dem 16. Jahrhundert, nannte Zitronenmelisse das Elixier des Lebens. Zitronenmelissentee wirkte bei mir Wunder, aber als ich versucht hatte, das Kraut in Dorians Aschetee zu mischen, hatte es sich der unnatürlichen Prozedur widersetzt. Jetzt hielt ich mich an Unkräuter.

Ich ging die Treppe in den Keller hinunter. Während des halben Vormittags verwandelte ich die gesunden Pflanzen in Asche, die ich mit Schwefelfeuer und Quecksilber auflöste. Wie Paracelsus und andere Alchemisten vor mir konzentrierte ich mich auf die *tria prima* von Quecksilber, Schwefel und Salz. Ich wusste aus erster Hand, wie gefährlich Quecksilber war. So mancher Alchemist hatte sich damit vergiftet. Es hatte ein doppeltes Gesicht, war imstande, sowohl zu heilen als auch zu verletzen. Ich hatte Quecksilber für wahre Alchemie immer zur Hand, aber es war auch eine Zutat für die umgekehrt wirkende, rückschreitende Alchemie.

Während ich gegen den Uhrzeigersinn in der Mischung rührte und die alchemistischen Schritte auf eine hastige, rückschreitende Weise vollführte, wie sie in dem Buch beschrieben waren, verlagerte sich die Energie aus den Pflanzen und meinem eigenen Körper in die Asche. Die Pflanzenblätter verwelkten. Meine Lippen und meine Fingerspitzen verschrumpelten auf eine Art und Weise, die ich inzwischen kannte – eine Kreuzung zwischen einem zu langen Verweilen in der Badewanne und dem der Wüstensonne Ausgesetztsein. Ich blinzelte, um etwas gegen meine schmerzenden Augen zu tun, die sich so trocken anfühlten wie die Asche, die ich erschaffen hatte.

Geschafft. Ich hielt die unnatürliche Asche in meiner geschwächten Hand hoch.

Eine normale alchemistische Operation von dieser Bedeutung hätte Monate verlangt, Jahre sogar, um sie zu perfektionieren. Aber weil dies rückschreitende Alchemie war, brauchte man für den Aschetee nur einen Bruchteil dieser Zeit. Das Problem waren ihre Nebenwirkungen. Diese waren schwerwiegend und lang anhaltend. Als ich den unnatürlichen Tee zum ersten Mal für Dorian zubereitet hatte, war ich mir des Opfers nicht bewusst gewesen, das dieses Tun forderte – oder wie krank es mich machen würde.

Mein Erfolg war ein scheinbarer. Wann immer ich die Prozedur durchführte, spürte ich, wie sie mir mehr von meiner eigenen Lebenskraft raubte.

Nachdem ich die Asche mit heißem Wasser aufgebrüht hatte, ging ich zu Dorian auf den Speicher. Er saß auf dem Boden und las einen Science-Fiction-Roman, den ich auf seine Bitte hin aus der Bibliothek für ihn entliehen hatte. Sein linkes Bein stand ihm schief vom Körper ab.

Er rutschte unter meinem Blick umher. »Ich war heute Nacht

auf dem Weg zu Blue Sky Teas und zurück besonders vorsichtig. Die Backwaren sind fertig, und es hat mich niemand gesehen.« Er legte das Buch beiseite und schaute voller Sorge zu mir auf.

»Du liest in letzter Zeit viel Science-Fiction.« Ich reichte ihm den Aschetee. Bevor ich diese schnelle Zubereitung des Aschetees entdeckt hatte, war Dorian gezwungen gewesen, ständig in Bewegung zu bleiben, um nicht zu versteinern. Die Bewegungen durften durchaus kleine sein, daher hatte er mich gebeten, Dutzende klassischer Kriminalromane für ihn aus der Bibliothek zu besorgen, um sich wach zu halten, indem er sie las. Bevor er mich kennengelernt hatte, war er ein literarischer Snob gewesen, aber ich hatte seinen Horizont erweitert. In letzter Zeit gab er mir immer wieder Listen mit Science-Fiction-Romanen wie dem, den er gerade in der Hand hielt.

»In Science-Fiction-Romanen gibt es mehr Figuren meiner Art als in Detektivromanen.« Er nahm den säuerlich riechenden Trank entgegen. »Wobei mir die offenen Enden nicht recht gefallen. Nächstes Mal werde ich Sie bitten, mir auch mehr Kochbücher mitzubringen.«

»Als ich das letztens getan habe, hast du in sämtliche Bücher Randnotizen hineingekritzelt. Das darf man bei Bibliotheksbüchern nicht.«

»Sie sollten sich dafür bei mir bedanken!«, erwiderte er entrüstet.

Dorians Schnauze verzog sich, als er den starken, grießigen Tee trank. Sobald er mir den Becher zurückgab, in dem nur der Bodensatz noch übrig war, wurde die fast schwarze Farbe seines linken Beins und seines Flügels heller. Einen Moment später flatterte sein Flügel, und er war wieder in der Lage, die Knie zu beugen.

»Merci, mon amie.«

Er hüpfte die Treppe hinunter. Ich war froh darüber, dass seine neu gewonnene Energie ihm ermöglichte, sich schneller zu bewegen. Auf diese Weise sah er mich nicht taumeln. Meinen Beinen fehlte inzwischen die Kraft, mich aufrecht zu halten. Ich versuchte, mich abzustützen, aber meine verschrumpelten Fingerspitzen fühlten sich an, als hielten sie noch immer den ledernen Einband von Dorians Buch umklammert. Ich versuchte zu atmen, aber es kam mir vor, als würde ich immer noch die verwirrenden Düfte der nicht unwahren Alchemie riechen. Meine Sicht trübte sich, und ich brach auf dem staubigen Boden zusammen.

22

Saint-Gervais, Frankreich, 1860

Der zurückgezogen lebende Magier nahm das Buch von dem staubigen Regal. Ein elektrischer Schlag ließ seine Fingerspitzen kribbeln, als der lederne Buchrücken seine Haut berührte.

Der Duft des Bands schwängerte die reglose Luft des Arbeitszimmers des alten Mannes, und er schien stärker zu sein als alles, was der lederne Einband und das Zwiebelhautpapier hätten produzieren dürfen. Er erkannte Gewürznelken, Honig und Dung, begleitet von einem vagen Anflug von Verwesung. Es war, als sei das Buch mehr als die Summe seiner Teile.

Der Magier schüttelte den Kopf. Er wusste, dass das unmöglich war. Er wurde in seinem hohen Alter immer überspannter. Und doch hatte das antike Buch etwas Rätselhaftes an sich. Er hoffte, dass andere seine Macht spüren würden.

Obwohl er offiziell im Ruhestand war, wollte Jean Eugène Robert-Houdin seinen Verstand scharf halten. Der Vater der Modernen Magie war nach Saint-Gervais übergesiedelt, um seine Memoiren zu schreiben.

Als die französische Regierung ihn von seinem Schreibtisch

weg nach Algerien geschickt hatte, wo er im Dienst seines Landes eine militärische Krise abwenden sollte, war er skeptisch gewesen. Nun gut, er war definitiv der berühmteste Bühnenmagier der Welt, aber seine Taschenspielertricks waren keine Magie. Niemand war überraschter gewesen als Robert-Houdin selbst, als seine neue Methode, die kugelsichere Illusion darzubieten, die algerischen Stammesführer dazu bewog, Frankreichs Übermacht zu akzeptieren. Sie glaubten, dass er wahre Magie praktizierte.

Die Reaktion, die ihn bei seinem Auftrag am meisten überrascht hatte, war seine eigene. Statt Unbehagen angesichts der Gefahr verlangte es Robert-Houdin nach weiteren Abenteuern. Er war nicht mehr zufrieden damit, in seinem Arbeitszimmer zu sitzen und seine Memoiren zu schreiben, er wünschte sich Publikum. Nicht zwangsläufig auf der Bühne in Paris, wo er einst aufgetreten war, ihm ging es vielmehr darum, neue Illusionen zu erschaffen, die er seiner Familie und seinen Freunden zeigen konnte.

Zu diesem Zweck wählte er das seltsame Buch mit dem lateinischen Titel aus. Es würde die perfekte Unterstützung für einen Automaten bieten, den er bauen wollte.

Robert-Houdin ging mit dem schweren Band in den Salon, wo in einer Ecke eine etwa meterhohe steinerne Skulptur stand, verborgen unter einem Laken. Er kicherte in sich hinein. Seine Frau hasste den Gargoyle, den sein Freund Eugène Viollet-le-Duc ihm geschenkt hatte, und wann immer ihr Mann nicht hinsah, warf sie ein Laken über die Statue.

Die Skulptur war anders als alle anderen Gargoyles, die Robert-Houdin bei seinen Reisen kreuz und quer durch Europa gesehen hatte. Zunächst einmal war es im Prinzip gar kein Gargoyle, jedenfalls nicht in der ursprünglichen Bedeutung des Wortes, denn die Skulptur diente nicht als Wasserspeier. Diese steinerne Skulptur war ein reines Zierstück. Viollet-le-Duc hatte den Auftrag erhalten, die große Kathedrale Notre-Dame de Paris zu restaurieren, und er hatte die fantastische Idee gehabt, eine Galerie aus Ungeheuern zu erschaffen, die auf die Heiligen unter ihnen hinabblickten. Die steinerne Figur in Robert-Houdins Salon war ein früher Prototyp für diese Galerie, aber wie der Architekt schnell festgestellt hatte, zu klein, um hoch oben auf einem Sims der Kathedrale noch von unten ausreichend wahrgenommen zu werden.

Robert-Houdin zog das Laken von der steinernen Skulptur herunter. Gefaltete Flügel umschlangen die steinerne Bestie. Der kleine Gargoyle hatte bemerkenswerte Ähnlichkeit mit *Le Stryge,* der Steinmetzarbeit von Viollet-le-Duc, die einen prominenten Platz gleich neben der Treppe zu der Galerie der Ungeheuer der Kathedrale innehatte. Ein koboldhaftes Grinsen zierte das Gesicht der Kreatur. Ja, dieser Gargoyle war wie geschaffen für das, was der große Robert-Houdin im Sinn hatte.

Der Magier war bekannt für seinen Einfallsreichtum, genauso sehr wie für seine Taschenspielertricks. Seine meistbeachtete Erfindung war ein Automat, der sowohl schreiben als auch zeichnen konnte, eine Kreation, die er König Philippe gezeigt hatte, bevor sie an P.T. Barnum verkauft worden war. Doch sein Favorit war sein Orangenbaum. Der mechanische Baum, der Erneuerung und Wiedergeburt im Bild des Frühlings symbolisierte, »wuchs« aus einem toten Stumpf und entfaltete ein üppig belaubtes Astwerk, an dem echte Orangen sprossen. Mechanische Vögel erschienen in dem Baum, was für sich genommen schon beeindruckend genug war, aber dann vollführten diese Vögel für das Publikum eine weitere Großtat. Sie flogen auf und brachten einen Ring zum Vorschein, den sie sich von einem Zuschauer aus dem Publikum »geborgt« hatten. Der mechanische Baum war die Krönung seiner Laufbahn – bis jetzt.

Robert-Houdin hatte einer Metallpflanze Leben eingehaucht. Jetzt würde er eine steinerne Chimäre zum Leben erwecken. Seinen höchstpersönlichen Golem. Er gestattete sich ein verschlagenes Lächeln, das niemand sehen konnte, weil er allein war. Natürlich war die Großtat nicht real. Lediglich eine Illusion. Er würde einen Metallautomaten bauen und die sich bewegenden Teile mit einer falschen steinernen Haut wie der des Gargoyles überziehen. Auf der Bühne würde er dann einige »magische« Worte aus einem uralten Buch rezitieren und die Kreatur zum Leben erwecken.

Er strich sich übers Kinn. Er würde dem Automaten einen Kurbelmechanismus verpassen. Dann musste er genau den richtigen Zeitpunkt wählen, um ihn aufzuziehen, mehrere Minuten, bevor er jäh zum Leben erwachte. Aber für einen ehemaligen Uhrmacher war das eine Kleinigkeit – viel einfacher, als eine Assistentin über der Bühne im Äther schweben zu lassen.

Zuerst jedoch war es Zeit zu üben. Der wichtigste Teil einer jeden Illusion war das sie umgebende Drama. Ohne irgendwelche Erwartungen war eine Illusion ein einfacher Trick und leicht vergessen. Und Jean Eugène Robert-Houdin wollte nicht, dass seine Arbeit vergessen wurde.

Er setzte sich auf einen Stuhl vor die Kreatur und blätterte in dem Buch. Die sich vermischenden Düfte waren jetzt stärker. Als hätte man das Buch auf ein frisch gedüngtes Feld fallen lassen. Aber die Seiten zeigten keinerlei Beschädigung. Seltsam, das.

Egal. Das Buch maß fast zwanzig mal fünfzehn Zentimeter, groß genug, um auf einer Bühne gut sichtbar zu sein, vor allem in einem kleinen Theater, in dem das Publikum nur aus einem Dutzend Leuten bestand.

Das Buch war größtenteils auf Lateinisch geschrieben, aber reich illustriert. Robert-Houdin hatte in seinem Leben viele Dinge gesehen, sowohl schreckliche wie wundersame, aber die Abbildungen in diesem Buch ließen ihn von seinem grauen Haarschopf bis hinunter zu seinen Fußballen in seinen Lackschuhen erschauern.

Ein Bewunderer hatte Robert-Houdin das Buch zum Geschenk gemacht, und jetzt würde Robert-Houdin es einem guten Verwendungszweck zuführen. Ja, dieses antike Buch sowie sein neuer Gargoyle-Automat würden die Darbietung seines Lebens erschaffen.

Der Titel lautete: *Non Degenera Alchemia.*

23

Ich war nicht lange bewusstlos, aber doch länger, als mir lieb war. Der anstrengende Akt der Erschaffung des Aschetees bescherte mir beunruhigend lebhafte Träume. In meinem unnatürlichen Schlaf erwachten die Seiten aus *Non Degenera Alchemia – Nicht unwahre Alchemie* – vor meinen Augen zum Leben und verwandelten sich in Jean Eugène Robert-Houdins Zaubervorstellung, die ich 1845 gesehen hatte. Die Bienen erhoben sich von den Toten und kreisten träge um mich herum, als hätte der magische Äther über der Bühne sie aus dem Schlaf erweckt. Als ich aufwachte, zitterte ich. Ich rechnete halb damit, neben mir eine tote Biene zu sehen.

Meine Arme und Beine zitterten, als ich die Dachbodentreppe hinunterging. Ich ließ mir ein Bad ein – an eine Dusche war nicht zu denken in einem Haus mit Wasserhähnen, aus denen das Wasser abwechselnd und unberechenbar glühend heiß und eiskalt floss. Dann machte ich mir einen Umschlag mit einem Brei aus Spitzwegerich und Salz, um jedwede Toxine von meiner Alchemie aus meiner Haut herauszuziehen. Der wilde Spitzwegerich stammte aus dem gleichermaßen wilden Garten vor Blues Cottage.

Mein Talent war nur einer der Gründe, warum ich meine eigenen Heilmittel herstellte. Ich hatte Zeiten durchlebt, in denen angebliche Medikamente voller Gift gewesen waren. Die »blauen Pillen«, so getauft als Allheilmittel während viktorianischer Zeiten waren voller Quecksilber, und viele Medikamente für Säuglinge hatten Opium enthalten. Obwohl ich im New England der Kolonialzeit zur Welt gekommen war, betrachtete ich mich mehr als Viktorianerin denn als irgendetwas sonst. Ich hatte mein Zuhause mit sechzehn verlassen, und während der viktorianischen Ära hatte ich mich nach einer langen Zeit des Reisens eine Weile häuslich niedergelassen. Daher hatten sich die Ängste und Gepflogenheiten aus dieser Ära nachhaltiger in meinen Geist eingegraben als die Kultur anderer Orte, an denen ich kürzere Zeit gelebt hatte.

Im Moment wünschte ich mir, es gäbe ein Allheilmittel, das so einfach sein würde wie das Schlucken einer Tablette. Ich wusste, dass ich mir einen heilenden Tee oder eine Tinktur zubereiten sollte, aber ich konnte mir nicht vorstellen, irgendetwas anderes zu tun, als nach meinem Bad zu schlafen, daher zog ich mir meinen Flanellpyjama an und kroch ins Bett. Ich hatte vor, ein Nickerchen zu machen, aber sobald ich lag, nahm ich die aromatischen Düfte von Beeren und veganer Sahne wahr.

Ich öffnete die Augen. Dorian stand am Fußende des Bettes, ein Tablett mit etwas Essbaren in Händen.

»Ist schon Mittag?«

»Es ist ein Brunch. Sie hatten einen anstrengenden Morgen, daher habe ich Ihnen Crêpes gemacht. Eine ist mit Schokolade gefüllt, die andere mit Kokosnusscreme und Walderdbeeren. Die Engländer können es nicht mit den Franzosen aufnehmen, wenn es um die Kreation irgendwelcher Speisen geht – natürlich mit Ausnahme von Currygerichten –, aber ihre Idee zu dieser zusätzlichen Mahlzeit, dem Brunch, ist eine ziemlich gute.«

Ich lächelte mit meinen rissigen Lippen und war froh darüber, zu sehen, dass Dorian wieder der Alte war. »Ich glaube nicht, dass es als *zusätzliche* Mahlzeit gedacht war, aber ich nehme die Crêpes gern. Ich bin vollkommen ausgehungert.«

Er stellte das Tablett auf den kleinen Tisch und hüpfte auf die Bettkante. »Das ist meine Schuld«, murmelte er und ließ seine grauen Beine herunterbaumeln, ohne dass sie den Boden berührten.

»Du entschuldigst dich für das Essen? Das ist eine Premiere.« Meine Kehle war so trocken, dass ich meine eigene Stimme kaum erkannte.

Er schnalzte mit der Zunge. »Sie sind krank. Ich war mir nicht sicher, welches Kräutermittel Sie gern hätten, daher habe ich Ihnen etwas zu essen gebracht. Sobald Sie mir erzählt haben, welchen Tee Sie gern hätten, werde ich ihn Ihnen bringen.«

»Im Garten findest du einen Glaskrug mit der Aufschrift *Zitronenmelissen-Infusion*. Würdest du mir den bringen?«

Als er einige Minuten später mit dem von der Sonne getränkten Tee zurückkam, war ich mit der ersten Crêpe fast fertig. Die Transformation des heutigen Morgens hatte einen Großteil meiner Energie beansprucht.

»Sind Sie stark genug, um den Becher selbst zu halten?«, erkundigte sich Dorian.

Ich nickte, außerstande, mir ein Lächeln zu verkneifen, und nahm die große Porzellankaraffe entgegen, in der er mehrere Tassen Tee erwärmt hatte.

»*Bon.* Dann werde ich Ihnen die Nachrichten vorlesen, die wir versäumt haben.« Er sprang aufs Bett und breitete vor sich *Le Monde* aus.

»Was ist denn los?«, fragte ich ihn, als er seine Flügel hängen ließ.

»Während des vergangenen Monats habe ich keine neuen Nachrichten über goldene Statuen in Europa gefunden, die sich von selbst aufgelöst haben.«

»Das ist mir ebenfalls aufgefallen.«

»Bedeutet das, dass das ganze falsche Gold bereits … tot ist?«

Ich wusste, was er meinte. Zur gleichen Zeit, aus einem Grund, den ich noch nicht identifizieren konnte, da der Verfall von Dorians Lebenskraft eingesetzt hatte, war in Europa zum ersten Mal falsches Gold zu Staub zerbröselt. Die Zeitungen hatten über das fehlende Gold berichtet und Diebstähle gemutmaßt, aber wir wussten es besser. Was auch immer sowohl mit Dorian als auch mit dem zerbröckelnden Gold geschah, das Gold hatte sich bereits aufgelöst. Oder, wie Dorian es ausdrückte, das Gold war tot. Ich schauderte. Mein alchemistischer Aschetee war vielleicht das Einzige, was Dorian noch am Leben hielt.

In diesem Moment und angesichts des verängstigten Ausdrucks von Dorians Miene verabscheute ich die rückschreitende Alchemie und ihre Erfinder so sehr, wie ich in diesem Jahrhundert noch nie etwas verabscheut hatte.

Es hatte schon immer abtrünnige Alchemisten gegeben. Ich hatte von Nicolas Flamel, der kurze Zeit mein Mentor gewesen war, gelernt, dass die meisten der Männer in Europa, die rückschreitende Alchemie praktizierten, schon lange tot waren. Es war ein unausweichliches Ergebnis, da rückschreitende Alchemie gefährlich war und nicht aufrechterhalten werden konnten. Aber von einer Sekte von Alchemisten, die sich in der Blütezeit westlicher Alchemie von den anderen abgespalten hatte, waren Mächte in Bewegung gesetzt worden, die ein halbes Jahrtausend später in eine Krise kamen.

Was ich nicht wusste, war der Grund, warum das jetzt geschah. Die Adepten der umgekehrten Alchemie waren tot. Was war es, was sie getan hatten?

Ich war kläglich gescheitert bei meinem Versuch, wahre Alchemisten zu finden, von denen einige eigentlich noch am Leben sein sollten. Aber ich war mit meiner Weisheit am Ende. Ich musste es noch einmal versuchen.

Es ging mir nicht gut genug, um das Bett zu verlassen, daher bat ich Dorian, mir meinen Laptop zu bringen. Vom Bett aus suchte ich nach Spuren, die ich zuvor vielleicht übersehen hatte. Natürlich hatte ich schon früher gesucht, aber das Internetkaninchenloch hatte viele verschlungene Gänge. Ich beschloss, mich einer Chatgruppe von Alchemie-Fans anzuschließen. Was sollte ich sagen? Ich war verzweifelt.

Nachdem ich der Online-Gruppe beigetreten war, wurde mir gestattet, mir die Diskussionsarchive anzusehen. Eine Stunde später war ich davon überzeugt, dass es sich bei diesen Alchemisten um eine Ansammlung wohlmeinender Amateure handelte, die das ganze Spektrum alchemistischer Interessen abdeckte.

Alle Alchemie drehte sich um Transformation, aber es gab verschiedene Wege, sich ihr zu nähern. Die drei Kernelemente der Alchemie waren Schwefel, Quecksilber und Salz. Schwefel war die Seele, Quecksilber war der Geist, und Salz war der Körper. Im Laufe der Jahrhunderte hatte die Alchemie Transformationen von primitivem Metall in Gold bewirkt, hatte sterbliche Körper unsterblich gemacht und verdorbenen Geist zu etwas Reinem werden lassen.

In der Vergangenheit hatten die Alchemisten vorwiegend die beiden ersten Transformationen studiert und sich damit als Vorläufer moderner Chemie und Medizin erwiesen. In den letzten Jahren war die spirituelle Alchemie in den Vordergrund getreten. Sie war es, die die Mitglieder dieses Forums am meisten beschäftigte. Die wenigen neuen Mitglieder, die sich für die Erschaffung von Gold interessierten, trafen auf Geringschätzung und verließen die Gruppe schnell wieder. Interessant, wie sich die Zeiten geändert hatten.

Obwohl ich bei dieser Online-Gruppe nichts Neues erfuhr,

zeigte sie mir doch, dass es mich vielleicht weiterbringen würde, wenn ich meine Suche ausdehnte. Ich überlegte, ob irgendeiner der wenigen echten Alchemisten, die ich einst gekannt hatte, sich mit spiritueller Alchemie beschäftigt hatte, um seine Unzufriedenheit darüber zu lindern, alle anderen überlebt zu haben, die ihm am Herzen gelegen hatten.

Mit neu erwachter Hoffnung ging ein Aufbranden von Energie in mir einher. Ich durchsuchte das Internet nach Zusammenkünften spiritueller Alchemisten. Mein Magen knurrte, und ich wollte gerade aufgeben, als meine Hände über der Tastatur erstarrten.

Ich kannte die hellbraunen Augen des Sprechers der spirituellen Alchemie auf dem Foto auf dem Bildschirm. Ich kannte den Mann nicht von meinen vielen Reisen, die ich seit 1942 in den USA hinter mich gebracht hatte, sondern aus einer Zeit lange davor.

Zumindest war das mein erster Eindruck. Doch es konnte nicht wahr sein. Toby war ein Mann, den ich Mitte des 19. Jahrhunderts gekannt hatte, während der Zeit, die ich im Untergrund mit den Gegnern der Sklaverei verbracht hatte. Er war kränklich gewesen, als ich ihm zum ersten Mal begegnet war und ihn wieder gesund gepflegt hatte. Ganz anders als der vitale Mann auf dem Foto mit Namen Tobias Freeman. Toby hatte keine Ahnung von Alchemie, und ich hatte ihm nichts darüber beigebracht. Doch die Episode ermutigte mich. Diese starke Ähnlichkeit musste bedeuten, dass Toby überlebt und Kinder gezeugt hatte.

Weil ich gut mit Kräutermitteln umgehen konnte, bestand meine Rolle bei den Untergrundkämpfern darin, Sklaven zu helfen, die zu schwach waren, um die Flucht nach Norden zu bewältigen, und ich hatte sie gesund gepflegt, um ihnen eine reelle Chance zu geben, es zu schaffen. Tobias war einer der schwächsten Männer gewesen, die ich gepflegt hatte. Er war fast eins achtzig groß gewesen, und ich bezweifelte, dass er viel mehr als fünfzig Kilo gewogen hatte, als man ihn zu mir brachte.

Aber diese hellbraunen Augen waren unverkennbar, so hell, dass sie wie Gold glänzten.

Das Programm der Online-Konferenz führte eine E-Mail-Adresse für Tobias Freeman auf. Wer nicht wagt …

Mein guter Freund Levi Coffin hat mir empfohlen, Kontakt zu Ihnen aufzunehmen, schrieb ich in einer E-Mail von meinem Elixier-Account aus und unterschrieb die Mail nur mit Zoe. Levi hatte etwas mit dem Untergrundkampf gegen die Sklaverei zu tun gehabt, wenn es sich also um denselben Mann handelte, den ich damals gekannt hatte, bestand Hoffnung, dass er die Anspielung verstehen würde. Wenn nicht, würde ich lediglich eine höfliche Antwort erhalten, dass ich mich irrte.

Keine fünf Minuten später pingte mein Handy, und ich hatte eine neue Nachricht.

Zoe Faust. Ich hätte nie gedacht, dass ich dich einmal wiedersehen würde, meine Freundin.

24

Ich hatte noch nicht entschieden, wie viel meinem alten Freund zu erzählen klug wäre – dass ein zum Leben erweckter Gargoyle bei mir wohnte, dass unlängst ein mörderischer Alchemist in die Stadt gekommen war oder vielleicht, dass ein Buch über gefährliche rückschreitende Alchemie sich in meinem Besitz befand –, als er eine zweite Nachricht schickte.

Es gibt zu viel zu erzählen, um das per E-Mail zu tun, schrieb er. *Ich habe einen Blick in meinen Terminkalender geworfen, und ich habe in dieser Woche zwei freie Tage. Sofern du dich in den USA aufhältst, kann ich mich in ein Flugzeug setzen und dich besuchen.*

Ich stimmte mit ihm überein, dass es für E-Mails zu viel zu erzählen gab. Wenn wir uns persönlich gegenüberstanden, konnte ich mich außerdem davon überzeugen, dass er immer noch derselbe gute Mensch war, den ich vor über einem Jahrhundert gekannt hatte. Manche Dinge verändern sich im Lauf der Zeit bei Menschen, manche nicht. Ich hoffte, dass Tobias immer noch der Toby mit der reinen Seele war, den ich einst gekannt hatte.

Wir vereinbarten, dass er in zwei Tagen nach Portland fliegen würde. Außerdem bekam ich eine E-Mail von Veronica, in der sie sich für den Streich entschuldigte, den sie und Ethan mir gespielt hatten, und sie schrieb, dass sie mit der Arbeit an meiner Website begonnen habe. Ich antwortete ihr schnell und flog dann praktisch die Treppe hinunter, um mich auf die Suche nach Dorian zu machen, meine Krankheit fast vergessend.

»*Salut!*«, begrüßte mich der Gargoyle, als ich durch die Schwingtür der Küche trat. Er hüpfte von seinem Hocker und wischte sich die Hände an seiner mehlbedeckten Schürze ab. Sein Gleichgewicht stimmte nicht ganz, woran die beiden fehlenden Zehen schuld waren, aber er erholte sich schnell. »Es geht Ihnen gut genug, um auf den Markt zu gehen! Ich habe eine Einkaufsliste erstellt.«

»Dorian, ich habe jemanden gefunden, der uns helfen kann.« Es kümmerte mich nicht einmal, dass ein Teil der Küche, darunter die Vorhänge, die neugierige Passanten daran hinderten, Dorian zu bemerken, mit Mehl und einer Art roter Paste beschmiert waren. Ich nahm die Liste entgegen und legte sie auf die Theke.

»Sie haben Mut gefasst, was den Magier betrifft?«

»Nein, ich habe einen Mann gefunden, dem ich vertraue.« Ich nahm einen winzigen Vanillecreme-Schoko-Cupcake aus Dorians ausgestreckter Hand und erzählte ihm von Tobias.

»Und er kommt in zwei Tagen her?«, fragte Dorian, als ich fertig war.

»Er steigt am Mittwoch in ein Flugzeug. Kann ich noch einen Cupcake haben?«

»*Non.*«

»Nein?« Das war eine Premiere.

»Sie haben noch nicht zu Mittag gegessen.« Er schniefte hörbar. »Haben Sie denn in den Monaten, die wir einander nun kennen, gar nichts von mir darüber gelernt, wie sich ein zivilisierter Mensch benimmt?«

Ich schlang die Arme um den Gargoyle.

»Und ich habe dir auch nicht genug darüber beigebracht,

würdevoll zu sein«, murmelte er, obwohl er meine Umarmung erwiderte. »Ihr Gezappel macht mich ganz nervös, Zoe. Ich spüre, dass Sie heute nicht mit mir zusammen im Haus eingepfercht sein wollen. Ich werde Ihnen Ihr Mittagessen in einen Picknickkorb packen, den Sie mitnehmen können.«

»Mitnehmen?«

Er zog auf typisch französische Weise die Schultern hoch. »Dein Freund kommt erst in zwei Tagen an. Reichlich Zeit, weitere Recherchen anzustellen, die uns vielleicht helfen könnten, *n'est ce pas?*«

Mit einem schweren Picknickkorb auf dem Beifahrersitz meines Wagens fuhr ich zum Theater. Ich wusste nicht, was ich dort zu finden hoffte, aber Dorian hatte recht. Es war so viel in der Schwebe, dass ich, wenn es mir gut genug ging, um das Haus zu verlassen, etwas Produktives tun sollte.

Als ich mich dem Theater näherte, erhaschte ich einen Blick auf Penelopes unverkennbares Haar. Sie steuerte den großen SUV des Paares, und Peter saß auf dem Beifahrersitz. Sie fuhren vom Theater weg.

Sollte ich?

Ich folgte ihnen minutenlang und gab darauf acht, mit meinem unübersehbaren Oldtimer nicht allzu nah heranzufahren. Wie sich herausstellte, war ich *zu* vorsichtig. In einer Stadt voller schmaler Brücken mit versteckten Auffahrten war es unmöglich, ein Stück zurückzubleiben und trotzdem zu sehen, wo sie abbogen. Ich verlor sie aus den Augen.

Ich fuhr an den Straßenrand und stellte fest, dass ich direkt beim River-View-Friedhof war. Konnten sie dorthin gefahren sein? Der Friedhof erstreckte sich über einen Hügel mit Blick auf den Willamette River, in der Nähe der Stelle, an der die kleinen Jungen die Saphirkette aus der Lake-Beute entdeckt hatten. Ich schaltete und kroch im ersten Gang die gewundene Hügelstraße hinauf, die über den Friedhof führte.

Ich konnte verstehen, warum Dorian diesen Friedhof so mochte, er war eins der bewaldeten Gebiete, die er im Schutz der Nacht gern besuchte. Der River-View-Friedhof strahlte eine friedliche Schönheit aus, von seinen einladenden Gehwegen und überhängenden Zierkirschen bis hin zu seinen Familiengrabstätten und Mausoleen, von denen ein jedes in seinem eigenen Stil gehalten war, der nicht von der Friedhofsleitung vorgeschrieben wurde. Es gab hier nicht so viele kunstvolle Steinstatuen wie auf manch anderen Friedhöfen, wie zum Beispiel Highgate in London, aber es war hier ruhig und angenehm.

Ich wurde langsam hungrig, daher war ich dankbar dafür, dass Dorian darauf bestanden hatte, mir ein Mittagspicknick einzupacken. Da ich körperlich zu erschöpft war, um den Picknickkorb weit zu tragen, suchte ich mir einen sonnigen Platz auf einem Fleckchen der gemähten Wiese mit Aussicht auf den Fluss und eine kleine Ansammlung kunstvoller Mausoleen und Grabsteine mit liebevollen Gedenksprüchen von Familien. Ich breitete eine Decke aus und holte Dorians Korb. Der überquellende Picknickkorb enthielt genug zu essen für mindestens vier Personen. Ich fand zwei selbst gebackene Baguettes mit Gemüse und Oliven- und Walnusstapenade, verschiedene Früchte, eine Thermoskanne mit Chai und einen großen Krug mit selbst gemachtem, grünem Smoothie, der aus Äpfeln, Sellerie, Petersilie, Spinat und Ingwer bestand. Ich wusste, was der Saft enthielt, weil ein selbst gemachtes Etikett auf Französisch mit Dorians unverkennbarer Handschrift die Flasche zierte. Während er mir viele Dinge über die Verwandlung von Nahrungsmitteln durch Kochen beigebracht hatte, hatte ich ihm beigebracht, wie wichtig es war, all seine Verwandlungen zu etikettieren.

Auch wenn Picknicks auf Friedhöfen nicht mehr in Mode

waren, die Viktorianer hatten das geschätzt. Die Gesellschaft hatte nicht immer unter einer solchen Todesphobie gelitten wie heutzutage. Früher war der Tod vielmehr ein Bestandteil des Lebens gewesen. Es war schwer gewesen, ihn leicht abzuschütteln, weil er alltäglicher war, aber er wurde auch nicht versteckt. Obwohl auch Kummer im Spiel gewesen war, war er ein natürlicher Teil des Lebens gewesen und daher als solcher gefeiert, teilweise mithilfe wunderschön angelegter Friedhöfe.

Ich fragte mich, wie ich eines Tages sterben würde. Durch eine Gewalttat, während ich jemandem half? Eine unheilbare Krankheit? Oder einfach bei einem Autounfall, den ich nicht hatte kommen sehen? Ich dachte oft daran. Obwohl ich einen gewissen Grad an Unsterblichkeit auf eine natürlichere Weise erlangt hatte als diejenigen Alchemisten, die die »Todesrotation« rückschreitender Alchemie praktizierten, hatte ich diesen Aspekt der Alchemie nicht bewusst erstrebt. Doch ich würde mir niemals selbst das Leben nehmen wie mein ehemaliger Geliebter Ambrose, der nach dem Tod seines Sohnes Selbstmord begangen hatte. Mein Leben war nicht einfach, aber es schenkte mir viele Freuden, darunter zahlreiche neue, die ich in Portland entdeckt hatte.

Der Grund, warum die meisten wahren Alchemisten nach dem Elixier des Lebens suchten, war der, dass sie auf diese Weise lange genug lebten, um zu einem größeren Verständnis des Lebens zu gelangen. Insbesondere in früheren Zeiten, als Lebensspannen um so vieles kürzer waren, gab es so viele unerledigte Angelegenheiten. Daher ging ein längeres Leben Hand in Hand mit der Aufgabe der Alchemie, aus Unreinem Reines zu machen. Die Flamels nutzten ihr längeres Leben und ihre alchemistischen Kenntnisse, um Gold herzustellen, das sie wohltätigen Organisationen spendeten. Ich und andere, die ich einst gekannt hatte, benutzten unsere Kenntnisse für die Heilung mit Kräutern, um anderen zu helfen, so wie ich es für Toby getan hatte. Wir konnten nicht alles Böse aus der Welt vertreiben, aber vielleicht würde die Welt eines Tages bereit sein.

Ich nippte an Dorians Chai und überlegte, wie es sein würde, Tobias zu sehen (wie ich ihn jetzt anscheinend nennen sollte), bis ich aus meinen Gedanken aufgeschreckt wurde.

Ich hatte angenommen, dass die Schatzsucher ihre Sachen gepackt und das Gebiet verlassen hatten, aber das schien nicht der Fall zu sein. Jedenfalls nicht zur Gänze. Ein Zaun war aufgestellt worden, um die Leute aus den instabilen Bereichen fernzuhalten, wo es aufgrund der winterlichen Niederschläge zu einem kleinen Erdrutsch gekommen war, aber ich entdeckte zwei Männer mit Metalldetektoren. Sie nahmen die Abkürzung über den Friedhof auf dem Weg zu dem steilen, öffentlichen Gelände dahinter, das am meisten von dem Erdrutsch betroffen gewesen war. Das war das Gebiet, wo nach den Spekulationen der Experten die Saphirkette gewesen sein musste, bevor sie den Hügel hinuntergeschwemmt worden war.

Ich erstarrte, als ich einen dritten Mann mit einem Metalldetektor sah. Dieser Mann fiel auf. *Ich kannte ihn.* Ein dicker Schopf grauen Haares, das ihm auf die Schultern fiel, und buschige, schwarze Augenbrauen verliehen ihm ein unverkennbares Aussehen. Das war nicht jemand, den man leicht vergessen konnte. Er war einer der beiden Männer, die ich im Theater hatte herumschleichen sehen. Der Freund des ermordeten Wallace Mason.

25

Hey, Sie da!«, rief der Freund des Toten nach mir.

Verdammt. Ich hatte ihn angestarrt.

»Ich konnte nicht umhin zu bemerken, dass Sie sich meinen Metalldetektor angesehen haben.« Er kam auf meine Picknickdecke zu und beäugte sie argwöhnisch. »Sind Sie aus dem gleichen Grund hier? Haben Sie einen in Ihrem riesigen Picknickkorb versteckt?«

»Ich habe in der Zeitung von der Schatzsuche gelesen.« Ich stand auf und hielt ihm die Hand hin. »Ich bin Zoe. Und ich bin nicht hier, um nach der verschwundenen Beute zu suchen. Nur um die Aussicht zu genießen.«

»Earl Rasputin.« Er ergriff meine Hand. Seine Hand war rau und schwielig. Sie passte zu seiner heiseren, tiefen Stimme.

Außerdem fiel mir auf, dass seine Augen rot gerändert waren. Natürlich. Sein Freund war ermordet worden.

Er kratzte sich seine mit Bartstoppeln bedeckte Wange. »Sie kommen mir bekannt vor. Sind wir uns schon einmal begegnet?«

Hatte er mich zusammen mit Dorian im Theater gesehen? Waren er und Wallace noch dort gewesen, als ich mit Peter und Penelope gesprochen hatte? Ich hätte ihn gesehen, wenn er sich in meinem Gesichtsfeld aufgehalten hätte, aber vielleicht hatte er meine

Stimme gehört. Das konnte der Grund sein, warum ich ihm bekannt vorkam.

»Sie kommen mir auch bekannt vor«, entgegnete ich. »Jetzt hab ich's. Sie waren der Mann, der sich bei der Zaubervorstellung, der *Phantasmagoria,* als Freiwilliger gemeldet hat.«

»Sie waren ebenfalls dort?«

»Ich liebe gute Zaubervorführungen.« Ich wand mich innerlich angesichts meiner ungeschickten Antwort. Offensichtlich hatte ich im Moment nicht nur körperliche Probleme. Meine geistigen Fähigkeiten waren auch nicht zu hundert Prozent zufriedenstellend. Außerdem lenkten mich seine buschigen, schwarzen Brauen ab.

Er seufzte. »Sie haben die Nachrichten nicht gesehen.«

»Oh, wie dumm von mir. Doch, natürlich.« Ich spielte mit meinen Händen herum und versuchte, verwirrt zu erscheinen, als sei mir gerade erst wieder eingefallen, dass Wallace tot war. Es war nicht weiter schwierig, da ich aus einem anderen Grund aufgeregt war. Ich versuchte, eine gute Überleitung zu finden, um ihn vor dem Magier zu warnen, ohne verrückt zu klingen. Außerdem musste ich herausfinden, was er über die Beute wusste, was ihn dazu verleitet hatte, die Magier auszuspionieren, während niemand sonst die Verbindung hergestellt zu haben schien. Aber alles, was mir einfiel, war: »Es tut mir so leid. Ich habe von dem Mann gehört, der getötet wurde. War er Ihr Freund?«

»Kommen Sie erst mal in mein Alter, dann verlieren Sie eine Menge Freunde«, antwortete er. »Es ist keine vergnügliche Erfahrung, aber man lernt, damit zu leben. Doch das hier war anders. Ich bin es nicht gewohnt, Freunde durch gewaltsame Todesfälle zu verlieren – wenn man den Krieg nicht mitzählt.« Er hielt inne und sah mich mit seinen dunklen Augen durchbohrend an. »Im Angesicht des Todes lernt man vor allem eins: dass man weiterleben muss. Deshalb bin ich heute hier draußen.«

Ich sah mich um. Jede Menge Bäume und Vögel, aber nicht viele Menschen. »Seine Beerdigung?«

»Nein, die Polizei hat ihn immer noch.«

»Das ist ja schrecklich.« Ich schauderte, und das war nicht um Earls willen geschauspielert. Als ich daran dachte, wie der tote Wallace Mason auf der Bühne auf den Boden gefallen war, spulte sich das Geschehen in meinem Kopf wie in Zeitlupe noch einmal ab, als hätte ich etwas tun können, um es zu verhindern. »Wissen Sie, was passiert ist?«

»Er hat sich erstechen lassen.« Earl schüttelte den Kopf. »Er war ein ziemlich aufbrausender Mensch, der Teufel weiß, wen er diesmal verärgert hat. Blöder Mistkerl. Lässt sich umbringen, gerade als wir so nah dran waren!«

»So nah dran?« *Was wusste er über Franklin Thorne, auch bekannt als Peter Silverman, und dessen Beute?*

»Wallace und ich sind Schatzsucher. Wir machen das jetzt schon seit fast einem Jahrzehnt. Statt allein zu Hause zu sitzen und die Flasche Roggen-Whisky zu trinken, die er mir zu meinem letzten Geburtstag geschenkt hat, dachte ich, ich würde sein Andenken ehren, indem ich heute hierherkomme. Um festzustellen, ob ich den Schatz finden kann.«

»Sie reden über die Lake-Beute? Ich dachte, das hätten alle aufgegeben.«

Er schaute von mir zu dem Picknickkorb, und dabei wurden seine Augen schmal. »Sie wissen aber eine Menge für jemanden, der behauptet, er sei nicht wegen des Schatzes hier. Feiern Sie hier eine Party? Wo versteckt sich der Rest Ihrer Freunde?«

»Ich bin allein. Wollen Sie sich setzen und etwas essen? Ich hatte Hunger, deshalb habe ich es übertrieben.«

»Das ist doch mal was.« Er legte den Metalldetektor und eine Bauchtasche auf den Boden, dann zog er seine Jeans hoch und setzte sich auf die karierte Picknickdecke. Anscheinend war er zu dem Schluss gekommen, ich sei harmlos. Ich war mir jedoch nicht so sicher, was ihn betraf, als ich einen Blick darauf warf, was sich in der Bauchtasche befand. Flyer über die Sichtungen von Bigfoot. *Bigfoot.*

Ja, ich hatte offenbar gerade einen Verschwörungstheoretiker zu einem späten Mittagessen auf einem Friedhof eingeladen.

Nun, da er bereits saß, konnte ich mich geradeso gut ebenfalls wieder hinsetzen und ihm ein Sandwich geben und ihn warnen und ihm raten, sich von dem Magier-Alchemisten fernzuhalten.

»Was macht eine hübsche kleine Lady ganz allein auf einem Friedhof?«, fragte Earl und nahm einen Bissen von dem Sandwich mit der Oliventapenade und dem Gemüse.

»Es ist friedlich hier.« Ich drückte mein Medaillon auf meine Brust, meine tägliche Erinnerung an Friedhöfe. »Es überrascht mich, dass Metalldetektoren hier nicht verboten sind. Scheint mir wie eine offene Einladung für Grabräuberei zu sein.«

»Sie haben irgendeinen armen Tropf aus genau diesem Grund festgenommen. Nein, hier herrscht ein eisernes Regiment. Wer hier eine Schaufel in den Boden rammt, wird davon abgehalten, bevor er sich den ersten Haufen Dreck über seine Schulter geworfen hat. Aber ich weiß, was ich tue, ich bin nur auf dem Weg zu dem Bereich, wo der Erdrutsch stattgefunden hat.« Er wedelte mit der Hand in die Richtung, in die ich die anderen Schatzsucher hatte gehen sehen.

»Der Bereich rund um den Erdrutsch, der abgesperrt worden ist …«

»Arbeiten Sie für die Polizei, junge Frau?«

»Nein, aber …«

»Dann sollten Sie sich vielleicht um Ihre eigenen Angelegenheiten kümmern.«

Ich erwog es, die Warnung, sich von dem Schatz des Alchemisten fernzuhalten, herunterzuschlucken, aber mein Gewissen gewann die Oberhand. »Ich habe nur versucht zu helfen. Es kommt mir schrecklich gefährlich vor. Wie mir scheint, würden Sie Ihrem Freund einen schlechten Dienst erweisen, wenn Sie auf der Suche nach der Beute verhaftet werden oder sterben würden.«

»Keins von beidem wird passieren.«

»Wissen Sie mehr als die anderen über den Lake-Raub?«

Earl musterte mich mit schmalen Augen.

»Finden Sie es nicht verdächtig«, fuhr ich fort, »dass Ihr Freund getötet wurde, gleich nachdem Sie beide so nah dran waren, die Beute zu finden? Ich will nicht neugierig sein, aber es wäre mir schrecklich, wenn noch jemandem das Gleiche passieren würde.«

»Wie ich bereits gesagt habe, Wallace war sehr aufbrausend. Er war ein guter Mann und hat mir vor Jahren geholfen, als ich eine harte Zeit durchgemacht habe, aber jede Menge Leute würden sagen, dass er es verdient habe. Das habe ich der Polizei schon erzählt. Machen Sie sich deswegen keine Sorgen. *Verdammt.*«

Meine Haut kribbelte. War ihm etwas eingefallen? »Was ist das? Das ist das beste Sandwich, das ich in den letzten Jahren gegessen habe. Sind Sie Köchin?«

Ich seufzte. »Ich bereite auf Teilzeitbasis Backwaren für ein Café zu. Aber Sie machen mich neugierig. Was wissen Sie über die Beute?«

»Ich habe früher auch als Koch gearbeitet.«

»Ach ja?«

Er nickte. »Ich bin zur falschen Zeit auf die Welt gekommen. Mir hat ein Imbisswagen gehört, zwanzig Jahre bevor sie in Mode gekommen sind.«

»Was haben Sie denn gekocht?«

»Schokoladenfondue. Okay, ich sehe schon, was Sie denken. Das ist eine ziemliche Schweinerei für einen Imbisswagen. Aber das war gerade das Geniale daran. Ich habe den Bogen raus, wie man mit Schokolade umgeht und sie genau auf die richtige Temperatur erwärmt, damit sie nicht schmilzt, wenn man es nicht will. Jeden Morgen habe ich eine Ansammlung von süßen und würzigen Speisen in Schokolade getaucht und sie dann in den Kühlschrank im Wagen gelegt. Voilà. Ich hatte frische, schokoladenüberzogene Früchte, Scones, Schinken, was immer Sie wollen. Ich habe Kundenbestellungen entgegengenommen. Die waren am besten. Ich habe Sandwiches mit überbackenem Käse, die in Schokolade getunkt waren, nie verstanden, aber jedem das Seine.« Earl schüttelte den Kopf. »Ich war meiner Zeit voraus. Als ich in den Ruhestand treten wollte, habe ich meinen Truck für'n Appel und'n Ei an einen jungen Punk verkauft, und jetzt stehen die Leute die ganze Straße entlang Schlange, um so eine Art Kichererbsen-Burrito mit Curry zu kaufen. Das hat mich umgehauen.«

»Und jetzt suchen Sie nach verlorenen Schätzen in Oregon?«

»Sie haben Talent, junge Lady.« Er steckte sich das letzte Stück von seinem Sandwich in den Mund und schloss die Augen, während er kaute, sodass ich Gelegenheit hatte, mir sein Gesicht genau anzusehen. Während er in glückseligem Schweigen aß, wurden in seiner schrumpligen Haut die Falten um seinen Mund und seine Augen herum betont. Er stieß einen zufriedenen Seufzer aus, dann riss er seine dunklen Augen auf und erschreckte mich mit der Intensität seines Blickes. »Ich spreche niemandem einfach so mein Lob aus. Haben Sie etwas dagegen?« Er deutete auf den Korb.

»Bedienen Sie sich. Und danke. Aber Sie haben meine Frage nicht beantwortet. Was für geheime Informationen haben Sie über den Lake-Raub? Ich bin ganz fasziniert davon.«

Er blinzelte mich an. »Wenn ich es Ihnen verraten würde, woher weiß ich, dass Sie den Schatz dann nicht selbst suchen würden?«

»Warum sollte ich das tun? Ich verstehe nicht, warum überhaupt jemand da hinterher ist. Wer immer den Schatz findet, darf ihn nicht behalten. Er gehört der Familie Lake.«

»Sie vergessen die Belohnung.«

»Sie machen das wegen der kleinen Belohnung?«

Er griff nach einem zweiten Sandwich und stand auf. »Sie können das wohl nicht verstehen. Es ist der Rausch der Jagd, Schätzchen. Der Rausch der Jagd. Und jetzt, da Wallace tot ist, werde ich den Schatz finden, um sein Andenken zu ehren.«

Nachdem Earl gegangen war, hatte ich das Gefühl, weniger zu wissen, statt mehr. Earl war ein seltsamer Bursche. Sichtungen von Bigfoot? Informationen über den Schatz? Er wusste erheblich mehr, als er mir verraten hatte, aber was? Es konnte kein Zufall sein, dass er im Theater herumgeschlichen war. Was hatte er über die Verbindung zwischen Peter Silverman und dem Lake-Raub herausgefunden? Wenn er an Bigfoot glaubte, glaubte er dann auch an Alchemie? Oder handelte es sich bei alldem um pure Schauspielerei? Hatte er vielleicht seinen Freund getötet, als sie kurz davor gewesen waren, den Schatz zu finden?

Ich war die vielen Spekulationen leid. Zumindest hatte Earl mich davor bewahrt, einen schweren Picknickkorb zum Auto zurückschleppen zu müssen. Er hatte fast alles aufgegessen.

Ich war noch immer müde von der Anstrengung des Morgens, aber ein Spaziergang würde mir guttun. Trotz der warmen Frühlingsluft und meines dicken Pullovers fror ich, ein weiterer Hinweis darauf, dass meine Energie auf eine Weise erschöpft war, die man mit Nahrung nicht auffrischen konnte. Entweder das, oder dieser Polyester-Pullover war nicht annähernd so warm wie mein Lieblingspullover aus Wolle, der von einem geborstenen Deckenbalken aufgespießt worden war.

Ich folgte einem gewundenen Pfad vorbei an einer Gruppe von Mausoleen. Entweder durch Zufall oder bewusst geplant spiegelten die Pflanzen rund um mehrere der hohen Grabmale die Familiennamen wider. Ich stellte mir vor, dass im Spätsommer riesige

Sonnenblumen am Mausoleum der Familie Sun Schatten spenden würden. Das Mausoleum der Thornes war umringt von dornigen Rosenbüschen, die dazu bestimmt waren, leuchtende, wohlduftende Blüten hervorzubringen. Und ein begabter Gärtner hatte einigermaßen erfolgreich Brombeerbüsche dazu gebracht, an den Wänden des Mausoleums der Blackstones zu wachsen, wo sie im Spätsommer schwarzrote Beeren tragen würden.

An diesem Montagnachmittag fanden keine Beerdigungen statt, daher hatte ich den Friedhof so gut wie für mich allein. Bis eine Gestalt meine Aufmerksamkeit erregte. Obwohl der Mann sich unter mir auf dem Hügel auf einem Pfad befand, war es unmöglich, ihn zu übersehen. Er jonglierte mit der linken Hand drei Kiefernzapfen. In seiner anderen Hand hielt er die Hand einer Frau, die ihn um Haupteslänge überragte.

Peter und Penelope Silverman. Die Magier-Alchemisten.

26

Es war offensichtlich doch kein glücklicher Zufall, der mich an diesem Nachmittag auf den Friedhof geführt hatte. Als ich Peter und Penelope vor zwei Stunden verloren hatte, war ich nicht weit vom Eingang zum Friedhof entfernt gewesen. Sie mussten gesehen haben, dass ich ihnen gefolgt war, und sie hatten gewartet, bevor sie den Friedhof betreten hatten.

»Guten Tag«, rief ich zu dem Pfad unter mir auf dem Hügel hinab.

»Hallo!«, erwiderte Penelope meinen Gruß. Wenn ich nicht gewusst hätte, dass sie so erfolgreich darin war, ihre Rolle der Persephone auf der Bühne zu spielen, hätte ich geglaubt, dass sie sich ehrlich freute, mich zu sehen. Peter dagegen ließ die Kiefernzapfen fallen, mit denen er jongliert hatte.

Sie kamen quer über die Wiese und mit schnellen Schritten den steilen Hang zu mir hinauf. Peters Haar war jetzt nicht rot und stachelig, sondern mittelbraun und zurückgekämmt. Und anstelle seines leuchtend roten Anzugs trug er eine dezente Kombination aus Khaki-Hosen, Polo-Shirt und Slippern. Der Unterschied war so verblüffend, dass ich, wäre ich ihm auf der Straße begegnet, angenommen hätte, er sei ein Banker oder Steuerberater an seinem freien Tag, aber ich wäre nie auf einen Magier oder Alchemisten gekommen.

»Wir sind hier, um Verwandte zu besuchen«, erklärte Penelope. Im Gegensatz zu Peter sah sie ganz ähnlich aus wie ihre Bühnenpersönlichkeit, mit ihren perfekt gewellten, glänzenden Locken. Sie trug ein schwarzes Kleid mit Blumenmuster, das ihre hochgewachsene Gestalt auf elegante Weise einhüllte.

»Ich wusste gar nicht, dass Sie aus Portland stammen«, sagte ich. »Dann ist die Aufführung eine Art Heimkehr.«

»So etwas in der Art«, murmelte Peter und betrachtete mich eindringlich. »Geht es Ihnen gut?«

»Alles bestens. Es sind nur Frühlingsallergien. Ich bin auf dem Friedhof spazieren gegangen, habe aber keine Grabsteine mit dem Namen Silverman gesehen.«

»Es handelt sich um entfernte Verwandte mit einem anderen Nachnamen«, antwortete Penelope wie aus der Pistole geschossen.

Und sofort war die Familienverbindung da. Eins der Mausoleen, an denen ich vorbeigekommen war, gehörte der Familie Thorne. *Franklin Thorne.* Sie hatten ihren Besuch hinausgeschoben, als sie dachten, ich würde ihnen folgen. Warum wollten sie nicht, dass ich sie auf dem Friedhof sah? Dachten sie, ich würde Peter mit Franklin Thorne und damit mit der Beute in Verbindung bringen?

»Sie waren das«, sagte Penelope und sah mich mit einer Mischung aus Entsetzen und Wiedererkennen an. Die Göttin des Frühlingserwachens war zur Königin der Unterwelt geworden.

Mir schnürte sich die Kehle zu. Penelope musste wissen, dass Peter ein Alchemist war. Erkannten sie, dass meine Krankheit durch die Ausübung rückschreitender Alchemie verursacht wurde? Hatten sie sich, nachdem ich mich ihnen in meinem geschwächten Zustand gezeigt hatte, zusammengereimt, dass ich ebenfalls Alchemistin war, trotz meiner Lüge in Bezug auf schlimme Allergien?

»Zoe Faust«, fuhr sie fort, ohne den verwirrten Ausdruck auf Peters Gesicht zu beachten, »Sie sind der Grund dafür, dass die Polizei jeden Quadratzentimeter unserer Habe durchsucht hat.«

»Ich weiß nicht, wovon Sie …«

»Ihre billiges Imitat von Statue, Zoe. Der Gargoyle, den Sie ins Theater mitgebracht haben, war ein so miserables Werk, dass ein Stück von ihm abgebrochen sein muss.«

Ich erstarrte.

»Jetzt weiß ich«, fuhr Penelope fort, »wonach die Polizei gesucht hat.«

»Meine Statue?«, krächzte ich.

»Wallace Mason«, sagte sie, »dieser arme Mann, den jemand ermordet und in unseren Bühnenschrank geschmuggelt hat – die Polizei hat ein Fragment einer steinernen Statue in der Hand des Toten gefunden.«

Dorians Zeh. Da war er also geblieben.

Der Tote hatte ihn gehabt.

Auf dem Heimweg fuhr ich wie eine Wahnsinnige. Ich konnte ihn nicht auf andere Weise erreichen. Dorian hatte kein Handy. Nicht weil es lächerlich gewesen wäre, wenn ein Gargoyle ein Handy gehabt hätte – obwohl wir uns beide darin einig waren, dass auch das zutreffend gewesen wäre –, sondern weil er Mühe hatte, kleine Tastaturen zu benutzen, und Touchscreens reagierten nicht gut auf seine Berührung. Ich hatte einen Festnetzapparat, damit er andere anrufen konnte. Aber weil er angeblich nicht existierte und bei mir lebte, ging er nicht ans Telefon, wenn es klingelte.

Max erwartete mich auf der klapprigen Veranda.

»Es tut mir so leid, Zoe«, sagte er.

»Was tut dir leid? Was ist los?«

»Ich hatte wirklich gehofft, dass das Beweisstück zu etwas aus dem Theater passen würde, aber es ist nicht so. Sie werden jeden Moment hier sein. Ich musste es ihnen erzählen.«

»*Wem was erzählen?*«

»Von deiner Gargoyle-Statue. Die Leute von der Spurensicherung haben nach einem Beweisstück gesucht, das mit etwas zu tun hat, das der ermittelnde Beamte gefunden hat. Sie haben unter den Requisiten der Magier nichts Passendes gefunden. Aber dein Gargoyle ... die Magier haben gesagt, du hättest ihn ins Theater mitgebracht. Zoe, er könnte etwas mit dem Verbrechen zu tun haben.«

Die Welt um mich herum verschwamm, wurde wieder scharf und verschwamm aufs Neue. Sterne blitzten vor meinen Augen auf. Ich durfte nicht zulassen, dass ich das Bewusstsein verlor. Stattdessen konzentrierte ich mich auf Max' dunkelbraune Augen und versuchte, meinen Atem unter Kontrolle zu bekommen.

»Du verstehst das nicht«, sagte ich und hob die Stimme. Ich hoffte, dass Dorian mich im Haus hören und sich verstecken würde, statt sich in Stein zu verwandeln, sobald ein Gast auftauchte, wie er das für gewöhnlich tat.

»Dann erklär es mir doch.«

Ich öffnete den Mund, brachte aber kein Wort heraus.

»Was ist los mit dir, Zoe?«

»Ich muss reingehen.«

Max trat vor mich hin. »Das kann ich dir nicht erlauben.«

»Wie bitte? Das hier ist mein Haus.«

»Es ist ein Durchsuchungsbeschluss unterwegs.«

Ich umklammerte seinen Arm. »Du musst mich hineingehen lassen, Max. Meine Statue ist nicht einfach eine Statue.«

Max runzelte die Stirn, aber gleichzeitig nahm er meine Hand in seine und drückte sie sanft. »Unsere Leute verstehen sich darauf, vorsichtig zu sein. Sie werden die Statue nicht beschädigen. Aber wirklich, Zoe, ich hatte keine Ahnung, dass weltliche Dinge dir so viel bedeuten.«

Ich hatte Dorians Wünsche respektiert, seine Existenz niemandem sonst zu offenbaren, und ich hatte ihm zugestimmt, dass Geheimhaltung wichtig war. Aber dies war ein Notfall. Ich musste Max vertrauen.

»Du hörst mir nicht zu. Er ist keine Statue.« Ich holte tief Luft. Und noch einmal. »Er ist mein französischer Freund.«

»Oh, du meinst, du hättest ihn dir von deinem schüchternen Freund geborgt? Keine Sorge, er wird seine Statue nach Abschluss der Ermittlungen zurückbekommen.«

»Hör mir zu, Max. Die Dinge, die du deine Großmutter hast tun sehen, als du ein Kind warst, als sie im Rahmen ihrer Tätigkeit als Kräuterhändlerin Menschen geholfen hat – einiges davon hast du für Zauberei gehalten, bevor du zu dem Schluss gekommen bist, nicht daran zu glauben. Du hast dich geirrt. Es ist keine übernatürliche Magie, die Kräuterkundige und Alchemisten wirken, ihre Arbeit ist real. Alchemie hat die Statue zum Leben erweckt.« Ich hielt den Atem an und wartete auf seine Antwort.

»Zoe«, flüsterte Max. »Ich weiß, du stehst in letzter Zeit unter großem Stress mit dem Umzug, dem Kauf eines Hauses, das in größerem Umfang instandgesetzt werden muss, als du gedacht hat, und dann musst du auch noch mitten in der Nacht aufstehen, um für die Teestube zu backen. Es ist mir nicht entgangen, wie müde und krank du in letzter Zeit bist. Und aufgrund meiner Reise und meiner Arbeit war ich im vergangenen Monat nicht bei dir …«

»Ich verliere nicht den Verstand, Max! Ich versuche, mich dir anzuvertrauen und dir zu erzählen, was ich verborgen gehalten habe. Komm mit mir ins Haus. Ich werde es dir zeigen.«

Ich trat verzweifelt einen Schritt auf die Tür zu, aber Max' sanfter Griff um meinen Arm verwandelte sich in etwas Schraubstockähnliches. Er hielt mich fest und schüttelte den Kopf, und genau in dem Moment fuhr ein Streifenwagen vor und parkte in der Einfahrt.

Stumm starrte ich das Duo an, das auf uns zukam.

»Es wird einfacher sein«, sagte Max leise, »wenn du sie hineinlässt und ihnen die Statue übergibst. Ich werde dir Hilfe besorgen, Zoe. Wenn du dich jetzt gegen uns sperrst, machst du damit alles nur noch schlimmer.«

Ich schloss die Augen und atmete tief durch. Das hier konnte unmöglich wirklich passieren. Es war helllichter Tag, daher würde Dorian irgendwo im Haus sein. Ich konnte ihn nicht warnen. Sobald er Stimmen im Haus hörte, würde er sich in Stein verwandeln. Eine schutzlose, steinerne Statue, die die Polizei als Beweis mitnehmen konnte. Und je länger er versteinert blieb, umso schwerer würde es werden, ihn zu wecken.

Ich nickte benommen und schloss die Tür auf.

Die Polizei fand in der Küche neben dem Kühlschrank eine einen Meter große Gargoyle-Statue. Ihr fehlte ein kleiner Zeh, der zu dem Steinbröckchen passte, das Wallace Mason in der Hand gehalten hatte. Aber er war definitiv eine steinerne Statue, nicht das lebendige Geschöpf, von dessen Existenz ich wenige Sekunden zuvor versucht hatte, Max zu erzählen. Hilflos sah ich zu, wie Dorian aus dem Haus getragen wurde.

27

Saint-Gervais, Frankreich, 1860

»Non Degenera Alchemia«, las der alte Magier laut vor. Also irgendetwas mit Alchemie. Robert-Houdin hatte grundlegende Lateinkenntnisse, und er wusste über Alchemisten Bescheid. Er besaß sogar etliche Bücher zu dem Thema. Zwei Räume in seinem Haus waren als Bibliothek eingerichtet worden, angefüllt mit über tausend Bänden, die er zum Teil selbst angesammelt und zum Teil von Freunden geschenkt bekommen hatte. Er verschlang Bücher, wie manche Menschen Wein konsumierten. Bücher waren schon in jungen Jahren seine Obsession gewesen. Während seiner Ausbildung zum Uhrmacher hatte er eine Reihe Bücher darüber bestellt. Nach dem Eintreffen der Bücher hatte er das Einwickelpapier entfernt und festgestellt, dass ein Irrtum vorlag. Aber nicht wirklich ein Irrtum. Es war Schicksal. Statt Büchern über das Uhrmacherhandwerk hatte man ihm Bücher über das Wirken von Magie zugeschickt.

Und statt die Bücher zurückzuschicken, hatte er sie gelesen. Für den neugierigen Jungen eröffnete die Vorstellung von wahrer Magie eine ganze Welt von Möglichkeiten. Aber an den Stellen, an denen die Bücher die Technik von Zaubertricks erklärten, schien es Robert-Houdin, dass sie es nicht vermochten, die Tricks zu einer wahren Kunstform zu erheben. Warum war Magie eine Unterklassenunterhaltung, etwas für Gaukler auf den Straßen? Würde die bessere französische Gesellschaft nicht geschickt dargebotene Illusionen im Komfort eines Theaters zu schätzen wissen?

Von diesem Moment an existierte der Uhrmacher nicht mehr. Der förmlich gekleidete Bühnenmagier, der zum Paten der modernen Magie werden sollte, war geboren.

Er trat auf Bühnen in ganz Europa auf und verfeinerte seine Kunst. Er erzählte häufig von den schicksalsträchtigen Büchern, die ihn seiner wahren Bestimmung zugeführt hatten. Ob er wirklich an Schicksal glaubte, wusste er nicht, aber es ergab eine gute Geschichte. Deswegen schenkten ihm Freunde und Wohlmeinende häufig seltsame Bücher über eine breite Themenpalette. Alchemie war das seltsamste Thema, das man finden konnte, und daher hatten ihm mehrere Dutzend Bekannte im Laufe der Jahre Bücher über Alchemie geschenkt.

Aber *Non Degenera Alchemia* verzauberte ihn weit mehr als die anderen.

Er strich mit seinen runzligen Fingern über einen Holzschnitt von einer Weltkugel, die von Flammen umringt war. Ihm war vorher nicht aufgefallen, dass sie ein Antlitz trug. Das Gesicht schrie gequält.

Ein Klopfen an der Tür zum Salon erschreckte ihn. Er war so versunken gewesen in die wunderbaren und schrecklichen Illustrationen, dass er jedes Zeitgefühl verloren hatte.

»Nun, *mon amie*«, flüsterte er der steinernen Bestie zu, »unsere Illusion wird warten müssen.« Er schloss das Buch. Bildete er es sich nur ein, oder verschwand der Geruch von Verwesung, der den Raum erfüllte, sobald das Buch zugeschlagen war?

Als Robert-Houdin am folgenden Tag in den Salon zurückkehrte, lag das seltsame Alchemiebuch aufgeschlagen auf dem Beistelltisch. Er kniff die Augen zusammen. Seine Frau wusste, wie sehr er es hasste, wenn sie sich an seinen Büchern zu schaffen machte. Zumindest hatte sie die Statue nicht wieder verdeckt.

Er schaute zu den Uhren im Raum, die alle perfekt eingestellt waren, von der Standuhr neben dem Fenster bis hin zu der gläsernen Uhr auf dem Kaminsims. Drei Stunden bis zum Abendessen. Er würde nicht noch einmal zulassen, dass die Illustrationen ihn ablenkten. Er wollte einen Absatz finden, den er lesen konnte und der für sein Publikum mysteriös klingen und das Drama beisteuern würde, um seiner Illusion die Perfektion zu schenken, nach der sie verlangte.

Ah! Da war es! Er nahm zurück, was er über seine Frau gedacht hatte. Sie hatte – fast mit Sicherheit zufällig – eine Seite mit einem perfekten Textabschnitt ausgewählt. Es war fast so, als würde der Text nach ihm rufen …

Er schüttelte den Kopf und spürte dabei die Schmerzen des Alters. Als er das Buch in die Hände nahm, verringerte sich das Ungemach in seinen Gelenken, als würde das Buch selbst auf seinen Körper einwirken. *»Bof!«*

Im Alter entwickelte sich bei ihm definitiv eine lebhafte Fantasie. Es war nicht das Buch selbst. Es war die Vorfreude darauf, einen neuen Zaubertrick zu erschaffen, bei der er sich wieder jung fühlte.

Er formte mit den Lippen die lateinischen Worte auf der Seite. Drei Textzeilen. Eine eigenartige Kombination aus Worten, das konnte er erkennen, obwohl er das Lateinische nicht gut sprach. Er hatte natürlich in der Schule Latein gelernt, aber der Unterricht war so aufs Auswendiglernen konzentriert gewesen, dass er sich schriftliche Passagen eingeprägt hatte, ohne ihre Bedeutung zu verstehen. Er formte die Worte des ersten Satzes. Trotz seines Unvermögens, etwas zu verstehen, kam ihm die erste Zeile glatt über die Lippen. Er probierte es noch einmal. Ja, es gefiel ihm, wie es sich anhörte. Sehr theatralisch. Die beiden ersten Zeilen waren einfach, die letzte schwieriger. Er beschloss, es später noch einmal zu versuchen.

An diesem Abend stellte er nach dem Abendessen die Statue auf die kleine Bühne, die er in seinem Haus errichtet hatte. Der Automat würde eine Menge Arbeit erfordern, bis er fertig war, aber in der Zwischenzeit konnte er den Ablauf im Groben mithilfe der steinernen Bestie ausprobieren.

Allein in seinem Miniaturtheater leckte Jean Eugène Robert-Houdin sich die Lippen, betrachtete die leeren Stühle und las die Beschwörung vor. Seine Schultern sackten herab. Die Worte fühlten sich nichtssagend an, und zwar nicht nur, weil das Publikum fehlte. Die Worte waren unvollständig. Die beiden ersten Zeilen schrien danach, zusammen mit der nächsten gelesen zu werden. Er leckte noch einmal über seine trockenen Lippen und las die letzte Textzeile. Er verhaspelte sich in den fremden Worten.

Er drückte die Schultern durch und versuchte es noch einmal. Wieder erklangen die Worte nur stockend, als versuche er, rückwärts zu sprechen. Er kannte einen englischen Magier, der rückwärts las, um so zu tun, als beschwöre er den Teufel. Dieser lateinische Text weckte ein mindestens ebenso gefährliches Gefühl.

Noch einmal las er die Worte. Es ging besser. Sie fielen ihm mit jedem Versuch leichter. Nachdem er eine Weile geübt hatte, drehte er sich seitlich zu den leeren Sitzen, wandte sich der steinernen Skulptur zu und las die drei Zeilen zusammen.

Das schwere Buch wurde ganz leicht in seinen Händen, als sei eine Illusion mithilfe von Äther im Spiel. Verärgert schaute er auf. Es erlaubte sich gewiss jemand einen Scherz mit ihm und benutzte Angelschnur, die von der Decke herabhing, um das Buch anzuheben, ohne dass er den Mechanismus sah. Doch er konnte keine

Schnüre entdecken. Sein Augenlicht war nicht mehr so gut wie früher. Um sich davon zu überzeugen, dass ihm nichts entgangen war, hielt Robert-Houdin das plötzlich so leichte Buch in einer Hand und strich mit der anderen darüber. Seine Finger fanden keine Schnüre. Was für ein Zaubertrick war das?

Er schaute wieder zu dem steinernen Gargoyle hinüber – aber die Kreatur war verschwunden.

28

Dorian war fort, als Beweisstück von der Polizei beschlagnahmt.

Ich wusste nicht, wie mein Leben noch schlimmer hätte werden können. Man hatte mir meinen engsten Freund mit Gewalt genommen. Je länger er beschlagnahmt blieb, umso wahrscheinlicher war es, dass er auf ewig in unbeweglichem Stein gefangen sein würde. Der erste Mann, für den ich mich in den letzten Jahren interessiert hatte, hielt mich für verrückt. Ich war eine gescheiterte Alchemistin und außerstande, genug Gold zu erschaffen, um auch nur irgendeins meiner anderen Probleme zu lösen. Die Haare fielen mir aus. Und jetzt, nachdem ich jahrzehntelang keine Aufmerksamkeit auf mich gelenkt hatte, wurde ich zum zweiten Mal seit meinem Umzug nach Portland von der Polizei befragt.

Max drückte sich in der Nähe herum, während der ermittelnde Beamte mir einige Fragen stellte. Der mitleidige Ausdruck auf seinem Gesicht erleichterte es mir, Max zu ignorieren. Ich konzentrierte mich auf mein Gegenüber, während ich erklärte, dass ich die Statue ins Theater mitgenommen hätte, um den Magiern von meinem Geschäft zu erzählen, weil ich dachte, ihnen würden vielleicht einige meiner Waren als Requisiten gefallen. Die Magier würden meine Geschichte bestätigen. Ich hatte keinerlei Verbindung zu Wallace Mason, und ich hatte keine Ahnung, warum er sich für einen weggerollten, steinernen Zeh hätte interessieren sollen. Er war Schatzsucher, was also?, hatte er den Zeh für einen Schatz gehalten?

Wieder unterließ ich es, zu erwähnen, dass ich Wallace Mason und Earl Rasputin im Theater hatte herumschleichen sehen. Dieses Eingeständnis würde mehr Aufmerksamkeit auf mich lenken. Beachtet zu werden konnte ich mir nicht leisten. Beachtung würde die Polizei nur zu Vermutungen führen, die sie niemals glauben würden.

»Sie haben einen Mitbewohner?«, fragte der Detective. Ich sah ihn zum ersten Mal genauer an. So groß und dünn wie Ichabod Crane, mit einem ausgezehrten Gesicht und dunkel umschatteten, eingefallenen Augen, die den Look vervollständigten.

»Nein«, antwortete ich. »Ich hatte eine Weile zuvor angefangen zu kochen und noch nicht aufgeräumt.« Glücklicherweise hatte Dorian den Ofen nicht eingeschaltet, sonst hätte ich noch mehr Erklärungen abgeben müssen. Der Detective zog eine Braue hoch im Angesicht meiner schlampigen Haushaltsführung, schien meine Erklärung jedoch zu akzeptieren.

Ich brauchte nicht aufs Polizeirevier mitzukommen, um weitere Fragen zu beantworten, aber ich hatte den deutlichen Eindruck, dass sie nach möglichen Verbindungen zwischen mir und dem Opfer suchten.

Nachdem die anderen Beamten gegangen waren, blieb Max zurück. Der Ausdruck der Sorge auf seinem Gesicht war zu viel.

»Vielleicht könntest du dir ein paar Tage frei nehmen«, sagte er leise. »Die Teestube kann ein Weilchen ohne deine Backwaren überleben.«

»Entschuldige meinen Gefühlsausbruch.« Ich konnte ihm nicht in die Augen sehen. »Ich brauche einfach nur ein wenig Schlaf.«

»Vielleicht könntest du mit jemandem reden. Ich habe es gehasst, als das Department mich dazu gezwungen hat, mit einem Psychologen zu reden, aber ...«

Ich fuhr zu ihm herum. »Ich bin *nicht* verrückt.«

Erinnerungen fluteten meinen Geist mit dem, was verschiedene Gesellschaften im Laufe der Jahre mit »verrückten« Menschen gemacht hatten. Ärzte hatten geistige Erkrankungen auf viele unterschiedliche Weisen erklärt und behandelt. Was im 19. Jahrhundert »Hysterie« genannt wurde, war zu Beginn des 20. Jahrhunderts als »nervöse Beschwerden« bekannt geworden, vierzig Jahre später nannte man es einen »mentalen Zusammenbruch«, gefolgt von dem, was wir gegenwärtig als Depression kategorisierten. Viele der giftigen Drogen und körperlichen Traumata, die Patienten zugemutet wurden, schadeten mehr, als dass sie nützten.

Aber viele von uns, die geliebte Menschen in eine Institution einwiesen, taten das, weil wir ihnen wirklich helfen wollten. Als Ambrose nach dem Tod seines Sohnes zusammenbrach, wurden Psychiater immer noch »Irrenärzte« genannt, und ich hatte geglaubt, dass sie ihm helfen könnten, gesund zu werden oder ihn zumindest daran hindern, sich etwas anzutun, während er sich die Zeit nahm, die er brauchte, um sich von allein zu erholen. Eins der Gebrechen, die man bei Ambrose diagnostiziert hatte, war »dementia praecox«, ein Zustand, den man später als Schizophrenie kategorisierte. Ich hatte für ihn eins der humansten Irrenhäuser gefunden, die zu Beginn des 20. Jahrhunderts in Frankreich existierten. Charenton lag nur wenige Kilometer außerhalb von Paris, daher konnte ich Ambrose regelmäßig besuchen – bis er sich das Leben genommen hatte.

Ich beruhigte meine Atmung hinreichend, um weitersprechen zu können. »Ich habe lediglich versucht, meine emotionale Bindung an meine Statue zu erklären. Ich habe mich ein wenig hinreißen lassen.«

»Aber du hast gesagt …«

»Ich will allein sein, Max.«

Was ich *wirklich* wollte, war, zu versuchen, Max noch einmal die Wahrheit zu sagen. Aber so, wie er reagiert hatte, indem er mir nicht einmal eine Chance gelassen hatte, zu erklären, was ich meinte, wie hätte ich es da noch einmal versuchen können? Es schmerzte mich, dass seine Weltsicht, ganz gleich, wie viel wir gemeinsam hatten und wie sehr wir uns zueinander hingezogen fühlten, in so vielen wichtigen Bereichen so anders als meine war.

Selbst wenn Max mir zugehört hätte, kannte ich nicht die ganze Wahrheit darüber, was eigentlich los war. Warum hatte Wallace Mason Dorians steinernen Zeh umklammert?

Ohne Dorian fühlte sich das Haus seltsam leer an. Nach all diesen Jahren überraschte es mich, wie schnell ich mich daran gewöhnt hatte, mit jemandem zusammenzuleben. Dorian verließ das Haus zwar, wenn die Nacht am dunkelsten und stillsten war, zum Frühstück, zum Mittagessen und zum Abendessen war er aber immer da. Ganz zu schweigen von Tee, Appetithäppchen, Süßspeisen und Snacks.

Eine Träne rollte mir über die Wange, als ich bemerkte, was Dorian in der Küche zubereitet hatte. Der überaus aufmerksame Gargoyle hatte für mich ein lukullisches Abendessen mit meinem neuen Lieblingsgericht hergerichtet – Makkaroni mit geräucherten Paprika und »Käse« aus zu einer Creme verarbeiteten Nüssen. Wenn man rohe Nüsse mit reichlich Vorlauf einweichte und sie dann mit Wasser, ein wenig Salz und Zitronensaft mischte, erhielt man eine dicke Creme, die delikater war als die gehaltvolle Sahne, mit der Dorian früher gekocht hatte, bevor er bei mir eingezogen war. Mein alter Mixer war in den Händen des Gargoyles erheblich vielseitiger.

Ich rief Heather an und teilte ihr mit, dass ich krank sei und außerstande, am nächsten Morgen oder überhaupt auf absehbare Zeit für Blue Sky Teas zu backen, bis es mir besser ging.

Brixton würde sich fragen, was mit Dorian los war, da der Gargoyle der eigentliche Koch war, aber ich brachte es nicht übers Herz, es ihm zu erzählen. Vielleicht konnte ich herausfinden, was los war, und Dorian zurückbekommen, bevor Brixton erfuhr, dass er fort gewesen war.

Aber wie konnte ich Dorian zurückbekommen? Nachdem ich in der Küche aufgeräumt und mir einen heilenden Zitronenmelissentee zubereitet hatte, den ich regelmäßig trank, um die Nebenwirkungen der rückschreitenden Alchemie zu bekämpfen, versuchte ich zu schlafen. Ich scheiterte kläglich.

Es hatte keinen Sinn, im Bett zu liegen, ohne zu schlafen, während Dorian in einer Asservatenkammer der Polizei eingeschlossen war und langsam starb. Seine Gefangennahme verdeckte nur die wahren Motive und Hinweise, die Wallace Masons Tod umgaben.

Müde hievte ich mich aus dem Bett, schloss die Tür zum Keller auf und entzündete sämtliche Kerzen. Ich wusste nicht, was ich tun konnte, um Dorian zurückzuholen, aber sobald er wieder bei mir war, musste ich ein echtes Heilmittel für ihn gefunden haben. Ich konnte mich nur an die Hoffnung klammern, ihn aus dem Stein wecken zu können, nachdem er so lange darin erstarrt war.

Ich verdrängte alle Gedanken an Max. Die Absicht ist entscheidend in der Alchemie, und Konzentration ist der Schlüssel. Ich durfte mich nicht von meinem Bedauern wegen der Sache mit Max ablenken lassen. Vielleicht war es das Beste, dass er mir nicht geglaubt hatte. Wenn Max Dorian in seiner lebendigen Gestalt gesehen hätte, wie wäre er mit der Information umgegangen? Bei seiner Hingabe an die Regeln des Gesetzes? Hätte er Dorian entkommen lassen, oder hätte er ihn als Verdächtigen gefangen genommen? Ich wollte die Antwort auf diese Fragen gar nicht wissen.

Ich ging mit *Non Degenera Alchemia* zu dem besten Untersuchungsort im Labor, einem hölzernen Schreibtisch mit schräg gestellter Platte, der einst von Mönchen benutzt worden war, um Manuskripte zu bebildern. Der Schreibtisch war einer der hochkarätigen Gegenstände, die ich auf meiner Website anbot, aber bis er verkauft wurde, war er ein großartiger Bücherständer. Als ich meinen Platz vor den alten Seiten einnahm, die die Jahre so gut überstanden hatten, setzte ich alles daran, die morbiden Holzschnittillustrationen zu verstehen. Das Bild vor meinen Augen verschwamm, als ich den gegen den Uhrzeigersinn laufenden Kreis aus Bienen anstarrte. Unter meinem unfokussierten Blick vermischte sich die schwarze Tinte der toten Tiere zu einem rauchigen Nebel.

Mit einem Mal war ich hoch konzentriert.

Warum löste das Bild eine verstörende Erinnerung aus, sobald meine Sicht sich trübte? Ich betrachtete die Bienen, als könne die Intensität meines Blickes die Tiere mittels schierer Willenskraft einfangen. Die Erinnerung entschlüpfte mir jedoch wieder.

Ich musste nur kurz weg von dem Buch. Ich trat zurück und setzte mich vor den Tisch mit den gläsernen Gefäßen und dem Mörser mitsamt Stößel, die ich benutzt hatte, um Dorians Aschetee zu machen. Obwohl ich alles gut gesäubert hatte, konnte ich immer noch die Asche riechen. Rückschreitende Alchemie, die dafür stand, Feuer früh in der Verwandlung einzusetzen, brannte zu heiß.

Feuer und Asche.

Meine Lider fühlten sich schwer an.

Als ich wieder wusste, wie mir geschah, fiel schwaches Licht durch das schmale Milchglasfenster hoch oben in einer der Kellerwände. Es musste kurz nach Sonnenaufgang sein. Während ich versehentlich eingeschlafen war, hatten die Kerzen sich von selbst gelöscht, und das fahle Sonnenlicht war die einzige Lichtquelle im Raum.

Ein Schlingern in meinem Magen erinnerte mich daran, dass Dorian fort war, und ein Krampf im Nacken sagte mir, dass ich die ganze Nacht mit auf den Tisch gestütztem Kopf geschlafen hatte. Verdammt. Ich hatte mir solche Mühe gegeben, wach zu bleiben! Aber es liegt nicht in meiner Natur, im Dunkeln wach zu sein. Schon als kleines Kind hatte die Scharfsichtigkeit, die es mir erlaubte, Pflanzen zu verstehen, sich auf gleiche Weise auf meinen Körper ausgewirkt. Wenn Pflanzen schliefen, wurden meine Lieder schwer. Damals nannte man mich »einfältig«. Die Bewohner von Salem Village betrachteten es als Magie. Aber es ist keine Magie, die natürliche Welt wahrzunehmen. Wäre ich Ende des 20. Jahrhunderts geboren worden und so jung, wie ich aussah, wäre ich wahrscheinlich Botanikerin geworden. Wie die Dinge lagen, war ich eben Pflanzen-Alchemistin.

Die planetaren Zyklen und Licht und Dunkelheit wirkten sich nicht gleich auf alle Alchemisten aus. Als ich zu Beginn des 20. Jahrhunderts in Paris mit Ambrose zusammenlebte, flehte ich ihn an, ohne mich zu den *bal-musettes* zu gehen, da ich schlafen und meine Energien erneuern musste. Warum sollte meine Schwäche ihn davon abhalten, sich zu amüsieren? Er wollte jedoch nichts davon wissen. Er argumentierte damit, dass ich die beste Heilkundige weit und breit sei und in der Lage, mir ein energiespendendes Stärkungsmittel zu machen, um auszugehen und die ganze Nacht mit ihm zu tanzen. Für gewöhnlich hielt mich das bis Mitternacht aufrecht.

Ich öffnete die Kette meines Medaillons und betrachtete die Bilder darin – ein Schwarz-Weiß-Foto von Ambrose und ein Miniaturporträt meines Bruders. Ich hatte irgendwo ein größeres Foto von Ambrose. Ich hatte es so lange versteckt gehalten, weil es zu schmerzhaft war, täglich an meinen Verlust erinnert zu werden. Aber je länger ich darüber nachdachte, fand ich es nicht mehr angebracht. Plötzlich wünschte ich mir verzweifelt, dieses größere Foto zu finden.

Abgesehen von meinem Journal mit alchemistischen Notizen, habe ich nie ein richtiges Tagebuch geführt. Aber meine Notizbücher erfüllen so ziemlich den gleichen Zweck, denn sie enthalten gepresste Blumen, abgerissene Eintrittskarten, Skizzen und Fotos. Das Foto befand sich nicht in meinem Notizbuch aus dem Jahr 1935, dem Jahr von Ambroses' Tod. Auf der Suche nach der Fotografie verwüstete ich den Dachboden. Das Foto war jedenfalls nicht in einem präparierten Vogelskelett, einem Apothekerglas oder irgendeinem anderen Gefäß aus Glas. Es musste in einem meiner Notizbücher stecken. Eine halbe Stunde später fand ich es in einem handtellergroßen Skizzenbuch aus den 1950er-Jahren, dem Buch, das ich immer bei mir getragen hatte in den ersten Jahren, in denen ich in meinem brandneuen Trailer von Airstream, der jetzt sechs Jahrzehnte alt war, das Land bereist hatte.

Ambroses' freundliche Augen lächelten mich an. Nach seinem Tod hatte sein Bild mir viele Jahre lang Schmerz verursacht. Aber als ich es jetzt betrachtete, verspürte ich Hoffnung. Ambrose hätte mir gesagt, dass er an mich glaube.

Ich dachte daran zurück, woran ich gearbeitet hatte, bevor ich eingeschlafen war. Meine Augen waren glasig geworden, während ich auf diese Seiten von Dorians Buch gestarrt hatte. Nein, das stimmte nicht ganz. Sie waren nicht glasig geworden. Meine müden Augen hatten die Illustration verschwimmen lassen. Ganz ähnlich wie die verschwommenen Bilder aus dem deutschen Buch, das Ivan mir gezeigt hatte. Mich hatten zu viele andere Dinge abgelenkt, um Nachforschungen über dieses Fachbuch anzustellen. Ich hatte ihm keine Priorität eingeräumt, weil sein gelehrter

Autor offensichtlich keine Ahnung von der darin abgebildeten Illustration rückschreitender Alchemie gehabt hatte.

Aber was war mit dem Bild über die rückschreitende Alchemie *selbst* … ein Engel, der sich in Stein verwandelte? Oder war es ein steinerner Engel, der zum Leben erweckt worden war? Tod und Wiederauferstehung. Quecksilber und Schwefel. *Feuer und Asche.*

Ich musste mit Ivan reden. Jetzt war es noch zu früh, um mit ihm zu sprechen, aber nachdem ich meinen Garten gegossen und mir zwei Tassen Tee gemacht hatte, rief ich ihn an.

Einige Zeit später ging ich mit Dorians Buch zu ihm nach Hause, zusammen mit dem Ausdruck aus dem Buch über die Kunst der Alchemie, das er mir gezeigt hatte, mit dem verstörenden Bild des steinernen Engels, der Narren und der Bienen.

»Diese Substanz«, sagte ich und zeigte auf die rußigen Abdrücke am Rand der Seite. »Haben Sie irgendeine Idee, worum es sich dabei handeln könnte?«

»Nein«, antwortete Ivan kopfschüttelnd. »Aber ich mache mir ausführliche Notizen darüber, wo ich all meine Quellen finde.« Mit unsicheren Händen durchsuchte er ein elektronisches Dokument auf seinem Computer.

Einige Minuten später entdeckte er, wo sich das deutsche Buch befand, das ein Alchemie-Gelehrter aus dem 19. Jahrhundert geschrieben hatte. Ivan war auf eine digital archivierte Version einer tschechischen Universität gestoßen. Es war nicht viel darüber bekannt, aber die Notizen der Bibliothekarin, die es katalogisiert hatte, ließen vermuten, dass das Buch durch ein Feuer beschädigt worden war, und auf den Seiten war ein wenig Ruß zurückgeblieben.

Feuer und Asche.

»Sie haben doch einen funktionierenden Kamin, oder?«, fragte ich Ivan.

»Ist es kalt heute? Das ist mir gar nicht aufgefallen, da mir neuerdings immer kalt ist. Ich benutze den Kamin kaum. Möchten Sie, dass ich die Heizung aufdrehe?«

»Das habe ich nicht gemeint. Kann ich Ihren Kamin einmal sehen?«

Ivan warf mir einen seltsamen Blick zu, deutete aber auf das gegenüberliegende Wohnzimmer.

Ich nahm eine Handvoll Asche aus Ivans Kamin und ging damit zurück in sein Arbeitszimmer. Dort schmierte ich die Asche auf die Seite von *Non Degenera Alchemia,* auf der das Buch sich immer aufschlug, der Seite mit dem lateinischen Text, der Dorian hatte lebendig werden lassen.

»Was machen Sie da?«, rief Ivan. »Sie ruinieren das Buch!«

»Das glaube ich nicht.« Ich verteilte die kalte, graue Asche auf dem Papier. »Wenn ich recht habe, offenbare ich seine wahre Bedeutung.«

Ich hatte angenommen, dass die zerstörten, steinernen Gebäude, die in der *Nicht Unwahren Alchemie* abgebildet waren, genau das waren, was sie zu sein schienen: Ruinen, die Tod symbolisierten. Aber das war nur die halbe Geschichte. Tod und Wiederauferstehung. Das war es, was wir übersahen.

Vor unseren Augen machte die Asche die undurchsichtigen Seiten transparent. Auf dem durchsichtigen Papier schien die schwarze Tinte der hintereinanderliegenden Illustrationen durch. Die einzelnen Holzschnitte, die verlassene Landschaften mit zerfallenden Ruinen zeigten, waren nicht das, was sie zu sein schienen. Sie waren überhaupt keine Landschaften. Fünf Illustrationen waren hintereinander aufgereiht, und ihre einzelnen Teile ergaben ein zusammenhängendes Ganzes.

Die zerfallenden Überreste waren überhaupt keine Ruinen. Gemeinsam offenbarten sie ein einziges intaktes Gebäude.

Eine Kathedrale.

29

Hinter *Nicht Unwahrer Alchemie* steckte deutlich mehr, als ich vermutet hatte. Alchemisten liebten Codes und hatten sie zwangsweise in einer Zeit benutzt, in der sie verfolgt worden waren, aber auch, so vermutete ich, weil sie sich gern schlau fühlten. Ich hatte eine trickreicher verborgene Bedeutung entdeckt, als mir je untergekommen war. Die Holzschnittillustrationen waren nicht nur für sich genommen codierte Bilder, sondern funktionierten mit einem Auslöser.

Aber trotz meines Durchbruchs in dem Buch wusste ich nicht genug, um Dorian zu retten. Die Kathedrale hatte keine Eigenheiten, anhand derer man sie hätte identifizieren können. Es hätte eine von hundert Kathedralen sein können. Selbst wenn ich herausfinden könnte, welche es war, was würde mir das sagen?

Es war bereits mitten am Nachmittag, als ich nach Hause zurückkehrte, aber ich war vor Sorge zu krank gewesen, um etwas zu essen. Ich fiel zurück in alte Gewohnheiten. Also zwang ich mich, den Rest meines heilenden Zitronenmelissentees zu trinken, und ich fand Reste von einem Salat mit Linsen und Gurke. Mitsamt meinem späten Mittagessen setzte ich mich dann neben die Hintertür mit Blick auf meinen halb gedeihenden, halb geplünderten Garten und zwang mich zu essen. Bevor ich fertig war, hörte ich, dass jemand näher kam. Einen Moment später ließ Brixton neben dem Sitzplatz sein Fahrrad fallen.

»Solltest du nicht deiner Mom nach der Schule in der Teestube helfen?«

»Da es heute keine Backwaren gibt, ist kaum jemand da. Die Kleinigkeiten, die meine Mom zum Tee macht, sind nicht mal so gut wie die von Blue.«

»Komm herein, Brix. Ich muss dir etwas erzählen.«

»Mom hat gesagt, Sie seien heute zu krank, um zu backen, daher weiß ich bereits, dass es Dorian ist, der krank ist. Was ist diesmal mit ihm los? Ich dachte, Sie würden ihn heilen. Ich habe etwas Stumptown-Kaffee für ihn mitgebracht.«

»Das ist sehr aufmerksam. Aber er ist nicht hier.«

Brixton warf mir einen Blick zu, der vermuten ließ, dass mir ein zweiter Kopf gesprossen war. »Es ist heller Tag. Er muss hier sein.«

»Genau da liegt das Problem«, antwortete ich.

»Schwindet auch sein Geist langsam, und er irrt irgendwo herum? Wie ätzend. Warum sind Sie nicht unterwegs und suchen nach ihm?«

»Er ist nicht draußen. Die Polizei hat ihn beschlagnahmt. Meine steinerne Gargoyle-Statue ist ein Beweisstück.«

»Wie kann das sein?«, plusterte Brixton sich auf. »Hat man ihn irgendwo erwischt, wo er nicht hätte sein sollen und wo er sich in Stein verwandelt hat, um sich zu retten?«

Ich zwang mich, vor Brixton ruhig zu bleiben. »Du hast doch gesehen, dass sein linkes Bein schneller als der Rest von ihm wieder versteinert. Im Theater ist sein Zeh abgebrochen. Der Mann, der getötet worden ist, hatte ihn in der Hand.«

»Das ergibt doch keinen Sinn! Warum sollte er sich für ein Stückchen Stein interessieren?«

»Das weiß ich nicht. Aber Dorian ist jetzt ein Beweisstück in den Ermittlungen.«

»Sie wollen ihn befreien«, sagte Brixton. »Das ist Ihr Plan, richtig? Wir können ihn nicht dort lassen.«

»Ich habe keine Zauberkräfte, die es mir ermöglichen, in eine gesicherte Asservatenkammer zu spazieren.«

Brixton ballte die Fäuste. »Was sollen wir also tun?«

Ich zögerte. Obwohl Brixton die einzige Person war, mit der ich über Dorian reden konnte, war er doch immer noch ein halbes Kind. Er stand kurz davor, zum Mann zu werden, aber sein Verhalten erinnerte mich immer wieder daran, dass die Verwandlung noch keineswegs vollständig war. Ich konnte ihm nicht erzählen, dass ich mit Dorians Buch einen Durchbruch erlebt hatte, dass das aber nicht genug war. Dass ich die Hilfe von jemandem benötigte, der etwas von rückschreitender Alchemie verstand – sowohl um die Geheimnisse der *Nicht Unwahren Alchemie* zu entschlüsseln, als auch um die Ermittlungen im Mordfall abzuschließen, damit ich Dorian zurückbekam.

»Ich denke darüber nach, was wir tun können«, beteuerte ich. »Im Augenblick müssten einige Dinge im Haus erledigt werden. Bevor du gehst, kannst du die letzten Sachen aus dem Kühlschrank essen, die Dorian zubereitet hat.«

»Sie haben einen Plan, den Sie mir nicht verraten, nicht wahr? Deshalb wollen Sie, dass ich wieder gehe.«

»Ich erwarte einen Freund. Ich muss mich vorbereiten …«

»Sie erwarten einen *Freund*? Ist Ihnen Dorian denn völlig egal?«

»Natürlich nicht!«, blaffte ich. Es überraschte mich, wie weh seine Worte taten. »Genau deshalb besucht Tobias mich ja. Er ist ein Alchemist. Ich dachte, er könnte helfen.«

»Und ich dachte, Sie würden keine Alchemisten mehr kennen. Oder belügen Sie mich in allen Dingen? Nach dem, was Anfang des Jahres passiert ist, und nach Ethans und Veronicas *Scherz* dachte ich, Sie seien der einzige Mensch, dem ich vertrauen kann.«

Ich hatte auch Brixton verletzt. Er war von so vielen Menschen enttäuscht worden. Zu Jahresanfang hatte ihn nicht nur ein Mensch, dem er als Autorität vertraut hatte, verraten, die Abwesenheit seines Stiefvaters musste ihn auch schwer belasten. Er weigerte sich, über Abel zu sprechen, den verschwundenen Ehemann seiner Mom, daher kannte ich nicht die ganze Geschichte. Aber Brixtons Weigerung, über ihn zu sprechen, weckte in mir den Verdacht, dass nichts Gutes dahintersteckte.

»Ich habe Tobias gerade erst gefunden. Ich habe ihn vor langer Zeit gekannt, aber wir haben uns aus den Augen verloren, und bis gestern wusste ich nicht einmal, dass er noch lebt.«

Brixton blinzelte verwirrt. Für jemanden, der in der modernen Welt groß geworden war, war es ziemlich unglaublich, keinen Zugang zu jedem zu haben, den man finden wollte.

»Er trifft morgen in Portland ein«, fuhr ich fort. »Nur …«

»Was?«

Ich wollte sagen, dass ich, da Dorian fort war, nicht wusste, welchen Nutzen Tobias' Besuch haben würde. Stattdessen antwortete ich: »Ich wünschte, ich bräuchte nicht bis morgen auf Tobias zu warten.«

Sobald Brixton wieder weggefahren war, stieg ich auf den Dachboden und stöberte in einer Kiste, bis ich fand, wonach ich gesucht hatte. Ich hielt den Gegenstand hoch. Das Kupfer war nicht einmal angelaufen. *Perfekt.*

Ich wartete fünf Minuten, dann schlüpfte ich aus dem Haus. Ich schob *Accidental Life* in den Kassettenrekorder, um Mut zu fassen, dann fuhr ich zum Theater.

Das Tatortband war entfernt worden, und der SUV der Magier parkte vor dem Theater. Ich hämmerte gegen die Hintertür, bis Peter sie öffnete.

»Ich habe dir doch gesagt, dass du die Tür nicht öffnen sollst«, konnte man Penelopes gedämpfte Stimme hinter ihm vernehmen.

»Ich weiß, was Sie sind«, erklärte ich und schob mich an Peter vorbei in den dunklen Bereich hinter der Bühne und ging von dort aus weiter zur Bühne selbst, wo ich ihn deutlich sehen konnte. »Und ich weiß, was Sie hier machen. Ich bin nicht interessiert daran, Sie bloßzustellen. Es kümmert mich nicht, dass Sie hinter der Beute aus dem Zugüberfall her sind …«

»Ruf die Polizei, Pen«, sagte Peter. »Zoe Faust geht es schlecht. Ich vermute, sie leidet unter Wahnvorstellungen.«

»Hören Sie mich an«, ergriff ich erneut das Wort. »Wenn Sie mir helfen, werde ich der Polizei nicht verraten, dass ich den wahren Grund für Ihren Aufenthalt in der Stadt kenne …«

Ein Handy tauchte in Peters Hand auf. Seine Taschenspielertricks waren gut.

Penelope legte ihre Hand auf die von Peter. Ihre rot lackierten Nägel fingen das Licht ein, und einen Moment sah es so aus, als hätte sie ihre Fingerspitzen in Blut getaucht. »Wir werden die Polizei nicht verständigen.«

»Aber …«, protestierte Peter.

»Hast du nicht gehört, was sie gesagt hat? Sie weiß Bescheid, Peter. Ich konnte erkennen, dass sie Bescheid gewusst hat. Diese List mit dem Gargoyle …«

»Woher?« Die Ader in Peters Hals sah aus, als würde sie gleich platzen. Ich hoffte nur, dass er keinen Schlaganfall bekam, bevor er mir helfen konnte. »Woher haben Sie es gewusst? Ich habe Maßnahmen ergriffen, damit es sich niemand zusammenreimen konnte.«

»Es war ein guter Versuch, sich nie fotografieren zu lassen«, antwortete ich, »aber in einem Buch aus den 1970er-Jahren, in dem es um die Morde in Portland geht, ist ein Foto von Ihnen zu finden.«

»Verdammt. Ich habe mir so viel Mühe gegeben, diese Website zu löschen, aber ein echtes Buch ...« Er schüttelte den Kopf und schürzte die Lippen.

»Wie haben Sie es gemacht?«, fragte ich. »Es war rückschreitende Alchemie, nicht wahr? Ich verurteile Sie nicht. Das ist der Grund, warum ich denke, dass Sie mir helfen können ...«

»Ihnen *helfen?*« Er riss die Augen auf, dann wurden sie plötzlich schmal. Sein Mund klappte auf und zu, als ringe er um Worte.

»Lügen Sie mich nicht an!«, verlangte ich. »Ich habe nichts mehr zu verlieren.«

Während der nächsten Sekunden standen wir drei nur da, starrten einander an und verschafften uns ein Bild von den anderen.

Penelope räusperte sich. Der Laut hallte durch das leere Theater. »Tragen Sie unter Ihrer Bluse ein *Kettenhemd*?«

Das Kettenhemd war der Gegenstand aus meiner Kiste, und ich hatte es tatsächlich als Vorsichtsmaßnahme angelegt. Es mochte ein wenig verwegen sein, dass ich mich allein ins Theater gewagt hatte, aber wenn man einen Mann zur Rede stellte, der schon einmal getötet hatte, mitsamt seiner messerwerfenden Ehefrau, sollte man immerhin nicht *vollkommen* schutzlos da hineinmarschieren.

»Sind wir hier bei *Versteckte Kamera*?«, fragte Peter. »Wie Sie wissen, *hasse* ich Fotoapparate. Ich werde einem Fernsehauftritt niemals zustimmen.«

»Es interessiert mich nicht, was Sie getan haben«, wiederholte ich. »Ich werde Sie nicht anzeigen. Es würde auch gegen meine Interessen verstoßen, mich an die Polizei zu wenden.«

»Wir haben diesen Mann nicht getötet«, schaltete Penelope sich ein. »Das hat nichts mit der Beute zu tun. Wir machen nichts Illegales.«

»Das ist sogar noch besser«, spielte ich mit. »Dann wird es Ihnen nichts ausmachen, mir bei dieser Angelegenheit zu helfen.« Ich holte zwei Fotos aus Dorians Buch aus meiner Tasche. »Bitte.

Es ist wichtig. Es ist eine Frage von Leben und Tod, sonst würde ich Sie nicht darum bitten.«

Peters Gesichtsausdruck war jetzt noch verwirrter als zuvor. »Was hat das mit den Reichtümern zu tun, die mein Vater angeblich gestohlen hat?«

»Ihr *Vater*?«

»Franklin Thorne. Sie haben gesagt, Sie hätten mein Geheimnis enträtselt und wir seien nach Portland zurückgekehrt, um seine versteckten Schätze zu finden. Aber Sie kennen nur die halbe Geschichte. Das Geld interessiert mich nicht. Ich bin zurück, weil er unschuldig war. Ich will seinen Namen reinwaschen.«

30

Sie sind nicht Franklin Thorne?«, fragte ich.

»Wovon reden Sie da?«, gab Peter zurück. »Er ist 1969 getötet worden. Ich weiß, Theaterschminke kann Wunder wirken, aber denken Sie wirklich, ich sei fünfundneunzig?«

Peter Silverman war also *kein* Alchemist, der rückschreitende Alchemie benutzt hatte, um sich von einer Schießerei mit der Polizei zu erholen, nachdem er einen Menschen getötet hatte. Ich hatte die gleichen Vorurteile wie alle anderen. Ich sah, was ich zu sehen erwartete. Was ich sehen *wollte.*

Bevor mir eine Antwort einfiel, ergriff jemand anders die Initiative.

»Nie und nimmer!«, kam eine junge Stimme aus der Dunkelheit.

Brixton? Das konnte nicht sein. Er trat auf die Bühne, und das Quietschen der Gummisohlen seiner Sneakers war das einzige Geräusch in dem fast leeren Theater.

»Ich weiß nicht, wie du hierher kommst«, sagte ich, »aber wir gehen jetzt.« Ich fasste ihn am Oberarm, um ihn zurück nach draußen zu führen. »Entschuldigen Sie die Störung«, rief ich über meine Schulter.

Brixton machte sich frei. »Sie sollten besser auf die Rückbank

Ihres Wagens sehen, bevor Sie losfahren«, bemerkte er. »Ich hätte ein Axtmörder sein können! Wie dem auch sei, ich wusste, dass Sie irgendeiner Sache auf der Spur waren. Hallo, Leute, ich bin …«

»Du wirst ihnen *nicht* deinen Namen nennen«, unterbrach ich ihn scharf.

»Wie überaus mütterlich von Ihnen«, bemerkte Penelope. »Er ist zu alt, um Ihr Sohn zu sein. Jüngerer Bruder?«

»Nachbar«, korrigierte Brixton sie.

»Ich kann deine Gedanken lesen«, sagte Peter beiläufig, während er im Kreis um uns beide herumging, »es ist also nicht nötig, dass du mir deinen Namen freiwillig verrätst.«

»Sehr witzig«, konterte Brixton.

»Das finde ich auch, Brixton Taylor«, sagte Peter.

Brixton schnappte nach Luft.

»Hör auf rumzualbern«, verlangte Penelope. »Zoe hält uns für kaltblütige Mörder. Deshalb will sie nicht, dass wir den Namen ihres jungen Freundes erfahren.«

»Woher wussten Sie …«, begann Brixton.

»Sieh in deinen Taschen nach, Brix«, forderte ich ihn auf. »Ich wette, er hat deinen Schulausweis geklaut.«

»Wenn ich so etwas nötig hätte«, warf Peter ein, »wäre der Ausweis bereits wieder in seiner Tasche.« Seine anmutigen Schritte trugen ihn blitzartig über die Bühne, und er setzte sich auf den Boden und ließ die Füße über den Rand baumeln. »Ich sehe, wie argwöhnisch Sie beide sind. Ich kann Ihnen versichern, wir sind keine Mörder.«

»Und das sollen wir Ihnen glauben? Einfach so?«, fragte Brixton.

Peter tauschte einen Blick mit Penelope. »Da Sie die Wahrheit darüber wissen, warum ich hier bin, können Sie geradeso gut alles wissen.« Er zeigte auf die vordere Sitzreihe einige Schritte von ihm entfernt. »Wie wär's, wenn Sie es sich bequem machen würden?«

Brixton sprang von der Bühne und setzte sich vor Peter hin. Wenn ich ihn mir jetzt nicht über die Schulter warf, würde es mir nicht gelingen, ihn aus dem Theater herauszubekommen. Aber nun, da ich wusste, dass Peter Silverman kein skrupelloser Alchemist war, hatte sich die unmittelbare Gefahr zusammen mit dem Motiv, das ich mir zusammengereimt hatte, in Luft aufgelöst. Ich setzte mich neben Brixton.

»Was haben Sie da an?«, flüsterte Brixton. »Dieses Outfit ist noch schlimmer als die Jeans.«

»Vergiss es.« Ich zupfte an dem schweren Kettenhemd.

»Ich habe wegen der Missetat meines Vaters meinen Namen geändert«, erklärte Peter. Er jonglierte mit drei Tennisbällen in einer Hand, und seine Finger rollten die Bälle geschickt umeinander. »Meine Kindheit habe ich unter dem dunklen Schatten verbracht, der Sohn eines Mörders zu sein.« Binnen eines Herzschlags wurden aus den drei Bällen zwei. Einen weiteren Herzschlag später war ein Ball nur noch halb so groß wie der andere – Vater und Sohn.

»Das war aber noch nicht das Schlimmste«, ergänzte Penelope von der anderen Seite der Bühne. »Es war das Wissen, dass man Peters Vater hereingelegt hatte. Franklin Thorne war unschuldig.«

»Wie haben Sie es gemacht?«, fragte Brixton, den Blick seiner großen Augen starr auf Peter gerichtet. »Wie haben Sie Ihre Identität so vollständig löschen können? Ich meine, ich dachte wirklich, Sie wären so etwas wie ein Doppelgänger.« Brixton sah mich kurz an und überzeugte sich davon, dass mir klar war, dass er mein die Alchemie betreffendes Geheimnis für sich behalten würde. »In einem *Bibliotheksbuch* steht, er habe keine Kinder gehabt. Mein Freund Ethan ändert ständig Sachen auf Wikipedia, nur so zum Spaß. Aber ein Buch in einer Bibliothek?«

Natürlich änderte Ethan, der gelangweilte, privilegierte reiche Junge zum Spaß den Lauf der Geschichte. Aber selbst verlässlichere Bücher waren nicht die absolute Wahrheit. Ich hätte es besser wissen müssen, als das Buch für bare Münze zu nehmen. Aufgezeichnete Geschichte ist nicht objektiv. Jeder hat eine Agenda. Historiker bekommen meistens einen großen Teil der Geschichte richtig auf die Reihe, aber ich habe jede Menge Erlebnisse gehabt, die in Geschichtsbüchern anders dargestellt wurden, als sie in Wirklichkeit passiert waren.

»Ihr habt wirklich beide gedacht, *ich* sei der Mann auf diesem Foto?« Peters Blick huschte von mir zu Brixton. Es musste eine optische Täuschung sein, aber für einen Sekundenbruchteil glühten seine Augen rot. »Sie haben gedacht, ich könnte Ihnen dabei helfen, den Tod zu betrügen? Sie haben erwähnt ... was war noch gleich der Ausdruck? *Rückschreitende Alchemie*?«

»Ich habe versucht, so zu tun, als sei ich verrückt«, versetzte ich mit einem nervösen Lachen, »um Sie zu überrumpeln, damit Sie sich mir öffnen würden. Die Polizei hat meine Gargoyle-Statue beschlagnahmt, sie denken offenbar, ich hätte etwas mit der Sache zu tun. Ich hatte gehofft, Sie dazu bringen zu können, zu gestehen. Blöde Idee, ich weiß.«

»Blöd, in der Tat«, murmelte Penelope. Sie stolzierte über die Bühne, behielt mich dabei genau im Auge und blieb neben Peter stehen, der vorn auf der Bühne saß.

»Es ist wirklich verstörend, verdächtigt zu werden«, sagte ich. »Ich bin mir sicher, dass Sie sich das vorstellen können.«

»Ich kann mir erheblich mehr vorstellen als eine neugierige junge Frau, die sich die Haare weiß färbt, um Aufmerksamkeit zu erregen«, sagte Penelope. Sie seufzte, setzte sich neben Peter und ließ ihre langen Beine neben seinen hinabbaumeln. »Peter ist sein Leben lang vor einer Vergangenheit davongelaufen, an deren Geschehnissen er keinen Anteil hatte.«

»Wie sind Sie denn davongelaufen?«, wollte Brixton wissen.

»Ich hatte einen schlauen Rechercheur, der mir geholfen hat, mich selbst aus Franklin Thornes Geschichte herauszuschreiben«, erzählte Peter. »Auf diese Weise habe ich auch etwas über Betrug und Illusion gelernt, und das hat dazu geführt, dass ich Magier geworden bin. Der Spott, den ich als Junge ertragen musste, hat mich veranlasst, mich in Magie zurückzuziehen. Er hat mich gleichzeitig unsichtbar und machtvoll gemacht. Ich schätze, man könnte sagen, ich bin ein Magier wider Willen.«

Ich stöhnte. Bei jedem Schritt des Weges hatte ich nur das gesehen, was ich glauben wollte. Die Menschen missachteten alles, das nahelegte, ich sei älter als achtundzwanzig, weil es nicht in ihre Weltsicht passte, und ich war keinen Deut klüger. Weil *meine* Weltsicht Alchemie beinhaltete, hatte ich die Hinweise auf dieser Basis interpretiert. Aber Peter Silverman war kein jahrhundertealter Alchemist, der sich an altmodische Ideen klammerte; er war ein einsamer Junge gewesen, der nach Ideen aus der Vergangenheit gegriffen hatte, weil sie tröstlicher waren als seine reale Gegenwart.

Selbst das Thema Tod und Wiederauferstehung in der Aufführung mit dem Namen *Phantasmagoria* legte nicht zwangsläufig die Vermutung nahe, dass Peter rückschreitende Alchemie praktizierte. Das makabere Thema war quer durch Kulturen und Epochen verbreitet, und nur weil es im Moment in dieser Form nicht populär war, hatte ich meine eigenen irrigen Schlussfolgerungen gezogen. Die Kleinigkeiten, die er vorführte und die ich als Hinweise gedeutet hatte, waren lediglich die Tricks eines begabten Darstellers, der die Rolle des Prometheus spielte.

»Es geht nicht um große Veränderungen«, sagte Peter, »was zählt, sind die *kleinen* Veränderungen. Verschiedene Quellen mit winzigen Irrtümern zu füttern – jedes Mal mit einem anderen Irrtum. Das verhüllt alles.«

Ich hatte andere Kinder gekannt, die zu schnell groß werden mussten, so wie mein Bruder und ich. Jahre später war es leicht, zu vergessen, zu wie viel junge Menschen fähig waren, wenn man sie in widrige Umstände stürzte. Vor allem wenn Gleichaltrige sie mieden.

»Also haben Sie sich einfach selbst aus der Geschichte ausgelöscht?«, hakte Brixton nach.

»Nicht direkt. Reste über mich sind vorhanden. Zuerst wurde eine Behörde davon in Kenntnis gesetzt, dass in ihren Unterlagen ein Fehler war. Franklin Thorne hatte keinen Sohn, er hatte eine Tochter. Einer anderen Behörde wurde ein abweichendes Geburtsdatum genannt. Und wieder eine andere bekam eine Notiz über eine Auslandsadoption, es habe überhaupt keine leiblichen Kinder gegeben. Als meine Mutter einen Zusammenbruch erlitt, ist sie mit uns quer durchs Land umgezogen, um bei ihrer Schwester zu wohnen, meiner Tante, was mir eine weitere Gelegenheit lieferte. Sie gewöhnte sich an, wieder ihren Mädchennamen zu benutzen, Oakley, um sich von dem Thorne-Skandal zu distanzieren. Ich habe mich mit einem anderen Familiennamen in der Schule angemeldet. Zum ersten Mal war ich ich selbst.«

»Mega«, flüsterte Brixton.

»Was meinen Vornamen betrifft, so bin ich nicht als Peter zur Welt gekommen. Aber ich habe in der Highschool Peter Pan gespielt. Ich war klein, hatte aber mehr Muskelkraft als die Mitschülerinnen, daher haben sie mir die Rolle gegeben. Der Spitzname ›Peter‹ ist hängen geblieben. Und als ich achtzehn wurde, habe ich den Ehenamen meiner Tante angenommen, Silverman. Natürlich könnte jemand, wenn er *wirklich* Nachforschungen über meine Vergangenheit anstellt, dahinterkommen. Aber mir ging es mehr darum, den Alltag zu überstehen. Mit der Zeit vergaßen die Menschen mich. Aber ihn haben sie nie vergessen. Einen *Mörder*.«

»Aber selbst die Presse hat darüber berichtet, dass Franklin Thorne keine Familie habe, abgesehen von einer älteren, kinderlosen Schwester«, sagte ich.

Peter nickte. »An jenen ersten Tagen, genau. Ich erinnere mich gut daran. Meine Tante auf meines Vaters Seite war von einem wilden Beschützerdrang erfüllt. Sie hat die Sache in die Hand genommen und alle Anrufe der Presse entgegengenommen.« Er lachte sarkastisch. »Als Kind dachte ich, sie würde uns beschützen – meine Mom und mich. Aber sie hat nur sich selbst beschützt. Sie hat erzählt, er sei ein Einzelgänger gewesen und habe keine Familie gehabt. Sie wollte sich von ihm distanzieren und ihn nicht als sympathischen Familienvater erscheinen lassen. Sie hätte sich das sparen können. Sobald die Reporter ein wenig tiefer gegraben haben, haben sie uns gefunden. Es hat eine Ewigkeit gedauert, wiedergutzumachen, was ich ihretwegen durchlitten hatte.«

Wenn ich doch nur mehr Zeitungsberichte gelesen hätte! Dann hätte ich entdeckt, dass Franklin Thorne einen Sohn gehabt hatte. Es war das gleiche Problem, das ich mit Dorians Buch hatte. An mir wurde von zu vielen herumgezerrt. Die Notwendigkeit, die »schnelle Lösung« zu studieren, um Dorians unmittelbar bevorstehenden Tod zu verhindern, hatte mich davon abgehalten, tief genug in meine alchemistische Praxis einzutauchen, um echte Antworten zu finden.

»Aber meine Tante hatte alles falsch verstanden«, fuhr Peter fort. »Er war *unschuldig.* Sie haben gedacht, wir hätten diesen Mann getötet, um geheimzuhalten, dass wir hier sind, um die Beute aus dem Zugraub zu finden und für uns zu behalten?«

»Er und sein Freund waren Schatzsucher«, antwortete ich, »daher dachte ich, die beiden wären Ihnen auf die Spur gekommen.«

»Waren sie das?«, erwiderte Peter mit einem Achselzucken, »Ich habe nichts davon gewusst.«

»Warum denken Sie, ihr Dad sei unschuldig gewesen?«, fragte Brixton.

»Und wie, glauben Sie, können Sie ihn von dem Verdacht reinwaschen?«, ergänzte ich.

»So *reizend* dieses abendliche Zwischenspiel auch gewesen ist«, griff Penelope ein, »hätte ich selbst eine Frage. Nachdem jetzt Ihr großes Rätsel gelöst ist und Sie wissen, warum wir hier sind und dass wir keinen Grund hatten, jemanden zu töten – warum interessiert Sie beide das überhaupt?«

»Die Polizei hat meine Statue beschlagnahmt«, stieß ich mit zusammengebissenen Zähnen hervor, »und die Ermittler denken, die Statue könnte irgendwie mit dem Mord in Verbindung stehen. Ich stehe mit dem Mord in Verbindung, ob es mir gefällt oder nicht.«

»Der Mord«, sagte Penelope, »hat nichts mit uns zu tun.« Sie hielt inne, dann schüttelte sie den Kopf und fluchte. »Sie glauben, dieser arme Mann habe herausgefunden, dass Peter Franklins Sohn ist, und gedacht, Peter könne ihm mehr Informationen geben, die ihn zu der Beute führen würden?«

Peter jonglierte jetzt mit drei Orangen. Ich hatte keine Ahnung, woher sie gekommen waren, und ich war nicht einmal ganz davon überzeugt, dass Peter selbst es wusste. Der Ausdruck auf seinem Gesicht weckte in mir die Frage, ob das Jonglieren für ihn eine derart unbewusste Tätigkeit war, dass er es selbst gar nicht bemerkte.

»Wenn das wahr ist«, sagte Peter, »nehme ich an, Sie denken, das würde mir ein Motiv liefern. Aber ich habe ihn nicht getötet. Ich habe vor der Vorstellung an dem Abend überhaupt nicht gewusst, dass er hier war.«

»Zoe«, flüsterte Brixton mir zu, während Peter weiter schwadronierte. »Werfen Sie einen Blick auf Ihr Handy.«

Brixton hatte mir eine Textnachricht geschickt, vermutlich als diskreteste Methode, mir eine Botschaft zu übermitteln: *Wallace war als Schatzsucher in der Zeitung, erinnern sie sich? P & P müssen davon gewusst haben. Sie lügen.*

31

Ich las die Textnachricht und sah Brixton an. Seine Augen waren groß, und er versuchte, vielsagend eine Braue hochzuziehen, was ihm jedoch nicht gelang. Stattdessen zog er beide Brauen hoch. In dem schummrig beleuchteten Theater ließ ihn das aussehen wie einen irren Clown.

Ich schüttelte kaum merklich den Kopf. Brixton zog unbegründete Schlüsse, wenn er annahm, dass die Magier uns belogen. Menschen, die keine eigenen Ermittlungen anstellten, würden nicht zwangsläufig etwas über die Geschichte eines Mordopfers lesen. Eine ebenso vernünftige – oder, wie man vielleicht einwenden könnte, *vernünftigere* – Herangehensweise wäre es, die Sache der Polizei zu überlassen.

»Sie haben gefragt, woher ich wusste, dass mein Vater unschuldig war«, sagte Peter. Er jonglierte weiter, ließ dabei aber Brixton nicht aus den Augen. »Du hast dieses Buch gelesen, daher weißt du, dass der Räuber angeblich während der gesamten Sechzigerjahre des vergangenen Jahrhunderts unzählige Überfälle begangen hat. Aber der Schuldige ist erst bei diesem letzten Überfall überführt worden. Es gibt *keinen Beweis* dafür, dass mein Vater dieser Räuber war. Nur die Tatsache, dass die Polizei ihn an jenem Tag getötet hat.«

»Aber die Zeitungen …«, hob Brixton zu sprechen an.

»Ich habe mit ihm zusammengelebt«, blaffte Peter. Die Orangen, mit denen er jonglierte, flogen höher und erreichten jetzt fast den Steg über der Bühne. »Meinst du nicht, ich hätte das bemerkt? Er war Waldarbeiter und hat uns Kindern Spielzeuge gebaut. Wir hatten nicht viel Geld. Die Familie meines Vaters hatte einst Geld gehabt, Generationen vor meiner Geburt, aber so haben wir damals nicht gelebt. Er war ein einfacher Mann, der sich auf ehrliche Weise seinen Lebensunterhalt verdient hat. Es ist nicht fair, was mit ihm passiert ist.«

»Man hat Franklin Thorne beschuldigt, Arnold Burke, den Wachmann, kaltblütig getötet zu haben«, ergriff Penelope das Wort. »Aber in Wirklichkeit war Franklin ein Held. Burke war der Räuber.«

»Wieso haben alle es dann so falsch verstanden?«, fragte Brixton.

»Franklin Thorne und Arnold Burke haben sich ähnlich gesehen«, antwortete sie. »Ganz sicher nicht so ähnlich, wie Peter seinem Vater sieht. Aber beide Männer hatten Schnurrbärte und braunes Haar, und sie waren beide fast fünfzig Jahre alt. *Die Zeugen haben sie verwechselt.*«

»Berichte von Augenzeugen sind *immer* unzuverlässig«, sagte Peter. »Es ist das gleiche Prinzip, das Zaubervorführungen erfolgreich macht. Menschen sehen, was sie sehen wollen – und was man sie sehen *lassen* will. Niemand wollte glauben, dass ein vertrauenswürdiger Wachposten, der einst bei der Polizei gewesen war, in Wirklichkeit ein Meisterdieb war, daher haben die Leute es nicht gesehen. Aber die Wahrheit ist, dass mein Vater die Geisel des Wachpostens war, nicht umgekehrt.«

Es war eine allzu verbreitete Geschichte. Ich hatte sie im Lauf der Jahrhunderte auf der ganzen Welt erlebt. In vielerlei Hinsicht wurden die Gesellschaften der Welt fortschrittlicher, aber das war nicht eins dieser Gebiete. Doch es war ein Unvermögen aus edlen Beweggründen. Niemand wollte glauben, dass ein verlässliches Mitglied der Gesellschaft das Vertrauen anderer missbrauchen würde. Deshalb ergänzte unsere Fantasie die Leerstellen durch unzuverlässige, aber gut gemeinte Augenzeugenberichte.

»Im Polizeibericht stand«, fügte Penelope hinzu, »dass Franklin den Zug mit dem Waggon angehalten habe, und als der Wachposten ihn zur Rede stellte, habe Franklin ihn als Geisel genommen. Aber in Wirklichkeit war der Wachposten der Räuber. Auf diese Weise ist er mit so vielen Raubüberfällen durchgekommen. Als Franklin versuchte, den verbrecherischen Burke zu stoppen, wurde er selbst als Geisel genommen.«

»Burke entkam mit meinem Vater«, griff Peter die Geschichte auf, »aber die Polizei erwischte sie später am selben Tag. Bei dieser Gelegenheit kam es dann auch zu der Schießerei. Beide Männer wurden getötet, und meinem Vater hat man die Schuld an der ganzen Sache in die Schuhe geschoben, statt ihn als den Helden zu würdigen, der versuchte, den Juwelenraub zu verhindern.«

»Aber Sie *sind* hier wegen der Saphirkette, die gefunden wurde«, wandte ich ein.

»In gewissem Sinne ja«, bestätigte Peter. »Aber nicht wegen des Geldes. Ich hoffe auf einen Beweis, der zeigt, dass man die Kette in Arnold Burkes Versteck gefunden hat. Dann wird sich herausstellen, dass Burke der wahre Dieb war.«

»Wir sind gerade in Reno aufgetreten, als wir von der Entdeckung der Saphirkette erfuhren«, berichtete Penelope. »Wir hatten bis zum Ende des vergangenen Monats Engagements, planten aber sogleich, auch hier zu gastieren.«

»Sie wirken skeptisch«, bemerkte Peter. Zur Abwechslung einmal fehlte der sarkastische Unterton in seiner Stimme, die stattdessen jetzt einen resignierten Klang hatte. »Es ist ein Gesichtsausdruck, den ich gut kenne. Aber lassen Sie mich eine Frage stellen:

Die Juwelen sind identifizierbar. Absolut einzigartig. Wie könnte ich davon profitieren, wenn ich sie verkaufe? Ich würde nur die Belohnung ausgezahlt bekommen, und das ist nicht viel. Diese Schatzsucher machen das alles zum Spaß. Vielleicht sind einige von ihnen wegen der unerheblichen Belohnung hergekommen. Aber abgesehen von der Familie Lake, wäre ein Fund niemandem so wichtig wie mir. Niemandem.«

»Was haben Sie denn bisher herausgefunden?«, fragte Brixton. »Wird es Ihnen gelingen, den Namen Ihres Dads reinzuwaschen?«

Penelope nahm Peters Hand in ihre. Die drei Orangen, mit denen er jongliert hatte, fielen mir vor die Füße. Sie seufzte. »Unsere erste Spur war ein Reinfall. Wir dachten, das alte Haus des Wachpostens befände sich in dem Gebiet, das unter den winterlichen Niederschlägen gelitten hat. Auf einer Landkarte hat es danach ausgesehen. Aber die Wassermassen haben in dem Gebiet keinen großen Schaden angerichtet. Ich habe mich geirrt. Außerdem haben wir versucht, mit Julian Lake zu reden, aber er ist schon ziemlich alt und lebt extrem zurückgezogen, daher wollte er nicht mit uns sprechen.«

»Dann hatten wir so viel mit den Auftritten zu tun, dass uns die Zeit fehlte, über nächste Schritte nachzudenken«, sagte Peter. »Aber niemand ist motivierter als ich, die Wahrheit ans Licht zu bringen. Ich werde mein Ziel erreichen.«

Mich erfüllte eine Mischung aus Erleichterung und Enttäuschung. Es gab keinen gefährlichen Alchemisten in der Stadt, daher würde niemand mein Geheimnis aufdecken. Aber gleichzeitig konnte ich nicht mehr darauf hoffen, dass ich bei einem Kundigen, der etwas von rückschreitender Alchemie verstand, Hilfe in Dorians Buch finden würde.

Wenn Dorian nichts mit der Sache zu tun gehabt hätte, hätte ich mich in diesem Moment von Peter und Penelope Silverman verabschieden können. Ich wusste nicht, wie schwerwiegend der

Verdacht gegen mich war, aber ich wusste, dass Dorian jetzt im Zentrum der Ermittlungen stand. Das Motiv der Magier hatte sich in Luft aufgelöst, und Dorians steinerner Zeh in Wallace Masons Hand machte die Ermittlungen unübersichtlich. Da der Fokus auf Dorian die Tatsachen verschleierte, hatte ich wenig Hoffnung, dass die Ermittlungen schnell zu Ende gebracht werden würden. Ich bangte um meinen Freund, der sowohl in Stein als auch in Polizeigewahrsam gefangen war.

32

Am folgenden Morgen fuhr ich zum Flughafen, um Tobias Freeman abzuholen.

Ein praktizierender Alchemist war meine beste Hoffnung, Dorian zu retten. Doch je mehr ich von rückwärts gerichteter Alchemie gesehen hatte, umso mehr schwand meine Sicherheit, dass ein wahrer Alchemist helfen konnte. Darüber hinaus dämpfte meinen Optimismus die Tatsache, dass Dorian sich immer noch im Gewahrsam der Polizei befand. Jetzt war es vielleicht ohnehin zu spät, um ihm noch zu helfen, selbst wenn Tobias neue Einblicke in *Nicht unwahre Alchemie* gewann.

Doch ich freute mich trotzdem darauf, einen alten Freund wiederzusehen, der mich verstehen würde. Vor allem nach Max' Zurückweisung der bloßen Vorstellung, Alchemie könne es wirklich geben.

Ich entdeckte Tobias, als er langsam durch den gesicherten Bereich des Flughafens kam. Er war nicht mehr der ausgemergelte Mann, den ich als entflohenen Sklaven kennengelernt hatte, sondern ein muskulöser Typ, der hoch aufgerichtet einem älteren Paar bei seinem Gepäck half. Er zwinkerte mir von ferne zu, und seine braune Haut kräuselte sich um seine haselnussfarbenen Augen mit den goldenen Einsprengseln auf eine Weise, die mir sagte, dass er oft lächelte. Er wartete damit, mich zu begrüßen, bis er das alte Ehepaar ihrem erwachsenen Enkelsohn überlassen konnte.

»Zoe Faust«, sagte er kopfschüttelnd, »wie sie leibt und lebt.« Dann umarmte er mich stürmisch.

»Ich hätte nie gedacht, dass ich dich wiedersehen würde, Toby«, murmelte ich an seiner Schulter, während mir Tränen in die Augen stiegen.

»Hey«, sagte Tobias und ließ mich los. »Nicht nötig zu weinen. Aber warum denke ich, dass diese Tränen mehr mit dem Grund zu tun haben, aus dem du dich bei mir gemeldet hast, als mit meinem tatsächlichen Besuch hier?«

Ich wischte mir die Tränen von den Wangen. »Lass uns zuerst von hier verschwinden.«

Er grinste. »Ich *wusste* damals vor all jenen Jahren schon, dass du eine Alchemistin warst.«

Ich fasste ihn am Ellbogen und ging mit ihm in Richtung Parkhaus. »Ich habe es von dir nicht gewusst. Ich habe viele Jahre lang oft an dich gedacht. Meine Hoffnung war, dass du es nach Chicago geschafft hattest und in Frieden alt geworden warst, in einem Schaukelstuhl auf deiner eigenen Veranda. Du hast einmal gesagt, das sei dein Traum.« War dieser Mann, der aussah, als könne er die Hauptrolle in einem Actionfilm spielen, wirklich derselbe Mann, den ich vor so vielen Jahren gesund gepflegt hatte? Wären da nicht seine ungewöhnlichen Augen und seine vertraute Stimme gewesen, hätte ich es nicht geglaubt.

»Du hast nicht bemerkt, dass ich aufgepasst habe, was du in all diesen Wochen getan hast, in denen du auf mich achtgegeben hast.«

»Du warst kaum bei Bewusstsein.«

»Du warst mit größter Zielstrebigkeit darauf konzentriert, was du getan hast. Ich bezweifle, dass es dir aufgefallen wäre, wenn das Vieh vom Nachbarhof durchs Haus getrampelt wäre.«

»Netter Versuch. Ich erinnere mich daran, dass das passiert ist. Ich meine auch, mich daran zu erinnern, dass das Schwein – Charlene? – eine Vorliebe für dich entwickelt hat.«

»Charlene war ein nettes Schwein! Schweine sind schlau, weißt du. Ich denke, sie hat gespürt, dass ich krank war, und versucht, mich warm zu halten.«

Ich blieb am Eingang des Parkhauses stehen und drehte mich zu Tobias um. »Wenn diese Stimme nicht wäre, würde ich schwören, dass ich mir nur einbilde, dass du derselbe Mann wie damals bist.«

»Meine Stimme hätte mich fast in schreckliche Schwierigkeiten gestürzt.«

Ich zog fragend eine Braue hoch.

»Du hast recht damit, dass wir von hier verschwinden sollten, bevor wir reden«, sagte Tobias und betrachtete das graue, bedrückende Gebäude aus Hohlblocksteinen.

»Hier entlang.«

Tobias griff nach meinem Ellbogen und hielt mich fest. »Lass mich aussuchen.«

»Was aussuchen?«

»Ich wette, ich kann erraten, welches Auto dir gehört.«

»Als wir einander gekannt haben, gab es noch keine Autos.«

»Aber Autos haben Persönlichkeiten. Bring mich ins richtige Stockwerk, und ich rate, welches deins ist.«

»Ich bin dabei. Und das hier ist das richtige Stockwerk.«

»Ich bekomme drei Versuche, ja?«

»Irgendetwas sagt mir, dass du sie nicht brauchen wirst.«

Tobias ging direkt auf meinen grünen Chevy zu. Mein Truck war definitiv eins der ältesten Autos im Parkhaus. Ich sah einige andere aus den 1960er-Jahren, aber nichts außer meinem Pick-up aus den Vierzigern.

»So offensichtlich?«

»Ich könnte gemogelt haben. Du hast Myrrhe da drin. Wer hat

heutzutage noch Myrrhe? Ich kann es riechen. Ich hätte es trotzdem mit drei Versuchen erraten, auch ohne den Duft von Myrrhe.« Er zeigte auf einen schwarzen Ford Mustang. »Der da wäre meine erste Wahl gewesen. Du hast Fahrräder gehasst. Ich habe vermutet, dass du ein Automensch sein würdest. Aber Myrrhe?«

»Die ist gut als Lufterfrischer. Und du hast wirklich viel besser aufgepasst, als ich dir zugetraut habe.«

»Wenn man in Knechtschaft lebt«, antwortete er und lehnte sich mit einem Selbstbewusstsein an den Truck, wie ich es von einem Mann erwartet hätte, der mit persönlichen Dienstboten groß geworden war, »lernt man, wenig zu sprechen, aber alles zu sehen.«

Ich schloss den Wagen auf. Tobias stieß einen leisen Pfiff aus, als er einstieg.

»Hast du den Wagen selbst hergerichtet?«, fragte er.

»Ja. Wie du gesagt hast, ich bin ein Automensch. Die Herrichtung des Wageninneren und des Motors hat eine ähnliche Energie, einen ähnlichen Rhythmus wie die Arbeit in einem Alchemielabor.«

Er griff nach der Kassette, die aus dem Kassettenrekorder ragte. Ein Aufblitzen von Ärger – oder war es Verwirrung? – glitt über seine Züge. »Wenn du *gewusst* hast, was ich war, warum hast du dann nie versucht, mich zu finden?«

Ich runzelte die Stirn. »Ich wollte dich gerade das Gleiche fragen. Aber ich wusste nicht, was du warst, bis ich gestern dein Foto im Internet gesehen habe …«

»Diese *Kassette,* Zoe. Das ist mein Song. ›*Accidental Life*‹.«

Ich starrte ihn an. Plötzlich begriff ich den Grund für meine Liebe zu dem Song. »*Du* bist The Philosopher?«

Er erwiderte meinen schockierten Blick mit einem Grinsen. »Du hast es wirklich nicht gewusst?«

Deshalb hatte sich seine Stimme so vertraut angefühlt. Wie

Nach-Hause-Kommen. Ein Mann, der mir einst etwas bedeutet hatte und der zu einem Alchemisten geworden war. Ich schüttelte lachend den Kopf und spürte, wie mir erneut Tränen aus den Augen quollen. »Ich habe mich immer zu diesem Song hingezogen gefühlt, aber nie gewusst, warum.«

»Wirklich?«

»Als dieser Song herauskam, hättest du ungefähr hundert Jahre alt sein müssen.«

»Es war tatsächlich mein hundertster Geburtstag. Deshalb habe ich den Song geschrieben. Ich wusste, dass ich meine Freude über dieses ›Geschenk‹, wenn es denn eins war, niemand anderem mitteilen konnte, und ich brauchte ein Ventil, um damit fertigzuwerden. Ich habe mir nie träumen lassen, dass der Song Erfolg haben würde. Wenn man auf dem Weg zum Ruhm ist, wollen alle ein Stück von einem abhaben. Man hat keine Privatsphäre mehr.«

»Und man darf keine Geheimnisse haben – jedenfalls keine, von denen man will, dass sie Geheimnisse bleiben. Was sehr ungünstig ist, wenn man unsichtbar sein muss wie wir.«

Er nickte.

»Ich habe mich immer gefragt, warum The Philosopher nie einen neuen Song eingespielt hat.«

»Jetzt kennst du den Grund dafür. Es wurde darüber berichtet, dass er nach Mexiko gegangen sei, um sich selbst zu finden. Er war schließlich ein Philosoph.«

Ich schüttelte den Kopf und ließ den Wagen an. Wir kurvten schweigend durch das Parkhaus bis zur Ausfahrt.

»Auch wenn ich nicht gewusst habe, dass du zum Alchemisten geworden bist«, begann ich langsam, »du hast über mich Bescheid gewusst. Warum hast du dich nicht mit mir in Verbindung gesetzt? Hast du gedacht, ich würde dir nicht noch einmal helfen? Ich verstehe, dass du diese Zeiten hinter dir lassen wolltest …«

»Verflixt, Zoe. Das war es nicht. Du weißt, dass das andere Zeiten waren. Einmal habe ich tatsächlich versucht, dich zu finden. Ich hatte gehört, dass du nach Europa gegangen warst. Ich habe mich nie mit anderen Alchemisten eingelassen – das war größtenteils ein Haufen reaktionärer weißer Männer, insbesondere zu der Zeit. Schikanieren sie dich? Ist das der Grund, warum du so außer dir bist und warum du versucht hast, ein freundliches Gesicht aus deiner Vergangenheit zu finden?«

»Nicht direkt. Es ist kompliziert ...«

»Du sprichst in Rätseln.«

»Meine Geschichte wird mehr Sinn ergeben, wenn ich dir etwas zeigen kann, das ich in meinem Haus habe. Ein Alchemiebuch, das anders ist als alle anderen. Wir sind gleich da. Erzähl mir doch inzwischen, wie du zum Alchemisten geworden bist. Und hast du mittlerweile Kontakt zu anderen wahren Alchemisten?«

Tobias strich mit seinen langen Fingern über das Armaturenbrett bis zum Kassettenfach und schüttelte den Kopf. »Ich kenne keine wahren Alchemisten, jedenfalls nicht so, wie du es meinst. Die spirituellen Alchemisten sind in vielerlei Hinsicht verwandte Geister, aber sie interessieren sich dafür, ihre eigene Seele zu perfektionieren, sie suchen nicht nach dem Elixier des Lebens. Ich habe sie altern sehen.«

»Aber du hast mich in so kurzer Zeit durchschaut.«

»Ich habe vieles von dem beobachtet, was du mit Kräutern gemacht hast, um mir zu helfen, daher habe ich, als ich das nächste Mal krank wurde, nach Kräuterkundigen gesucht. Damals habe ich dann begriffen, dass niemand anders es so machte, wie du es gekonnt hast.«

»Jede Menge Kräuterkundige benutzen Familienbibeln und geben ihre eigene Energie in die Tinkturen, die sie kreieren, um Menschen zu helfen«, antwortete ich. »Was hat dich auf die Idee gebracht, das ich mehr tat? Ich war sehr vorsichtig ...«

»Das warst du allerdings. Aber nicht jedermanns Lieblingsbuch ist in einem seltsamen Code verfasst, und nicht jeder arbeitet nur dann, wenn er denkt, niemand sonst würde hinschauen. Ich bezweifle, dass es irgendjemand anderem aufgefallen ist.«

»Aber dir ist es aufgefallen.«

»Ich habe mir jahrelang nicht viel dabei gedacht. Dann, nachdem ich lesen gelernt hatte, habe ich alles gelesen. Ungefähr zehn Jahre nachdem du mich gekannt hast, fand ich ein Wort für das, was ich dich hatte tun sehen: Alchemie. Ich war fasziniert, denn du warst anders als alle anderen, die ich je gekannt hatte. Ich hatte das Glück, viele gute Menschen in meinem Leben kennenzulernen – Fluchthelfer, andere Sklavereigegner und einfach alte Leute, die nicht gern andere menschliche Wesen leiden sahen. Damals war die Alchemie ziemlich in Misskredit geraten, daher waren Bücher billig zu bekommen. Mir hat so viel von dieser Philosophie gefallen – das eigene Leben zu verwandeln. Das Unreine zu nehmen und es rein zu machen. Außerdem …« – er hielt inne und lachte sein tiefes Lachen – »… haben mich die Rätsel der codierten Bilder gereizt.«

»Du hattest schon immer Spaß an Rätseln.«

»Daran erinnerst du dich?«

»Ich hatte es bis gerade eben vergessen.«

»Ungefähr fünfzehn Jahre nachdem ich angefangen hatte, mit Alchemie zu spielen, hatte ich meinen Durchbruch.«

»Den Stein der Weisen und das Elixier des Lebens.«

Er nickte. »Ich habe mich selbst verwandelt, von dieser ausgemergelten, verängstigten klapprigen Gestalt zu einem spirituell und physisch gesunden Mann.«

»Du siehst großartig aus, Tobias.«

»Du siehst auch verdammt gut aus, Zoe. Früher warst du ebenfalls nur Haut und Knochen. Ich habe dich kaum je essen sehen, und du hattest immer dunkle Ringe unter den Augen. Aber obwohl du gesünder aussiehst als damals, ist da etwas …«

»Als du mich gekannt hast, hatte ich nicht das Gefühl, es zu verdienen, umsorgt zu werden.« Ich tastete nach meinem Medaillon. »Ich habe andere geheilt, aber nie mich selbst. Um mich selbst habe ich mich erst Jahrzehnte später gekümmert. Ein anderer Alchemist hat mir geholfen zu begreifen, dass ich, wenn ich andere heilen wollte, zuerst einmal mich selbst heilen musste.« Ich lächelte bei der Erinnerung. »Damals habe ich mich selbst verwandelt, indem ich gegessen habe, um auf meinen Körper achtzugeben. Ich habe mit den Pflanzen gekocht, die ich in meinem Labor benutzt habe.«

»Aber …«

»Aber was?«

»Ich kann erkennen, dass irgendetwas mit dir nicht stimmt, Zoe. *Du bist krank.*«

Ich warf einen verstohlenen Blick auf Tobias, als ich herunterschaltete und auf den Hawthorne Boulevard einbog. War es immer noch so offensichtlich? Ich dachte, es würde mir an diesem Tag besser gehen. »Das kannst du erkennen?«

Er zuckte die Achseln. »Ich helfe jeden Tag Menschen mit akuten Krankheiten. Du bist noch nicht in diesem Stadium, aber es sieht aus, als seiest du auf dem Weg dorthin. Es ist nicht nur deine teigige Haut, auch deine Jeans sind mindestens zwei Nummern zu groß. Das kann nicht gut sein.«

Ich seufzte. Wenn ich die Woche überlebte, würde ich einkaufen gehen. »Ich erhole mich von den Nachwirkungen einer anstrengenden Transformation.«

»Was immer das für eine Transformation ist, mit der du da derzeit herumpfuschst«, sagte Tobias, »du befindest dich in gefährlichen Gewässern. Du musst damit aufhören, bevor sie dich umbringt.«

33

Ich sollte kein Urteil fällen«, sprach Tobias weiter. Es war klar, dass er seine Anweisung von eben bereits bereute. »Ich habe dich seit zwei Leben nicht mehr gesehen. Ich weiß nicht, was mit dir los ist.«

»Du hast recht damit, dass ich krank bin«, bestätigte ich seine Vermutung. »Aber mach dir keine Sorgen. Es wird nicht mehr sehr lange dauern.« Ich sagte die Wahrheit. Ich würde entweder herausfinden, wie ich Dorian zurückbekommen und ihn heilen konnte, oder ich würde bei dem Versuch sterben.

»Ich habe mir immer eine Frage gestellt«, sagte Tobias. »Ich fühle mich mies, sie auch nur auszusprechen, da du für die Sache so viel von dir selbst aufgegeben hast …«

»Du kannst mich alles fragen. Du bist wahrscheinlich der älteste Freund, den ich habe.« Ich griff nach meinem Medaillon. Ich hatte so viele Menschen verloren, die mir am Herzen lagen. Es war schön, ausnahmsweise einmal jemanden wiederzufinden.

Als er erneut das Wort ergriff, war seine Stimme fast ein Flüstern und so leise, dass ich ihn im Verkehrslärm um uns herum kaum hören konnte. »Wir waren alle so arm.«

»Du hast dich gefragt«, sagte ich, »warum ich nicht einfach Gold hergestellt habe?«

»Nachdem ich weiß, was ich jetzt weiß, ist das eine naheliegende Frage.«

»Ich bin großartig in heilkundlicher Alchemie.«

»Pflanzenalchemie, ja.«

»Die Sache ist die …« Ich hielt inne, als ich in die Einfahrt einbog. »Ich habe nie den Bogen rausgekriegt, Gold zu machen.«

»Wirklich?«

Ich seufzte und schaltete den Motor aus. »Warum denken alle bloß, es sei einfach, Gold herzustellen?«

»Verdammt, *nichts* Lohnendes ist leicht zu haben.«

»Hast du vergessen, dass du mit der Frau redest, die dir das Leben gerettet hat?«

Er lachte herzlich. »Ich wünschte, ich hätte noch etwas Gold übrig, um mich dafür zu bedanken. Es sieht aus, als könnte dieses Haus einen erstklassigen Handwerker gebrauchen.« Er stieg aus dem Truck und beäugte die Plane, die einen beträchtlichen Teil des Daches abdeckte. Als er seine Reisetasche aus dem Wagen hob, fiel mir noch einmal sein Körperbau auf. Tobias war gleichzeitig derselbe gute Mensch, den ich hundertfünfzig Jahre zuvor gekannt hatte, und auch eine völlig andere Person.

Ich deutete auf das Dach. »Das ist der Grund, warum ich schlecht sitzende Kleider trage. Ein Wintersturm hat einen Teil des Hauses zerstört und die meisten meiner Kleider ruiniert. Ich hatte noch keine Zeit, etwas einzukaufen, das richtig passt.«

Ich führte ihn ins Haus. Tobias ließ seine Tasche neben dem grünen Samtsofa fallen und folgte mir in die Küche. Aus reiner Gewohnheit sah ich mich nach Dorian um, obwohl ich wusste, dass er am anderen Ende der Stadt bei der Polizei war. Der Gargoyle befand sich entweder in einer Asservatenkammer oder in einem Labor, in dem man ihn auf Spuren untersuchte. Wenn ich ihn je wiedersah, würde er mir ewig damit in den Ohren liegen.

»Suchst du nach jemandem?«, fragte Tobias. »Lebst du hier mit jemandem zusammen?«

»Das«, entgegnete ich, »ist eine kompliziertere Frage, als dir bewusst ist. Lass uns zuerst etwas zu uns nehmen. Kaffee oder Tee?«

»Mir ist noch kein Alchemist begegnet, der Kaffee ertragen konnte.«

»Wenn ich es recht bedenke, glaube ich, trifft das wirklich zu.« Ich öffnete die Vorhänge, stellte den Herd an und stellte den Kessel auf die Flamme. »Aber diese Espressomaschine gehört nicht mir.«

»Oh, der mysteriöse Mitbewohner.« Tobias trat vor die Espressomaschine und atmete tief ein.

»Du hast gesagt, du magst keinen Kaffee.«

»Ich habe nicht gesagt, dass ich Kaffee nicht *mag.* Ich habe gesagt, dass ich ihn nicht trinken kann. Der Duft von Kaffee ist eins der schönsten Dinge auf Erden für mich. Manchmal koche ich mir eine Kanne als Zimmerduft. Aber als ich das letzte Mal vor Müdigkeit fast umgefallen bin und einen doppelten Espresso getrunken habe, war ich tagelang wach.«

»Die Spuren von Koffein in Schokolade sind das Äußerste, was ich verkraften kann«, pflichtete ich ihm bei. »Mir war nicht bewusst, dass metallurgische Alchemisten empfindlich gegen Pflanzenkomponenten sind.«

»Ich bin vor allem ein spiritueller Alchemist. Konntest du das dem Text von *The Accidental Life* nicht entnehmen?«

»Aber du hast davon gesprochen, dass du Gold hergestellt hast.«

»Ich bin so eine Art Generalist geworden – zwangsläufig. Bist du in letzter Zeit mal in Detroit gewesen? Dort braucht die Bevölkerung alle Hilfe, die sie bekommen kann.«

»Du hast in deiner E-Mail nicht erwähnt, was du dort tust. Du hast gesagt, du würdest Menschen mit akuten Krankheiten helfen, und mir ist aufgefallen, dass du einen Blutstein an einer Halskette trägst. Lass mich raten. Arzt in der Notaufnahme?«

»Sanitäter. Die Zeugnisse dafür sind leichter herzustellen, als wenn ich ein Arzt wäre, aber ich bekomme trotzdem die Gelegenheit, Menschen zu heilen. Einige der Leute, die im Krankenwagen mit mir fahren, waren argwöhnisch, weil ich immer eine Tasche mit Kräutermitteln bei mir hatte, aber seit ich einmal einen Mann mithilfe von Cayennepfeffer davor bewahrt habe zu verbluten, lassen sie mich deswegen in Ruhe.«

»Autsch. Das hast du aber nicht von mir gelernt. Ich bevorzuge weniger schmerzhafte Methoden, um Blutungen zu verlangsamen.«

Tobias entfernte sich von der Espressomaschine und schaute vorbei an dem Kräuterkasten hinter dem Fenster in den Garten. »Dein Garten ist gleichzeitig ein Medizinschrank und der Traumgarten eines Kochs.«

»Apropos, hast du schon gefrühstückt?« Ich nahm einen Kupferdeckel von einem Teller mit etwas aus der Form geratenen Blaubeer-Scones, Küchlein aus Hafermehl und Nüssen sowie Muffins aus Vollkornmehl und drei verschiedenen Samen. Dorian brachte die ästhetisch weniger ansprechenden Backwaren von Blue Sky Teas immer mit nach Hause. Er war davon überzeugt, dass nur perfekt geformte Kreationen würdig waren, in der Teestube an Kunden verkauft zu werden. Ich persönlich bevorzugte die fehlgeformten Küchlein. »Sie sind alle vegan. Und in keinem davon ist Kaffee.« Auf mein Beharren hin hatte Dorian aufgehört, Espresso-Ingwer-Kekse zu backen, die genauso aussahen wie Schokoladenkekse. Der Ingwer überlagerte den Geruch von Kaffee, und ich hatte mehr als einmal versehentlich an einem solchen Keks geknabbert.

Doch Tobias achtete nicht auf den Teller. Er starrte immer noch aus dem Fenster. »Was ist mit dieser Ecke des Gartens passiert?«

Er deutete mit dem Kopf auf den Bereich, den ich abgeteilt hatte, um Dorians lebensrettenden Tee zu machen.

»Das ist es, worüber ich mit dir reden wollte. Es ist …« Der Kessel gab sein schrilles Pfeifen von sich. »Wie wär's, wenn wir uns eine Kanne Tee aufgießen? Dann hole ich das Buch, das ich dir zeigen wollte, und erkläre alles.« Ich öffnete den Schrank, in dem sich eine Ansammlung von Lose-Blatt-Tees befand. In einigen Gläsern waren von Hand getrocknete Kräuter.

Tobias wählte eine Blumenmischung aus Gelbwurzel, Ringelblume und Kamille aus. Die Küche war gerammelt voll mit frischen und konservierten Speisen, und für einen Küchentisch war kein Platz übrig geblieben, daher ging Tobias mit dem Teller voller Frühstücksküchlein zu dem Esstisch in dem großen Wohnzimmer, von dem ein Teil als Esszimmer diente. Ich brachte eine dampfende Teekanne zusammen mit zwei Tassen, die ich mir an die Finger gehängt hatte, an den Esstisch aus massiver Eiche, dann ging ich Dorians Buch holen.

Tobias biss gerade in einen zweiten missratenen Keks, als ich mich an den Tisch setzte.

»Wenn man einmal von ihrer seltsamen Form absieht, sind diese Haferkekse der Himmel auf Erden, Zoe. Der Himmel auf Erden.« Er stieß einen zufriedenen Seufzer aus, während er mit seinen schwieligen Fingerspitzen über die Tischkante strich. »Und dieser Tisch ist älter als ich.«

»Nicht ganz. Ich habe ihn von einem Mann gekauft, der ihn in Frankreich geschreinert hatte, kurz nachdem die Sklaverei abgeschafft und meine Anwesenheit in den Staaten nicht mehr nötig war.«

»Du wirst immer noch gebraucht, Zoe. Ich habe mir so viele Male gewünscht, dich in meiner Nähe zu haben … und jetzt …«, er klatschte in die Hände, »ist es dieses alte Buch, das dazu führt, dass du heute so krank und traurig aussiehst?«

Zusätzlich zu diesem gefährlichen Buch über rückschreitende Alchemie auch ein Toter, ein sterbender Gargoyle und eine verschwundene Beute … »Ich weiß nicht, wo ich anfangen soll«, sagte ich.

»Aber ich weiß es«, unterbrach mich eine tiefe Stimme mit französischem Akzent. »Sie braucht meinetwegen Hilfe.«

34

Saint-Gervais, Frankreich, 1860

Unter dem mondhellen Himmel hätte man den Schatten, der langsam über das Dach kroch, vielleicht irrtümlich für einen Mann halten können. Aber dieser Mann war kleiner als die meisten – und hatte Flügel.

Jean Eugène Robert-Houdin fragte sich, ob seine Jahre des Erschaffens von Illusionen seinen Verstand getrübt hatten. War die Annahme, er habe einen steinernen Gargoyle ins Leben gerufen, ein Anzeichen von Wahnsinn? Die Kreatur wirkte so echt! Aber vielleicht war es eine Illusion. Gerade er wusste um die Macht von Illusionen. Sie überzeugten den Geist davon, dass das Unmögliche wahr war. Dies musste ein kunstvoller Streich sein, eigens dazu konstruiert, ihn zu narren. Ja! Genau das war es, denn welche andere Erklärung konnte es geben?

Es kostete ihn mehrere Tage, seine Meinung zu revidieren. Es gab keine Illusion auf Erden, die das lebende, atmende Geschöpf erklären konnte, das Antworten bei ihm suchte, die er nicht hatte. Nichts außer der Möglichkeit, dass das Alchemiebuch, aus dem er vorgelesen hatte, *echte* Magie enthielt.

Seine Frau hatte eine starke Konstitution, daher erwog Robert-

Houdin, das Geheimnis mit ihr zu teilen. Aber er wusste, was sie tun würde. Sie würde sagen, es sei das Werk des Teufels, und den Gargoyle wegschicken. Aber Robert-Houdin wusste, dass die Kreatur kein Teufel war. Er war so unschuldig wie seine eigenen Kinder bei ihrer Geburt.

Die Kreatur weinte nicht wie ein Baby, war aber in anderer Hinsicht einem Kind sehr ähnlich. Der Gargoyle verlangte nach Nahrung und Aufmerksamkeit wie alle Neugeborenen.

Doch im Gegensatz zu einem Neugeborenen sprach der Gargoyle ein wenig Latein und besaß einen scharfen Verstand. Obwohl Robert-Houdins eigenes Latein jämmerlich war, hatte er zumindest so viel von dem verstanden, was sein Gargoyle sprach. Die Existenz der Kreatur ließ sich unmöglich leugnen, trotzdem wollte er das Geschöpf nicht an eine Monsterschau abtreten. Er würde es als sein eigen Fleisch und Blut großziehen. War es nicht sein eigenes Werk, das den Gargoyle ins Leben gerufen hatte?

Aber es würde nicht angehen, ihn weiter »Kreatur« oder »Geschöpf« zu nennen.

»Dorian«, entschied Robert-Houdin. »Ich werde dich Dorian nennen.«

Für seine Familie sah es so aus, als würde Jean Eugène Robert-Houdin sich bewusst isolieren, während er in aller Heimlichkeit an der größten Illusion seiner Karriere arbeitete. Niemand durfte seine Werkstatt betreten. Niemand. Unter gar keinen Umständen. Wenn jemand es wagte, ihm zu trotzen, würde er aus seinem Testament gestrichen werden.

Überflüssig zu sagen, dass alle gehorchten.

In der Abgeschiedenheit seiner Werkstatt unterrichtete der alte Magier Dorian, den er inzwischen als Dorian Robert-Houdin ansah. Dorian lernte schnell mehrere zusätzliche Sprachen und zeigte auch herausragende Leistungen in Bühnenmagie.

Anders als die meisten Männer, die in Abgeschiedenheit arbeiteten, vergaß Jean Eugène Robert-Houdin nicht zu essen. Wenn überhaupt, bemerkte seine Familie, dass sein Appetit sich verdoppelt hatte, vielleicht sogar verdreifacht. Hinzu kam, dass er ein mäkeliger Esser geworden war und auf Speisen von höchster Qualität bestand.

In Wahrheit hatte Robert-Houdins Appetit abgenommen, als er die Bedeutung dessen, was er getan hatte, begriff, und es scherte ihn nicht, was er aß. Es war Dorian, der einen übermäßigen Appetit hatte und sich nach delikaten Mahlzeiten verzehrte. Wenn man ihm nicht die feinsten Speisen servierte, schlich er sich des Nachts hinaus, um selbst nach eben solchen zu suchen. Es würde nicht angehen, dass andere Dorian zu Gesicht bekamen, daher sorgte Robert-Houdin dafür, dass er dem Gargoyle seine Lieblingsspeisen anbieten konnte.

Auf diese Weise wurde die einzigartige Persönlichkeit des Gargoyles offenbar und überzeugte Robert-Houdin davon, dass Dorian ebenso ein Mensch war wie jeder andere. Robert-Houdin war glücklich darüber, dass einige von Dorians Vorlieben seinen eigenen ähnelten. Wie sein Vater – denn als solchen betrachtete Dorian den Mann, der ihm das Leben geschenkt hatte – verschlang Dorian großartige Bücher. Schriftsteller wie Flaubert, Baudelaire, Molière und Dumas eröffneten ihm eine vollkommen neue Welt. Er wuchs zu einem regelrechten französischen feinen Herrn heran.

35

Ich sprang auf. »Dorian!«

Der Gargoyle kam mit einem so deutlichen Humpeln die Treppe herab, dass es wehtat, es mit anzusehen. Er trat gern als selbstbewusster Herr auf, daher wusste ich, wie sehr es ihn emotional schmerzte, derartige körperliche Schwäche zu zeigen. Die Notwendigkeit, so lange in Stein zu verharren, musste seinen Rückfall zurück in Stein beschleunigt haben.

Als er auf der untersten Treppenstufe ankam, schlang ich die Arme um ihn. »Du bist entkommen!«

Tobias kam besser mit dem Auftauchen eines lebenden Gargoyles zurecht, als ich mir hätte erhoffen können. Er zerbrach nur eine einzige Tasse, als er sich vom Tisch abstieß und aufstand, um in eine Abwehrhaltung zu kommen. Der Esszimmerstuhl aus solider Eiche blieb unversehrt, als er mit großem Schwung hinter ihm umkippte.

»Hab keine Angst«, sagte ich. »Er ist ein Freund.«

»Ah.« Tobias kicherte nervös. »Du lenkst ihn wie Georges Méliès, nicht wahr?«

»Nicht direkt«, antwortete ich. »Er ist kein Automat.«

Tobias' Miene umwölkte sich. »Verdammt, Zoe. Womit pfuschst du herum? Du kannst einen Homunkulus nicht kontrollieren.

Sicher weißt du das. Brauchst du meine Hilfe, um ihn zu töten? Warum hast du das nicht von Anfang an gesagt?«

Dorians Augen weiteten sich bestürzt. »Zoe?«

»Niemand bringt hier irgendjemanden um«, verfügte ich.

»Sicher?«, fragte Tobias.

Dorian kniff sich in die Wulst seiner Schnauze und schüttelte den Kopf. »Ich bin weder ein Homunkulus, noch bin ich ein Golem, ein Roboter oder ein Automat. Ich bin ein Gargoyle.«

Tobias nahm Kampfposition ein, während er Dorian anstarrte.

»Tobias Freeman«, sagte ich, »ich möchte dir Dorian Robert-Houdin vorstellen.«

»Einen in Stein gefangenen Mann?«, fragte Tobias, und seine Schultern entspannten sich ein klein wenig.

»Er ist eine gute Seele«, sprach ich weiter. »Ihr zwei gehört zu den besten Männern, die ich im Lauf meines Lebens kennengelernt habe.«

Tobias trat zögerlich vor, dann hielt er Dorian die Hand hin.

»Wir sind uns nicht sicher, *was* ich bin«, erklärte Dorian, »doch ich weiß Ihre Geste der Freundschaft zu schätzen und werde sie erwidern.«

Der ehemals steinerne Gargoyle und der ehemalige Sklave schüttelten einander die Hand.

»Erstaunlich«, sagte Tobias, als er Dorians raue, graue Haut berührte. »Und du fandest nicht, dass dieser kleine Mann eine Erwähnung wert gewesen wäre, Zoe? Meiner Meinung nach hätte es das Erste sein sollen, von ihm zu erzählen, als wir durch deine Tür getreten sind.«

»Da wir gerade davon sprechen …« Ich lief durchs Haus, um mich davon zu überzeugen, dass alle Vorhänge zugezogen waren, und kehrte eine Minute später atemlos zurück. »Es ist nicht mehr sicher, hierzubleiben.«

»Wo hast du mich da hineingezogen, Zoe?«

»Wir sollten es ihm erzählen«, sagte Dorian mir, dann sah er zu Tobias auf. »Ich halte Sie für vertrauenswürdig, Monsieur Alchemist.«

»Du hast gehört, wie er deine Backkünste gepriesen hat, hm?«, sagte ich. Wenn der Gargoyle weiterhin ein Lob seiner Kochkunst als Signal deutete, Leuten zu vertrauen, steckten wir in großen Schwierigkeiten.

»*Mais oui.* Ich habe seine Reaktion vom Geländer oben beobachtet.«

Tobias schaute von dem halb leeren Teller zu dem Gargoyle. »Dieser kleine Kerl hat all das zubereitet? Du musst mir das Rezept für die Haferkekse geben. Und für die Muffins.«

Dorian warf sich in die graue Brust.

»Ermutige ihn nicht noch«, warnte ich ihn.

»Du hast recht. Ich weiß nicht, was über mich gekommen ist, nach Keksen zu fragen, wenn vor mir ein lebendiger Gargoyle steht.«

Dorian blinzelte Tobias an. »Das ergibt mehr Sinn als alles, was mir widerfahren ist, Monsieur Freeman. Essen ist der Schlüssel zum Verständnis der Seele …«

»Dorian«, fiel ich ihm ins Wort.

»*Oui?*«

»Wie wär's, wenn du die Philosophie überspringst und Tobias erzählst, was los ist? Außerdem will ich hören, wie du entkommen bist. Hat jemand dich gesehen? Weiß die Polizei, dass du verschwunden bist?«

Der Gargoyle seufzte. »Amerikaner. Immer so ungeduldig.« Er ließ die Schultern kreisen, woraufhin seine Flügel sich teilweise entfalteten.

Tobias klappte der Unterkiefer herunter.

»Lasst uns auf den Dachboden gehen«, schlug ich vor. »Wenn die Polizei ins Haus eindringt, um nach der verschwundenen Statue zu suchen, kannst du durch das Loch im Dach kriechen und dich verstecken, wo sie dich nicht finden werden.«

»Aber ich möchte in die Küche gehen«, protestierte Dorian. »Ich habe Hunger. Sie haben mir nichts zu essen gegeben …«

»Ich werde etwas zu essen mitnehmen«, versprach ich ihm. »Tobias, kannst du mit Dorian und diesem Buch auf den Dachboden steigen?«

Fünf Minuten später gesellte ich mich zu den beiden, mit einem Teller von tagealtem Brot, etwas Hummus mit Curry, Gurkenscheiben und Oliven. Die zwei steckten über dem Alchemiebuch die Köpfe zusammen, und Dorian deutete auf die verstörende Holzschnittillustration von Bienen, die tote Tiere umschwärmten.

»Kein Obst?«, fragte Dorian und schaute auf.

»Er ist ein überaus eigener kleiner Kerl«, bemerkte Tobias.

»Einer, der uns gleich erzählen wird, wie er der Polizei entkommen konnte.«

»Die Polizei dieser Stadt weiß von ihm?«, fragte Tobias.

»Nicht direkt.« Ich erzählte Tobias schnell, wie Dorian mithilfe des Buches über rückschreitende Alchemie zum Leben erweckt worden war, dann erklärte ich ihm, dass er sich nach Belieben in Stein zurückverwandeln konnte und dass es seine steinerne Statuengestalt war, von der die Polizei dachte, sie sei bei einem Verbrechen benutzt worden. »Aber was ich nicht weiß«, beendete ich meine Erklärungen, »ist, wie er aus der Asservatenkammer der Polizei hierher zurückgefunden hat.«

Tobias und ich sahen den Gargoyle erwartungsvoll an, während er einen Bissen Brot mit Hummus zerkaute.

Ein kleines Rülpsen kam über Dorians Lippen. »*Pardon.*«

»Bemerkenswert«, flüsterte Tobias.

»Ich habe nicht den Wunsch, das demütigende Martyrium noch einmal zu durchleben«, verkündete Dorian, »aber um unserer Ermittlungen willen werde ich es tun. Die erste Würdelosigkeit war ein feines Pulver, mit dem sie mich über und über bestäubt haben.«

»Auf der Suche nach Fingerabdrücken?«, hakte ich nach.

Er kniff die Augen zusammen. »*Oui.* Sie haben keine gefunden. Das hat sie frustriert. Sie waren nicht sehr nett, als sie mich ins Lager getragen haben. Das ist der Raum, aus dem ich geflohen bin.«

»Du warst vorsichtig?«

»Bin ich nicht immer vorsichtig? Ich habe auf mich selbst aufgepasst, lange bevor ich Sie kennengelernt habe, Zoe. Es hat mich eine ganze Weile gekostet, bis ich all meine Gliedmaßen wieder bewegen konnte, nachdem ich so lange regungslos war. Sobald ich mich davon überzeugt hatte, dass ich würde gehen können, habe ich mir eine Decke besorgt und mich darin eingehüllt für den Fall, dass irgendwo Videokameras angebracht waren. Das war kurz vor Sonnenaufgang ...«

»Das ist jetzt Stunden her!«

»Ja, ich habe es noch vor Sonnenaufgang bis zum Eingang zu unserem Dachboden geschafft.«

»Du warst die ganze Zeit über hier? Warum bist du nicht nach unten gekommen?«

»Ich konnte meine Beine nicht dazu kriegen, sich zu bewegen«, sagte Dorian langsam, und seine Flügel hingen schlaff herab. »Verstehen Sie, Monsieur Freeman, ich sterbe.«

»Ich werde eine Möglichkeit finden, dich zu retten, Dorian«, beteuerte ich. »Ich komme der Sache langsam näher.«

»Deshalb wolltest du meine Hilfe«, warf Tobias ein.

Ich nickte. »Aber jetzt ist uns ein Mord in die Quere gekommen ...«

»Ein Mord?«, wiederholte Tobias. »Was um alles in der Welt ist hier los, Zoe?«

»Es ist eine lange Geschichte«, antwortete ich.

»Ah!«, rief Dorian. »Das hätte ich fast vergessen.« Er huschte geduckt in eine Ecke des Dachbodens. Kurz darauf kam er mit einer überdimensionierten Plastiktüte mit einem glänzenden Gegenstand zurück und überreichte mir das Ganze.

»Ein Messer?«, fragte ich. Da dämmerte mir eine schreckliche Erkenntnis. »Du hast dieses Messer aus der Asservatenkammer mitgenommen?«

»*Oui.* Das ist das Messer, das benutzt wurde, um Monsieur Mason zu töten. Du wolltest nicht, dass die Polizei das Geheimnis über den Alchemisten aufdeckt, und das hier ist sein Messer ... «

»Er ist kein Alchemist, Dorian!«

»*Pardon?*«

»Ich habe mir solche Sorgen um dich gemacht, dass ich ihn gestern Abend zur Rede gestellt habe.« Ich erzählte, dass Peter Silverman der Sohn von Franklin Thorne war und dass wir zwar recht damit hatten, dass Peter und Penelope wegen der Entdeckung der Saphirkette nach Portland zurückgekehrt waren, dass der wahre Grund für ihre Heimkehr jedoch darin bestand, den Namen von Peters Vater reinzuwaschen.

»Er ist einfach ein ganz gewöhnlicher Mann, der uns bei deinem Buch nicht weiterhelfen kann«, kam ich zum Ende.

Dorians Flügel sackten herab. Sein ganzer Körper schien in sich zusammenzusinken, von seinen Hörnern angefangen bis hin zu dem steinernen Fuß, dem ein Zeh fehlte.

»Warum hast du gedacht, dieser spezielle Mann könne dir helfen?«, fragte Tobias. »Ich verstehe, dass du ihn für einen Alchemisten gehalten hast, aber es hört sich so an, als hättest du gedacht, er sei ein ganz besonderer Alchemist.«

»Du hast ihm nicht erzählt, was an meinem Buch merkwürdig ist?«, hakte Dorian nach.

»Was soll sie mir erzählt haben?«, fragte Tobias.

»Vielleicht«, murmelte Dorian, »sollte ich die beiden Alchemisten allein lassen, damit sie weiter über diese Angelegenheiten sprechen können.«

»Du wirst genau hier auf dem Dachboden bleiben, Dorian. Und behalte das Messer bei dir. Wenn die Polizei kommt und du fliehen musst, nimm es mit. Du darfst nicht zulassen, dass die Polizei das Messer – oder dich – hier findet.«

»Also«, fasste Tobias zusammen, »unsere einzige Chance, diesen kleinen Kerl zu retten, ist die, ihn außer Sichtweite zu verstecken, während wir beide uns überlegen, was mit seinem Buch los ist. Sollten wir dann nicht damit anfangen?«

36

Ich führte Tobias in mein Alchemielabor im Keller. Der Lichtschalter oben an der Treppe knipste eine einsame Zwanzig-Watt-Birne an. Es war eine meiner vielen Sicherheitsvorkehrungen, um dafür zu sorgen, dass niemand sich allzu genau ansah, woran ich im Keller arbeitete. Ich hatte die Glühbirnen aus den anderen Lampen im Keller entfernt und benutzte Kerosinlaternen und Kerzen, um das Labor für meine Arbeit zu erhellen. Sie dienten dem doppelten Zweck, neugierige Augen daran zu hindern, allzu leicht zu erkennen, was dort vor sich ging, und die natürliche Energie des Feuers bereitzustellen, die meine Alchemie nährte.

Ich fand ein Streichholz und machte mich daran, Laternen und Kerzen anzuzünden.

»Wie ist es möglich, dass Dorian stirbt?«, fragte Tobias. »Ist er nicht aus Stein gemacht?«

»Dorian war einst ein Stück Stein. Er war ein Gargoyle, und geschaffen hat ihn der Architekt Eugène Viollet-le-Duc als Prototyp für einen Gargoyle auf der Kathedrale Notre-Dame in Paris.«

»Moment mal. Robert-Houdin. Du hast gesagt, das sei sein Nachname. Wie der französische Magier?«

»Ein und derselbe.«

»Du willst mir erzählen, dieser Magier sei ein Alchemist gewesen, der sich selbst irgendwie während eines seiner Experimente in einen Gargoyle verwandelt hat? Das verleiht der Feststellung, er sei der Vater der modernen Magie eine vollkommen neue Bedeutung.«

»Nein, so habe ich es nicht gemeint. Jean Eugène Robert-Houdin war Dorians Vater – in gewisser Weise. Er hat aus einem Buch über ›Magie‹ vorgelesen, das ihm als Requisit für eine Illusion dienen sollte. Ihm war nicht bewusst, dass es sich um Alchemie handelte oder dass er damit eine Steinskulptur ins Leben rufen konnte.«

»Das ist unmöglich.«

»Genau das habe ich auch gedacht. Aber jetzt hast du Dorian mit eigenen Augen gesehen.«

»Da muss noch etwas anderes mit ihm los sein.«

»Ich denke, das stimmt.« Ich zündete die letzten Kerzen an und deutete mit einer weit ausholenden Gebärde in den Raum. »Deshalb habe ich nach Jahrzehnten wieder angefangen, Alchemie zu praktizieren. Ich hatte vor, langsam und mit einfachen Verwandlungen wieder anzufangen, aber Dorian hat meine Pläne beschleunigt.«

»Nichts von alldem ist stabil genug für Laborexperimente«, bemerkte Tobias und betrachtete die Klapptische, die mir als Arbeitsflächen dienten. »Der Raum ist auch nicht gerade sehr *geheim*.«

»Ich hatte so ausgeklügelte Pläne …«, murmelte ich im flackernden Licht vor mich hin.

»Wie bitte?«

»Als ich dieses Haus zu Anfang des Jahres gekauft habe, habe ich es mit der Absicht getan, es instandzusetzen. Es ist so baufällig, dass ich, ohne dass es jemandem auffallen würde, weitreichende Umbauten hätte vornehmen können. Ich habe einen Handwerker engagiert, um das Dach zu reparieren, das Haus zusammenzuflicken und den Keller für ein Labor für wahre Alchemie herzurichten.«

»Und was ist daraus geworden?«

»Es hat nicht geklappt.« Ich brauchte Tobias nicht auch noch damit zu irritieren, dass der Handwerker tot auf meiner Veranda aufgefunden worden war.

»Das hast du also alles ganz allein gemacht?«, fragte er.

Ich nickte.

»In diesem Fall hast du es ziemlich gut hinbekommen.«

»Nicht gerade die vollmundigste Belobigung der Welt. Ich habe für das hier sehr große Anstrengungen auf mich genommen.«

»Du weißt, dass an diesem Kartentisch immer noch das Preisschild eines Flohmarkts klebt. Und er riecht nach Bier.«

»Touché.«

»Und was ist das da an der Decke?«

Ich seufzte. »Ich konnte nicht alle Spuren einer Brennnesseltinktur von der Decke bekommen, daher bin ich mir ziemlich sicher, dass etwas ausgekeimt ist da oben.«

Sobald Tobias aufgehört hatte, hysterisch zu lachen, veränderte sich seine Stimmung. Seine haselnussfarbenen Augen mit den goldenen Einsprengseln konnten große Wärme zeigen, aber jetzt wurde ihr Leuchten grimmig. Die Verwandlung war verstörend. So ernst hatte ich Tobias noch nicht gesehen, seit ich ihn am Morgen vom Flughafen abgeholt hatte.

»Das sieht dir überhaupt nicht ähnlich, Zoe. Die Achtlosigkeit dieses Labors. Es ist keine wahre Alchemie. Es ist nicht dein wahres *Du*. Warum erzählst du mir nicht, was mit diesem kleinen Gargoyle-Gourmet los ist? Was verschweigst du mir? Was geht hier wirklich vor sich?«

Ich zögerte. Ich konnte mich nicht dazu überwinden, die Worte *rückschreitende Alchemie* einem anderen Alchemisten gegenüber laut auszusprechen.

»Das ist der Grund, warum du krank bist, nicht wahr?« Seine zornigen Blicke huschten durch das Labor. »Du praktizierst Alchemie, aber du machst es nicht richtig. Zwingt er dich ...«

»Nein, nichts in der Art.«

»Was ist hier los, Zoe?«

»Das ist nicht das, was ich wollte. Ich habe seit Ewigkeiten keine wahre Alchemie mehr praktiziert. Du hast meinen Trailer in der Einfahrt stehen sehen. Seit den Fünfzigern habe ich mehr oder weniger darin gelebt.«

»Da wir niemals allzu lange an einem Ort bleiben können ...«

»Bei meiner Reise durch Portland habe ich eine solche Sehnsucht danach verspürt, Wurzeln zu schlagen, zumindest solange es ginge. Wenigstens für ein paar Jahre. Ich dachte, die könnte ich vielleicht haben.«

»So gern ich all die Dinge, über die ich mit niemandem sonst reden kann, auch mit dir besprechen würde – das ist nicht der Grund, warum du mich hierhergebeten hast. Ich muss dir sagen, dass du noch besser darin bist, dem Thema auszuweichen, als dein steinerner Freund. Warum erzählst du mir nicht, was wirklich mit ihm los ist?«

Ich schaute zu Brennnesseltinkurflecken an der Kellerdecke auf. »Was immer ihn umbringt, wirkt sich nur auf seinen Körper aus. Nicht auf seinen Geist. Du hast gesehen, dass er humpelt. Früher einmal konnte er sich im Handumdrehen und ohne jede Mühe von Stein in einen lebendigen Körper verwandeln und wieder zurück. Jetzt fällt ihm das immer schwerer. Aber wenn er gefangen ist in unbeweglichem Stein, ist er dabei hellwach. Wenn ich keinen Weg finde, ihn zu retten, wird er bei Bewusstsein sein, aber gefangen in einem steinernen Gefängnis.«

»Verdammt. Nicht tot, aber gefangen in einem steinernen Sarg. Das ist schlimmer als der Tod.«

»Ich weiß, Tobias. Ich weiß.«

»Ihr zwei kennt euch schon sehr lange?«

Ich stieß ein schwaches Lachen aus. »Ich bin ihm vor drei Monaten zum ersten Mal begegnet. Er hat sich in meinen Transportkisten versteckt, als ich sie von einem Lagerraum in Paris habe herschicken lassen. Das Einzige, was er bei sich hatte, war ein altes Buch.«

»Das Alchemiebuch, aus dem der Magier vorgelesen hat?«

»Zuerst dachte ich, es sei überhaupt keine Alchemie.« Ich hielt inne und nahm das Buch aus dem Regal. »*Non Degenera Alchemia.* Was man grob übersetzen kann mit *Nicht unwahre Alchemie.*«

Aber Tobias hörte nicht mehr zu. Stattdessen griff er nach dem gerahmten Foto von Ambrose.

»Ich habe immer überlegt, was wohl aus ihm geworden ist«, murmelte er.

Ich erstarrte. Was war hier los? Tobias konnte Ambrose nicht gekannt haben. Ich hatte von Ambrose noch gar nichts gewusst, als ich Tobias begegnet war. Ein Kribbeln überlief mich von meiner Wirbelsäule bis zu meiner Nase. »Wie meinst du das? Ich weiß, dass unterschiedliche Alchemisten für unterschiedliche Dinge empfänglich sind, aber mir war nicht bewusst, dass einige von uns hellseherische Kräfte besitzen.«

»Was hat der Umstand, dass ich ihn kannte, mit Hellseherei zu tun? Wir sind Wissenschaftler, Zoe. So etwas wie einen Hellseher gibt es nicht.«

»Als ich bei der Sklavenbefreiung geholfen habe, hatte ich Ambrose noch gar nicht kennengelernt. Du kannst dieses Foto nicht gesehen haben.«

Tobias warf mir einen seltsamen Blick zu, eine Mischung zwischen Verwirrung und Begreifen. Ein für Alchemisten alltäglicher Gesichtsausdruck.

»Ich meine«, entgegnete er, »dass ich ihn persönlich kannte.«

»Wie wunderbar! Also hast du ihn Ende des 19. Jahrhunderts gekannt, noch bevor ich ihn kennenlernte? Wir sind uns 1895 zum ersten Mal begegnet. Ich wusste, dass er einige Zeit in Amerika verbracht hatte, aber mir war nicht klar, dass er mit anderen Alchemisten zusammenarbeitete.«

Tobias schüttelte den Kopf. »Es muss in den 1950er-Jahren gewesen sein.« Er schloss einen Moment die Augen, dann nickte er langsam, öffnete sie wieder und schnippte mit den Fingern. »1955.«

Erneut schauderte ich. »Das kann nicht stimmen. Ambrose hat sich 1935 das Leben genommen.«

Tobias zuckte zusammen, dann sah er sich das Foto eingehend an. »Ich wollte dich nicht aus der Fassung bringen, Zoe. Du weißt, dass Gesichter im Laufe der Zeit miteinander verschmelzen. Ich muss mich geirrt haben.« Aber seine Worte kamen zu schnell und überschlugen sich förmlich. Was immer Tobias wirklich dachte, er glaubte nicht, dass er sich irrte.

War ich diejenige, die sich irrte? Gab es die Möglichkeit, dass Ambrose überlebt haben könnte? Im Irrenhaus hatte man mir seinen Leichnam gezeigt. Es sei denn, es war eine Illusion gewesen. Mein Magen schlingerte. Warum hätte das Personal lügen sollen? Es gab keinen Grund dafür.

Es musste eine andere Erklärung geben. Ambrose hatte einen Sohn gehabt, Percival, der sich nichts aus Alchemie gemacht hatte. Aber vielleicht hatte Percy ohne unser Wissen ein Kind gezeugt. Er hatte nie geheiratet, aber unbedacht ein Kind zeugen, das passte zu dem Lümmel. Es musste eine Familienähnlichkeit gewesen sein, die Tobias bei dem Mann gesehen hatte, dem er 1955 begegnet war. Schließlich war das mit Peter Silverman auch so gewesen. Es war die einfachste Erklärung. War es auch die richtige?

37

Zoe, hörst du mir noch zu?«, durchdrang Tobias' Stimme meine Verwirrung.

»Was? Entschuldige. Ich war nicht bei der Sache.«

»Ich fühle mich ganz mies, dass ich dich so sehr erschüttert habe, weil ich dachte, ich hätte den Mann auf dem Foto erkannt. Ich habe im Laufe der Jahre jede Menge Gesichter gesehen. In diesem Fall habe ich mich geirrt.«

»Ich weiß. Es ist lange her. Aber ich vermisse ihn.« Ich stellte den Bilderrahmen beiseite und drehte ihn um. »Lass uns weiterarbeiten. Mit deinem Interesse an alchemistischen Codes kannst du vielleicht etwas Licht auf diese Sache werfen. Ich habe den Text von einem Experten übersetzen lassen, um sicherzustellen, dass ich alles gut verstehe.«

»Ich muss dich warnen«, sagte Tobias, »ich habe Latein immer gehasst, daher weiß ich nicht, wie weit ich dir bei diesem Buch werde helfen können. Ich habe Alchemie erlernt, indem ich die Rätsel in den Bildern gelöst habe, nicht indem ich verschlüsseltes Latein richtig übersetzt hätte.«

»Das ist sogar noch besser. Im Text heißt es, die Antworten lägen *in den Bildern.* Und die Illustrationen darin sind anders als alle anderen alchemistischen, die ich vorher je gesehen habe. Unlängst habe ich herausgefunden, dass die Holzschnittillustrationen, die Ruinen von Kathedralen zeigen, eine einzige ganze Kathedrale ergeben. Wenn man Asche auf die Seiten streut, werden sie transparent, und man kann die Abbildungen übereinanderliegend betrachten. Aber es ist eine beliebige Kathedrale, daher komme ich nicht dahinter, was es bedeutet.«

»Ich denke, du hast dich versprochen, Zoe. Du meinst Säure, nicht Asche, oder?«

Ich schüttelte den Kopf, dann schlug ich das Buch auf dem Tisch mit der schräg gestellten Platte auf, trat zurück und beobachtete, wie Tobias langsam in den verblichenen Seiten blätterte. Nur dass die Seiten nicht mehr gar so verblichen waren, wie ich sie in Erinnerung hatte.

»Ich verstehe, was du meinst«, sagte er und schreckte mich aus meinen Gedanken auf. »Diese Illustrationen. Bist du dir sicher, dass das Buch wirklich alt ist? Es riecht wie ein altes Buch.«

»Das ist total merkwürdig«, antwortete ich. »Zuerst dachte ich, ich würde es mir nur einbilden. Aber jetzt bin ich mir sicher, dass es keine Einbildung ist. Der Duft des Buches wird immer *süßer*.«

Tobias schnappte nach Luft.

»Was ist los?«, fragte ich. »Ist dir so etwas schon mal untergekommen?«

»Ich habe von Codes gelesen, die alle Sinne ansprechen, aber ich bin nie über einen solchen Code gestolpert.«

»Ich glaube, ich weiß, warum du noch nie einen gesehen hast.« Ich zögerte, denn ich war mir immer noch nicht sicher, ob ich die Worte laut aussprechen sollte. »Dieses Buch handelt von rückschreitender, umgekehrter Alchemie.«

Tobias stieß einen leisen Pfiff aus und klappte das Buch schnell zu. »*Deshalb* bist du so ausweichend, seit ich hier aufgetaucht bin. Das ist es, was du mir nicht erzählen wolltest.«

»Du weißt, was das ist?«

»Ich weiß nur, dass man sich davon fernhalten sollte.« Er trat von dem Buch weg und verschränkte die Arme vor der Brust. »Die Todesrotation. Bist du dir sicher, was Dorian betrifft?« Er hielt inne und fuhr sich nervös mit einer Hand übers Gesicht. »Ich meine, wenn es dieses Buch war, das ihm Leben geschenkt hat …«

»Ich war mir noch nie sicherer bei irgendetwas. Was auch immer er ist, er ist eine gute Seele. Im Gegensatz zu den Absichten derer, die rückschreitende Alchemie praktiziert und dieses Buch erschaffen haben, war Robert-Houdins Absicht rein. Dorian ist ein unschuldiges Opfer.«

»Seine *Absicht*«, wiederholte Tobias. »Du denkst, das ist es, was verhindert hat, dass Dorian verdorben ist?«

»Es funktioniert jedoch nicht bei seinem Körper, da dieser langsam wieder zu Stein wird.«

»Weißt du«, begann Tobias langsam, »du wirst ihn vielleicht nicht retten können.«

Ich griff nach meinem Medaillon und versuchte, ruhig zu bleiben. »Ich muss es versuchen.«

Tobias nahm seine Arme herunter und stand auf. »Ich werde tun, was ich kann, um euch beiden zu helfen, aber …« Er zögerte kurz, dann öffnete er erneut das Buch und schüttelte den Kopf. »Es tut mir leid, Zoe. Obwohl ich Codes liebe, bin ich doch vor allem ein spiritueller Alchemist. Ich praktiziere lediglich meine eigene Form von Alchemie, und ich kenne niemanden, der mit dieser pervertierten Alchemie arbeitet.«

»Normalerweise würde ich sagen, dass ich das gut finde.«

»Einen Moment mal …« Er betrachtete das Buch, als sehe er es zum ersten Mal. »Warum passiert das *jetzt*? Was hat sich geändert?«

»Das werden wir wohl nicht herausfinden können. Wir glauben, dass es auch mit anderen Dingen passiert. Mehrere goldene Kunstwerke in europäischen Museen sind zerfallen.«

»Du meinst die Golddiebstähle, über die zu Jahresbeginn in den Zeitungen berichtet wurde?«

»Es *waren* keine Diebstähle. Die Schuldigen waren angeblich dreiste Diebe, die anstelle der Gegenstände, die sie gestohlen hatten, Goldstaub hinterlassen hatten, aber das ist zur selben Zeit passiert, als Dorian wieder zu versteinern begonnen hatte. Ich denke, diese Vorgänge hängen miteinander zusammen.«

»Verdammt. Aber du weißt nicht, warum das so ist?«

Ich schüttelte den Kopf.

»Dann sollten wir uns besser an die Arbeit machen.«

Während der nächsten Stunden gingen Tobias und ich die Holzschnittillustrationen des Buches durch.

Sein Interesse an Rätseln führte uns zu einem verschlüsselten Hinweis, der mir nicht aufgefallen war – die Platzierung der fliegenden Bienen in Relation zu den Planeten in den verschiedenen Illustrationen.

»Die Bienen«, murmelte Tobias. »Wenn man alle Bilder zusammennimmt und sich ansieht, welche Planeten auf jedem Bild dargestellt werden, ist es, als würden sie einem sagen, dass man einem Weg folgen solle.«

»Die Planetenkonstellation«, sagte ich. »Daran habe ich bereits gedacht, aber das führt nirgendwohin. Der Aschetee, den ich für Dorian zubereite, ist nicht wie irgendeine andere Verwandlung, die ich je vollzogen habe. Wenn man die Prozedur unter dem starken Einfluss eines bestimmten Planeten beginnt, erhöht das nicht die Wirksamkeit.«

»Du siehst diese Sache zu wörtlich, Zoe.«

»Das ist immer eins meiner Probleme mit der Alchemie gewesen«, brummte ich. »Was hattest du im Sinn?«

»Die Planeten haben Kräfte, die verschiedene Metalle zu ihnen hinziehen. Codes übermitteln Vorstellungen, ohne dass man sie in Bezug auf das dargestellte Beispiel wörtlich nehmen sollte.«

»Richtig. Wie zum Beispiel der Ausdruck ›die Sprache der Vögel‹ die Vögel nur als Symbol meint, und warum Hunderte verschiedener Drachensymbole nichts mit der Entdeckung eines echten Drachen zu tun haben.«

»Genau. Ein planetarer Sog ist eine starke Kraft, die riesige Ozeane mit Ebbe und Flut beherrscht und uns auf der Erde festhält, statt uns ins Universum fliegen zu lassen.«

»Aber du hast gerade gesagt, das habe nichts mit Planeten zu tun.« Ich zwang mich, mir nicht frustriert die Haare zu raufen.

Tobias hörte die Mutlosigkeit in meiner Stimme. »Du darfst das nicht wörtlich nehmen, Zoe«, wiederholte er leise.

Ich schloss die Augen, atmete tief ein und stellte mir die hintereinandergelegten Illustrationen von Tod und Wiederauferstehung vor, die zerstörte Kathedrale unversehrt. »Die Kathedrale«, stieß ich hervor und riss die Augen auf.

Tobias grinste. »*Die* ist der Planet.«

»Sie versucht, das Buch zu sich hinzuziehen.«

»Du musst diese Kathedrale finden.«

»Ich sehe keine Markierungen, die uns Hinweise liefern könnten«, sagte ich, »aber das Buch ist spätestens im 16. Jahrhundert entstanden, daher handelt es sich nicht um eine moderne Kathedrale.«

Tobias seufzte. »Die meisten Kathedralen sind alt, daher grenzt dieser Hinweis das Ganze nicht besonders ein.«

»Danke für deinen Optimismus.«

Tobias hob die Hände. »Töte nicht den Boten.«

»Dorian war ursprünglich eine Steinmetzarbeit, die für Notre-Dame in Paris bestimmt war«, sagte ich, dann schüttelte ich den Kopf. »Aber das Buch ist in Blois in seinen Besitz gelangt.«

»Gibt es in Blois eine Kathedrale?«

»Bestimmt gibt es eine. Aber es muss allein in Frankreich Hunderte von Kathedralen geben. Da muss noch etwas anderes sein …«

Mein Handy klingelte.

»Sie öffnen die Tür nicht«, erklang Brixtons Stimme am anderen Ende der Leitung. »Dorian sagt, Sie würden ihn auf dem Dachboden als Geisel halten und ihn verhungern lassen. Warum haben Sie mir nicht erzählt, dass er fliehen konnte?«

Ich fuhr zusammen. »Es tut mir leid, Brixton. Es ist so viel passiert, dass ich nicht nachgedacht habe. Er ist erst seit ein paar Stunden wieder da. Woher hast du es erfahren? Erzähl mir nicht, dass es in den Nachrichten gebracht worden ist.«

»Nein, Dorian hat mir eine Nachricht geschickt. Er sitzt auf dem Dachboden an Ihrem Laptop.«

Natürlich, was sonst.

»Ich glaube, Ihre B-Taste ist kaputt. Er hat immer wieder Rixton geschrieben.«

»Du darfst dir selbst aufmachen. Ich bin im Keller und komme gleich zu dir in die Küche.« Ich beendete das Telefonat.

»Wer war das?«, fragte Tobias.

»Der einzige weitere Mensch, der weiß, wer ich wirklich bin.«

Dorian weigerte sich, auf dem Dachboden zu bleiben. Er behauptete, es sei sicher genug, bei zugezogenen Vorhängen im Haus zu sein. Außerdem bestand er darauf, für Tobias, Brixton und mich zur Feier des Tages ein Willkommen-daheim-Dinner zuzubereiten.

»Die Polizei muss Ihnen einen Durchsuchungsbeschluss zeigen, wenn sie reinkommen will, oder?«, fragte er mit verschränkten Armen und bebender Schnauze.

»Ja, aber …«

»Meine Beine funktionieren gut genug, um es bis nach oben zu schaffen, bevor Sie sie hereinlassen. Wenn sie mich suchen kommen, werde ich verschwunden sein, ehe sie mich finden können.«

Ich gab es auf, mit dem Gargoyle zu streiten, und erlaubte ihm, für uns vier ein Gourmet-Essen zuzubereiten. Ich hatte nicht viel in der Küche, da ich mit anderen Dingen beschäftigt gewesen war, aber Dorian kreierte aus den Vorräten im Schrank und dem Gemüse, das Brixton für ihn im Garten ernten sollte, ein Festmahl.

Während Brixton draußen war, erwog ich, Dorian von der Erkenntnis zu erzählen, zu der Tobias und ich bezüglich der Kathedrale gelangt waren. Aber da wir keine Lösung hatten, entschied ich mich dagegen. Ich würde ihn zumindest diesen Abend genießen lassen.

Dorian hatte Brixton Kochunterricht gegeben, und er dachte, es würde eine großartige Lektion für Brixton sein zu sehen, wie man aus einer fast leeren Speisekammer ein Festmahl kreierte, daher lud er uns alle ein, uns zu ihm in »seine« Küche zu gesellen, während er kochte.

»Jetzt, da Dorian wieder da ist«, sagte Brixton, als er mit einem Korb voller Gemüse verschiedener Sorten aus dem Garten in die Küche zurückkam, »und nachdem Sie T dazu gebracht haben, Ihnen bei dem Buch zu helfen, können wir doch Peter helfen, den Namen seines Vaters reinzuwaschen, oder?«

An diesem Satz war so viel falsch, dass ich nicht wusste, wo ich anfangen sollte.

»Dorian ist auf der Flucht«, fing Tobias an. »Das ist eine Situation, in der man sich lieber nicht befinden möchte.«

»Sind Sie auch aus dem Gefängnis ausgebrochen?«, fragte Brixton mit großen Augen. »Abgefahren.« Erst nachdem er Tobias einige Sekunden lang mit großen Augen angestarrt hatte, kam es ihm in den Sinn, dass das vielleicht nicht cool war. Er räusperte sich und senkte die Lider auf halbmast, um Gleichgültigkeit zu heucheln.

»Etwas in der Art« war alles, was Tobias zu der Angelegenheit sagte. »Aber er wird niemals frei sein, bis die Polizei nicht mehr nach ihm sucht.«

»Wir müssen die Polizei auf eine falsche Fährte locken«, verkündete Dorian. Dann schlug er seine klauenbewehrten Fingerspitzen aneinander.

»Ich hätte eine verrückte Idee«, sagte ich. »Jetzt, da du zu Hause und in Sicherheit bist, sollten wir uns aus den Ermittlungen heraushalten. Das Ganze hat nichts mit uns zu tun.«

»Aber Peters ganzes Leben ist zerstört worden«, protestierte Brixton. »Und nur wegen etwas, das die Leute über seinen Dad gedacht haben.«

»Es ist ein ehrenhaftes Ziel, dem Magier zu helfen, den Namen seines Vaters reinzuwaschen«, pflichtete Dorian ihm bei, »aber Zoe hat recht. Es geht uns nichts an.«

»Wie kannst du so etwas sagen?«, fragte Brixton. »Sein Vater wird für einen Mörder gehalten. Es ist ätzend, wenn die Leute nicht verstehen, was wirklich mit deinem Dad los ist.«

»Ich dachte, du würdest deinen Vater nicht kennen«, bemerkte Dorian.

»Ich spreche von meinem Stiefvater.«

»Die Leute verstehen ihn nicht?« Der Gargoyle blinzelte den Jungen an. Dorian wusste eine Menge über unsere Nachbarn, aber ihm entging auch viel.

»Er arbeitet woanders«, sagte ich sanft.

»Als was?«, fragte Dorian.

»Es spielt keine Rolle«, murmelte Brixton und wandte den Blick ab.

»Aber du hast gesagt …«

»Lass es gut sein, okay?«

»Wie wär's, wenn ich etwas Musik laufen lasse«, schlug Tobias vor. »Ich denke, wir hatten alle einen anstrengenden Tag.«

»Ich habe eine bessere Idee.« Ich spielte eine Aufnahme der *Adventures of Ellery Queen* ab, einer alten Radiosendung. Während Dorian und Brixton kochten, hörten wir uns die klassische Detektivsendung aus den 1940er-Jahren an.

»Warum reden die so hochgestochen?«, fragte Brixton.

»Das ist nicht hochgestochen«, widersprachen Tobias und ich wie aus einem Mund.

»Es war der Stil der Zeit«, fügte ich hinzu.

»Warum reden Sie dann nicht auch so?«, entgegnete Brixton. Er hörte auf, in seinem Topf zu rühren.

»Vor den Tagen des Reality-TV«, sagte ich, »gab es eine stärkere Unterscheidung zwischen der Ausdrucksweise von Schauspielern und der Ausdrucksweise von Menschen im echten Leben. Ich war nie Schauspielerin.«

»Ich muss darauf pochen«, meldete Dorian sich mit bebender Schnauze zu Wort, »dass Sie, wenn Sie in der Küche bleiben wollen, meinen jungen Assistenten nicht ablenken dürfen.«

»Erstaunlich«, murmelte Tobias, als Dorian Brixton zeigte, wie man eine Pfanne mit einer wohlduftenden Mischung aus angebratenen Schalotten und Gewürzen mit einer kleinen Menge Brühe ablöschte, bevor man Linsen und den Rest der selbst gemachten Gemüsebrühe hinzugab, um das Rote-Linsen-Curry zu garen. Ich war mir nicht ganz sicher, ob Tobias darüber erstaunt war, dass ein Gargoyle kochte, dass Dorian mit fast leeren Regalen ein Gourmet-Mahl zubereitete, oder dass ein vierzehnjähriger Junge ihm begeistert dabei half.

Zu dem Currygericht bereitete Dorian aus unseren letzten rohen Cashewkernen eine cremige Soße zu und beschleunigte die Prozedur des Einweichens der Kerne, indem er sie in kochendes Wasser warf. Dorian sautierte gehackten Knoblauch in Olivenöl, das mit Chili gewürzt war, dann fügte er einen Spritzer Wasser hinzu, um die paar Brennnesseln zu dünsten, die Brixton im Garten gepflückt hatte, und unmittelbar bevor er die Flamme abstellte, fügte er die Rucola-Blätter hinzu, die ebenfalls aus dem Garten kamen. Normalerweise aß ich Rucola roh im Salat oder fügte ihn als würzigen Kick einem Smoothie hinzu, aber das kurze Sautieren brachte sein pfeffriges Aroma zur Geltung.

Dorian erteilte Brixton den Auftrag, frisch gepflückte, wilde Erdbeeren in geschmolzene dunkle Schokolade zu tauchen, und er gab ihm grobes Meersalz, das er darüberstreuen sollte. Brixton war einst ziemlich skeptisch gewesen, weil Dorian so ziemlich allem Salz hinzufügte, auch Desserts, aber sobald er die Resultate gekostet hatte, hatte er seine Meinung geändert. Eine kleine Menge qualitativ hochwertigen Salzes konnte eine Speise aufwerten. Das Salz passte zu den schokoüberzogenen Erdbeeren nur allzu gut; Brixton naschte mehr davon, als schließlich auf dem mit Pergamentpapier ausgelegten Teller landeten, der zum Härten in den Kühlschrank gestellt werden sollte, während wir das Abendessen verzehrten.

Ich war nicht mit dem Genuss von Schokolade aufgewachsen (für Brixton vermutlich unvorstellbar), aber nachdem mir in Frankreich mein erstes Stück angeboten worden war, hatte es kein Zurück mehr gegeben. Viele qualitativ hochwertige Schokoladen enthielten keinerlei Milchprodukte, wie zum Beispiel die kaum gesüßte dunkle Schokolade, die ich bevorzugte.

Die Sonne ging langsam unter, als Dorian den Herd ausschaltete und erklärte, das Abendessen werde serviert. Wir aßen früh, denn Brixton musste seiner Mom helfen, im Blue Sky Teas aufzuräumen, nachdem die Teestube am Abend geschlossen hatte. Bevor wir uns um den Esstisch gesellten, versicherte ich mich dreifach, dass das Haus wirklich abgeschlossen war und ich alle Vorhänge zugezogen hatte.

Ich war die Letzte, die sich an den Tisch setzte. Mir fiel auf, dass Brixton sich große Portionen von allem genommen hatte, nur nicht von der Brennnesselmischung.

»Du hast eine der Schüsseln übersehen«, sagte ich.

»Ich habe mich verbrannt, als ich sie gepflückt habe. Ihr seid verrückt, dieses Unkraut zu essen.«

Ich erinnerte mich an eine Geschichte über Friedrich den Großen, der in der Mitte des 18. Jahrhunderts König von Preußen gewesen war. Viele arme Menschen hungerten, aber sie weigerten sich, eine in Überfülle vorhandene neue Speise zu essen: die Kartoffel. Der König platzierte daraufhin Wachen rund um den königlichen Kartoffelacker, ein gewitzter Trick. Und tatsächlich, die Bauern schlichen sich auf das Feld, um die Kartoffeln zu stehlen. Antoine Parmentier hatte kurz zuvor im selben Jahrhundert die Franzosen auf ähnliche Weise dazu überlistet, die Qualitäten der Kartoffel anzuerkennen, was der Grund ist, warum Kartoffelspeisen in Frankreich häufig in ihrem Namen das Wort »Parmentier« enthalten.

»Wenn du keine Parmentier-Nesseln willst, Dorian, nehme ich den Rest«, erklärte ich.

»Es sind keine Karto– ah! *Oui.* Ich meine, *non.* Das ist mein Festmahl, daher möchte ich die restlichen Brennnesseln selbst verspeisen. Das verstehen Sie natürlich, *mon amie.*«

»Nur ein ganz klein wenig. Ohne sie wäre das Curry nicht dasselbe.«

»Hm«, brummte Dorian. Er war kein schlechter Schauspieler. »Mir ist heute Abend nach Großzügigkeit zumute. Bitte, nehmen Sie sich die Brennnesseln.«

Ich gab einen Löffel davon sowohl auf meinen als auch auf Brixtons Teller. Er sagte kein Wort, aß aber jeden Bissen auf.

Als Brixton sich über den Tisch beugte, um am Ende der Mahlzeit unsere leeren Teller einzusammeln, bemerkte Tobias die Schwielen an seinen Fingerspitzen.

»Spielst du oft Gitarre?« Tobias deutete auf den Gitarrenkasten neben dem Rucksack, der in der Ecke stand.

Brixton zuckte die Achseln.

»Sieht so aus, als hättest du noch etwas Zeit, bevor du deiner Mom helfen musst. Wie wär's, wenn wir etwas Musik machen würden?«

Als Tobias *Accidental Life* sang und Brixton beibrachte, es auf der Gitarre zu spielen, kam in mir beinahe so etwas wie Optimismus auf. Dorian klatschte mit, bis die Kralle von seinem linken kleinen Finger abbrach.

»*Merde*«, flüsterte er und huschte hinter der Kralle her.

Brixton hörte auf zu spielen, und auch Tobias sang nicht mehr weiter. Das Klappern von Dorians Krallen auf den Dielen hallte durchs Haus.

»Du hast gesagt, es würde dir besser gehen«, murmelte Brixton.

»Das stimmt auch«, antwortete Dorian, der die abgebrochene Kralle jetzt in der Hand hielt.

»Ich bin alt genug, dass ihr mich nicht anzulügen braucht«, stellte Brixton fest.

»Wir lügen nicht«, hob ich zu sprechen an, aber ein energisches Klopfen an der Haustür unterbrach mich.

»Dorian«, flüsterte ich, »geh hinauf auf den Dachboden. Wenn du irgendjemanden außer mir nach oben kommen hörst, kriech aufs Dach. Und vergiss nicht, das Messer mitzunehmen.«

38

Während Dorian die Treppe hinaufhumpelte, schnappte ich Fetzen der Worte auf, die er vor sich hin murmelte, entschied mich aber dafür, sie zu ignorieren.

Nachdem ich das Quietschen der sich schließenden Dachbodentür vernommen hatte, öffnete ich die Tür und fand mich einem vertrauten Gesicht gegenüber.

»Yo, Max«, sagte Brixton und stieß mit seiner Faust gegen die des Polizisten.

»Entschuldige bitte, dass ich deine … Dinnerparty … störe«, sagte Max und ließ den Blick über den Esstisch in dem offenen Bereich wandern, der mir sowohl als Wohn- als auch als Esszimmer diente.

»Das ist Tobias, ein alter Freund von mir«, sagte ich. Die beiden Männer musterten einander schweigend und schüttelten sich die Hände.

»Kann ich unter vier Augen mit dir sprechen?«, bat Max. Er sprach mit mir, schaute aber immer wieder zu Tobias hinüber. War er *eifersüchtig*?

Mir war so gut wie klar, dass Max hier war, um mir mitzuteilen, jemand habe meine Gargoyle-Statue aus der verschlossenen Asservatenkammer gestohlen. Aber weil wir so unschön auseinandergegangen waren, lud ich ihn ein, zu einem kurzen Gespräch nach draußen zu treten. Ich ließ Brixton und Tobias im Wohnzimmer weitermusizieren und ging mit Max in die Küche.

»Was ist los?«, fragte ich, verschränkte die Arme vor der Brust und lehnte mich an die Küchenzeile.

»Ich wollte dir die schlechten Neuigkeiten persönlich überbringen.« Max stand verlegen da, unsicher, was er mit den Händen machen sollte, und genauso unsicher, wie nah er mir kommen durfte. Er schüttelte den Kopf. »Aber das kann warten. Ich hätte nicht persönlich herkommen sollen. Ich habe nicht erwartet, dass du Gäste haben würdest. Dumm von mir. Ich störe …«

»Du störst nicht, Max.«

»Ist das kein Date?«

»Mit Tobias?« Ich lachte. Er war tatsächlich eifersüchtig. »Brixton ist ebenfalls hier, falls du das übersehen haben solltest.«

»Stimmt. Also seid Tobias und du …«

»Er ist ein lieber alter Freund. Genau, wie ich gesagt habe. Und er ist nur wenige Tage in der Stadt.«

Max trat näher und senkte die Stimme. »Ich bin wegen der Sache hier, von der du mir neulich erzählt hast.«

Panik ergriff mich. Er konnte doch nicht hier sein, um mich einweisen zu lassen, oder? Rächte sich jetzt, dass ich einst geholfen hatte, den Mann meines Herzens in einer Institution unterzubringen?

»Ich war an diesem Tag nicht ich selbst«, sagte ich. »Ich meine, nein, also ich habe keine psychotischen Schübe und werde zu einer anderen Person oder so.« Ich machte alles nur noch schlimmer. »Lass mich von vorn anfangen …«

»Wir haben alle manchmal mit Müdigkeit zu kämpfen, Zoe. Es ist schon gut. Ich weiß, dass du auf diese New-Age-Sachen stehst.«

Ich verschluckte ein nervöses Auflachen, das mir beinahe entfahren wäre. Der Ausdruck »New Age« war durch und durch verkehrt. Der Kontakt zur Natur und zum eigenen Körper war so alt wie die Welt. Erst in jüngster Zeit hatten wir das vergessen. Aber Max' Worte brachten mich wieder zur Besinnung. »Ich lasse mich manchmal mitreißen.«

»Ich weiß, dass dir diese Statue viel bedeutet. Deshalb bin ich hier. Jemand hat sie gestohlen, Zoe. Die Skulptur wurde aus der Asservatenkammer entwendet. Das ist es, was ich dir sagen wollte. Du hattest wohl recht, sie ist wertvoller, als wir dachten.«

Ich hielt den Mund, die einfachste Methode, nicht wegen dem, was ich bereits wusste, zu lügen. Mir hätte klar sein sollen, dass die Polizei nicht lange brauchen würde, um zu bemerken, dass ihr Beweis verschwunden war.

»Du stehst unter Schock«, murmelte Max voller Sorge. »Kann ich dir einen Tee kochen? Oder soll ich deinen Freund herbitten? Ich würde es verstehen, wenn du willst, dass ich gehe. Ich habe dir versprochen, dass du mir deinen wertvollen Besitz anvertrauen kannst, aber das war ein Irrtum. Ich hoffe, du kannst mir verzeihen. Aber wirklich, ich würde es verstehen, wenn du einfach willst, dass ich gehe.«

Als ich die Zärtlichkeit in seiner Stimme hörte, wusste ich, was ich wollte. Und ich wollte nicht, dass er ging. »Bitte bleib.«

»Sicher?«

»Ganz sicher. Aber du wirkst deinerseits keineswegs sicher. Was ist los, Max?«

»Ich kann einfach nicht abschalten. Es ist nur – ich verstehe nicht, wie das passiert ist.«

Mein Herz klopfte mir bis zum Hals. »Der Dieb ist nicht gesehen worden, oder?«

Max rieb sich die Stirn. »Nein. Wir haben den Dieb nicht gesehen. Es war ein professioneller Einbruch.«

Ich war jetzt am ganzen Körper starr. »Was spricht dafür?«

»Irgendjemand hat sich in das Sicherheitssystem eingehackt.«

Das hatte ich nicht erwartet. »Wirklich? Woher weißt du das?«

»Das Überwachungsvideo zeigt nur eine Gestalt, die die Statue *herausgenommen* hat. Die Person hatte eine Decke über sich geworfen, damit sie auf den Überwachungsvideos nicht identifizierbar ist. An der Tür hat der Täter das Schloss geöffnet, wiederum unter der Decke. Aber keine der Kameras hat ihn dabei gefilmt, wie er *hereingekommen* ist.«

Menschen sehen nur das, was sie sehen wollen. Den Beamten war nie der Gedanke gekommen, ein Beweisstück könne aus eigener Kraft hinausspaziert sein, daher nahmen sie an, die Operation sei viel komplizierter gewesen, als das tatsächlich der Fall war.

»Stehe ich unter Verdacht?«, fragte ich.

»Nein. Ich habe dem Detective deine Website gezeigt. Ihm ist klar, dass du das Einhacken ins System nicht fertiggebracht hättest.«

»Danke dafür.«

»Ich komme nicht dahinter, warum die Statue gestohlen wurde.« Max ging in der kleinen Küche auf und ab, von dem Kräutergarten im Fensterkasten bis zu der leicht schief hängenden Hintertür. »Es waren keine Fingerabdrücke oder sonstige Spuren an der Statue.«

»Das hätte ich dir gleich sagen können. Ich sorge dafür, dass er – sie – immer ganz sauber ist.«

Max hielt in seinem Auf und Ab durch den Raum inne und nahm meine Hände in seine. Sie waren warm und tröstlich. »Mir gefällt das nicht, Zoe. Es gefällt mir überhaupt nicht. Wir wissen nicht, womit wir es zu tun haben.«

»Ich werde vorsichtig sein, Max. Versprochen.«

Der Klang von Tobias sonorer Stimme und Brixtons Gitarre drang durch die Tür.

»Brixton spielt inzwischen wirklich gut Gitarre«, bemerkte

Max mit einem Lächeln, das mich daran erinnerte, warum ich so gern mit ihm zusammen war. »Und dein Freund hat eine großartige Stimme. Ist er Musiker?«

»Kein professioneller. Er singt, um mich aufzumuntern. Deshalb ist er zu Besuch gekommen. Es war hart alles. Ich habe das Gefühl, in den letzten zwei Tagen um zwei Jahre gealtert zu sein.«

»Ich weiß, dass du eine Menge durchgemacht hast, Zoe. Der Verlust deines kleinen Bruders, als du noch so jung warst, und jetzt hattest du es in diesem Jahr mit zwei gewaltsamen Todesfällen zu tun.«

Ich spürte mein Medaillon auf meiner Haut, das meinen Bruder ganz in meiner Nähe hielt. »Es mag töricht klingen«, begann ich zögernd zu sprechen, »aber eins der Dinge, die mir helfen, mit Tod fertigzuwerden, ist, ihn anzunehmen. Die Viktorianer hatten genau wie andere Kulturen die Sitte, auf Friedhöfen Picknicks zu veranstalten. Hättest du Lust, mit mir ein Picknick auf dem River-View-Friedhof zu machen? Das würde mir helfen, einen klaren Kopf zu bekommen ...«

»Bist du noch einmal dort gewesen, Zoe?«, blaffte Max mich an, und Ärger blitzte in seinen Augen auf.

Sein Ausbruch war so unerwartet, dass ich zurückprallte und gegen die Schwingtür der Küche stieß. »Was ist los mit dir, Max? Seit du aus China zurückgekommen bist ...«

»Es tut mir leid, Zoe. Ich hätte dich nicht so anfahren sollen. Ich denke seit dieser Reise zum hundertsten Geburtstag meines Großvaters über viele Dinge anders. Ich will dich nicht verlieren.«

»Warum solltest du mich verlieren? Wir lernen einander doch gerade erst kennen. Warum drückst du dich so rätselhaft aus?«

Max antwortete mit einem langen Seufzer. »Du weißt, dass ich kurz nach unserer Hochzeit meine Frau verloren habe, Chadna. Du hast mich einmal gefragt, was ihr zugestoßen ist, aber ich wollte nicht darüber reden.«

Ich dachte an die Gelegenheiten zurück, als ich in Max' puristisch eingerichtetem Haus gewesen war. Dort gab es nur zwei Fotografien. Eine Schwarz-Weiß-Aufnahme von einer seiner Großmütter und ein Foto von seiner Frau in leuchtend bunten Farben. Seine Großmutter war in ihrem Laden mit Kräutermedizin in China fotografiert worden, und ihre Lippen lächelten nicht, aber ihre Augen sprühten vor Leben. Das Foto von Chadna war auf einem Tulpenfeld entstanden. Ihr langes, schwarzes Haar floss ihr fast bis zur Taille hinunter, und das liebevolle Lächeln auf ihrem Gesicht verriet mir, dass Max das Foto aufgenommen hatte.

»Du warst noch nicht bereit, es mir zu erzählen«, sagte ich. »Und das ist in Ordnung, Max.«

»Das war es nicht. Es ging dabei nicht um sie. Es ging darum, dass ich immer an die Zukunft denken will, nicht an die Vergangenheit.«

Das war eins der großartigen Dinge an Max. Er bedrängte mich nicht, ihm von meiner eigenen Vergangenheit zu erzählen.

Ich wartete darauf, dass er weitersprach, aber stattdessen sagte er: »Ich sollte gehen. Ich störe deine Party.«

»Die beiden scheinen wunderbar ohne mich auszukommen. Sind das The Spinners, von denen sie gerade etwas singen? Ich würde sagen, wir haben noch ein Weilchen, bevor die beiden überhaupt bemerken, dass ich nicht im Raum bin. Du hast davon gesprochen, dass du nicht in der Vergangenheit leben willst.«

»Und das war durch und durch falsch von mir. Mein Großvater feierte seinen sechzigsten Geburtstag mit einer traditionellen, großen Party, als ich ein Kleinkind war, und zwar hier in Portland, aber dieses Fest war anders. Er würde bald sterben, und doch war er so glücklich, wie ich ihn noch nie erlebt hatte. Verwandte und Freunde aus der ganzen Welt und aus jedem Stadium seines Lebens besuchten ihn im Laufe einer Woche und erzählten, dass er und meine Großmutter ihnen auf eine Weise geholfen hätten, bei der es unmöglich mit rechten Dingen zugegangen sein konnte. Was meine Großmutter aus Kräutern herstellte, war keine Zauberei. Sie war eine Kräuterkundige, einfach eine Vorläuferin der Pharmazeuten. Aber besonders zwei von Großvaters Gästen stellten es so dar, als hätten meine Großeltern ihr Leben mithilfe von Magie verwandelt. Und Menschen, die mein Großvater seit siebzig Jahren nicht gesehen hatte, nahmen die Reise auf sich – also war er eine wirklich wichtige Person in ihrem Leben. Zurückschauen heißt nach vorne schauen.«

»Das klingt wunderschön.«

»Und es klingt auch verrückt. Noch verrückter ist, dass ich angefangen habe, es zu glauben.«

Ich drückte seine Hand, und Hoffnung stieg in mir auf. War er näher daran zu verstehen, als ich dachte? »Es klingt nicht verrückt, Max.«

»Wenn du das wirklich verstehst, dann weiß ich, dass du bereit bist, dir den Grund dafür anzuhören, warum ich so übertrieben reagiert habe, als du erwähnt hast, dass du dich dem Erdrutschbereich genähert hast. Es hat etwas mit Chadna zu tun.« Ein trauriges Lächeln zog über seine Züge. »Ich sollte am Anfang beginnen. Ihre ältere Schwester ist an Krebs gestorben, als sie jung war. Deshalb wollte sie überhaupt Ärztin werden. Sie dachte, sie könne ihre Trauer in etwas Konkretes kanalisieren. Sie war so getrieben. Ich habe sie während ihres vierten Jahres ihres Medizinstudiums kennengelernt. In der Notaufnahme.«

»Sie war deine Ärztin?«

»Das würde eine hübsche Geschichte abgeben, nicht wahr? Aber so war das nicht. Ein Freund von mir hat mich mitten in der Nacht angerufen, weil er die Notaufnahme musste. Ich habe ihn hingefahren, aber ich bin nachts zu nicht allzu viel nütze, und du weißt, dass ich Kaffee hasse, daher bin ich prompt eingeschlafen. Sie hat mich geweckt.« Er wand sich sichtlich.

»Was ist so schlimm daran?«

»Sie hat mich mit Riechsalzen geweckt. Sie dachte, ich sei selbst als Patient in die Notaufnahme gekommen und in so schlechter Verfassung, dass ich das Bewusstsein verloren hatte. Sie war ganz neu in der Notaufnahme, daher kannte sie sich mit den angemessenen Prozeduren nicht aus. Sie hat mir das Riechsalz direkt vors Gesicht gehalten, und ich habe ihr einen Kopfstoß gegen die Nase versetzt. Überall war Blut.«

Meine Hand flog an meinen Mund, und ich versuchte, nicht zu lachen, aber vergebens.

»Ist schon gut«, sagte er. »Es ist unmöglich, über diese Geschichte nicht zu lachen.«

»Es ist eine wunderbare Geschichte, Max. Genauso etwas hält eine Erinnerung lebendig.«

»Es ist definitiv unvergesslich.«

»Ist dein Freund, den du in die Notaufnahme gebracht hast, bei der Ausübung seines Berufes verletzt worden?«

»Nein, er war kein Cop. Ich war zu der Zeit noch nicht bei der Polizei. Ich war vollkommen ziellos, bis ich Chadna kennengelernt habe. Sie war das genaue Gegenteil meiner unbedarften Familie.« Er lachte traurig. »Wie gesagt, meine Großmutter hat mir viel über Kräuter beigebracht, als ich ein Kind war. Sie und mein Großvater haben hier bei meiner Familie gelebt, bis sie starb, und dann ist mein Großvater nach China zurückgekehrt. Meine Großmutter war es, die sich so leidenschaftlich mit Kräuterkunde befasste, und sie hat die Energie von Pflanzen in heilender Absicht eingesetzt. Ich habe immer bedauert, dass ich ihr kurz vor ihrem Tod gesagt habe, wie dumm das alles sei.« Er fuhr sich mit einer Hand durch sein dichtes, schwarzes Haar. »Chadna war fast fertig mit ihrem praktischen Jahr, als sie ihre eigene Krebsdiagnose erhielt.«

»Wie lange hatten Sie mit ihr?«, fragte ich und überlegte, ob er sich so seltsam benahm, weil ich so krank aussah. Dachte er, er würde auch mich an den Krebs verlieren?

»Sie ist ein Jahr lang gegen Krebs behandelt worden. Während der ganzen Zeit hat sie nie ihr Lächeln verloren, aber es war noch strahlender, als sie den Krebs besiegt hatte.«

»Moment mal, sie wurde geheilt?«

Er nickte. Tränen traten ihm in die Augen. »Zwei Wochen nachdem sie die Nachricht erhalten hatte, dass sie krebsfrei sei, haben wir, um es zu feiern, einen Wochenendausflug unternommen. Wir waren wandern. Wir sind auf einen Felsbrocken gestoßen, der aussah, als würden wir von dort aus eine prächtige Aussicht haben. Wir sind hinaufgeklettert, und der Fels hat sich gelockert.«

Mir stockte der Atem.

»Sie ist abgestürzt«, fuhr Max fort. »Wir hätten unser ganzes Leben zusammen haben sollen, aber in diesem Moment ist mir alles genommen worden.«

»Das tut mir so leid, Max. Deshalb wollten Sie nicht, dass ich auf diesem instabilen Gelände am Fluss umherlaufe.«

»Ich will nicht, dass dir das Gleiche zustößt.« Er trat näher und fuhr mir mit den Fingern durch mein weißes Haar, von dem er wie alle anderen glaubte, es sei gefärbt. »Ich konnte nichts tun, aber ich mache mir trotzdem Vorwürfe, verstehst du?«

»Ich weiß. Ich …« Ich brach ab. Sollte ich noch einmal versuchen, Max die Wahrheit zu sagen? Was würde er tun, wenn er Dorian sehen würde?

»Ich sollte gehen«, sagte Max. »Du solltest zu deinen Freunden zurückkehren.«

»Geh nicht.« Ich legte ihm eine Hand auf den Arm und holte tief Luft.

39

Saint-Gervais, Frankreich, 1871

Als das Ende seines Lebens näher rückte, hatte Jean Eugène Robert-Houdin Angst davor, was aus seinem nicht ganz menschlichen Sohn werden würde. Eines Tages kam ihm angesichts einer Tragödie eine Idee.

Als berühmte Persönlichkeit Frankreichs kannte Robert-Houdin auch andere Mitglieder der besseren Gesellschaft, ebenso wie Männer, die in ihren Berufen die Spitzenklasse erreicht hatten. Ein solcher Mann war ein hochgeschätzter Koch, der *Choucroute garnie* so exquisit zubereitete, dass die Menschen kilometerweit anreisten, um sich seine Delikatessen zu gönnen. Der Koch hatte ein gewisses Ego entwickelt wie die meisten Männer, wenn man ihnen wiederholt sagt, wie großartig sie seien. Eines Tages entzündete sich in der Küche Fett in der Pfanne. Der Brand erfasste schnell sein ganzes Lokal. Der Koch schaffte es, all seine Angestellten draußen in Sicherheit zu bringen. Er war der Letzte, der das Lokal verließ. Kein einziges Mal kam es ihm in den Sinn, dass das Haus es wagen würde, ihm etwas anzutun. Doch ein Holzbalken traf ihn, sodass er in dem brennenden Gebäude gefangen war. Bevor er gerettet wurde, versengte ihm das Feuer Kopf und Hände.

Er kam mit dem Leben davon, aber ohne sein Augenlicht und seine frühere Geschicklichkeit.

Da er nie geheiratet hatte, saß der ehemalige Koch allein in seinem großen Haus. Es war kein Leben im Haus, bis auf eine Zugehfrau, die zweimal am Tag auftauchte, um zu putzen und ihm kaum erträgliche Speisen zu bringen. Der Koch wäre womöglich dahingesiecht und vor Verzweiflung gestorben, wären da nicht die gelegentlich auftauchenden interessanten Besucher gewesen, wie sein alter Freund Jean Eugène Robert-Houdin und ein seltsamer Kerl, den Robert-Houdin mitbrachte.

Dorian wurde als ein entfernter Verwandter Robert-Houdins präsentiert, der bei einem Unfall entstellt worden war und der sich nicht gern vor anderen zeigte, die von schneidender Grausamkeit sein konnten. Oh, wie gut der Koch die Grausamkeit der Menschen verstand! Die Männer und Frauen, die ihm einst zu Füßen gelegen hatten, wollten sein verbranntes Gesicht und seine Hände nicht mehr sehen. Der einzige Vorteil seiner Blindheit war der, dass er nicht selbst sehen konnte, was aus seinem einst hübschen Gesicht geworden war.

Der Koch war, abgesehen von Robert-Houdin, die erste Person, mit der Dorian zu tun hatte. Bei einem Besuch kam die Rede aufs Kochen, wie das oft passierte. Robert-Houdin ging ans Fenster, um zu den kahlen Bäumen hinüberzuschauen, die sich im Wind wiegten. Der Winter würde bald anbrechen. Er spürte, dass es sein letzter Winter auf dieser Welt sein würde.

Robert-Houdins menschlicher Sohn war jüngst im deutsch-französischen Krieg gefallen, und die Deutschen bedrohten Paris. Wofür sollte ein alter Mann da noch leben?

Als er sich aus seinen eigenen Gedanken herausriss und zum Sofa zurückkehrte, stellte der Magier fest, dass man ihn nicht vermisst hatte. Er schaute zwischen den beiden Ausgestoßenen hin und her, und in diesem Moment kam ihm blitzartig ein Gedanke.

»Martin«, sagte Robert-Houdin. Er blieb gewohnheitsmäßig stehen, obwohl der Koch ihn nicht sehen konnte. »Mir ist gerade eine unglaublich gute Idee gekommen. Sie und mein Verwandter, Dorian, Sie werden beide ohne eigenes Verschulden von der Gesellschaft gemieden, und Sie wissen beide Gourmetspeisen zu schätzen.«

»Warum müssen Sie meine Qual zur Sprache bringen?«, fragte Martin und hob seine verbrannten Hände. »Ich kann weder sehen, noch kann ich ein Messer halten. Ich muss mich von dem abscheulichen Haferbrei und den Eintöpfen ernähren, die diese elendige Frau mir bringt.«

»Aber Dorian«, entgegnete Robert-Houdin, »hat die besten Augen, die mir je bei einem Mann begegnet sind, und er ist bei unseren Zauberkunststückchen fast genauso geschickt, wie ich es bin. Wäre es nicht möglich, dass Sie ihm Kochen beibringen? Er sucht einen Platz zum Leben, wo er sich nicht vor Menschen verstecken muss, die ihm wegen seiner Entstellungen von oben herab begegnen. Als Gegenleistung für Kost und Logis könnte er für Sie kochen und putzen. Ich kann mir keinen perfekteren Plan vorstellen.«

Und so kam es, dass einer der größten Köche Frankreichs Dorian Robert-Houdin die Fähigkeiten übermittelte, die es ihm ermöglichten, zu einem Gourmet-Koch zu werden.

Der Krieg brachte in jenem Jahr seine eigenen Herausforderungen mit sich, aber der Haushalt Robert-Houdins überlebte, indem sich die Familie in einer Höhle vor den Deutschen versteckte. Nachdem Robert-Houdin seine Angelegenheiten geregelt hatte, verstarb er im nächsten Sommer friedlich.

Nach dem Tod des alten Magiers schloss die Familie seine Werkstatt auf. Alle waren enttäuscht, dass keine große Kreation auf sie wartete. Woran hatte der Mann in seinen letzten Jahren gearbeitet? Er musste den Verstand verloren haben.

Die Familie war weniger überrascht von einer nichtigen Tatsache von weit größerer Bedeutung. Nach Robert-Houdins Tod kam sein Freund Viollet-le-Duc zu Besuch, um dem Verstorbenen die Ehre zu erweisen. Er fragte, ob er die Bühnenrequisiten des Magiers sehen dürfe. Da der Architekt kein Konkurrent des Magiers war, sah Robert-Houdins Familie nichts, was dagegen sprach, einem alten Freund zu erlauben, seine Werkstatt zu besichtigen. Sie waren allerdings höchst erstaunt, als der betagte Architekt einen Wutanfall bekam, als er ein Geschenk nicht finden konnte, das er seinem Freund Jahre zuvor übergeben hatte. Egal, dachten sie bei sich. Sein Kummer tat ihnen leid, aber konnte er wirklich erwartet haben, dass sein Freund sein abscheuliches Geschenk behalten hatte? Als der Architekt zu toben und Fragen zu stellen begann und obendrein behauptete, Robert-Houdin sei ein Alchemist gewesen, korrigierten sie seinen Irrtum und baten ihn höflich zu gehen.

40

Ich will dir auch etwas erzählen«, sagte ich. »Also bitte, geh nicht.«

Max trat zurück, um mir Raum zu geben, griff aber nach meiner Hand. Ich roch Jasmin, als er mit dem Zeigefinger über die Lebenslinie in meiner Handfläche strich, obwohl ich wusste, dass sein nachtblühender Jasmin nicht vor dem Sommer wieder blühen würde. »Ich bin froh, dass du dich nach deinem Zusammenbruch bei unserem letzten Treffen besser fühlst.«

Zusammenbruch? Ich hielt an mich. So gern ich Max die ganze komplizierte, unglaubliche Wahrheit gesagt hätte, war ich doch übertrieben optimistisch gewesen, als ich dachte, ich könne ihm alles erzählen. Er war noch nicht so weit, dass er mir glauben konnte. »Hey, Zusammenbruch ist etwas übertrieben, meinst du nicht auch?« Ich zwang mich zu einem Lachen. »Es gab einen Durchsuchungsbeschluss für mein Haus, daher war es kein Wunder, dass ich ausgeflippt bin.«

»In Ordnung.« Max stimmte in mein Gelächter ein. »Was wolltest du mir erzählen? Nachdem ich dir diese peinliche Geschichte darüber anvertraut habe, wie ich Chadna kennengelernt habe, weißt du, dass du mir alles erzählen kannst.«

Aber das konnte ich nicht. Wenn er meine Bemerkung über einen lebendigen Gargoyle für einen Zusammenbruch hielt, würde er garantiert seinen eigenen Zusammenbruch erleiden, wenn ich ihn davon überzeugte, dass es der Wahrheit entsprach. Aber er ging immer noch über dieses Drahtseil dessen, was er sich zu glauben gestattete. Eines baldigen Tages, hoffte ich, würde er so weit sein. Trotzdem wollte ich ihn nach wie vor nicht gehen lassen. Er verstand, wie es war, einen geliebten Menschen unter tragischen Umständen zu verlieren, und ich musste irgendjemandem von Ambrose erzählen. Die Erinnerungen, die an die Oberfläche gestiegen waren, waren zu verstörend, und ein Gespräch mit Tobias war keine Option mehr, da Tobias irrtümlich dachte, er habe Ambrose lange nach dessen Tod gekannt. Max war der Mensch, mit dem ich reden wollte, und ich konnte ihm vieles erzählen, das der Wahrheit entsprach. Ich brauchte lediglich die unerheblichen Details wegzulassen, die in sein Verständnis von der Welt nicht hineinpassen würden.

Das Summen melodischer Gitarrenakkorde und ein dröhnender Bariton erklangen im Hintergrund und lullten mich ein in ein Gefühl von Sicherheit, wie ich es seit Jahren nicht mehr verspürt hatte. Obwohl die Menschen um mich herum nicht alles über mich wussten, war ich dennoch umgeben von Personen, denen ich am Herzen lag und die mir am Herzen lagen.

»Es ist nicht nur mein Bruder, den ich verloren habe«, begann ich meinen Bericht. »Es gab mal jemanden, mit dem ich mein Leben verbringen wollte. Auch über ihn rede ich sonst nie. Bis zu dieser Woche hatte ich sein Foto in meinem alten Notizbuch versteckt. Aber du hast recht. Wenn wir versuchen, Menschen aus der Vergangenheit zu vergessen, fehlt uns in der Gegenwart etwas im Leben. Ich möchte dir von ihm erzählen.«

Ich entzog Max meine Hand. Er sollte den Unterschied in meinem Puls nicht bemerken, wenn ich unerhebliche Tatsachen abänderte, die Zweifel an meiner Erzählung in ihm wecken würden. Als

Vorwand öffnete ich ein Schraubglas mit Schokoladen-Ingwer-Keksen. Ich bot Max einen an, aber er lehnte ab. Ich verzehrte den weichen Keks schnell selbst und schmeckte ihn kaum. Dorian wäre entsetzt gewesen. Er wäre auch entsetzt darüber gewesen, dass ich einen Hauch Bitterkeit in dem Keks wahrgenommen hatte.

»Ambrose war wie ich Gartenliebhaber und Kräuterkundiger.« Ich wählte meine Worte mit Bedacht. »Bis ich ihn kennengelernt habe, war ich nicht wirklich über den Tod meines Bruders hinweggekommen. Nicht über die Tatsache, dass Thomas gestorben war, sondern dass ich ihn vor dem tödlichen Erreger nicht retten konnte.« Es war die Pest im Jahr 1704 gewesen, die meinen Bruder getötet hatte. Ein dummer Zufall ließ ausgerechnet einen kleinen Ausbruch der Pest durch Frankreich fegen, während wir dort waren, und eine noch dümmere Schwester dachte, die Suche nach einem Heilmittel in ihrem Alchemielabor könne nützlicher sein als einfache, liebevolle Fürsorge. »Ich habe ihm die beste Pflege verschafft, die ich ihm angedeihen lassen konnte, aber ich hätte bei ihm sein sollen.«

»Du hast gedacht, du könntest mit deinen Kräutermitteln ein Wunder wirken. Ich verstehe den Impuls, jemanden zu retten, vor allem Menschen, die einem viel bedeuten. Aber ich frage mich, ob ich an diesem Tag mit Chadna etwas hätte anders machen können, daher verstehe ich, dass du dir immer noch Vorwürfe machst.«

»Danach bin ich einige Jahre auf Reisen gewesen.« Über hundertfünfzig Jahre, wenn ich mich präzise ausdrücken wollte. Was ich nicht tat. Ich hatte meine Ausbildung bei den Flamels abgebrochen, war vor meinen alchemistischen Forschungen davongelaufen und vor mir selbst. Ich war durch den Fernen Osten gereist und die damals noch jungen Vereinigten Staaten von Amerika.

Ich hatte nur ein einziges Gepäckstück, obwohl selbst die eine Tasche in meinem geschwächten Zustand oft eine Last war. Nach Thomas' Tod hatte ich die Alchemie aufgegeben, daher schleppte ich keine Werkzeuge eines alchemistischen Labors mehr mit mir herum. Meine Tasche enthielt die allernötigsten Dinge, um Tinkturen, Heiltränke, Balsame und Salben herzustellen, zusammen mit einigen schäbigen Kleidungsstücken, einer staubigen Decke und altbackenem Brot. Ich ging zu Fuß, in dem einen Paar Schuhe, das ich besaß, mit meinem goldenen Medaillon um den Hals, und in einer versteckten Tasche bewahrte ich mehrere Goldmünzen auf. Nur im Winter reiste ich mit getrockneten Kräutern. Während des restlichen Jahres fand ich Pflanzen für meine Arbeit, wo immer ich hinging. Sie waren da, wenn man wusste, wo man suchen musste. Nach vielen Jahren kehrte ich nach Frankreich zurück.

»Nachdem ich des Reisens müde geworden war«, fuhr ich fort, »habe ich im Laden meiner Großmutter in Paris mitgearbeitet – dem Laden, den ich jetzt als Online-Geschäft betreibe, das Elixier. Ambrose war Engländer, aber ich hatte ihn dort in Frankreich kennengelernt. Worüber lachst du?«

»Ambrose, so ein altmodischer Name. Ich musste schmunzeln, weil es so gut zu dir passt. Du bist mir immer klüger erschienen, als deine Jahre vermuten lassen. Unsterblich.«

Ich erstarrte.

»Bedeutet der Name Ambrose nicht ›unsterblich‹?«, setzte Max hinzu.

»Das stimmt.« Ich entspannte mich, aber meine Hände zitterten. Um meine Nervosität zu vertuschen, biss ich geistesabwesend in einen weiteren Keks. Die Bedeutung seines Namens war einer der Gründe gewesen, die Ambrose überhaupt zur Alchemie hingezogen hatten. »Ambrose wollte unbedingt das Gärtnern erlernen, als ich ihn kennenlernte. Du wärest entsetzt von seinem traurigen Garten gewesen. Aber er wollte dazulernen.«

An einem Tag Ende des 19. Jahrhunderts, als ich einem Kranken außerhalb von Paris ein Kräutermittel gebracht hatte, war ich über eine verblüffende Gestalt gestolpert. Er war nicht der attraktivste

Mann, den ich je gesehen hatte, aber er hatte etwas an sich, das mich anzog. Etwas, das über sein dichtes, schwarzes Haar, seine dunkelblauen Augen und seine leicht schiefe Nase hinausging.

Neben einem Dorfhaus am Rand des lehmigen Weges kniete ein Mann vor einer Reihe mickriger Schwarzwurzeln im Dreck. Die Brille, die sein Gesicht zierte, glänzte im Sonnenlicht. Ich beobachtete, wie er sich mit einer Hand durch sein wirres, schwarzes Haar fuhr. Trotz der mageren Ernte lag ein zufriedener Ausdruck auf seinen Zügen anstelle der Frustration, die ich erwartet hatte. Ich konnte der Versuchung nicht widerstehen, ihm einiges darüber zu sagen, wie sein Garten das Beste geben konnte.

Geradeso, wie ich niemals Herausragendes geleistet hatte in der metallurgischen Alchemie, war Ambrose nie wirklich gut mit Pflanzen gewesen. Doch er hatte nie aufgegeben. Trotz jahrelanger Fehlschläge pflanzte er in seinem Garten viele verschiedene Pflanzen und mühte sich ab, sie am Leben zu erhalten. Das war Ambrose. Er gab niemals auf. Bis zum Ende nicht. Wir waren Gegensätze und ergänzten einander perfekt. Ich kann nicht glauben, dass ich Sie vergessen habe, aber kennen wir uns? Das waren die ersten Worte, die Ambrose zu mir gesagt hatte, am allerersten Tag unserer Bekanntschaft, als er mich dabei ertappt hatte, dass ich ihn beobachtete. Nein, hatte ich geantwortet, aber ich kenne Schwarzwurzeln, die bei Ihnen nicht recht gedeihen wollen. Darf ich Ihnen zeigen, wie man mit ihnen umgeht? Danach sind wir einander nie mehr von der Seite gewichen.

»Obwohl ich immer ein glückliches Händchen mit Kräutermitteln hatte und andere heilen konnte«, fuhr ich fort, »habe ich erst, als ich Ambrose kennenlernte, angefangen, mich um mich selbst zu kümmern. Damals bin ich auf die gesunden Speisen auf Pflanzenbasis umgestiegen, die ich heute esse, um meinen Körper und meine Seele zu heilen. Es war ein ganz neues Leben für mich, und eine Weile war es wunderbar. Bis …« Ich brauchte einen Moment, um mich zu fassen. »Bis Ambrose den Freitod wählte.«

»Es tut mir so leid, Zoe«, sagte Max sanft. »Der Ausdruck auf deinem Gesicht. Es sind Schuldgefühle. Du siehst aus, als würdest du dir ebenfalls an seinem Tod die Schuld geben.«

»In gewisser Weise, ja.« Ich bremste mich, statt mehr zu sagen. Dass Ambrose wahnsinnig geworden war, nachdem er erfahren hatte, dass sein Sohn, Percival, an Altersschwäche gestorben war. Er wurde mit der Last – dem Fluch – des ewigen Lebens nicht fertig, daher machte er seinem Leben ein Ende.

»Wenn jemand Suizid begeht«, sagte Max leise, »dann ist das seine Sache. Nicht deine.«

»Das macht es nicht leichter.«

»Ja, das stimmt«, pflichtete Max mir bei, einen verständnisvollen Ausdruck auf dem Gesicht. »Deshalb hast du deine Zwanziger auf Reisen verbracht.«

Meine Zwanziger. »Zum Teil.«

»Leben deine Eltern noch?«

Ich schüttelte den Kopf. »Ich habe sie schon vor langer Zeit verloren.« In Wahrheit hatte ich sie verloren, lange bevor sie starben. Als ich mich nicht den Normen unserer Zeit beugte und der Hexerei angeklagt wurde, unterstützten sie mich nicht. Wäre mein Bruder nicht gewesen, hätte man mich vor meinem siebzehnten Geburtstag getötet.

»Das tut mir leid, Zoe. Du bist zu jung dafür, dass du so viele Menschen verloren hast.«

»So jung bin ich nun auch wieder nicht.« Warum hatte ich das laut ausgesprochen?

»Ich weiß. Du hast mehr durchgemacht als die meisten Menschen deines Alters. Aber …«

»Aber was, Max?« Ich tippte nervös mit dem Fuß auf den Linoleumboden. Warum war ich bloß so kribbelig?

»Wir sind an vollkommen unterschiedlichen Punkten unseres Lebens. Du startest gerade eben erst. Portland ist ein Neuanfang für dich. Ich will dich nicht bremsen.«

»Wenn du versuchst, mir zu erklären, du seist zu alt für mich, es schert mich nicht, dass das Alter, das in deinen Führerschein eingetragen ist, höher ist als meins.« Noch scherte es mich, dass ich noch vor seinen Ururgroßeltern zur Welt gekommen war.

Je älter ich wurde, je mehr ich nach der Pubertät erlebt hatte, umso klarer war mir geworden, dass es unsere Körper waren, die uns altern ließen und uns einengten. Geteilte Erfahrungen zogen Menschen innerhalb einer Generation zueinander hin, erleichterten es, sich einander nahe zu fühlen. Obwohl das verständlich ist, ist es auch oberflächlich. Abgesehen von meiner Beziehung zu meinem Bruder, hatte ich alle anderen bedeutsamen Beziehungen in meinem Leben mit Menschen – und einem Gargoyle –, deren Lebenserfahrungen sich gewaltig von meinen unterschieden. Sie waren im Alter, der Klasse, Sprache, Rasse, Religion, Nationalität, Beruf und von ihren Leidenschaften her verschieden. Je mehr ich die oberflächlichen Unterschiede zwischen Menschen erkannte, umso klarer wurde mir, dass diese Dinge nicht wichtig waren.

In alchemistische Ausdrucksweise gefasst, waren unsere Körper das Salz, das alterte, unser Geist war das doppelgesichtige Quecksilber, das sich mit den Zeiten wandelt, und schwefelhaltiges Feuer war der Schlüssel zu unseren Seelen über die Zeitalter hinweg. Unsere Seele ist unser wahres Ich, ungeachtet des Alters oder der Geschichte.

Einer der Gründe, warum es mir nichts ausmachte, den Kontakt zu wahren Alchemisten aufgegeben zu haben, war der, dass sie oft ihre Seelen aus den Augen verloren. Je älter manche Alchemisten wurden, umso leichter fiel es ihnen, ihre Menschlichkeit abzustreifen. Manchmal fragte ich mich, ob ich bei Nicolas und Perenelle Flamel nicht so genau hingeschaut hatte, weil ich Angst davor hatte, dass es auch bei ihnen der Fall war. Bei dem Gedanken an sie wurde ich noch zappeliger. Das sah mir überhaupt nicht ähnlich. Obwohl ich zerstreuter gewesen war als sonst, während ich verzweifelt nach einem Heilmittel für Dorian gesucht hatte, hatte meine alchemistische Ausbildung mich gelehrt, mich zu konzentrieren.

»Ich frage mich, ob ich selbstsüchtig gewesen bin«, fuhr Max fort.

»Ich bin nicht achtundzwanzig.« Ich schlug mir eine Hand auf den Mund, entsetzt über das, was ich gerade eingestanden hatte.

Ich warf einen Blick auf das Keksglas. Das Etikett auf dem Glas war mit der antiken Schreibmaschine getippt worden, die Dorian für die Etiketten benutzte, auf denen ich bestand. Das hier waren keine Ingwer-Schokoladen-Kekse. Es waren Ingwer-Schokoladen-Kekse mit Kaffee. Ich hatte gerade die Koffeinmenge mehrerer Tassen Kaffee zu mir genommen.

Max betrachtete mich stirnrunzelnd. »Ist alles in Ordnung mit dir, Zoe?«

»Das war großartig! War das nicht großartig? Sich einander so zu öffnen.« Das Koffein machte mich manisch. Würde es wie ein Wahrheitsserum wirken? Ich musste Max loswerden, bevor es mich dazu brachte, etwas zu sagen, das ich nicht wiedergutmachen konnte. Ich ergriff seine Hand und zog ihn in Richtung Hintertür.

»Versuchst du, mich loszuwerden? Was hast du damit gemeint, du wärst keine achtundzwanzig?«

»Genau das, was du vorhin gesagt hast, ich bin eine alte Seele, nach allem, was ich durchgemacht habe.«

»Okay ...« Die Falte zwischen seinen Brauen sagte etwas anderes.

»Alte Seele! Das wäre ein toller Name für eine Band, findest du nicht auch? Ich sollte es Tobias und Brixton vorschlagen. Die beiden sind so talentiert, meinst du nicht auch?«

»Deine Hände sind feucht von Schweiß. Bist du dir sicher, dass es dir gut geht?«

»Es ist später, als ich dachte. Ich sollte zu meinen Gästen zurückkehren.« Ich öffnete die Hintertür. »Und du solltest gehen.«

41

Nachdem Max Auf Wiedersehen gesagt hatte, sichtlich verstimmt über meine abrupte Verabschiedung, trank ich mit großen Schlucken zwei Gläser Zitronenwasser. Im Geiste versetzte ich mir einen Tritt, dass ich Max gegenüber so schroff gewesen war, aber ich traute mir nicht über den Weg, und ich durfte nicht zu viel verraten. Schweißperlen bedeckten mein Gesicht. Meine Mundwinkel zuckten.

Ich knallte das leere Glas auf die Theke und stürmte ins Wohnzimmer. »Dorian hat Kekse mit *Kaffee* gebacken!«

Die Musik brach mit einem misstönenden Gitarrenakkord ab, der metallisch kreischend endete.

»Dorian!«, brüllte ich. »Dorian!«

»Ich werde ihn holen gehen«, erbot sich Brixton und stolperte weg von mir. Er lief so schnell davon, wie er am ersten Tag unserer Bekanntschaft vor mir geflüchtet war.

»Es war unmöglich, das durchdringende Todesfeengeheul zu überhören«, verkündete Dorian von der obersten Treppenstufe. »Es tut mir leid, *mon amie,* aber haben Sie das Etikett nicht gelesen, das ich auf das Glas geklebt habe, genau wie Sie es erbeten haben?«

»Ich habe dich gebeten, nichts mit Koffein darin zu backen, weil ich wusste, dass so etwas passieren könnte.« Meine Beine zitterten nervös. »Bevor er gegangen ist, ist mir Max gegenüber herausgerutscht, dass ich nicht wirklich achtundzwanzig bin. Wer weiß, was ich ihm als Nächstes erzählt hätte, wenn ich ihn nicht weggeschickt hätte.«

»Max ist nicht mehr in der Küche?«, fragte Brixton.

»Ich habe ihn zur Hintertür hinausgeschoben, bevor ich ihm unbeabsichtigt von euch allen erzählt hätte.«

»Sie schwitzen schrecklich stark«, bemerkte Brixton. »Haben Sie sich vergiftet? Müssen Sie einen Arzt aufsuchen?«

»Sie hat gleich hier jemanden, der noch besser ist als ein Arzt«, schaltete Tobias sich ein und legte mir eine Hand auf die Stirn. Dann schüttelte er den Kopf.

»Ich habe mich nicht vergiftet«, beharrte ich. »Aber ich fürchte, dass ich tagelang nicht schlafen werde.«

Tobias überprüfte meine Vitalzeichen und stimmte mir zu, dass es sich um nichts Schlimmeres handelte als einen Fall von zu viel Koffein bei einem Alchemisten.

»Voll uncool«, sagte Brixton. »Es muss ätzend sein, wenn man ein Alchemist ist. Bis auf das Übermenschliche. Das ist ziemlich klasse.« Mit seinen vierzehn Jahren war Brixton bereits ein überzeugter Kaffeetrinker. Ich schätzte, dass das in Portland nichts Ungewöhnliches war, wobei die Menge Zucker, die er in seinen Kaffee gab, es am ehesten erklärte.

Nachdem er sich davon überzeugt hatte, dass Tobias wirklich medizinisch qualifiziert war und es mir gut ging, holte Brixton die mit Schokolade überzogenen Erdbeeren aus dem Kühlschrank. Der Junge, der Gargoyle und der ehemalige Sklave gönnten sich ein einfaches, aber köstliches Dessert. Was mich betraf, ich ging einige Dutzend Male die Treppe auf und ab, dann legte ich mich aufs Sofa und drückte mir eine Kompresse auf die Augen. Nichts von alldem half. Genauso wenig wie das Kräutermittel, das ich trinken musste, weil Tobias darauf bestand. Schließlich rannte ich die Treppe hinauf, um noch eine weitere Sache auszuprobieren.

Brixton packte gerade seine Gitarre weg, als ich mit einem Hula-Hoop-Reifen in der Hand zurückkam. Es war Zeit für ihn, zu seiner Mom ins Blue Sky Teas zu gehen und ihr zu helfen, die Teestube aufzuräumen und zu putzen.

»Du kannst deine Mom wissen lassen, dass ich mich besser fühle und die Backwaren für morgen früh backen kann«, sagte ich.

»Aber Sie fühlen sich doch gar nicht besser«, wandte Brixton ein. »Sie haben gesagt ...«

»Da deine Mom denkt, ich sei diejenige, die die Backwaren für die Teestube herstellt, müssen wir den Schein wahren. Jetzt, da Dorian der Polizei entwischt ist, kann er die Arbeit in der Teestube wiederaufnehmen.« Ich legte mir den Hula-Hoop-Reifen um die Taille und bewegte die Hüften. Der Reifen wirbelte um mich herum, und das darin befindliche Wassers folgte meinen Bewegungen schwappend. »Ich wette, er wird morgen einige tolle Sachen zubereiten, weil er glücklich darüber ist, wieder ein freier Mann zu sein. Oder, wohl eher ein freier *Gargoyle,* und eigentlich passiert es noch heute Nacht, da Dorian backen wird, bevor irgendeiner von uns morgen früh aufwacht. Bis auf mich. Da ich nicht schlafen werde. Tagelang nicht. Dorian, brauchst du irgendwelche Zutaten? Du musst doch Zutaten brauchen. Ich könnte in einen nachts geöffneten Supermarkt gehen, wenn du ...«

»Ähm, Zoe«, unterbrach Brixton mich, »Sie reden wirres Zeug. Und Sie sehen lächerlich aus. Ich verschwinde.« Mit einem letzten Augenrollen beim Anblick des altmodischen Hula-Hoop-Reifens schlüpfte er aus dem Haus. Tobias schloss die Tür hinter ihm ab.

»Nun, *mon amie*«, begann Dorian, »jetzt begreife ich, warum Koffein keine Methode ist, zu der Sie greifen wollen, um sich nachts wach zu halten. Im Moment sind Sie ziemlich nutzlos. Monsieur Freeman, kann ich Sie für einen Schlummertrunk gewinnen, bevor es dunkel genug ist, dass ich das Grundstück verlassen kann?«

»Zoe, möchtest du dich uns anschließen?«, fragte Tobias.

»Kann nicht reden. Hula-Hoop-Reifen.«

Eine Stunde später war ich immer noch kribbelig, aber ich hatte mich hinreichend beruhigt, um ein vernünftiges Gespräch führen zu können. Was gut war, denn Tobias musste am nächsten Tag wieder abfliegen. Dies war unser einziger Abend zusammen. Ich fand ihn bei Dorian auf dem Dachboden, wo er mit dem Gargoyle Sherry aus kunstvoll geschliffenen Likörgläsern trank. Auf einem silbernen Tablett zwischen ihnen stand eine fast leere Kristallkaraffe.

»Du hast mir gar nicht erzählt, dass dieser kleine Kerl mich unter den Tisch trinken könnte«, bemerkte Tobias.

»*Moi?*« Der Gargoyle kicherte.

»Ich bin froh, dass ihr zwei euch so gut versteht. Vor allem da ich heute Abend einen der wenigen Freunde verprellt habe, die ich hier habe.«

»Monsieur Liu tut Ihnen nicht gut«, erklärte Dorian.

»Mir schien er ein guter Mann zu sein«, widersprach Tobias. »Wir leben alle lange genug, um anständige Menschenkenner zu sein. Und ich bin zu dem Schluss gekommen, dass er ein freundlicher Mann ist, dem Zoe am Herzen liegt.«

Dorian hob seinen krallenbewehrten Zeigefinger, um seine Worte zu unterstreichen. »Ein guter Mann? Ja. Ein vertrauenswürdiger? Nein.«

»Das sagst du nur, weil er in deiner Küche gekocht hat.«

»*Mais non!* Das ist ein Problem, ja, aber ich urteile nicht leichtfertig. Max Liu ist der Arm des Gesetzes. Seine Männer haben mich eingesperrt! Wie können Sie diesem Burschen vertrauen?«

»Es hörte sich nicht so an, als sei das seine Schuld gewesen.«

»Und doch wäre es nicht passiert, wenn Zoe ihm die Wahrheit

über sich selbst und mich sagen könnte!« Die dramatische Feststellung büßte an Wirkung ein, weil ihr ein Schluckauf folgte.

»Wenn ihr zwei damit fertig seid, Entscheidungen über mein Liebesleben zu fällen«, sagte ich, »können Tobias und ich vielleicht weiter an *Non Degenera Alchemia* arbeiten. Toby, du hast gesagt, du wolltest mehr über den Aschetee wissen.«

»Wir sprechen uns später, kleiner Mann«, sagte Tobias und schüttelte Dorian die Hand.

»Es war mir ein Vergnügen.« Dorian neigte den Kopf.

Die Treppenstufen knarrten unter meinen enthusiastischen Schritten, als wir in den Keller hinuntergingen. Wir hatten Dorian mit einem Stapel Science-Fiction-Büchern aus der Bibliothek auf dem Dachboden zurückgelassen. Ich überlegte, was ein betrunkener Gargoyle von diesen Büchern halten würde.

»Ich wünschte, ich könnte bleiben«, sagte Tobias, als ich den Keller aufsperrte, »aber ich habe morgen eine Schicht, und ich werde zu Hause gebraucht. Da ist niemand, der für mich einspringen könnte.«

»Hat dein Arbeitgeber einen Mangel an Sanitätern?«

»Etwas in der Art.«

Ich war in meiner gegenwärtigen Erregung nicht in der Lage, den Aschetee zu brauen, schon gar nicht, nachdem ich es in dieser Woche schon einmal getan hatte, aber ich führte Tobias durch die Prozedur, die ich mir aus den gegen den Uhrzeiger laufenden Prozessen in den Illustrationen von *Non Degenera Alchemia* zusammengereimt hatte.

»Nicht so schnell«, ermahnte er mich, als ich die Seiten durchblätterte. »Du wirst am Ende noch das Buch zerstören.«

Er hatte recht. Ich trat einen Schritt zurück. »Ich sollte dich das Buch nehmen lassen, bis sich der Koffeinrausch gelegt hat.«

»Ich weiß nicht, was dieses Zeug an sich hat, dass es Alchemisten so total aus der Bahn wirft. Ich wette, es kann mit Quecksilber mit seinen gefährlichen, doppelgesichtigen Eigenschaften konkurrieren. Aber nur bei uns.«

»Es ist unsere Schuld, dass wir eine übertrieben ausgeprägte Verbindung zu den Transformationen der Natur haben.«

»Lass uns zu diesen unnatürlichen Transformationen hier zurückkehren.« Er zeigte auf die Seite, die ich um ein Haar aus dem Buch gerissen hätte. »Wir springen direkt zu Feuer und Asche. Das kann nicht gut sein.«

»Ist es auch nicht. Jedes Mal, wenn ich das Feuer mit der Absicht entzünde, rückschreitende Alchemie zu praktizieren, setzen die Nebenwirkungen ein. Meine Haut verschrumpelt zusammen mit den Pflanzen, die ich in Asche verwandle.«

»Das Salz des Körpers. Das ergibt Sinn.«

Ich nickte. »Deshalb verhindert es vorübergehend, dass Dorians Körper sich in Stein zurückverwandelt.«

»Ich komme immer wieder zu den Golddiebstählen in Europa«, entgegnete Tobias. »Den Diebstählen, von denen du glaubst, dass es überhaupt keine Diebstähle sind.«

»Ich bin mir fast sicher«, sagte ich. »Wir haben die Daten der ›Diebstähle‹ nachgeschlagen, wo die Diebe Goldstaub hinterlassen haben, und sie passen perfekt zu der Zeit, als Dorian angefangen hat, sich wieder in Stein zu verwandeln. Das Unreine wird zum Reinen – und jetzt transformiert es sich wieder zurück zu Staub.«

»Und sie hängen beide mit dieser Kathedrale zusammen.« Tobias tippte auf die Seite des Buches.

»Tobias!«

Er zuckte zurück.

»Ich wollte dich nicht erschrecken. Ich habe nicht viel über das zerfallende Gold nachgedacht, seit mir klar geworden ist, dass die Illustrationen des Buches eine Kathedrale ergeben. Dass das Zerfallen des Goldes vielleicht einem *Muster* folgt. Es ist schließlich nicht so, dass *alles* alchemistische Gold Gefahr läuft zu zerfallen.«

»Handelt es sich bei den goldenen Gegenständen um religiöse Gegenstände?«

»Nicht bei allen. Es sind keine einander ähnelnden Stücke. Es liegt kein Muster zugrunde. Zumindest habe ich das gedacht – bis jetzt.«

»Da ist ein Muster, Zoe. Du musst es einfach nur finden.« Tobias gähnte, und seine Lider sanken herab.

Ich rüttelte ihn an den Schultern, und noch mehr Adrenalin strömte jetzt durch meine Adern. »Ist alles in Ordnung mit dir? Hat das Buch eine Wirkung auf dich?«

Er schüttelte den Kopf. »Ich habe unmittelbar vor meinem Flug hierher die Nachtschicht gehabt, damit ich dich heute Morgen sehen konnte.«

»Warum hast du das nicht gesagt?«

»Wir haben nicht viel Zeit zusammen. Ich wollte sie nicht damit verschwenden zu schlafen. Aber nach diesem Sherry …«

»Komm schon, Toby. Du weißt, dass es keinen Sinn hat, Alchemie zu praktizieren, wenn man so müde ist. Ich werde dir ein Schlafzimmer herrichten.«

Aufgrund des Zusammenspiels der physischen Wirkungen des Kaffees, der mentalen Anspannung, an Ambrose zu denken, der Kathedrale, Dorians Verfall und Peters Vorhaben wusste ich, dass ich selbst auf keinen Fall schlafen würde. Nachdem ich Tobias in sein Zimmer begleitet hatte, hörte ich ihn leise mit jemandem auf seinem Handy telefonieren, gefolgt von einem Schnarchen, das alles andere als leise war. Ich kritzelte eine Notiz auf ein Stück Papier und schnappte mir meinen silbernen Regenmantel.

Ein leichter Nieselregen fiel vom nächtlichen Himmel. Ich atmete die Düfte von frischem Regen und blühenden Obstbäumen ein, während ich mit schnellen Schritten davonging. Ich hatte kein Ziel, aber ich musste in Bewegung bleiben. Es war eigentlich noch früh genug am Abend, dass andere Menschen draußen waren, aber sobald es heftiger regnete, war ich praktisch allein unterwegs in der Stadt.

Ich ging an den Restaurants und Bars auf dem Hawthorne Boulevard vorbei, vorbei an den Schildern für Craftbier, Kaffee aus kleinen Manufakturen und handgefertigten Kleidern und Mützen. Als ich von der Hauptstraße abbog, kam ich an Häusern vorbei, in denen die Menschen sich zum abendlichen Fernsehen eingefunden hatten, und an Parks, die der Regen leer gefegt hatte. Das Regenwasser strömte mir übers Gesicht und nährte meine unnatürlich trockene Haut. Sobald mein Haar durchnässt war, begann ich zu frieren, also ging ich nach Hause. Die Haustür knarrte laut genug, um die toten Bienen in Dorians Buch im Keller zu wecken.

»Zoe!« Tobias' Stimme, die aus dem Wohnzimmer drang, erschreckte mich. Er sprang von dem grünem Samtsofa auf. »Gott sei Dank, dass du zurück bist. Du hast dein Handy nicht mitgenommen.«

»Ich habe mich nie daran gewöhnt, es überall mit hinzunehmen. Was ist los?« Ich stand da und tropfte auf den Boden.

»Nach all dem Sherry hatte ich Durst, als ich aufgewacht bin, also habe ich mir ein Glas Wasser geholt. Im Haus war es wirklich still. Zu still, so wie das mit Häusern passiert, wenn alle darin schlafen.«

»Dorian schläft nicht.«

»Ich weiß. Das hast du mir erzählt. Und da liegt das Problem. Du hast gesagt, er solle so früh am Abend das Haus nicht verlassen – schon gar nicht jetzt, da die Polizei nach einem steinernen Gargoyle Ausschau halten wird.«

»Er versteckt sich auf dem Dachboden«, antwortete ich. »Wahrscheinlich sitzt er still und leise da und liest.«

»Ich bin zum Dachboden hinaufgegangen, Zoe. Ich wollte mir sicher sein, daher habe ich das ganze Haus abgesucht. Der Gargoyle ist verschwunden.«

42

Paris, 1871

Schlaf war für den Gargoyle keine Notwendigkeit. Ohne irgendeinen anderen Zustand der Existenz zu kennen, betrachtete Dorian dies weder als Segen noch als Fluch – bis sein Vater starb. Jean Eugène Robert-Houdin erlag einer Lungenentzündung, nicht lange nach der tragischen Nachricht vom Tod seines Sohnes aufgrund von Verletzungen, die er im Deutsch-Französischen Krieg erlitten hatte. Dorian fühlte sich einsamer, als er sich hätte vorstellen können.

Sein Arbeitgeber, der blinde Koch, verstand Dorians Trauer über den Tod seines Verwandten. Aber Dorian konnte ihm nicht verraten, dass dies die erste Person in seinem Leben war, die er an den Tod verloren hatte. Er war erst elf Jahre zuvor ins Leben gerufen worden, und doch war es ihm mit seiner tiefen Stimme und seinem scharfen Intellekt wichtig, die Illusion aufrechtzuerhalten, dass er ein viel älterer Mann war. Und natürlich ein Mann, kein Gargoyle.

Glücklicherweise blieb Dorian nicht viel Zeit zum Trübsalblasen. Mit den Ablenkungen, die Paris bot, und dem Kochunterricht durch seinen Arbeitgeber hätte Dorian mehr als vierundzwanzig Stunden am Tag ausfüllen können.

Zuerst protestierte er gegen den Teil der Abmachung, der das Putzen beinhaltete, aber nach einigem Gemurre entdeckte er, dass das Abwaschen von schmutzigem Geschirr und das Abstauben der Wohnung kontemplative Übungen sein konnten. Es war nur ein kleiner Preis für die Lektionen in französischer Kochkunst, die ihm zuteil wurden.

Der Koch hätte nicht erfreuter sein können, wie gut Dorian sich den Erfordernissen französischer Küche gewachsen zeigte. Dorian machte seine Sache so hervorragend, dass der Koch ihn anflehte, einigen ehemaligen Freunden zu erlauben, zu Dinnerpartys ins Haus zu kommen, da er sich sehr wünschte, die Gourmet-Küche seines Nachfolgers zu präsentieren. Doch Dorian ließ sich nicht erweichen. Er sei traumatisiert von seiner Entstellung, erklärte er. Niemand dürfe ihn sehen.

Um den Schein zu wahren, tat Dorian so, als trüge er die Kleider seines Vaters – Robert-Houdin hatte sie ihm für die Scharade gegeben, die sein Leben sein sollte. Um dem Ganzen eine zusätzliche Plausibilität zu verleihen, brachte Dorian von seinen nächtlichen Streifzügen eine Handvoll Kleider mit, die er durch den Dreck zog. Daher konnte er seine Wäsche zusammen mit den Kleidern des Kochs reinigen lassen, ohne Verdacht zu erregen.

Dorian lernte nicht nur, alles zu kochen, angefangen von cremigem *aligot* bis hin zu saftigen *magret de canard,* sondern auch, wie man seinen Weg durch die Welt fand, ohne von irgendjemandem gesehen zu werden. Er lernte es notgedrungen in den Kriegszeiten.

Während der Koch schlief, tat Dorian so, als benutze er das sehr schöne Schlafzimmer, das man für ihn hergerichtet hatte, obwohl er in Wahrheit im Schutz der Dunkelheit die Stadt der Lichter auskundschaftete.

Paris, 1881

Als der Koch sich zehn Jahre später dem Ende seines Lebens näherte, stellte er Dorian Robert-Houdin ein Zeugnis aus, damit er ein Hausgenosse für andere blinde Menschen sein konnte, die niemanden hatten, der sich um sie kümmerte.

Nach Martins Tod gelangte ein kleines Erbe in Dorians Hände. Der Gargoyle wusste nichts von dem Geld, bis sein Brief ihn im Haus seines nächsten Arbeitgebers, eines Rechtsanwalts, erreichte. Der Mann hatte sich vor langer Zeit aus der Juristerei zurückgezogen und war erst jüngst zum Witwer geworden. Da er von der wahren Gestalt seines entstellten Freundes nichts geahnt hatte, war der Koch nicht weitsichtig genug gewesen, Dorian sein Geschenk persönlich zu überreichen. Deshalb sah es nicht danach aus, dass Dorian sein Erbe einfordern könnte, ohne gesehen zu werden. Aber es war nicht alles verloren. Zu der Zeit war Dorian ein Meister der Illusion, ein noch größerer Meister als sein Vater. Seine herausragendste Fähigkeit bestand darin, *nicht gesehen zu werden.*

Dorians Handschrift war exzellent. Das war keine geringe Leistung, wenn man an seine krallenbewehrten Hände dachte, die Viollet-le-Duc nie dazu bestimmt hatte, einen Stift zu halten. Es war eine Sache, einen Schneebesen in der Hand zu halten und Eier schaumig zu rühren. Aber es war wichtig für Dorian, sich rigoros im Schreiben zu üben, denn schriftliche Korrespondenz war seine Verbindung mit dem größten Teil der Welt.

Als er die Nachricht von seinem bescheidenen Erbe erhielt, bat Dorian seinen neuen Arbeitgeber, den Anwalt, um Rat. Er erklärte ihm, es sei ihm viel zu peinlich, irgendjemandem sein entstelltes Gesicht zu zeigen, daher gab Dorian dem Anwalt die Erlaubnis, in seinem Namen aufzutreten, und der Anwalt sagte unter Eid aus, dass der tragisch entstellte Dorian Robert-Houdin in seinem Haus lebe und der sei, für den er sich ausgab.

Es waren Methoden wie diese, die Dorian halfen, seinen Weg in der Welt zu finden.

Er wanderte von Ort zu Ort nur mit einer kleinen Reisetasche, in der er die wenigen Erinnerungsstücke an seinen Vater aufbewahrte, darunter *Non Degenera Alchemia.* Dorian war ein Kunstliebhaber, aber die Illustrationen in dem Alchemiebuch gefielen ihm nicht besonders. Er behielt das Buch, weil es ihn an seinen Vater erinnerte, aber wann immer er das Buch aufschlug, überkam ihn eine seltsame Schläfrigkeit. Er nahm an, dass er es sich nur einbildete, dass es Traurigkeit war, die er empfand, Traurigkeit bei dem Gedanken an den Mann, der ihm das Leben geschenkt und ihn großgezogen hatte. Den Mann, der jetzt nicht mehr auf dieser Erde wandelte.

Sein Vater hatte ihm erklärt, dass es etwas in diesem Buch war, das ihn ins Leben gerufen hatte, aber Dorian war keine hochgeistige Kreatur. Er war ein Gourmet, der die feineren Freuden im Leben zu schätzen wusste, kein Philosoph. Wenn es ein Kochbuch gewesen wäre, hätte er vielleicht einige Zeit damit verbracht, die codierten Nachrichten in dem Buch zu entschlüsseln. Aber warum über Dinge nachgrübeln, die keine Auswirkungen auf sein Leben hatten?

43

Es war noch nicht einmal zehn Uhr. Viel zu früh, als dass Dorian hätte ausgehen können. Er verließ das Haus niemals vor Einbruch der Nacht, wenn kaum Menschen unterwegs waren. Dachte er, dass er wegen des Regens besser geschützt sein würde?

»Vielleicht ist er weggegangen, um das Messer zu verstecken.« Bei dem Gedanken wand ich mich innerlich. Eines Tages würde ich mich mit dem Gargoyle an den Tisch setzen müssen, um mit ihm über polizeiliche Beweisstücke zu reden.

»Das Messer liegt auf dem Dachboden.«

Wunderbar. Einfach wunderbar. Genau das hat mir noch gefehlt: Dass die Polizei das Haus durchsucht und eine Mordwaffe darin findet.

Ich schickte Brixton eine WhatsApp, um ihn zu fragen, ob er wisse, wo Dorian war. Keine Minute später schrieb er mir zurück.

Er hat sich auf die Suche nach Julian Lake gemacht.

Ich stöhnte.

»Was ist passiert?«, fragte Tobias.

»Er hat sich auf den Weg zu Julian Lake gemacht, der damals beraubt worden ist. Wie kann er so etwas tun? Was hofft er zu erfahren, indem er den Mann ausspioniert, dessen Familienerbstücke vor Jahrzehnten gestohlen wurden?«

»Aber das ist doch nett von ihm. Der kleine Bursche hilft Brixton bei dem Vorhaben des Magiers, den Namen seines Dads reinzuwaschen.«

»Es ist *nicht* nett. Es ist gefährlich für ihn fortzugehen. Sein Bein ist effektiv gebrochen, und die Polizei sucht nach einer verschwundenen Gargoyle-Statue.«

Eine weitere Textnachricht von Brixton erschien: *Er ist schon vor einer Weile aufgebrochen. Ist er noch nicht wieder da?*

Ich nahm mir vor, die beiden nie wieder zusammen allein zu lassen. Ich tippte: *Keine Sorge, er wartet wahrscheinlich, bis es spät genug ist, um sich dann leichter nach Hause zurückschleichen zu können.*

Ich glaubte es selbst nur halb. Nicht nötig, dass wir beide eine schlaflose Nacht durchlitten.

Brixton schrieb: *Schicken Sie mir eine Nachricht, wenn er zurück ist.*

Der Gargoyle lag uns beiden am Herzen.

Ich fühlte mich geringfügig besser, nachdem ich Julian Lake nachgeschlagen hatte. Er war fünfundachtzig Jahre alt und *blind.* Wenn es Dorian gelang, ihn allein zu erwischen, würde der des Sehens nicht mächtige Mr Lake annehmen, er sei ein Mann.

Oben auf dem Speicher saßen Tobias und ich auf dem Boden, spielten Gin Rommé und tranken einen Kakao, der nicht annähernd so gut war wie der von Dorian, während wir nervös auf seine Rückkehr warteten. Da meine geliebten Wollpullover ja durch den zerstörerischen Wintersturm ruiniert worden waren, hüllte ich mich in eine Decke, um warm zu bleiben. Während Tobias die Karten austeilte und ein leichter Regen auf die Plane klopfte, die das Dach sicherte, überkam mich eine tröstliche Vertrautheit. Ich machte mir immer noch Sorgen wegen Dorian, aber nicht mehr ganz so sehr. Ich hatte Freunde, die helfen wollten.

»Du kannst wieder schlafen gehen, weißt du«, schlug ich Toby vor.

»Keine Chance.« Er hielt inne, bevor er nach dem Blatt griff, das er sich selbst gegeben hatte. »Es ist gut, hier zu sein, Zoe. Selbst unter diesen verkorksten Umständen bin ich so froh darüber, dass das Ganze mich zu dir zurückgeführt hat.«

»Geht mir auch so.«

Während der nächsten Stunde erzählten wir einander von unserem Leben und wohin unsere Reisen uns geführt hatten. Wir fanden heraus, dass wir fast zur selben Zeit in Albuquerque gelebt hatten, und weil wir so viel unterwegs waren, hatten wir gelernt, selbst unsere Autos zu reparieren. Tobias hatte noch weniger irdische Besitztümer als ich, daher passte seine gesamte Habe in einen Cadillac Eldorado von 1956.

»Was ist so witzig?«, fragte Tobias, als ich dermaßen unkontrolliert lachen musste, dass ich meine Karten fallen ließ.

»Wir zwei. Hätten wir uns noch auffälligere Autos aussuchen können?«

»Bei dem Leben, das wir führen, müssen wir unsere Freuden dort suchen, wo wir sie bekommen können. Leider hasst meine Frau dieses Auto.«

Ich erstarrte, bevor ich meine verstreuten Spielkarten einsammeln konnte. »Du bist *verheiratet*? Warum hast du das nicht schon früher erzählt?«

»Es ist kompliziert.«

»Ist das nicht alles in unserem Leben? Und was deine Frau betrifft …«

»Sie weiß Bescheid. Es wäre unmöglich, es vor ihr zu verbergen.«

Mir war nicht mehr danach zumute, Gin Rommé zu spielen. Ich

schaute von Tobias' resigniertem Gesicht zu den verstreuten Karten. Der Herzkönig und die Herzkönigin sahen mich an. »Sie ist älter geworden als du.«

»So sehr, dass wir, als wir nach Detroit umgezogen sind, niemandem erzählen konnten, dass wir verheiratet sind. Ich rede gewohnheitsmäßig nicht darüber. Seit ich Sanitäter bin, erzählen wir den Leuten, ich sei ihr im Haus lebender Gefährte, der ihr bei gesundheitlichen Problemen hilft.«

»Warum hast du es mir nicht gesagt? Ist es in Ordnung für dich, von ihr getrennt zu sein?«

Er lachte leise. »Ich wusste, dass du dir Sorgen um sie machen würdest, sobald du Bescheid weißt. Deshalb habe ich es dir in unseren Mails nicht erzählt. Ich wollte dich besuchen. Und wenn du es gewusst hättest, hättest du mich davon abgehalten.«

»Natürlich hätte ich dich davon abgehalten!«

»Es geht ihr gut. Einer meiner Freunde kümmert sich um sie, während ich fort bin. Und es sind ja nur zwei Tage. Aber Rosa ist der wichtigste Grund, warum ich nach Hause zurückmuss.«

»Was ist mit ihr? Kann ich irgendetwas tun, um zu helfen?«

»Nein. Ich habe alles im Griff. Und es gibt keine Krankheit oder irgendein Gebrechen, das behandelt werden kann.« Ein sehnsüchtiger Ausdruck glitt über seine Züge. »Einfach das Alter.«

»Wann hast du es ihr erzählt?«, fragte ich und dachte an Max.

Tobias stand auf, ging über den Dachboden und blieb vor einem Regal mit antiken Büchern über Gärtnerei und Kräutermittel stehen. »Zu spät«, antwortete er. »Ich habe es ihr zu spät erzählt.«

»Nachdem sie sich in dich verliebt hatte.«

Er nickte knapp. »Obwohl ich so getan habe, als würde ich ihr die Wahl lassen, war das nicht fair von mir. Wenn sie immer Bescheid gewusst hätte, hätte sie sich von mir fernhalten und jemanden finden können, mit dem sie alt werden konnte.«

»Du scheinst sie sehr zu lieben. Hattet ihr kein schönes Leben zusammen?«

»Doch, das haben wir. Ich hätte die gleiche Entscheidung getroffen, mit ihr zusammen zu sein. Ich wünschte nur, ich hätte ihr eine ehrliche Wahl gelassen.«

Wir verstummten, als vom Dach ein schwaches Kratzen erklang. Dem Geräusch folgte das Erscheinen eines Gargoyles, der sich durch die Dachsparren zwängte und vorsichtig die Plane wieder befestigte. Er trug ein Cape aus schwarzer Seide mit einem Verschluss um den Hals. Es hatte verdächtige Ähnlichkeit mit dem Cape, von dem ich dachte, es würde in meinem alten Trailer hängen, der in der Einfahrt parkte.

»Ah!«, rief Dorian, als er uns bemerkte. »Sie möchten mich mit einem Herzinfarkt töten, damit ich nicht in Stein gefangen werde?«

»Wir wissen, wo du gewesen bist«, konterte ich.

Dorian ging zu der leeren Ecke auf dem Dachboden. Er entfaltete seine Flügel und schüttelte das Regenwasser ab. »*Magnifique*, nicht wahr?«

»Nein, das ist es nicht.«

»Er ist blind, Zoe! Es war die perfekte Aufgabe für mich.«

»Konntest du mit ihm reden?«, fragte Tobias.

»Ich dachte, er würde keine Besucher empfangen«, ergänzte ich.

»Er mag die meisten Leute nicht, aber ich glaube, er ist einsam. Seine Pflegerin ist eine gehässige Frau. Und sie ist eine grauenhafte Köchin.« Der Gargoyle stieß ein sehnsüchtiges Seufzen aus. »Seine Küche ist viermal so groß wie diese hier.«

»Hey«, sagte ich zu dem undankbaren kleinen Burschen.

»Er hat zwei Kühlschränke, von denen jeder doppelt so groß ist wie unserer ...«

»Dorian.«

»Sie haben mich mit Ihrem Gerede über Essen abgelenkt.«

»Ich habe überhaupt nicht von Essen gesprochen. Das warst du.«

»Wortklauberei. Wo war ich noch gleich? Ah, ja. Ich konnte nicht nur mit ihm reden, ich habe ihm auch ein Stück Schokoladenkuchen angeboten – mein neues Rezept, das mein bisher bestes ist, auch wenn ich das selber sage …«

»Dorian. Ich gebe zu, dass der Kuchen gut ist. Zurück zu Julian Lake.«

»*Oui.* Ich konnte nicht viel mitnehmen und trotzdem gelenkig bleiben, aber ich wusste, dass Schokolade eine gute Wahl sein würde, denn die allermeisten Leute mögen sie. In dieser Hinsicht bin ich nicht enttäuscht worden.«

Tobias griff sich an den Kopf. »Ist er immer so?«

»So ziemlich.«

»Ungeduldige Amerikaner«, brummte Dorian, dann räusperte er sich. »Also schön. Ich habe eine sehr wichtige Tatsache herausgefunden. Monsieur Lake war in dem Zug, den Peters Vater, Franklin Thorne, angeblich ausgeraubt hat. Er hat ein großartiges Gedächtnis und erinnert sich sehr gut an Burke, den Wachposten. Es ist nicht möglich, dass der Wachposten der Schuldige war. Es ist so, wie die Polizei es aufgezeichnet hat. Peter Silvermans Vater war der Dieb und Mörder. Der Magier lügt, was sein Motiv für seine Rückkehr nach Portland angeht.

44

Ich schrieb Brixton, dass Dorian gesund und munter nach Hause zurückgekommen sei, in der Hoffnung, dass der Junge ein wenig schlafen würde. Ich brauchte mehr Zeit, um über die besten nächsten Schritte nachzudenken, und ich wollte nicht, dass Brixton losrannte und irgendetwas Dummes tat.

Wenn Peter in Bezug auf seine Motive gelogen hatte, könnte er dann noch ein Motiv für den Mord haben, von dem wir nichts wussten? Oder war er einfach ein unschuldiges Opfer, das zu Unrecht glaubte, sein Vater habe nichts mit der Tat zu tun gehabt? Zum Zeitpunkt des Todes seines Vaters war er noch ein Kind gewesen.

»Mit *Persephones und Prometheus' Phantasmagoria* stimmt irgendetwas nicht«, verkündete Dorian. »Glauben Sie, er will Ihnen den Mord an dem Schatzsucher in die Schuhe schieben, damit er die Beute für sich allein hat, wenn er sie findet?«

Ich dachte kurz über seine Erwägungen nach, dass ich vielleicht auf eine derartig obskure Art und Weise hereingelegt worden sein könnte, tat die Vermutung jedoch ab und schob sie auf die nachhaltige Wirkung des Kaffees. »Ich weiß nicht, Dorian. Es scheint mir doch ziemlich weit hergeholt zu sein, dass er im Theater einen steinernen Zeh findet, ihn mit mir in Zusammenhang bringt und den Stein in die Hand des Toten drückt, weil er hofft, dass das die Polizei zu mir führen wird.«

»*Oui,* ohne Fakten ist es nur eine Theorie. Aber Magier sind Meister der Irreführung. Wir müssen der Sache nachgehen!«

»Immer langsam, ihr zwei«, unterbrach Tobias ihn. »Ich verstehe, dass ihr wegen Dorians fehlendem Zeh in diese Ermittlungen hineingezogen worden seid, aber selbst zu ermitteln?«

Dorian blinzelte Tobias mit seinen schwarzen Augen an. »Haben Sie denn die Werke von Agatha Christie nicht gelesen? Sie war Engländerin, ja, aber ihre detektivischen Fähigkeiten waren unvergleichlich. Sie hat uns gelehrt, dass der Amateurdetektiv am ehesten fähig ist, seine kleinen grauen Zellen zu benutzen, um die komplexesten Verbrechen aufzuklären.«

»Das ist Fiktion«, widersprach Tobias. »Außerdem war Poirot kein Amateur.«

»Wortklauberei«, murmelte Dorian. »Er war kein *flic.* Er war kein Polizist. Jene, die außerhalb des Gesetzes arbeiten, wissen mehr über …«

»Der Rucksack!«, rief ich.

Dorian grinste. »*Merci,* Zoe, dass Sie meine Behauptung sogleich bestätigt haben.«

»Was für ein Rucksack?«, hakte Tobias nach.

»Dorian und ich haben gesehen, wie Peter und Penelope vor dem Theater einen kleinen Rucksack aus einer Truhe genommen haben. Ihr Benehmen war sehr heimlichtuerisch. Zu jener Zeit glaubte ich, Peter sei ein Alchemist, daher war Heimlichtuerei vollkommen nachvollziehbar. Ich dachte nicht weiter darüber nach. Wenn sein Geheimnis aber darin besteht, dass er Franklin Thornes Sohn ist, der den Namen seines Vaters reinwaschen will, was befand sich dann in dem Rucksack?«

»Ich erinnere mich daran, gedacht zu haben«, sagte Dorian, »dass der Rucksack aussah, als gehöre er einem Kind.«

»Das stimmt. Es war keine Aktentasche mit schriftlich festgehaltenen Nachforschungen. Es sah aus wie ein Kinderrucksack. Ich wünschte, ich könnte mich daran erinnern, was die beiden zueinander gesagt haben.«

»Lasst uns ins Theater zurückkehren«, schlug Dorian vor.

»Nein«, protestierten Tobias und ich wie aus einem Mund.

Dorian verzog seine Schnauze. »Doppelgesichtige Alchemisten! Ich dachte, Sie wären auf meiner Seite.«

»Ich bin so sehr auf deiner Seite, dass es mich umbringen würde, wenn die Polizei dich ein weiteres Mal in Gewahrsam nehmen würde. Wir gehen keine unnötigen Risiken ein, was bedeutet, dass wir nicht an einen Tatort zurückkehren.«

Dorians Flügel sackten herab. »Sie haben das Herz am richtigen Fleck, Zoe Faust. Aber egal. Es ist fast Zeit für mich, zu Blue Sky Teas zu gehen, um für den bevorstehenden Tag zu backen. Sie brauchen mich im Übrigen nicht daran zu erinnern, dass ich vorsichtig sein soll.«

Nachdem wir die Nacht im Keller verbracht und fruchtloserweise noch einmal *Nicht Unwahre Alchemie* von Buchdeckel zu Buchdeckel durchgelesen hatten, verzehrten Tobias, Dorian und ich die missglückten Backwaren, die Dorian vor Sonnenaufgang aus der Teestube mitgebracht hatte. Heute war es ein Festmahl mit Pfannkuchen aus Kichererbsenmehl. Obwohl sein Rezept wohlschmeckend war, kam Dorian zu dem Schluss, dass Pfannkuchen sich nicht gut in der gläsernen Kuchenvitrine der Teestube machten. Die Präsentation war ein wichtiger letzter Schritt von Dorians kulinarischer Alchemie. Eine starke Flamme unter einer gusseisernen Bratpfanne konnte Mehl, Wasser, gemahlene Samen und einige Kräuter in einen Stapel herrlicher Frühstückspfannkuchen verwandeln. Aber Verwandlungen waren nicht immer hübsch. Dorian fand, dass seine Pfannkuchen nicht attraktiv genug waren, um Leute zu der Auslage zu locken.

Tobias und ich bereiteten in der Küche Frühstücksteller vor. Tobias inhalierte den Duft, als er einen Espresso für den ungeduldig auf dem Dachboden wartenden Dorian zubereitete, bevor er eine Kanne Tee für sich selbst kochte. Ich trank immer noch meine stärkende Teemixtur gegen die Nachwirkungen der Herstellung von Dorians Aschetee und dem versehentlichen Verzehr von mit Kaffee versetzten Keksen. An diesem Morgen hatte ich eine zusätzliche Tasse getrunken, da ich die ganze Nacht kein Auge zugetan hatte. Meine Zitronenmelissen-Solarinfusion war fast verbraucht.

»Ich wünschte, ich müsste nicht fortgehen«, bemerkte Tobias, als er mit einer Hand ein Tablett mit Kaffee und Tee hochhob. »Rosa braucht mich, und ich muss arbeiten. Doch ich werde über euer Problem nachdenken. Vielleicht fällt mir etwas Neues ein, wie ich euch helfen kann. Ich denke die ganze Zeit, dass das zerfallende Gold irgendeine Rolle bei diesem Rätsel spielen muss.«

»Ich bin froh, dass wir einander wiedergefunden haben, Tobias.«

»Selbst wenn es solch misslicher Umstände bedurft hat, um dich dazu zu bringen, nach anderen Alchemisten zu suchen, bin ich glücklich darüber, dass du es getan hast, Zoe. Sehr glücklich.«

Ich griff nach dem zweiten Tablett, und wir gesellten uns zu Dorian in sein sicheres Versteck auf dem Dachboden, mit seiner Fluchtroute in dem schrägen Dach darüber.

»Sie tragen dieses Tablett so geschickt, Monsieur Freeman«, sagte Dorian, »dass ich glaube, Sie müssen in Ihrer Vergangenheit als Kellner tätig gewesen sein.« Er nahm einen Schluck von dem Espresso, den Tobias zubereitet hatte. »*Oui.* Dieser Espresso ist *très bon*. Ich habe recht, nicht wahr?«

»Ich bekenne mich schuldig.«

»Sie wirken nicht erfreut! *Le garçon* ist eine verdienstvolle Profession. Sie helfen dem Koch, seine Kreationen zu präsentieren.«

»Für einen Franzosen bist du ein ziemlich optimistischer Bursche, Dorian.«

»Aber natürlich.«

»Und ein großartiger Koch. Wenn du kein Gargoyle wärest, könntest du jedes Restaurant leiten.«

»Sie sind schlau, Monsieur Freeman. Aber jetzt werden Sie jeden Moment zum Flughafen aufbrechen, und im Flugzeug wird man Ihnen keine essbaren Speisen vorsetzen. Ich werde einen Korb mit Sandwiches und Snacks vorbereiten, mit denen Sie sicher nach Hause kommen.«

Beladen mit genug Lebensmitteln, dass Tobias und seine Frau eine ganze Woche davon essen konnten, fuhr ich meinen alten Freund zum Flughafen, um mich von ihm zu verabschieden. Auf der Fahrt betrachtete er die Ansammlung von Leckereien und kicherte.

»Was ist so witzig?«, fragte ich. »Die Menge?«

»Drachenzunge, Drachenmöhren und sogar Drachenkraut. Ich erkenne da ein Muster.«

»Das bezweifle ich. Du bist derjenige, der Muster liebt, daher ist es das, was du siehst.«

»Ich mache keinen Witz, Zoe. Er hat alles hier eingepackt.«

»Ganz bestimmt. Er verwendet gern Grünkohl, lila Karotten und Estragon. Textur, Farbe und Aroma.«

Tobias wickelte ein duftendes Baguette-Sandwich wieder in sein Pergamentpapier. »Da hast du recht. Gärtner haben vielleicht eine noch lebhaftere Fantasie als Alchemisten.«

Die Fahrt zum Flughafen war viel zu kurz. Nachdem ich mich von Tobias verabschiedet hatte, konnte ich nicht umhin, noch länger an ihn und seine ältere Frau zu denken. Es war die richtige Entscheidung für die beiden. Wäre ich in der Lage, das für mich selbst zu tun? Verdiente ich es überhaupt? Ich war mir nicht einmal sicher, ob ich meinen engsten Freund vor einem unnatürlichen Schicksal retten konnte, gefangen zwischen Leben und Tod.

Auf der Heimfahrt hörte ich mir *Accidental Life* an und behielt meinen alten Freund auf diese Weise noch ein wenig bei mir.

Als ich mein Haus wieder erreichte, sah ich mich zwei unerwarteten Gästen gegenüber: den Magiern. Sie hatten es sich auf der Veranda vor meinem Craftsman-Haus bequem gemacht. Peter jonglierte mit d'Anjou-Birnen, die verdächtige Ähnlichkeiten mit denen aus einem Nachbarsgarten hatten, und Penelope saß auf der obersten Treppenstufe und zwirbelte zwischen ihren langen Fingern geschickt eine Zigarre.

Ich knallte die Autotür zu. »Wie haben Sie mich gefunden?« Genau wie Peter Silverman verstand ich mich darauf, unter dem Radar zu bleiben. Vorsichtig ging ich auf die beiden zu.

»Ihr junger Freund hatte neulich abends eine Karte von Blue Sky Teas in seiner Tasche«, erklärte Peter. Während er sprach, verschwanden die Birnen. Sie landeten nicht auf dem Boden, aber ich sah auch nicht, wo sie geblieben sein könnten.

»Die junge Frau mit den nackten Füßen war unglaublich hilfsbereit«, fuhr Peter fort.

Ich stöhnte leise. Er musste von Brixtons freigeistiger Mom sprechen, Heather, die niemals auf den Gedanken kommen würde, dass jemand sie hinterging.

»Es hat ihr so leidgetan, zu hören, dass Sie Ihr Medaillon im Theater verloren haben«, setzte Peter seine Erzählung fort.

Meine Hand flog zu meinem Medaillon. Es war da. Er besaß gewiss die Fähigkeiten, es mir wegzunehmen, ohne dass ich es bemerkte, daher war ich erleichtert, dass er es nicht als Teil seiner List tatsächlich gestohlen hatte.

»Ich wollte Sie nicht beunruhigen«, sagte er. »Vor allem da ich hergekommen bin, um zu helfen. Dürfen wir reinkommen?«

»Es passt gerade nicht besonders gut.« Ich zwang mich, nicht in Richtung Dachboden zu schauen.

Die Vorder- und Hintertür des Hauses ließen sich von einem geschickten Einbrecher mühelos knacken, aber die Türen zum Dachboden und zum Keller waren mit zusätzlichen Schlössern versehen, daher machte ich mir keine Sorge, dass sie sich vielleicht bereits ohne meine Erlaubnis Zutritt zum Haus verschafft haben könnten. Ich war beunruhigt, ja, aber nicht besorgt, nein.

»Entschuldigen Sie, dass ich Sie enttäuschen muss«, fügte ich hinzu. »Ich wünsche Ihnen viel Glück bei Ihrem Vorhaben, aber ich kann Ihnen nicht helfen.«

»Wir haben uns Ihre neue Website angesehen«, wechselte Penelope das Thema.

»Meine neue Website?«, wiederholte ich, ehe mir einfiel, dass Veronica daran arbeitete.

»Sie bieten ein paar antike Rätselkästchen zum Verkauf an«, sagte Peter. Dann zog er aus dem kleinen Rucksack, den ich aus dem Theater wiedererkannte, ein geschnitztes Rätselkästchen aus Sandelholz. Es war kleiner als meine Handfläche, und die unregelmäßig geformten Blumenschnitzereien verrieten mir, dass es von Hand geschnitzt war. Er reichte mir das Kästchen. In den Boden waren die Worte *Asche zu Asche* eingeritzt.

Geh nicht darauf ein, Zoe. Das Kästchen ist faszinierend, aber es ist nicht dein Problem.

»Was ist das?«, fragte ich und strich mit den Fingerspitzen über das weiche Holz. In das Kästchen war eine Rose mit einem Dornenkranz geschnitzt.

Ich hatte dieses Bild schon einmal gesehen.

»Ich hoffe, dass Sie mir helfen können, es zu öffnen«, bemerkte

Peter. »Es hat nichts mit der Angelegenheit zu tun, wegen der Sie uns aufgesucht haben, aber die Rückkehr nach Portland, um den Namen meines Vaters reinzuwaschen, hat mich sentimental gemacht. Dieses Kästchen hat ihm gehört. Er hat es in seiner Spielzeugwerkstatt angefertigt und mir hinterlassen.«

Franklin Thorne, sein Vater und angeblicher Dieb und Mörder, hatte das Kästchen gemacht.

»Ich weiß, was das ist«, sagte ich, während mir eine beunruhigende Erkenntnis dämmerte.

»Das ist großartig«, entgegnete Peter. »Ich wusste, dass Sie wissen würden, wie man es öffnet. Habe ich es dir nicht prophezeit, Pen?«

»Durchaus«, bestätigte Penelope, ohne mich auch nur für eine Sekunde aus den Augen zu lassen.

»Könnten Sie es mir zeigen?«, fragte Peter.

»Ich meinte nicht, dass ich weiß, wie man es öffnet«, sagte ich. »Ich bezweifle, dass irgendjemand außer der Person, die es zusammengesetzt hat, es öffnen könnte, ohne es zu zerstören.«

Peter runzelte die Stirn.

»Ich weiß, das ist nicht die Antwort, auf die Sie gehofft hatten«, fügte ich hinzu, denn mir ist klar, dass Sie nicht zerbrechen wollen, was sich darin befindet.«

»Das ist doch lächerlich.« Alle Muskeln in seinem geschmeidigen Körper verkrampften sich. »Wie um alles in der Welt können Sie wissen, was darin ist?«

»Ich habe das Mausoleum der Familie Thorne auf dem Friedhof gesehen«, antwortete ich. »Die Steinmetzarbeiten an den Wänden des Mausoleums bilden Rosen und Dornen ab, die genau zu denen auf diesem Kästchen passen. Ich vermute, dieses Rätselkästchen enthält einen Schlüssel zum Mausoleum der Familie Thorne. Aber es gibt nur einen einzigen Grund, warum Sie mir das verheimlichen.«

»An meinen Motiven ist nichts Geheimes«, widersprach Peter mit geheuchelter Gelassenheit.

»Dort hat Ihr Vater seine Beute versteckt, nicht wahr, Peter?«, fragte ich. »Sie wissen, dass er der Dieb war – Sie haben es immer gewusst –, aber es Ihnen nicht gelungen, in das steinerne Mausoleum hineinzugelangen, um sich seine versteckte Beute zu holen.«

45

Peter starrte mich stumm an.

»Nun«, ergriff Penelope das Wort, »sie ist eindeutig viel schlauer, als wir ihr zugetraut haben.« Sie stand auf, stieg die Verandatreppe hinunter und trat unbehaglich dicht vor mich hin. Sie war größer als ich, daher durchschaute ich das Manöver als das Machtspiel, das es war. »Wie sind Sie darauf gekommen?«

»Auf dem Friedhof war mir nicht bewusst, was ich vor Augen hatte.« Ich trat einen Schritt von Penelope weg und ging einige Meter auf die kahlen Holunderbüsche zu, die den Zaun zum Nachbargrundstück säumten. Die bloße Nähe zu diesen »Beschützern des Gartens« vermittelte mir das Gefühl, die Sache besser unter Kontrolle zu haben. »Aber das Mausoleum der Thornes ist nicht allzu weit von dem Gebiet des Erdrutsches entfernt.«

»Die Polizei hat es bereits durchsucht, nachdem er getötet worden war«, beteuerte Peter. »Der Friedhof hat ebenfalls einen Schlüssel dazu.«

»Zum Haupteingang, sicher«, sagte ich. »Aber nicht zu dem versteckten Eingang.«

Peter bekam einen Hustenanfall.

»Kleinigkeiten, die Sie beide gesagt haben, haben nicht zusammengepasst«, fuhr ich fort. »Sie sind nicht an die Polizei herangetreten, um sich Zutritt zu den Unterlagen zu verschaffen, stattdessen haben Sie Zeit auf dem Friedhof verbracht. Der Gegenstand, den Sie in einer abgeschlossenen Truhe geschützt haben, gehörte nicht zu Ihren Nachforschungen, sondern war ein Kinderrucksack mit einem Rätselkästchen, das Ihnen Ihr Vater vermacht hat, der Spielzeugmacher. Nein, Ihr Benehmen war nicht das von Menschen, die historische Fakten recherchieren, um den Namen eines Mannes reinzuwaschen. Es war das Benehmen von Schatzsuchern. Ich habe es mir erst zusammengereimt, als ein Freund von mir mit Julian Lake gesprochen hat. Er hat gesagt, der Wachposten könne auf keinen Fall der Täter gewesen sein.«

»Netter Versuch«, warf Penelope ein. »Aber Julian Lake ist ein Einsiedler. Er redet mit niemandem.«

»Mein Freund ist sehr gut darin, Menschen dazu zu bringen, sich ihm zu öffnen.«

Penelope musterte mich mit schmalen Augen.

»Es ist nicht illegal, nach der Lake-Beute zu suchen«, rechtfertigte sich Peter, der seine Stimme wiedergefunden hatte.

»Nein, illegal ist es nicht. Sie geben zu, dass Sie die ganze Zeit gewusst haben, dass Ihr Vater der Dieb war?«

»Es ist nicht Peters Schuld, dass sein Vater ein Krimineller war«, schaltete Penelope sich erneut in das Gespräch ein.

»Pen–«

»Oh, sei doch still, Peter. Willst du diese Sache ein und für alle Mal klären oder nicht?«

Peter umklammerte das Geländer der Veranda, sagte aber nichts mehr.

»Wir haben Ihnen bereits erzählt, dass Peter sein Leben lang vor den Mutmaßungen davongelaufen ist, die Menschen über ihn angestellt haben«, sprach Penelope weiter. »Ist es verwunderlich, dass er zumindest ein wenig Genugtuung bekommen möchte? Wenn er den Schmuck der Familie Lake zurückgibt und eine

Belohnung dafür erhält, wird das für ihn ein gewisser Abschluss sein.«

»Warum haben Sie das nicht gleich gesagt?«, fragte ich.

»Nachdem er seine Vergangenheit so lange verborgen gehalten hat, verstehen Sie sicher den Wunsch, die Sache nicht im Rampenlicht zu erledigen, wenn man so will.« Sie bedachte mich mit einem unergründlichen Lächeln. »Für den Fall, dass er die versteckte Beute nicht finden und der Familie Lake zurückgeben kann, um *sich selbst* reinzuwaschen, will er seine Identität nicht preisgeben oder sich dem Gespött ausliefern.«

Das ergab Sinn. Es war ein Impuls, den ich in meinem eigenen Leben häufig verspürte. Ich musste so viele Teile meiner Existenz verbergen, dass es mir zur zweiten Natur geworden war, mich zu verstecken. Aber wie konnte ich nach ihren zahlreichen Lügen sicher sein, dass Peter und Penelopes Motive rein waren?

»Es macht Ihnen gewiss nichts aus, wenn die Polizei Sie zum Mausoleum begleitet, um es zu öffnen.« Ich erwiderte Penelopes rätselhaftes Lächeln.

»Natürlich nicht«, antwortete sie. »Aber bedauerlicherweise haben Sie selbst gesagt, es sei unmöglich, das Kästchen zu öffnen. Nicht ohne zu zerstören, was immer sich darin befindet.«

»Ich habe nicht genau das gesagt.«

Peter bohrte die Fingernägel in das hölzerne Geländer, und seine Halsschlagader sah aus, als würde sie gleich platzen. »Hat Ihnen schon mal jemand gesagt, dass Sie gern in Rätseln sprechen?«

»Nicht ich bin diejenige, die einen Hinweis auf das Kästchen geschrieben hat.«

»Es ist kein Hinweis«, schäumte Peter. »Ich habe es mit jedem möglichen Austausch der Buchstaben versucht. Die Inschrift verrät mir nicht, wie man das Kästchen aufbekommt.«

»Um ein solches Kästchen zu öffnen«, antwortete ich und

drehte es in den Händen, »ist es immer das Beste, wenn man die richtigen Stellen kennt, an denen man drücken muss, und das in der richtigen Reihenfolge, wie Sie wissen. Die Person, die es gebaut hat, muss gewusst haben, wie man so etwas macht. Aber ohne diese Reihenfolge zu kennen, muss das Kästchen zerstört werden, um an seinen Inhalt zu gelangen. Zerbrechen oder verbrennen sind Ihre Optionen, aber wenn Sie nicht wissen, was sich darin befindet, ist es schwer zu sagen, was den geschützten Gegenstand ruinieren würde. Wenn Sie jedoch glauben, es handelt sich um einen Schlüssel, würde dieser Schlüssel nicht verbrennen. So viel verrät Ihnen das Kästchen selbst.«

»*Asche zu Asche*«, flüsterte Peter.

»Der Hinweis war simpler, als Sie sich vorstellen konnten. Wenn Sie das Kästchen öffnen wollen, ohne den Schlüssel darin zu zerstören, müssen Sie es verbrennen.«

Peter stöhnte. Bevor ich begriff, was geschah, verschwand das Kästchen aus meiner Hand.

Auf der Veranda trug Peter eine spachtelmassenähnliche Substanz auf die Rosenschnitzerei des Kästchens auf. Mit flinken Handbewegungen schälte er sie herunter und reichte Penelope die Spachtelmasse. Dann sprang er über das Geländer der Veranda und landete anmutig auf dem Plattenweg. Mit einem Schnippen seiner Finger erschien ein Feuerzeug in seiner Hand. Er steckte das Kästchen in Brand.

»Warten Sie!«, rief ich. »Es ist nur eine Theorie.«

Peter bedachte mich mit einem teuflischen Grinsen. »Deshalb habe ich einen Abdruck von der Schnitzerei auf dem Kästchen gemacht. Nur für den Fall, dass Sie sich irren.«

Das Kästchen schwelte und fing Feuer. Als die Flammen erloschen, blieb ein eiserner Schlüssel zurück, der dunkel in der Asche glühte.

»Ich brauche deine Hilfe«, eröffnete ich Max.

Ich hatte alle Gedanken daran, wie ich Max zur Tür hinausgeschoben hatte, verdrängt und ihn angerufen. Es war das Beste, das mir zu tun einfiel.

Er seufzte hörbar am anderen Ende der Leitung. »Du meinst, du willst eine Empfehlung für einen Psychologen?«

»Ich erkläre dir alles später, Max, aber du musst dich mit mir auf dem River-View-Friedhof treffen. Beim Mausoleum der Familie Thorne. Es ist in der Nähe der Stelle, wo es zu den Erdrutschen gekommen ist.«

Jetzt hörte es sich an, als würde er fast ersticken.

In meinem Vorgarten stehend, erklärte ich, dass ich nicht in einem gefährlichen Gebiet herumstreifen wollte, wie er befürchtete, dass aber die Magier mich um meine Hilfe bei ihrem Rätselkästchen gebeten hätten, weil ich in meinem Online-Shop mehrere davon anbot. Und ich erzählte ihm von Peters Verbindung zu Franklin Thorne und der Lake-Beute. Es gelang mir, Max davon zu überzeugen, dass er, da die Information nicht direkt mit den Mordermittlungen in Verbindung stand und damit in den Aufgabenbereich eines anderen Kommissars gefallen wäre, jedes Recht hatte, mich zum Friedhof zu begleiten, um meine verrückte Idee zu überprüfen.

»Kommt er?«, fragte Penelope.

»So schnell er kann.«

»Gut«, sagte Peter. »Wir treffen uns dann dort.«

»Wir fahren zusammen hin.« Auf keinen Fall würde ich die Magier aus den Augen lassen. »Ihr SUV ist groß genug für uns alle.«

Sie tauschten einen schnellen Blick, der meinen Verdacht bestätigte, dass sie irgendetwas im Schilde führten. Aber ich hatte jemanden angerufen, der wusste, dass ich mich in ihrer Gesellschaft befand, daher würden sie mir gewiss nichts antun. Zumindest nicht hier. Nicht heute.

Das war die logische Schlussfolgerung, aber Menschen benehmen sich nicht immer vernünftig. Mein Herz setzte einen Schlag aus, als Peter auf die Rückbank griff, bevor er auf der Fahrerseite einstieg. Wie sich herausstellte, holte er sich eine Jacke.

Obwohl es nach dem Regen der vergangenen Nacht ein warmer Frühlingstag war, hüllte Peter sich in die Daunenjacke. Das war seltsam. Vielleicht brütete er irgendetwas aus. Trotz der Situation dachte ich über die einfachen Kräutermittel aus meinem Garten nach, die gegen den Ausbruch einer Erkältung vielleicht helfen würden, ebenso wie an meine Zitronenmelisse.

Größere Sorgen bereitete mir nämlich eine andere Gefahr. Ein Blick in den Spiegel hatte mir bestätigt, dass es mit meiner Gesundheit weiter bergabging. Ich hatte befürchtet, dass das der Fall sein könnte, den Gedanken aber beiseitegeschoben, weil ich nicht wollte, dass es wahr war. Die Nebenwirkungen der Zubereitung von Dorians Aschetee holten mich zunehmend ein. Ich musste bald eine echte Lösung finden.

Wir stellten den Wagen auf dem Friedhofsparkplatz neben der Kapelle ab und gingen von dort aus zu Fuß weiter. Es überraschte mich nicht, Earl Rasputin auf dem steilen Hügel zu sehen, der an den Friedhof angrenzte. Er ging methodisch mit seinem Metalldetektor in der Hand auf und ab. Peter, Penelope und ich setzten unseren Weg zum Mausoleum der Thornes fort.

Earl musste uns ebenfalls bemerkt haben, denn sobald wir das Mausoleum erreichten, kam er herbeigeschlendert.

»Guten Tag«, begrüßte er uns und tippte an den Rand der Baseballkappe, die seine Augen gegen die Sonne beschirmte. Peter und Penelope ließen sich nicht anmerken, ob sie ihn erkannten. War ihre Reaktion echt? Earl war am Premierenabend im Publikum geblieben, während sein Freund sich freiwillig für den Auftritt auf der Bühne gemeldet hatte. Wenn also die Magier die Wahrheit sagten und nichts mit Wallace Masons Ermordung zu tun hatten, war es verständlich, dass sie Earl nicht erkannten.

»Erlauben Sie mir, jedem von Ihnen einen Flyer zu geben.« Earl drückte mir einen Flyer in die Hand: *Bigfoot-Baby. Haben Sie diese Kreatur gesehen?*

Es war ein detaillierterer Flyer als der, den er am Tag unserer ersten Begegnung bei sich gehabt hatte. Zusätzlich zu dem Text enthielt dieser eine Zeichnung von einer unbehaarten, grauen Kreatur mit Hörnern und Flügeln.

O Gott. Bigfoot-Baby war Dorian. Die Verschwörungstheoretiker hatten ihn entdeckt. Ich stöhnte in mich hinein, zwang mich aber zu lächeln, als ich den Flyer entgegennahm. Es war eine grobe, undetaillierte Skizze, die für eine Verdächtigung nicht ausreichte, aber es handelte sich ganz eindeutig um Dorian, so wie man ihn aus einer gewissen Entfernung sehen würde.

Ein normales Leben, Zoe. Du hast wirklich gedacht, du könntest ein normales Leben haben?

»Wollen Sie, dass ich Ihnen helfen, Ihre Flyer zu verteilen?«, erbot ich mich. Wenn ich mich nur enthusiastisch genug zeigte, würde er mir vielleicht all seine Flyer geben, und dann konnte ich sie vernichten.

»Das ist eine tolle Idee«, mischte Penelope sich ein. »Ich würde ebenfalls liebend gern helfen.«

Das brachte mich vollends aus dem Konzept. Hatte sie Dorian ebenfalls gesehen? War sie deshalb so fasziniert gewesen, als ich ihr seine steinerne Statue gezeigt hatte?

Earl schnappte sich einen Stapel Flyer und machte Anstalten, sie Penelope zu überreichen. Aber als er das tat, kam plötzlich Wind auf, und die Bigfoot-Baby-Flyer flogen in alle Richtungen davon. Penelope und ich liefen in gebückter Haltung umher, um sie einzusammeln. Der Wind machte es uns nicht leicht. Einige der Flyer hatten im feuchten Gras gelitten, aber die meisten waren unversehrt geblieben. Der Schatzsucher bedankte sich bei uns, ging aber nicht weg, selbst nachdem wir alle Flyer aufgehoben hatten.

»Kennen wir uns?«, fragte Peter.

»Earl Rasputin. Ich war am Freitagabend in Ihrer Vorstellung. Wissen Sie, ich konnte erkennen, wie Sie das mit dem Geistertrick gemacht haben.«

Peter kniff die Augen zusammen. »Und ich kann erkennen, dass Sie ein …«

»Max!«, rief ich. »Wir sind hier drüben.«

Wir bekamen das Ende von Peters Erwiderung nicht mit, denn sobald er Max sah, verabschiedete Earl sich.

Max entschuldigte sich für seine Verspätung, sagte aber, dass Ivan wegen Lungenentzündung wieder ins Krankenhaus gekommen sei und er ihm versprochen habe, ihn an diesem Tag während der Besuchszeit aufzusuchen. Mir war neu, dass Ivan wieder im Krankenhaus lag. Sobald ich konnte, wollte ich ihn ebenfalls besuchen.

Ich zeichnete mit den Fingern die kunstvollen Ziselierungen in dem weißen Granit nach, der Peters Familie gehörte. Diese Rosenornamente waren viel älter als Peters Vater. Aber wenn ich recht hatte, war der Spielzeugmacher, der derart raffinierte Rätselkästchen anfertigen konnte, auch in der Lage gewesen, fast nicht wahrnehmbare Teile an einem bereits existierenden Gebäude anzubringen. Es war ein Trick, den Alchemisten seit Jahrtausenden anwendeten. Damit unsere Arbeit verborgen blieb, lernten wir, Dinge vor aller Augen zu verstecken.

Ich konzentrierte mich auf das Muster und ignorierte die Menschen um mich herum. Neben dem Eingangstor sah nichts an der Frontseite des Mausoleums so aus, als könnte ein Schlüssel hineinpassen. Ich trat zurück und ging um das Bauwerk herum. Das brachte mich auf die Antwort. Die hintere Wand war anders gealtert als die übrigen. Den meisten Menschen wäre der Unterschied nicht aufgefallen, aber ich sah es, weil sich auf dieser Oberfläche andere Pflanzen angesiedelt hatten.

An dieser Wand fand ich ein winziges, im Dorn eines Rosenornaments verborgenes Loch.

»Willst du uns die Ehre erweisen und das hier offiziell öffnen?«, fragte ich Max.

Der leicht rußige Schlüssel passte perfekt.

Er öffnete ein verstecktes Fach, das nicht mit dem Hauptraum der Familiengruft verbunden war. Wie Peter zuvor gesagt hatte, war das Mausoleum 1969 auf polizeiliche Anordnung hin geöffnet worden, aber man hatte darin nichts Unerwartetes gefunden. Dieses versteckte Fach war nicht entdeckt worden, weil Franklin Thorne an der Rückseite des Mausoleums eine neue Mauer hochgezogen und das ursprüngliche Bauwerk um einen guten halben Meter verlängert hatte. Der Raum dahinter war groß genug, um gestohlene Dinge darin zu verstecken, aber so klein, dass er nicht bemerkt worden war.

Das Innere des schmalen Raums war voller feuchtem Schmutz. Es gab keinen richtigen Boden. Franklin mochte ein schlauer Dieb und Kunsthandwerker gewesen sein, aber er war kein guter Baumeister gewesen. Regenwasser hatte das versteckte Fach drastisch beschädigt. Auf diese Weise war auch die Saphirkette herausgeschwemmt worden.

»Die Lake-Beute«, flüsterte Peter.

In dem ganzen Dreck funkelten ein halbes Dutzend juwelenbesetzte Ketten wie in einem Bett aus Schlamm.

Peter trat einen Schritt vor.

»Fassen Sie es nicht an«, sagte Max.

»Ich habe es nur angeschaut.«

Aber ich beachtete keinen der Männer. Neben den halb vergrabenen Schmuckstücken bemerkte ich noch etwas anderes. Die Erde an der gegenüberliegenden Ecke war durchwühlt worden. Ein Abdruck darin verriet mir, dass wir nicht die Ersten waren, die diesen Ort in jüngster Zeit aufgesucht hatten. Es war kein

Fußabdruck, sondern eher ein Abdruck, als sei ein Gegenstand entfernt worden.

Ich schaute von dem Versteck zu den Bigfoot-Baby-Flyern in meiner Hand. Was war hier los?

46

Ich wedelte mit dem Bigfoot-Baby-Flyer vor Dorians Gesicht herum. »Man hat dich gesehen.«

»*Mais non!* Wie kann das sein?«

Die Magier hatten mich bei mir zu Hause abgesetzt, wo ich glücklicherweise Dorian auf dem Dachboden fand. Er war nicht zu weiteren unüberlegten Abenteuern aufgebrochen.

»Wir sind nicht vorsichtig genug«, fuhr ich fort. »Sobald dein Fuß und dein Bein zu einem Problem wurden, hätten wir dich im Haus halten sollen. Ich werde Heather mitteilen, dass ich eine Weile nicht backen kann …«

»Das kann nicht sein«, beharrte Dorian. »Ich habe Ihr Seidencape getragen, wann immer ich das Haus verlassen habe. Selbst wenn mich jemand gesehen hat, hätte er mich nicht als mich selbst gesehen, *n'est pas?*«

»Da irrst du dich«, blaffte ich. »Du warst offensichtlich nicht vorsichtig genug. Wir haben schon Sorgen genug, auch ohne dass Bigfoot-Jäger in Portland einfallen.«

Er stampfte mit seinem noch funktionierenden Fuß auf dem knarrenden Boden des Speichers auf. »Sie haben mir nicht erzählt, was passiert ist! Sie waren viele Stunden lang fort, aber ich kann auf diesem Dachboden nichts hören oder sehen. Sie hatten gesagt, Sie würden Monsieur Freeman zum Flughafen fahren, doch Sie sind nicht zurückgekehrt. Ich dachte, ich hätte vorhin Ihren lauten Motor gehört, aber Sie sind nicht hereingekommen, daher habe ich vermutet, dass ich mich geirrt hatte. Erwarten Sie von mir, dass ich Ihre Gedanken lese? Woher kommt dieser Bigfoot-Baby-Flyer eigentlich?«

Meine Schultern sackten herab. »Du hast recht, Dorian. Es war ein Morgen voller Überraschungen. Es tut mir leid.«

»*Merci.*«

Entschuldige, dass ich keine Gelegenheit hatte, dir zu erzählen, was heute Morgen los war«, fuhr ich fort. »Aber ich entschuldige mich nicht dafür, dir sagen zu müssen, dass du vorsichtiger sein sollst.«

Dorian murmelte etwas vor sich hin, das ich mich zu ignorieren entschied, obwohl es verdächtig wie die Beleidigung *casse-couilles* klang, eine vulgäre Weise, Ärger auszudrücken.

»Was wir brauchen«, erklärte er, »ist ein Codeklingelzeichen.«

»Ein Codeklingelzeichen?«

»*Oui.* Ich spreche vom Telefon. Sie möchten nicht, dass ich an den Apparat gehe, da niemand außer Ihnen und Brixton wissen, dass ich hier lebe. Ich bin ein heimlicher Gefährte. Ein einsamer Mieter. Eine verborgene Chimäre …«

»Dorian.«

»Ja, ja. Wie gesagt, Sie rufen Ihre E-Mails auf Ihrem Handy nicht ab, daher haben wir keine Möglichkeit der Kommunikation, wenn es um dringende Angelegenheiten geht.«

»Normalerweise ist das Haus vollkommen sicher. Den Durchsuchungsbeschluss der Polizei hätten wir nicht vorhersehen können.«

»Nein, aber wer weiß, was die Zukunft bereithält? Wir müssen ein geheimes Klingelzeichen am Telefon einführen.«

Ich dachte über die Idee nach, die aus einem der Detektivromane über Penny Dreadful kommen musste, die er in diesem Winter gelesen hatte. »Das ist keine schlechte Idee«, gab ich zu.

»Das fand ich auch. Wir werden nachher die Sequenz von Klingelzeichen ausarbeiten. Fürs Erste müssen Sie mir erzählen, was vorgefallen ist.«

»Erinnerst du dich an diese Schatzsucher, wegen denen du dir Sorgen gemacht hast, weil sie möglicherweise deinen Wald in der Nähe des River-View-Friedhofs besudeln könnten? Das waren die Leute, die dich gesehen haben.«

»*C'est vrai?* Ich wüsste nicht, wie ...«

»Es ist wahr. Earl, der Schatzsucherfreund des toten Freiwilligen, hat auf dem Friedhof diese Flyer verteilt.«

»Aber warum sind Sie überhaupt auf den Friedhof zurückgekehrt?«

»Als ich vom Flughafen kam, haben Peter und Penelope Silverman hier vor dem Haus auf mich gewartet.«

Dorian schnappte nach Luft und legte sich schützend die Hände um die Ohren. »Ich habe Sie und die Magier unten nicht gehört. Ich verliere auch mein Gehör!« Seine Flügel flatterten erregt an seinen Seiten. »*Quelle horreur!*«

Ich legte ihm eine Hand auf die zitternde Schulter und achtete darauf, nicht seinen flatternden Flügel zu berühren. »Es ist nichts auszusetzen an deinem Gehör. Ich habe die beiden nicht hereingebeten. Und sie wollten meine Hilfe, daher haben sie mich nicht verärgert, indem sie das Schloss aufgebrochen haben, obwohl ich mir sicher bin, dass Peter die notwendigen Fähigkeiten dafür besitzt.«

»Entschuldigen Sie meinen Ausbruch.« Er legte die Flügel an und schniefte. »Ich bin gegenwärtig überempfindlich.«

»Wir sind alle angespannt. Diese Magier machen die Sache nicht besser. Sie haben uns angelogen, als sie behaupteten, sie seien in der Stadt, um den Namen von Peters Vater reinzuwaschen.

Sie haben die ganze Zeit über gewusst, dass Franklin Thorne der Raubmörder war. Peter wollte die Beute finden, um die Belohnung zu kassieren und sich einen guten Namen zu machen.«

»Die verschwundene Lake-Beute.«

»Sie ist nicht mehr verschwunden, Dorian. Wir haben sie gefunden.«

Dorian plusterte sich auf und verdrehte die Augen so theatralisch wie ein Bühnenschauspieler. »Sie haben den *trésor* gefunden! Warum haben Sie das nicht gleich erzählt!«

»Der Schatz ist nicht wichtig. Deine Sicherheit …«

»*Bof.*« Er setzte sich und klopfte neben sich auf den Boden. »Erzählen Sie es mir.«

Ich nahm neben dem Gargoyle Platz und berichtete, dass Peter von seinem Vater ein komplexes Rätselkästchen geschenkt bekommen hatte, wie die Kästchen, die ich bei Elixier verkaufte, und dass ich herausgefunden hatte, dass es einen Schlüssel enthielt, mit dem man ein geheimes Versteck im Familienmausoleum der Thornes auf dem Friedhof öffnen konnte. Franklin Thorne hatte seine gestohlene Beute in sein Versteck gelegt, bevor die Polizei ihn später am selben Tag geschnappt hatte, aber da er nicht damit gerechnet hatte, an diesem Tag getötet zu werden, hatte er keine Gelegenheit gehabt, die Information über sein Versteck an seine Ehefrau und seinen Sohn weiterzugeben. Aber als wir zusammen zum Friedhof gegangen sind«, kam ich zum Schluss, »konnte ich erkennen, dass bereits jemand im Mausoleum gewesen war, denn die Erde in dem geheimen Raum war nicht mehr unberührt.«

»Und doch haben Sie gesagt, es gebe nur den einen Schlüssel«, erwiderte Dorian. »Und Sie waren diejenige, die ihn gefunden hat, *non?*«

»War ich. Ich habe auch die Vorsichtsmaßnahme ergriffen, zusammen mit Peter und Penelope zum Friedhof zu fahren und Max zu bitten, sich dort mit uns zu treffen. Auf diese Weise konnten die

Magier nicht vor mir ins Mausoleum gelangen. Ich frage mich jedoch, ob ich Earl Rasputin unterschätzt habe. Er hat gesehen, was wir getan haben … könnte er einen anderen Weg hineingefunden haben?«

Der Gargoyle trommelte mit den Fingern.

»Was meinst du?«, fragte ich.

»Erzählen Sie mir alles. Jedes Detail, ganz gleich, wie winzig es ist.« Er hob einen krallenbewehrten Zeigefinger in die Luft, um seine Worte zu unterstreichen.

»Zu welchem Zweck?«

»Wie gesagt, mit diesen Magiern stimmt irgendetwas nicht.«

Ich hegte die Befürchtung, dass mein kleiner Detektiv die Dinge selbst in die Hand nehmen würde. Wieder einmal. Aber ich konnte seine Einblicke nutzen. Ich beschrieb ihm unseren Besuch auf dem Friedhof, von den ziselierten Rosen und Dornen auf dem Mausoleum bis hin zu den Rosenbüschen rund um das auf einem Sockel stehende Mausoleum, von dem winzigen, verborgenen Raum bis hin zu dem Abdruck im Dreck. Außerdem erzählte ich Dorian, dass Peter sich dick eingemummt hatte, als sei ihm kalt oder als fühle er sich krank, wie wir Earl Rasputin getroffen hatten, der Bigfoot-Baby-Flyer mit einer Illustration verteilte, die vage Ähnlichkeit mit Dorian hatten, dass der Wind einige der Flyer weggeweht hatte und dass Max mit Verspätung auf dem Friedhof angekommen war, weil er Ivan im Krankenhaus besuchen musste.

»Es ist so, wie ich es mir gedacht habe!«, rief Dorian und sprang auf.

»Du weißt, was passiert ist?«

»Um meine Theorie zu testen, habe ich nur eine einzige Frage an Sie.« Seine Krallen produzierten ein scharfes Klopfgeräusch, als er die Fingerspitzen aneinanderstieß. »Als die Flyer weggeweht sind, in wessen Händen haben sie sich da befunden?«

»Earl hat sie Penelope und mir gereicht.«

»Penelope, hm?«

»Wir hatten uns beide erboten, einige Flyer zu übernehmen. Ich wollte sie vernichten, statt sie zu verteilen, und ich hatte Angst, dass sie Penelope faszinieren würden, weil sie dich vielleicht erkannt hätte.«

»Es ist offensichtlich, was passiert ist«, verkündete Dorian. »Offensichtlich!« Er nahm die Hände hinter den Rücken und ging auf und ab. Die Sache machte ihm definitiv Spaß. »Peter Silverman, der Magier, hat etwas aus dem Mausoleum gestohlen.«

»Das ist nicht möglich. Ich war diejenige, die herausgefunden hat, dass sie das Kästchen verbrennen mussten. Vorher hatten sie gar keinen Schlüssel. Und ich war die ganze Zeit bei ihnen.«

Dorian tat meinen Einwand mit einer knappen Handbewegung ab. »Habe ich Ihnen in diesen letzten Monaten denn gar nichts beigebracht, Zoe Faust?«

»Was hat das Kochen mit dieser Angelegenheit zu tun?«

Er kniff sich in seine Schnauze. »Die Magier! Peter Silverman ist ins Mausoleum gegangen, während Sie von seiner Ehefrau und Earl Rasputin abgelenkt waren.«

»Du denkst, sie haben zusammengearbeitet?«

»Möglicherweise, aber eigentlich glaube ich das nicht. Jeder gute Magier versteht es, sein Publikum zu deuten. Ich vermute, dass die beiden, da sie zu zweit waren und Sie selbst allein, die Ablenkung von Monsieur Rasputin benutzt haben, um ihr Täuschungsmanöver durchzuführen.«

»Wenn Franklin Thorne das Mausoleum als Versteck für einen einzigen Schatz benutzt hat …«

Dorian nickte. »Er hätte es für all seine Schätze benutzt, die er verstecken wollte. Deshalb war der Magier in einen schweren Mantel gehüllt, obwohl heute ein warmer Tag ist. Wäre er ein noch besserer Darsteller als mein Vater gewesen, hätte er eine Krankheit vorgetäuscht, um den Betrug vollständig zu verbergen. Aber er hat diese Illusion nicht bis zum Ende durchgeführt, und Sie haben bemerkt, dass es seltsam war. Daher haben Sie sich daran erinnert, dass er einen Mantel anhatte – einen Mantel, den er benutzte, um die zusätzlichen Wertgegenstände zu verstecken, die er geklaut hatte.«

Ich stöhnte. »Peter Silverman wollte nicht seinen eigenen guten Namen wiederherstellen, indem er Julian Lake die Lake-Beute zurückgab und eine Belohnung kassierte. Er wollte den größeren Schatz in die Finger bekommen, von dem er wusste, dass sein diebischer Vater ihn dort versteckt hatte.«

47

Ich rief Max an, um ihm zu erzählen, was meiner Meinung nach mit Peter los war, dass der Magier nämlich andere Gegenstände aus dem Mausoleum geholt hatte, die sein Vater gestohlen hatte. Max sagte, er würde die Information an den ermittelnden Polizeibeamten weiterleiten.

Als Nächstes schickte ich Brixton eine Textnachricht, um ihm von den Neuigkeiten zu erzählen, dann fuhr ich zu seiner Highschool, denn es war bald Unterrichtsschluss. Ich vertraute nicht darauf, dass er meine Worte beherzigen und darauf verzichten würde, die Magier zur Rede zu stellen.

Brixton verdrehte die Augen, als er mich sah, aber sein Benehmen änderte sich, als er einstieg.

»Ich soll Mom in der Teestube helfen, aber eigentlich habe ich dazu gar keine Lust. Können Sie mich nach Hause fahren?«

»Wie wäre es, wenn wir trotzdem zu Blue Sky Teas fahren würden und ich zuerst eine Tasse Tee mit dir trinke? Das könnte helfen.«

Die Augen wurden ein weiteres Mal verdreht. »Ich weiß, ihr denkt, Tee würde alle Probleme der Welt lösen. Aber das ist nicht so, wirklich nicht.«

Ich hatte eine gute Vorstellung davon, warum er so außer sich war. »Du bist enttäuscht wegen der Sache mit Peter Silverman, nicht wahr?«

»Er hat mich belogen, Zoe. Er wollte gar nicht helfen, den Ruf seines Vaters wiederherzustellen. Es war alles gelogen.« Er starrte aus dem Fenster, während wir an Reihen blühender Frühlingsblumen vorbeifuhren. »Wie soll ich je wieder irgendjemandem vertrauen?«

Wir fuhren schweigend zu Blue Sky Teas. Als wir dort ankamen, nahm Brixton den Platz seiner Mom hinter der Theke ein, ohne ein Wort darüber zu verlieren, und Heather gesellte sich zu mir an einen der kleinen Tische aus Baumscheiben. Heute waren die Einmachgläser mit regenbogenbunten Tulpen gefüllt, und die ganze Teestube roch wie ein Blumengarten.

»Ich mache mir Sorgen um Brixton«, sagte ich extra leise. Dann zögerte ich. »Darf ich Ihnen eine Frage stellen, die seinen Stiefvater betrifft?«

Heathers Augen leuchteten auf. »Abel. Er ist das Beste, was mir seit Brix passiert ist.«

»Brixton scheint ihn zu vergöttern, und ich weiß, dass er Brixton die Gitarre geschenkt hat, die er so liebt. Warum will er nicht darüber reden, was Abel tut?«

»Was soll das überhaupt heißen, *was wir tun*?« Heather musterte einen Moment lang ihre mit Farbflecken übersäten Hände, bevor sie wieder zu mir aufsah. »So ein vielschichtiger Ausdruck, finden Sie nicht auch? Ich meine, bin ich Malerin, weil ich male, auch wenn ich nicht viel Geld damit verdiene? Oder arbeite ich in einem Café, weil es das ist, womit ich mein Geld verdiene?«

»Es geht mir nicht um Haarspaltereien. Ich versuche, Brixton zu helfen. Er ist wirklich außer sich, und ich denke, es hat etwas mit Abel zu tun.«

Heather schaute zur Theke. »Auf mich macht er einen völlig normalen Eindruck.«

Ich seufzte und versuchte es mit einer anderen Herangehensweise. »Brixton hat keinen Grund, sich für irgendetwas zu schämen, warum also will er mir nicht verraten, was Abel aus der Stadt fernhält?«

Heather pflückte eine gelbe Narzisse aus einem Zopf ihres blonden Haares und riss ein Blütenblatt nach dem anderen davon ab. »Es ist peinlich«, flüsterte sie.

»Sitzt er im Gefängnis oder so?«

Sie zerquetschte den Blumenstängel zwischen den Fingern. »In gewisser Weise ist es noch schlimmer. Wenn er im Gefängnis säße, wäre er nicht freiwillig dort.«

Dieser Logik konnte ich nicht recht folgen, aber ich wartete ab.

»Er arbeitet für Big Oil«, sagte sie so leise, dass ich sie kaum hören konnte.

»Öl?«

»Scht. Ja, es ist schrecklich, nicht wahr? Ich demonstriere andauernd gegen die! Er findet es auch nicht toll, aber er macht seine Sache auf der Ölbohrinsel großartig.«

Ich schaute zu dem falschen blauen Himmel über der Birkenfeige empor und lachte.

»Was ist daran so witzig?« Heather errötete. »Siehst du, es ist mir so peinlich, auch nur mit dir darüber zu reden. Ich habe Brix gesagt, dass es besser wäre, wenn alle glauben würden, er sei Maler wie ich.«

»Ich bin so froh, dass nicht mehr dahintersteckt. Und du hast mich gerade daran erinnert, wie leicht man sich in Menschen täuschen kann.«

Ich war zu müde, um an diesem Abend zum Essen aufzubleiben. Ich wehrte mich nicht, als Dorian mir ein Tablett ans Bett brachte und wartete, bis ich eingeschlafen war.

Um Mitternacht wurde ich geweckt und war mir nicht sicher,

wodurch. An das Getrappel von Dorians Füßen auf dem Dach war ich eigentlich gewöhnt.

Ich stand auf, um durchs Haus zu gehen. Fast sofort fand ich die Quelle des Lärms. Dorian hatte einen schweren Notizblock vor meine Tür geworfen. Auf dem obersten Blatt standen einige Sätze.

Sie sind kränker, als Sie zugeben. Ivan ist im Krankenhaus, daher habe ich mir die Freiheit genommen, mit meinem Buch in seine Privatbibliothek zu gehen. Keine Bange, es ist nicht wieder verschwunden. Ich habe einen unverbrauchten Blick und werde mit neuen Ideen nach Hause zurückkehren.

Ich seufzte. *Ein einfaches Leben, Zoe. Ein einfaches Leben.*

Ich fuhr mit meinem Truck zu Ivans Haus. Es lag in Gehweite, aber der Truck war die leichteste Methode, Dorian nach Hause zu bringen, ohne dass man ihn sah.

Eine Rauchsäule erhob sich in der Ferne, und sie kam vom Mount Tabor. Ein ganz mieses Gefühl krampfte mir den Magen zusammen. Es sah aus, als käme der Rauch vom Theater. Aber im Gegensatz zu dem falschen Feuer der Aufführung von Prometheus und Persephone war dieses Feuer sehr real. Meine Reifen quietschten, als ich umdrehte und darauf zufuhr.

Ich fand Dorian draußen an der Rückseite des Theaters, wo er sich neben einem Müllcontainer versteckte. Seine Flügel bebten aufgeregt. Er war schrecklich außer sich.

»Ich bin reingegangen, weil ich dachte, ich hätte jemanden um Hilfe rufen hören, aber es war zu heiß. Ich habe mein Buch fallen lassen! Es ist im Gebäude und verbrennt dort.«

Das Schrillen von Sirenen erklang in der Ferne.

»Versteck dich, Dorian.«

»Ich weiß!«, blaffte er. »Ich habe mich letzte Woche vor den

Männern im Theater versteckt, genau wie ich mich jetzt verstecken werde.«

Er hatte sich vor Wallace Mason und Earl Rasputin »versteckt«, und doch hatte Earl Flugblätter, die Dorian ähnelten. Konnte es wirklich so einfach sein?

»Dorian«, sagte ich. »Ich weiß, was passiert ist.«

Dorian hörte das Drängen in meiner Stimme und brach ab.

»Sie haben dich nicht im Wald beim Friedhof gesehen«, erklärte ich. »Wallace Mason und Earl Rasputin haben dich im Theater gesehen. Und zwar alle beide, als sie den Magiern nachspioniert haben genau wie wir, als sie hofften, an Insider-Informationen über den Verbleib der Lake-Beute heranzukommen. Deshalb hat Wallace deinen steinernen Zeh in der Hand gehabt, und deshalb hatte Earl ein Messer. Sie haben sich gegen das Bigfoot-Baby verteidigt, und in der Verwirrung und der Dunkelheit hat Earl den falschen Mann erstochen.«

Ein schwacher Schreckensschrei unterbrach mich.

»*Merde*«, flüsterte Dorian. Er warf mir einen letzten Blick zu, dann folgte er dem gequälten Laut in das brennende Theater.

48

England, 1925

Die Flammen knisterten und brannten lichterloh.

Die trübe Mixtur blubberte in ihrem Glasgefäß. Die grauen Bläschen wurden weiß. Der Alchemist lächelte vor sich hin. Er liebte es, zu beobachten, wie seine Transformationen Gestalt annahmen. Es erfüllte ihn mit tiefer Befriedigung, dass seine Geduld und seine reinen Absichten unreine natürliche Substanzen zu etwas Größerem als der Summe ihrer Teile transformieren konnten. Ambrose schaute von seinem Experiment auf, als Schritte auf der Treppe erklangen, die zu seinem Alchemielabor führten. Das dicke Holz knarrte unter dem Gewicht des kräftigen Mannes, als dieser das geheime Labor betrat.

»Vater?«, ertönte die mürrische Stimme. Bei einem Jungen wäre das entschuldbar gewesen, aber dieser Junge war jetzt fünfzig.

»Percival!« Ambrose stand auf, um seinen Sohn zu begrüßen. »Schön, dich zu sehen, mein Sohn. Ich habe dich erst am Samstag erwartet.«

»Heute *ist* Samstag, Vater.«

»Ach ja?« Ambrose löschte die Flamme unter seiner alchemistischen Kreation. All die Zeit und Energie, die er in dieses Gefäß hatte fließen lassen, waren jetzt umsonst durch das Auftauchen seines Sohnes.

»Du hast mich vergessen«, bemerkte Percival humorlos. »Ich nehme an, das bedeutet, dass du kein Abendessen vorbereitet hast.«

»Zoe ist für ein paar Wochen verreist, und ich befürchte, dem Gemüse fehlt ihr Händchen. Ich habe mich von Brot und Bier ernährt. Aber wir könnten in den Pub hinuntergehen und da etwas Kräftigeres zu uns nehmen.«

Percival nickte zustimmend, und sein Doppelkinn wackelte dabei. Selbst im schwachen Licht der Glut des Werkstattofens waren die grauen Strähnen in Percivals Haar unübersehbar. Die beiden Männer gingen nicht mehr als Vater und Sohn durch. Percival war jetzt fünf Jahre älter, als Ambrose zu sein schien. In wenigen Jahren würde es so aussehen, als sei Percival Ambrose' Vater.

Wie Nicolas Flamel Zoe Faust vor vielen Jahren gewarnt hatte, war es für einen Alchemisten unmöglich, seinen persönlichen Stein der Weisen auf eine andere Person zu übertragen. Wissen ließ sich übertragen, aber Transformationen selbst waren etwas Persönliches. Doch genau wie Zoe vor ihm weigerte Ambrose sich, das zu glauben. Er war davon überzeugt, dass er seinem Sohn helfen konnte, die Unsterblichkeit zu erlangen, nach der der sich verzehrte.

Der Vater und der Sohn, die jetzt wie Brüder aussahen, gingen die Treppe hinauf, drückten dann die Falltür wieder zu und schoben den Teppich darüber, der das Labor verbarg. An dem kühlen Herbsttag war es warm in der Hütte an dem brennenden Kamin, der den Rauch aus dem geheimen Werkstattofen in ihrem Labor kaschierte. Es war nur ein kurzer Spaziergang von der warmen Hütte bis zum heimischen Pub. Ambrose hatte viele Jahre in Frankreich verbracht – und er war dankbar dafür, denn dort hatte er die Liebe seines Lebens kennengelernt –, doch er war froh darüber, wieder in England zu sein. Die freundlichen Bewohner seines Vaterlandes unterstützten einander, und die allgegenwärtigen Pubs waren ihr Treffpunkt. Er überlegte, dass auf dreißig Männer wahrscheinlich ein Pub kam. Es freute ihn, dass er und Zoe zumindest noch einige weitere Jahre in dieser herzlichen Gemeinschaft leben konnten, bevor den Menschen langsam auffallen würde, dass sie nicht wie alle anderen alterten.

In einem abgeschiedenen Eckchen des dunklen Pubs schaufelte Percival sich Lammfleisch in den Mund, während Ambrose Bier trank und seinem Sohn von seinen letzten alchemistischen Entdeckungen erzählte, von denen er hoffte, dass Percival sie ausprobieren würde. Ambrose glaubte nicht, dass die längere Lebensspanne, die das Elixier des Lebens einem Menschen gewährte, entscheidend für ein erfüllendes Leben war. Doch er betrachtete die Suche nach dem Stein der Weisen, dem vorletzten Schritt zu dem Elixier, als lohnend um all dessen willen, was er einem Menschen über die Welt verraten konnte, über die Welt und sich selbst.

»Es ist sinnlos, Vater. Ohne deine Hilfe schaffe ich es nicht …«

»Das haben wir bereits versucht«, unterbrach Ambrose ihn, und die Schärfe in seiner Stimme überraschte ihn selbst genauso sehr wie Percival. »Du weißt, wie sich das entwickelt hat.«

»Dann gibst du mich also auf?«

»Natürlich nicht, mein Junge. Erst in diesem Moment habe ich ein neues Buch gefunden. Eine obskure Abhandlung von Roger Baken. Sie könnte helfen …«

»Ein Buch?«, höhnte der nicht mehr junge Mann. »Du denkst, *ein Buch* könne mir helfen, Vater? Mir könnte nur das apokryphe Buch helfen, das du einmal erwähnt hast. Doch du hast mir im selben Atemzug gesagt, es sei ein unnatürlicher Gräuel.«

»Aber Percy, einen Versuch war es doch gewiss wert …«

»Wenn du mir wirklich helfen wolltest«, zischte Percival, »würdest du das Buch finden, das diese Alchemistensekte erschaffen hat. Du weißt schon, die Alchemisten, die in Notre-Dame gearbeitet haben.«

Ein Weilchen sprachen beide Männer nicht. In ihrer dunklen Ecke lauschten sie dem lauten Gelächter um sie herum, ohne die Aufmerksamkeit der anderen Männer zu erregen.

Ambrose senkte die Stimme. »Ich wollte nie, dass du dich an diese Ideen rückschreitender Alchemie klammerst. Das Buch habe ich nur als Teil deiner Ausbildung erwähnt …«

»Warum hast du es dann überhaupt erwähnt?« Percival zupfte sein Hemd zurecht, dessen Knöpfe aufgrund seiner Korpulenz beinahe aus den Löchern platzten.

»Ich habe das Elixier gefunden, indem ich mich in jeden Aspekt der Alchemie versenkt habe.«

»Ich glaube dir nicht. Als du mir von rückschreitender Alchemie erzählt hast, hast du das erst getan, als diese Frau fort war. *Du wolltest nicht, dass sie davon erfährt.*«

»Zoe ist eine reine Seele.« Ambrose' Stimme war jetzt kaum mehr als ein Flüstern. »Sie hätte es nicht verstanden.«

»Vertraust du ihr nicht?«

»Es geht nicht um Vertrauen. Zoe brauchte nicht von diesem dunklen Wissen belastet zu werden, von dem ich erfahren habe. Sie hatte die Geheimnisse der Alchemie bereits entdeckt, als ich sie kennengelernt habe.«

»Geheimnisse, die sie uns nicht mitgeteilt hat.«

»Du weißt, dass sie das nicht konnte.«

»Weiß ich das? Wenn du dich dafür entscheidest, das zu glauben …«

»Es würde dir besser gehen, wenn du es ebenfalls glauben würdest. Dann wärst du frei, die Dinge selbst zu verstehen. Du könntest deine eigene Übersetzung der smaragdenen Schrifttafel niederschreiben, wie jeder Alchemist das tun muss …«

»Ich enttäusche dich, weil ich kein Gelehrter bin.«

Ambrose wusste, dass sein Sohn weit von der Gemütsverfassung eines Gelehrten entfernt war, doch er weigerte sich, ihn aufzugeben. Wenn Percival seine fruchtlose Suche nach dem Elixier des Lebens aufgab, glaubte Ambrose, dass sein Sohn seine restlichen Jahre auf Erden genießen konnte, indem er ein größeres Verständnis für diese wunderbare Welt erlangte, in der alles miteinander verbunden war. Aber wenn Percival darauf bestand, nach Unsterblichkeit zu streben, würde sein Vater ihm seinen Wunsch nicht abschlagen. Er würde ihn einfach in die richtige Richtung lenken. Wozu hatte man schließlich Eltern?

»Wissen kann niemals schaden«, sagte Ambrose. »Es gibt dir die Werkzeuge zu wählen, was richtig ist.«

»Mehr Wissen ist nicht immer das Beste. Es hat dazu geführt, dass du dich für diese abscheuliche Frau entschieden hast. An dem Tag, an dem sie sich mit Gewalt zwischen uns gedrängt hat, hat sie unser beider Leben ruiniert.«

»Das reicht«, blaffte Ambrose.

Percival hievte sich von seinem Platz hoch. »Ich brauche noch ein Bier.«

Ambrose fragte sich, was er mit Percival falsch gemacht hatte. Die Mutter des Jungen war bei der Geburt gestorben, daher fehlte ihm die Liebe einer Mutter. Ambrose hatte versucht, das wettzumachen, aber war er zu weit gegangen und hatte ihn verwöhnt? Als Percival ein Kind gewesen war, hatte Ambrose seinem Sohn keine Freude verweigert, die er ihm schenken konnte. Und als Erwachsener war Percivals luxuriöser Lebensstil nur durch alchemistisches Gold von seinem Vater möglich.

Darüber hatte er schon oft nachgegrübelt. Ambrose musste entscheiden, was er jetzt mit Percival machen wollte. Er wusste mehr über das gefährliche Buch über rückschreitende Alchemie, als er zugegeben hatte. Ein Buch, das in Frankreich erschaffen worden war, viele Jahrhunderte zuvor, das von Tod und Wiederauferstehung erzählte, nicht nur durch die wahre alchemistische Prozedur natürlicher Wiedergeburt, sondern durch ein unnatürliches Feuer, das die Welt drumherum ignorierte und schnell künstliche Asche erzeugte.

Unnatürliches Feuer und Asche verstießen gegen alles, wofür wahre Alchemie stand. Aber es war trotzdem Wissen.

Percival kehrte an den Tisch zurück.

»Mein Sohn«, sagte Ambrose. »Ich muss dir etwas erzählen.«

49

Können Sie mir irgendetwas sagen?«, fragte ich den Feuerwehrmann.

»Es sind alle sicher rausgekommen.« Sein Gesicht war mit Ruß bedeckt, und seine freundlichen Augen zeigten Erleichterung. »Ganz gleich, um wen Sie sich sorgen, die betreffende Person ist aus dem Gebäude rausgekommen und ins Krankenhaus gebracht worden.«

Ich wusste, dass der Feuerwehrmann glaubte, die Wahrheit zu sagen, aber auf keinen Fall hatte irgendein Sanitäter einen Gargoyle ins Krankenhaus gebracht. Ich hatte nahe den Flammen gewartet und Dorian in dem dicken Rauch nicht gesehen. Hatte er es nach draußen geschafft? Wenn ich in den Trümmern wühlte, würde ich dann die verkohlten Überreste einer steinernen Statue finden? Vielleicht stand ich wieder einmal allein auf der Welt.

»Zoe!«

Als ich mich umdrehte, sah ich Max, der auf mich zugerannt kam. Er riss mich in seine Arme und drückte mich fest und tröstlich an seine Brust. Ich wollte nicht loslassen, aber nach einigen Sekunden trat er zurück und schaute hinauf in den verqualmten Nachthimmel.

»Warum überrascht es mich nicht, dich hier zu finden?« Er

griff nach meiner Hand und zog mich weiter weg von den schwelenden Trümmern. »Ist mit dir alles in Ordnung? Du siehst aus, als sei jemand gestorben. Es ist alles gut. Ich habe über Funk gehört, dass es alle nach draußen geschafft haben.«

»Tod und Zerstörung folgen mir auf Schritt und Tritt«, flüsterte ich.

»Sag so etwas nicht. Wir hatten beide unseren Anteil an ...«

Ich bremste seine Stimme mit meinen Lippen. Er erhob keinen Widerspruch. Auf der anderen Seite der Straße, der glühenden Asche gegenüber, gestattete ich mir, ausschließlich in diesem Moment zu existieren. Ein Weilchen verlor ich mich in dem Kuss, eingehüllt in eine Mischung aus Wärme, Fürsorge und dem Duft von Vanille.

Es war der Duft, der den Traum zerplatzen ließ und mich in die Realität zurückholte.

»Was immer in Zukunft geschieht«, sagte ich und trat einen Schritt zurück, »du sollst wissen, was ich für dich empfinde.«

»Wie meinst du das, *was immer in Zukun...* hey, wohin willst du?«

Ich schlüpfte aus seinen Armen und wich zurück. »Ich muss etwas überprüfen.«

Ich traute mir nicht zu, selbst zu fahren, daher lief ich zu Fuß nach Hause. Ich hörte Max noch etwas rufen, aber ich drehte mich nicht noch einmal um. Mein silberner Regenmantel bauschte sich hinter mir, und die Reihen von Geschäften und Häusern glitten in einem verschwommenen Nebel an mir vorbei.

Ich war jahrzehntelang durch die Vereinigten Staaten gereist, ganz allein in meinem Truck und meinem Trailer, und meine Fensterkastenpflanzen waren meine einzige lebendige Gesellschaft gewesen. Wie töricht von mir zu denken, ich könne für ein Weilchen in Portland bleiben, ganz gleich, wie sehr die Stadt und ihre Bewohner mich ansprachen. Wenn Dorian tot war, würde eine Rückkehr in die Welt des Reisens es leichter machen, meine schönen Erinnerungen an ihn zu behalten, zusammen mit den Erinnerungen an Brixton, Max und die anderen Freude, die ich hier gewonnen hatte.

Als ich meinen Garten erreichte, wusste ich nicht, ob mein Herz wegen der körperlichen Anstrengung so heftig pochte oder aus Angst davor, in ein leeres Haus zurückzukehren.

»*Mon amie!*«, rief Dorian, als ich die Haustür schloss. Er schlang mir die Arme um die Taille und hüllte mich mit seinen Flügeln ein. »Als Sie nicht sofort nach Hause gekommen sind, hatte ich Angst, Sie könnten mir ins Theater gefolgt sein, als ich hineingegangen bin, weil ich Earl Rasputins Stimme hörte. Mit so vielen Zuschauern konnte ich nicht zurückkehren.«

Ich erwiderte Dorians Umarmung und war froh darüber, dass er die Tränen des Glücks in meinen Augen nicht sehen konnte. »Das war mutig von dir, Dorian. Ich glaube, du hast ihm das Leben gerettet.«

»*Oui.* Das ist wahr.«

Mein wenig bescheidener Freund führte mich zum Esstisch, wo er sich ein ausgiebiges Abendessen einverleibte, nachdem er sich derart verausgabt hatte, und er erzählte mir, was er wusste. Earl war in der Tat im Theater gewesen. Aber sei es wegen der Wirkung des Rauchs, sei es wegen des Anblicks eines heldenhaften Gargoyles, jedenfalls war Earl ohnmächtig geworden, bevor er Dorian irgendetwas erzählen konnte.

»Ich habe ihn in der Gasse zurückgelassen«, berichtete Dorian. »Da ich Sie nicht finden konnte, habe ich abgewartet, bis ich den Krankenwagen gesehen habe. Dann wusste ich, dass ihm nichts Schlimmes mehr zustoßen konnte. Was mein Buch betrifft – Werden Sie versuchen herauszufinden, ob sich da etwas retten lässt?«

»Heute Abend sind zu viele Menschen dort, aber sobald ich kann, werde ich jeden Zentimeter der Asche danach absuchen.

Was auch geschieht, ich werde tun, was in meiner Macht steht, um dich zu retten.«

Dorian blinzelte mit seinen feuchten, schwarzen Augen in meine Richtung. »Das weiß ich, Zoe.«

Ich wagte es nicht, Dorian zu erzählen, dass ich überzeugt davon war, dass wir nichts finden würden. Wie ich an genau diesem Abend mit Max erfahren hatte, konnte es etwas Wunderbares sein, im Augenblick zu leben, sei dieser Augenblick auch noch so flüchtig.

Jetzt, da ich wusste, dass Dorian in Sicherheit war, wollte ich zurück zum Theater, um meinen Wagen zu holen und ins Krankenhaus zu fahren. Ich fühlte mich in Krankenhäusern immer unwohl wegen dem, wofür sie vor vielen Jahren standen, für Behandlungen, die oft mehr schadeten als nutzten, aber ich wollte Ivan besuchen und in Erfahrung bringen, was mit Earl passiert war. Ich schaute auf die Uhr – mir blieb weniger als eine Stunde, bevor die Besuchszeit endete.

Der optimistische Gargoyle bestand darauf, dass ich etwas aß, bevor ich das Haus verließ. Ich wusste nicht, ob ich irgendetwas bei mir behalten konnte, daher bereitete Dorian mir eine köstliche Consommé mit frisch gerösteten Croûtons zu.

Ich umarmte Dorian und küsste ihn auf den Kopf, auf die Stelle zwischen seinen Hörnern, woraufhin seine Wangen sich vor Verlegenheit dunkelgrau färbten, dann schnappte ich mir meinen silbernen Mantel und schlüpfte zur Tür hinaus.

Meine Wangen erglühten, als ich Max im Krankenhaus antraf. Er brachte die Rede nicht auf mein verwirrendes Benehmen am frühen Abend, sondern führte mich einfach in die Cafeteria des Krankenhauses. Während wir lauwarmen Pfefferminztee tranken, setzte er mich darüber ins Bild, was er herausgefunden hatte.

Earl war wach und auf dem Weg der Besserung. Dankbar dafür, noch am Leben zu sein, hatte er an diesem Abend alles gestanden.

Wie ich vermutete, hatte er zugegeben, seinen Freund versehentlich getötet zu haben. Die beiden waren ins Theater eingebrochen, um Peter Silverman auszuspionieren, und Earl hatte das Bigfoot-Baby entdeckt, das sich im Schatten versteckt hatte. Wallace hatte ihm nicht geglaubt, daher hatte Earl sich von seinem Freund weggeschlichen, um nach der Kreatur zu suchen. Als Earl eine Hand auf seiner Schulter fühlte, hatte er Angst, es sei das Bigfoot-Baby, das ihn angriff. Er hatte zugestochen und erst zu spät begriffen, dass es sein Freund war.

Earl hatte in seiner Jugend Zeit in einer psychiatrischen Abteilung verbracht, daher hatte er Angst vor dem, was passieren würde, wenn er mit der Wahrheit herausrückte. Ich dachte an Wallace Masons Nachruf zurück, in dem erwähnt wurde, dass er aufgewühlte Seelen aufgenommen habe, und ich dachte an Earls Bericht über seine schweren Zeiten, durch die Wallace ihm hindurchgeholfen hatte.

Earl und Wallace hatten sich zusammengereimt, dass Peter Silverman in Wirklichkeit der Sohn des Raubmörders Franklin Thorne war, und sie dachten, er würde das Insider-Wissen besitzen, um den verlorenen Schatz seines Vaters wiederzufinden. Als er uns alle auf dem Friedhof gesehen hatte, insbesondere in Begleitung eines Polizisten, bekam es Earl mit der Angst zu tun und dachte, es lägen zusätzliche Beweise vor, die er hinterlassen hatte und die die Polizei mit ihm in Verbindung bringen würde. Er hatte die Seitenbühne des Theaters in Brand gesteckt, um sein Verbrechen zu vertuschen, und das Feuer war außer Kontrolle geraten. Earl begriff nicht, dass die Flammen der Aufführung unecht gewesen waren und das Theater in keiner besonderen Weise gegen einen Brand geschützt war.

Earl behauptete, es sei das Bigfoot-Baby gewesen, das ihn aus dem Feuer gerettet hatte. Die Ärzte schrieben seine übertrieben aktive Fantasie dem Nahtoderlebnis zu.

Normalerweise hätte ich gelacht, aber mir war mehr zum Weinen zumute. Dorians Buch und das Geheimnis für seine Rettung mussten mit dem Theater verbrannt sein. Es spielte keine Rolle, dass ich die Seiten fotokopiert und fotografiert hatte. Wie ich inzwischen wusste, hatten die Seiten mithilfe rückschreitender Alchemie ein Eigenleben gewonnen. Es war das Buch selbst, das zählte.

»Du siehst erschöpft aus, Zoe«, sagte Max. »Kann ich dich zu Hause absetzen?«

»Ich habe meinen Wagen hier, aber danke.«

Wir gingen zusammen zum Parkhaus, und Max küsste mich auf die Wange, bevor er in seinem Stockwerk aus dem Aufzug ausstieg. Ich zögerte einen Moment lang, dann drückte ich auf den Knopf, der mich zurück ins Krankenhaus bringen würde.

Es war jetzt mitten in der Nacht, definitiv außerhalb der Besuchszeiten, aber ich wollte zumindest versuchen, nach Ivan zu sehen. Max hatte erwähnt, wo sich sein Zimmer befand, daher war es einen Versuch wert. Ich erwartete, seine Tür verschlossen vorzufinden, aber sie stand einen Spaltbreit auf. Ich streckte den Kopf hinein.

»Zoe, sind Sie das?«

Ich trat in das enge Privatzimmer. »Es tut mir leid, dass ich Sie geweckt habe. Ich wollte sehen, wie es Ihnen geht.«

»Es ist real«, keuchte er. »Nicht wahr?«

»Ja, ich bin wirklich hier. Sie träumen nicht. Aber Sie sollten weiterschlafen.« Ich näherte mich wieder der Tür.

»Warum haben Sie es mir nicht erzählt?«

»Ihnen was nicht erzählt?«

»Die Sache mit der Alchemie.« Seine Stimme rasselte. »Dass sie *real* ist.« Ich erstarrte in der Tür, halb drinnen in der düsteren Finsternis des Raums, halb draußen im grellen Licht des sterilen

Korridors. Ein Schauder überlief mich von oben bis unten. »Sie träumen, Ivan«, antwortete ich. Meine Stimme zitterte.

»Je länger ich darüber nachgedacht habe, was Sie mit diesem Buch gemacht haben, umso klarer ist mir geworden …«

»Sie träumen wirklich«, flüsterte ich. »Schlafen Sie weiter.«

Ivan richtete sich in dem Krankenhausbett auf. »Schalten Sie das Licht an.« Was seiner Stimme an Stärke fehlte, machte ein Tonfall an Ernst wieder wett. Das war ein Befehl, den ich nicht ignorieren konnte.

Ich knipste die Lampe an und trat an Ivans Seite. »Was immer Sie glauben, gesehen zu haben …«

»Wissen Sie, wie ich zum Studium vergessener Alchemisten gelangt bin?«, fragte Ivan scharf.

»Sie waren Chemieprofessor. Alchemisten waren frühe Chemiker.«

»Ich verstehe etwas von Chemie. Von Naturwissenschaften. Was Sie in meinem Haus mit diesem Buch gemacht haben, hat der natürlichen Ordnung widersprochen.«

»Die Asche«, wisperte ich und schloss die Augen. Nach Dorians Verschwinden war ich so verzweifelt gewesen, dass mir ein Ausrutscher passiert war und ich Ivan hatte sehen lassen, was ich tat. Ich war so außer mir gewesen, dass ich nicht an Geheimhaltung gedacht hatte.

»Warum haben Sie es mir nicht erzählt?« Die Schärfe war aus seiner Stimme verschwunden. An ihrer Stelle schimmerte jetzt Enttäuschung durch.

»Hätten Sie mir geglaubt?«

»Wenn Sie es mir gezeigt hätten …«

»Dann hätten Sie gedacht, es sei ein Zaubertrick«, konterte ich. »Die Menschen waren noch nie bereit …«

Ivan schnaubte. »Sie betrachten mich nicht als einen Freund, sondern als ein vernunftloses Mitglied der Öffentlichkeit?«

»Gerade weil Sie ein Freund sind, wollte ich Sie nicht mit der Wahrheit belasten.«

»Eine Belastung? Sie denken, das Elixier des Lebens wäre für einen Sterbenden eine Belastung?«

Jetzt verstand ich. »Ich weiß nicht, wie ich das Elixier des Lebens finden kann, Ivan. Ich wünschte, ich wüsste es …«

»Aber Sie haben es einmal gefunden, nicht wahr? Sie sind nicht nur eine alte Seele, wie Sie immer mit mir scherzen. Auch Ihr Körper ist alt.«

So sehr ich mir wünschte, es wäre Max, der bereit war für mein Geheimnis, war es Ivan, der mehr als bereit war, mir zu glauben. Ich nickte langsam. »Ich weiß aber nicht, wie ich das Elixier gefunden habe. Es war ein Versehen.«

»Bestimmt sind Ihre Notizen …«

»Sie existieren nicht mehr.«

Der verzweifelte Ausdruck in seinen Augen quälte mich. Ich wusste nicht, was ich sagen könnte, um ihn zu trösten.

»*Non Degenera Alchemia*«, murmelte Ivan. »Sie versuchen, sie zu entziffern, um das Wissen wiederzufinden, das Sie einst verloren haben?«

»Nicht direkt.« Ich konnte Ivan nichts über Dorian erzählen. Es war nicht an mir, sein Geheimnis irgendjemandem zu offenbaren. »Rückschreitende Alchemie ist gefährlich, und ich will verstehen, was mit diesem Buch los ist – aber ich will es nicht benutzen.«

Ivans Lider senkten sich. Er nickte. »Ich muss schlafen, aber wenn ich aus dem Krankenhaus entlassen werde, werden Sie mich besuchen, um mir zu erzählen, was Sie wissen?«

»Das mache ich«, versprach ich. »Aber Ivan …«

Er lachte schläfrig. »Ich weiß, was Sie sagen wollen. Die Welt war noch nie bereit für Alchemie. Das ist es, was die Alchemisten seit Jahren sagen. Keine Sorge. Ich werde mit keiner Menschenseele darüber reden.«

Ich schlüpfte aus dem Raum und drückte mich mit dem Rücken an die Wand des Flurs. Wie hatte ich so dumm sein können? Ich hatte mich unvorsichtig benommen, nachdem man Dorian beschlagnahmt hatte, und jetzt kannte Ivan mein Geheimnis. Wenn ich dächte, ich hätte ihm helfen können, hätte ich ihm das schon vorher erzählt. Ich wollte ihm keine falschen Hoffnungen machen, aber vielleicht, nur vielleicht, waren falsche Hoffnungen besser als gar keine.

Am Schauplatz des Theaterbrandes waren immer noch Feuerwehrtrupps beschäftigt, daher konnte ich noch nicht nach den verkohlten Überresten von *Non Degenera Alchemia* suchen. Dorian war nicht zu Hause, und nachdem ich in der Küche meine letzte Solarinfusion zu mir genommen hatte, fühlte das große Haus sich auf unheimliche Weise leer an. Ich versuchte zu schlafen, doch die aufwühlenden Ereignisse des Tages hielten mich davon ab. Ich schob meine Kassette mit *Accidental Life* in die Stereoanlage des Autos und fuhr durch die Stadt, die sich zunehmend wie ein Zuhause anfühlte.

Kurz vor Morgengrauen sah ich, dass niemand mehr in der Nähe des Theaters war. Ich parkte in einer Nebenstraße und schlich mich in die Trümmer, klammerte mich an meine eigene falsche Hoffnung. Ein oder zwei Fragmente des Buches hatten vielleicht überlebt. Es kümmerte mich nicht, ob das Dach über mir einstürzte. Mein bester Freund starb.

Als ich zwischen den qualmenden Trümmern herumkletterte, wehte der Duft von Honig durch die durchweichten, verkohlten Überreste. Bildete ich es mir nur ein? Ich folgte dem Duft zu seinem Ursprung in einem Klumpen Asche. Als ich in das durchnässte Ding hineingriff, hatte ich im nächsten Moment ein Buch in den Händen.

Non Degenera Alchemia war unversehrt. Es war nicht verbrannt.

Das war mehr, als ich hätte hoffen dürfen. Ein Freudenschrei entrang sich mir, bevor ich das Buch unter meinen Mantel schob und in die Sicherheit meines Trucks zurückkehrte.

Ich schlug das Buch auf. Es öffnete sich auf derselben Seite wie immer. Der Duft von Honig und Gewürznelken überwältigte meine Sinne so sehr, dass ich das Buch um ein Haar wieder zugeklappt hätte. Nur eines hinderte mich daran. Auf der hintereinandergelegten Illustration der Kathedrale waren Details, die vorher nicht dort gewesen waren.

Das Feuer hatte mit den Seiten mehr angerichtet als die von mir benutzte Asche. Hintergrunddetails erschienen auf der Seite und verliehen der Kathedrale Leben. Die strahlende gotische Rose aus Buntglas. Die Insel. Es war die Île de la Cité. Dies war Paris im 16. Jahrhundert. Die Abbildung zeigte Notre-Dame de Paris.

Und über der Kathedrale erhob sich die Silhouette eines grimmigen Phoenix, der emporflog, weg von den Flammen. Tod und Wiederauferstehung.

Der Unterschied zwischen Dorian und dem Gartenzwerg und der Buddha-Statue lag nicht in ihren unterschiedlichen Materialien. Es hatte auch nichts mit der Absicht zu tun. Der Unterschied war, dass Dorian selbst mit Notre-Dame verbunden war. Das war der Schlüssel.

50

Dorian war so aufgeregt über die neue Entdeckung, dass er sich daranmachte, mit neuen, von Paris inspirierten veganen Rezepten zu experimentieren. Er überreichte mir eine lange Einkaufsliste und schob mich zur Tür hinaus.

Als ich kurz vor Mittag vom Markt nach Hause kam, zeigte mir Dorian, was er in den Nachrichten entdeckt hatte. Die Polizei hatte Peter und Penelope mit einem ganzen Schatz aufgespürt, mit Reichtümern mehrerer Raubüberfälle aus den 1960er-Jahren in Oregon. Außerdem hatte sich im Besitz der Magier ein Brief von Franklin Thorne befunden, adressiert an einen Komplizen. In dem Brief bat er ihn darum, seine gesamte »Sammlung« zu verkaufen. Es sah so aus, als habe Peters Vater vorgehabt, sich aus dem Geschäft zurückzuziehen. Wenn er das nur einen Überfall früher getan hätte, hätten sich mehrere Todesfälle vermeiden lassen.

Penelope schützte Unkenntnis vor, was die Herkunft der Schätze betraf. Nachdem ich ihre Intelligenz kennengelernt hatte, war ich nicht geneigt, ihr zu glauben. Aber keiner der beiden war ein Mörder, daher nahm ich an, dass es im Grunde keine große Rolle spielte. Peter wurde verhaftet, und Penelope erzählte einem Reporter, dass sie nach einem Neuanfang suche. Sie hatte sich schon einmal neu erfunden und war von einer Zirkusakrobatin zu einer geschickten Magierin geworden, und ich zweifelte nicht daran, dass sie Erfolg haben würde, was immer sie auch als Nächstes tat.

Der Einsiedler Julian Lake stimmte einem Interview mit einem Fernsehreporter zu, aber der Beitrag, den wir uns ansahen, machte klar, dass er den Reporter nicht eingeladen hatte, um über die Entdeckung der verlorenen Reichtümer seiner Familie zu sprechen. Stattdessen bot er eine *neue* Belohnung an. Diesmal bat er die Öffentlichkeit um Hilfe, um den mysteriösen französischen Koch aufzufinden, der ihn in dieser Woche besucht hätte. Es sei die beste Mahlzeit gewesen, die er seit Jahren zu sich genommen habe, und er wolle den Koch engagieren.

Nachdem Dorian dafür gesorgt hatte, dass ich auch noch den letzten Bissen eines Sandwiches bestehend aus frisch gebackenem Sauerteigbrot mit Knoblauchhummus und gebratenem Gemüse verzehrt hatte, rief ich Tobias an, um ihm von den Ereignissen zu erzählen, einschließlich meiner Entdeckung, dass die Illustrationen in dem Buch auf die Kathedrale Notre-Dame in Paris hinwiesen. Er entschuldigte sich noch einmal dafür, mich aufgeregt zu haben, weil er das Foto von Ambrose in meinem Alchemielabor falsch zugeordnet hatte. Ich sagte ihm, mit mir sei alles Ordnung. Es überraschte mich selbst, dass ich es tatsächlich glaubte.

»Ein Letztes noch, Zoe«, sagte Tobias. »Ich habe eine alte Tinktur gefunden, die bei mir nie angeschlagen hat, aber in meinen Notizen steht, sie würde bei den Symptomen helfen, die die rückschreitende Alchemie bei dir hervorruft. Ich werde sie dir per Express zuschicken. Und lass uns diesmal nicht noch einmal hundertfünfzig Jahre warten, bevor wir uns wiedersehen, okay?«

»Abgemacht.«

Brixton versöhnte sich mit seinen Freunden. Veronica und Ethan kamen in die Teestube, während er hinter der Theke arbeitete, und sie brachten ihm eine Friedensgabe mit: einen Aufzieh-Gargoyle, den Ethan in einem Spezialgeschäft in Auftrag gegeben hatte.

Ethan gestand, dass er nach dem Feuer in dem niedergebrannten Theater herumgeschnüffelt habe, nur so zum Spaß, und er dachte, er hätte das Bigfoot-Baby gesehen, das Plakate in der Stadt zeigten. Das hatte ihm klargemacht, dass es auf dieser Welt vielleicht mehr gab, als er verstand. Möglicherweise gebe es Bigfoot tatsächlich. Brixton spielte mit Ethans Version der Wahrheit und behielt Dorians Geheimnis weiterhin für sich.

Während die Jungen sich an einem Tisch voller Gebäck von Dorian versöhnten, setzte Veronica sich zu mir und zeigte mir meine neue, verbesserte Website auf ihrem Handy.

»Da stimmt was nicht«, sagte ich. »Es sieht so aus, als hätte ich in den letzten vierundzwanzig Stunden bereits zwei meiner teuersten Waren verkauft.«

»Sie haben weder auf Ihre E-Mail noch auf Ihr Bankkonto gesehen?«, fragte sie.

»Ich hatte ziemlich viel um die Ohren.« Ich musste diese beiden Dinge sofort einpacken. Ich schaute genauer hin, um festzustellen, welche Stücke verkauft worden waren. Wenn das, was Veronica mir zeigte, richtig war, hatte ich jetzt genug Geld, um meine Schulden bei Ethan zu begleichen *und* vielleicht auch noch genug, um jemanden für die Reparatur meines Daches anzuheuern. Aber zuerst würde ich mir eine neue Garderobe zulegen.

Ich lehnte mich auf meinem Stuhl zurück und genoss die gesellige Atmosphäre. Der gemalte blaue Himmel an der Decke und der echte Birkenfeigenbaum in der Mitte der Teestube spiegelten den sonnigen Frühlingstag draußen wider. Zwei von Heathers Gemälden mit einem Wasserthema hingen jetzt an den Wänden. Obwohl sie von winterlichen Überschwemmungen inspiriert waren, waren die dramatischen Blau- und Weißtöne in perfekter Harmonie mit den Frühlingsblumen, mit denen das Café reich dekoriert war.

»Darf ich mich zu Ihnen setzen?« Die neue Stimme riss mich aus meinen Gedanken heraus.

»Hey, Mr Danko«, sagte Veronica. »Wie fühlen Sie sich? Ich habe gehört, Sie wären im Krankenhaus gewesen.«

»Danke, es geht mir schon viel besser.« Ivan setzte sich und legte eine Zeitung in kyrillischer Schrift auf den Baumscheibentisch. Er sah tatsächlich viel besser aus. Vielleicht hauchte ihm Hoffnung neues Leben ein.

Ich konnte dasselbe von mir nicht behaupten. Als ich einen Blick auf Ivans Zeitung erhaschte, hatte ich stattdessen das Gefühl, als würde alles Leben aus mir abfließen. Es war surreal, als sei ich in einem Traum.

Ich zeigte auf ein grobkörniges Foto aus der Zeitung. Es zeigte eine Statue auf der Karlsbrücke, der berühmten, steinernen Brücke, die sich über den Fluss in Prag erstreckte, die Moldau. Die Brücke wurde von Heiligenstatuen gesäumt, aber diese spezielle Statue passte nicht zu den übrigen. Es war ein Gargoyle.

»Was ist das?«, fragte ich und tippte mit einer zitternden Fingerspitze auf das Zeitungsbild.

»Ah«, sagte Ivan. »Das ist eine interessante Geschichte. Wie es scheint, hat man diese Woche auf der Karlsbrücke einen Gargoyle gefunden.«

»Warum ist das seltsam?«, fragte Veronica. »Gibt es diese Gargoyles nicht überall in Europa?«

»Sie tauchen normalerweise nicht ohne Vorwarnung einfach auf«, entgegnete Ivan, »erst recht nicht hundertfünfzig Jahre nach ihrem Verschwinden.«

Ich betrachtete das Bild genauer. Obwohl die Statue nicht wie Dorian aussah, hatte der Stil etwas Vertrautes.

»Man hat diesen Gargoyle identifiziert«, fuhr Ivan fort. »Er ist ungefähr zu der Zeit, als man die Galerie der Chimären der Öffentlichkeit zugänglich gemacht hat, aus Notre-Dame gestohlen worden.«

Wie Dorian musste auch diese Statue ein Werk von Viollet-le-Duc gewesen sein. War die Statue ein weiterer Teil des Rätsels?

»Hat man nicht auch Ihnen Ihre Gargoyle-Statue gestohlen, Ms Faust?«, fragte Veronica. »Wie es scheint, ist ein Gargoyle-Dieb auf freiem Fuß.«

»Auch meine Statue ist unter mysteriösen Umständen wieder-aufgetaucht«, berichtete ich und zwang mich zu einem Lachen.

Ich erzählte allen, dass meine verschwundene Gargoyle-Statue während der Nacht auf meiner Veranda abgestellt worden sei. Derselbe »anonyme Spender« hatte die Mordwaffe auch wieder auf die Treppe vor dem Polizeirevier gelegt. Auf einem Video der Security-Kamera sah man nur eine gebeugte Gestalt unter einem schwarzen Seidencape.

Max fand die Tatsache beunruhigend, dass sie den Dieb nicht geschnappt hatten, aber als er mich am nächsten Tag in meinem Garten antraf, überraschte mich seine Reaktion.

»Wenn ich zwischen den Möglichkeiten hätte wählen dürfen, entweder den Mann zu erwischen, der in die Asservatenkammer eingebrochen ist«, sagte er, »oder dir deinen Gargoyle zurückzuerstatten, hätte ich mich für die zweite entschieden.«

»Ich glaube wirklich, dass du lernst, dich zu entspannen, Max Liu.«

Er wollte gerade noch etwas sagen, wurde aber von seinem Handy unterbrochen. »Verdammt. Tut mir leid, Zoe.«

»Ich weiß, du musst gehen.«

Ich hatte größere Sorgen als ein kompliziertes Liebesleben. Und größere Dinge zu feiern. Dorian war sicher vor polizeilicher Begutachtung und konnte sich wieder ohne größere Furcht bewegen.

Mein Aschenteeheilmittel forderte immer noch seinen Tribut, daher öffnete ich erwartungsvoll das Päckchen von Tobias. Ich holte die sorgsam eingewickelte, dunkelblaue Glasflasche heraus. Das Etikett war vom Alter verblasst. Wie Tobias gesagt hatte, die Notizen wiesen darauf hin, dass dieses Mittel bei schrumpeliger Haut und Haarverlust helfen konnte. In einem Begleitschreiben von Tobias stand, dass er die Flasche aus sentimentalen Gründen behalten habe, weil der kleine Mann, der sie ihm gegeben hatte, kurz nachdem er mir 1855 zum ersten Mal begegnet war, eine weitere freundliche Seele in jener dunklen Zeit gewesen sei. Die Tinktur hatte bei ihm keine Wirkung gezeigt, weshalb er sie auch nie ganz verbraucht hatte, aber weil meine Symptome identisch mit den beschriebenen waren, hoffte er, dass das Mittel bei mir womöglich wirken würde.

Ich schaute von Tobias' Notiz zu dem Etikett an der Glasflasche. Es war von jemand anderem geschrieben worden, aber die Schrift kam mir bekannt vor. Ich holte mir eine Lupe, um das Etikett zu untersuchen. Bildete ich es mir nur ein, oder formten die winzigen, gekritzelten Buchstaben am unteren Rand des Etiketts den Namen *N. Flamel*?

Ich schnupperte an der Tinktur und gab mir dann einen Tropfen davon auf die Zunge. Ich wusste nicht, ob es ein Placebo-Effekt war oder tatsächlich wirkte, aber ich fühlte mich lebendiger als seit Monaten.

Vielleicht war es Hoffnung, die mich mit neuer Energie erfüllte. Ich hatte meine erste belastbare Spur, was Dorians Buch betraf. Ivan würde vielleicht noch mehr helfen können, jetzt, da er glaubte, dass es Alchemie tatsächlich gab. Nachdem ich nun wusste, dass das Buch mit Notre-Dame verknüpft war, wurde mir klar, dass sich in der Kathedrale irgendetwas verändert haben musste. Was war es, das die Goldstatuen zu Staub hatte zerfallen und Dorian zu Stein hatte werden lassen? Mein Besuch in Paris lag

Monate zurück. Es war Zeit, noch einmal dorthin zu fliegen. Diesmal mit einer bestimmten Absicht.

Ich bezweifelte, dass die französischen Zollbeamten mir in meinem gegenwärtigen schlampigen Outfit Zutritt zu ihrem Land gewähren würden, aber dieses Problem würde ich in Kürze beheben. Heather und ich hatten uns zu einem Besuch im Einkaufszentrum verabredet.

Das riesige Kaufhaus überwältigte mich abermals, doch ich ließ mich von Heather hineingeleiten. Die Düfte, die hellen Spots und die endlosen Kleiderreihen kamen mir unnatürlich vor. Aber bei diesem Besuch und mit ein klein wenig Hilfe lernte ich, dass man, wenn man ein wenig suchte, Kleidungsstücke finden konnte, die der eigenen Figur *und* Persönlichkeit entsprachen. Zwei Stunden später kam ich als neue Frau wieder zum Vorschein. Ich verließ das Einkaufszentrum in meiner ersten bequemen Jeans, die ich je besessen hatte, einem grünen Baumwollpullover über einer schmal geschnittenen weißen Bluse und mit silbernen, flachen Schuhen an den Füßen.

Kurze Zeit später setzte ich Heather an ihrem Cottage ab, das in einem verwilderten Garten lag. Dort, neben der ungemähten Wiese, entfalteten sich die ersten Blätter der Rosenbüsche.

Brixton kam heraus, bevor Heather die Tür erreichte.

»Hey, Zoe, Sie haben versprochen, mir dieses neue Gericht zu kochen, an dem Sie herumtüfteln«, erklärte er und warf mir einen Blick zu, den er wohl für verstohlen hielt. »Passt es Ihnen heute Abend?«

»Stimmt. Dieses neue Gericht.« Brixton musste mit Dorian Verbindung gehabt haben.

Heather sagte, sie wolle an einem neuen Bild arbeiten, fragte aber, ob ich Brixton mit Resten nach Hause zurückschicken würde.

Der Duft von karamellisierten Zwiebeln zog durchs ganze Haus, als Brixton und ich eintraten. Dorian breitete für uns drei ein üppiges Frühlingsfestmahl, und nach dem Essen ergötzte er uns mit einer Wohnzimmerzaubervorstellung mit Kunststücken, die Jean Eugène Robert-Houdin, sein »Vater«, ihm anderthalb Jahrhunderte zuvor beigebracht hatte. Es waren Kunststücke, die auf der Geschicklichkeit der Hand beruhten – oder in seinem Fall der Geschicklichkeit der Kralle.

NACHWORT DER AUTORIN

»Geister der Vergangenheit« ist ein fiktives Werk, aber der historische Hintergrund ist real.

Jean Eugène Robert-Houdin (1805–1871) ist der französische Bühnenmagier, der als »Vater der modernen Magie« gilt. Die erstaunliche Geschichte seines Lebens ist in »Geister der Vergangenheit« korrekt wiedergegeben, bis auf die folgenden Ausnahmen: Er war *nicht* als Büchersammler bekannt, er besaß nie das fiktive Alchemiebuch *Non Degenera Alchemia,* und er bekam von seinem Zeitgenossen Eugène Viollet-le-Duc (1814–1879) auch keinen Wasserspeier geschenkt. Viollet-le-Duc war der Architekt, der die Galerie der Chimären in Notre Dame schuf, zu der auch die Steinmetzarbeit gehört, die mir für Dorian als Vorlage diente. Es ist nicht überliefert, dass sich die beiden berühmten Männer überhaupt kannten.

Aufzeichnungen lassen vermuten, dass sich Alchemisten vor vielen Jahrhunderten in Notre Dame trafen, und es gibt Theorien über eine rückschreitende »Todesrotation« bei alchemistischen Umwandlungen. Soweit ich weiß, hat es jedoch nie eine Abspaltung von Adepten der rückschreitenden Alchemie gegeben.

Es ist zutreffend, dass die Fassade von Notre Dame de Paris während der Französischen Revolution beschädigt wurde, und es gibt tatsächlich Beweise dafür, dass in Notre Dame in der Vergangenheit alchemistische Codes eingeritzt wurden. Mein Zusatz *Non Degenera Alchemia* auf der Fassade ist fiktiv. Was die echten Schnitzereien anbelangt, die einst existierten, so haben einige Wissenschaftler sie dem Alchemisten Nicolas Flamel aus dem 14. Jahrhundert zugeschrieben.

Nicolas Flamel und Perenelle, seine Frau, behaupteten, den Stein der Weisen entdeckt zu haben, der ihnen die Macht verlieh, Blei in Gold umzuwandeln und ihr Leben zu verlängern. Ist an dieser Behauptung etwas Wahres? Die Flamels besaßen ein altes Alchemiebuch, spendeten große Summen für wohltätige Zwecke, lebten für die damalige Zeit außergewöhnlich lange, und als ihre Gräber ausgegraben wurden, waren die Särge leer. Die weniger fantasievolle Interpretation dieser Fakten ist, dass Nicolas Flamel ein Buchhändler war, der viele Bücher besaß, dass seine Frau wohlhabend war und Geld spenden konnte, und dass Gräber im 14. Jahrhundert nicht besonders sicher waren. Aber ergibt das nicht eine großartige Fiktion?

Dorian, der Gargoyle, wurde von den vielen mysteriösen Wasserspeiern inspiriert, die ich im Laufe der Jahre besucht habe. Meine Gargoyle-Fotografie ist auf dem Blog Gargoyle Girl unter www.gargoylegirl.com zu sehen.

Obwohl Dorian fiktiv ist, basiert seine kulinarische Alchemie auf meinen eigenen Heldentaten in der Küche. Eine Krebsdiagnose forderte mich heraus, meine Essgewohnheiten komplett zu ändern. Anstatt auf Mahlzeiten, die ich liebte, zu verzichten, stellte ich mich der Herausforderung, zu lernen, wie man von Grund auf heilsame Lebensmittel zubereitet, die sowohl den Körper als auch die Seele nähren. Zusätzlich zu den drei veganen Rezepten am Ende dieses Bands sind in jedem Buch der Serie »Die unglaublichen Fälle der Zoe Faust« Rezepte enthalten, und weitere Rezepte finden sich online unter www.gigipandian.com/recipes.

DANKSAGUNG

Ein großes Dankeschön an mein fantastisches Verlagsteam: Bei Midnight Ink meinen Lektorinnen Terri Bischoff, Amy Glaser und Nicole Nugent, der Publizistin Beth Hanson, dem Cover-Designer Kevin Brown und dem Cover-Illustrator Hugh D'Andrade. Bei der Marsal Lyon Literary Agency meiner Agentin Jill Marsal, die mich dazu gebracht hat, eine amorphe Idee in »Die unglaublichen Fälle der Zoe Faust« zu verwandeln.

Dieses Buch gäbe es auch nicht ohne die Einsichten der Leserinnen Emberly Nesbit, Nancy Adams, Adrienne Bell, Ramona DeFelice Long und Susan Parman oder die moralische Unterstützung durch meine lokale Autorengruppe, die Pens Fatales.

Und wie immer bin ich James und meinen Eltern dankbar, die immer an mich geglaubt haben und sich nur gelegentlich über die langen Stunden beschweren, die ich mit dem Schreiben verbringe.

REZEPTE

Schokoladen-Elixier

Schokoladen-Smoothie, den man heiß oder kalt (mit gecrushtem Eis) trinken kann

2 Portionen
Zubereitungszeit: 10 Minuten

Zutaten

- 2 EL Kakaobohnen oder ungesüßtes Kakaopulver
- 1 EL Kokoszucker
- 1½ Tassen vegane Milch nach Vorliebe (z. B. Mandelmilch, Reis- oder Kokosmilch)
- ½ TL Vanille-Extrakt
- ½ TL Zimt, am besten aus Sri Lanka
- ¼ TL gemahlener Ingwer
- ⅛ TL Cayennepfeffer
- ⅛ TL Meersalz

Zubereitung

Alle Zutaten zusammen im Mixer pürieren, bis eine cremige Flüssigkeit entsteht. Als Heißgetränk dann auf dem Herd erhitzen, für einen gecrushten Smoothie 8 bis 10 Eiswürfel hinzufügen und kurz pürieren.

Variationen

- Kardamom statt Ingwer verwenden.
- 2–3 Datteln statt Kokoszucker verwenden. Damit sich die Datteln leichter pürieren lassen, vorher einige Minuten lang in heißem Wasser aufquellen lassen.

Nudelauflauf mit Cashewnuss-Creme

4 Portionen
Zubereitungszeit: 40 Minuten

Zutaten

Für die Pasta:

- 250 g kleine Nudeln, z. B. Coquilettes, Conchigliettes oder Fusilli

Für die Zwiebelmasse:

- 1 mittelgroße gelbe Zwiebel, gewürfelt
- 5 Knoblauchzehen, fein gewürfelt
- 1 TL Olivenöl
- ¼ TL Salz

Für die Soße:

- 1 Tasse ungeröstete Cashewnüsse, über Nacht oder mindestens 4 Stunden in Wasser eingeweicht und abgetropft
- 2 EL Tomatenmark
- 1 TL Salz
- ¼ TL schwarzer Pfeffer
- 1 TL geräuchertes Paprikapulver
- 1 TL Kurkuma
- 1 EL heller Senf, gemahlen oder Paste
- 1 EL Trockenhefe (wahlweise, sonst ¼ Tl Salz zusätzlich)
- 1 EL Speisestärke
- 1½ Tassen Wasser

Zubereitung

Ofen auf 190 °C vorheizen. Nudeln nach Anweisung auf der Verpackung kochen.

In der Zwischenzeit die Zutaten der Zwiebelmasse in einer Pfanne oder Sauteuse anschwitzen, bis die Zwiebeln glasig und leicht gebräunt sind (ca. 10 Minuten). Vom Herd nehmen und abkühlen lassen.

Die Zutaten für die Soße mit der Hälfte der abgekühlten Zwiebelmasse im Mixer cremig pürieren.

Pasta und Soße in einer großen Schüssel mischen. In eine Auflaufform füllen (falls rund, passt gut ein Durchmesser von 22 cm). Den Rest der Zwiebelmasse darauf verteilen für ein knuspriges Topping. 15 Minuten im vorgeheizten Ofen überbacken.

Variationen

Wenn die Soße noch cremiger werden soll, kann das mit weiteren Gemüsezutaten erreicht werden. Blumenkohl würde gut zu diesem Rezept passen. Während die Zwiebeln anschwitzen, einen kleinen Blumenkohl in Röschen brechen und diese 10 Minuten dämpfen. Gib den gedämpften Blumenkohl mit den Zutaten für die Soße in den Mixer.

Falls kein knuspriges Zwiebel-Knoblauch-Topping gewünscht wird, eine kleinere Zwiebel verwenden und die ganze Zwiebelmasse mit der Soße pürieren.

Gebratener grüner Spargel und Rosenkohl mit Estragon-Avocado-Soße

4 Portionen
Zubereitungszeit: 20 Minuten

Zutaten

Für das gebratene Gemüse:

- 500 g grüner Spargel
- 250 g Rosenkohl
- 2 TL Olivenöl

Für die Soße:

- 1 große Avocado
- 2 EL Olivenöl
- 2 EL frischer Zitronensaft
- 2 EL Wasser (nach Belieben, je nachdem, wie flüssig die Soße werden soll)
- 1 EL frischer Estragon, gehackt
- ¼ bis ½ TL Salz, je nach Geschmack
- 1 TL Knoblauchpulver oder 1 große Knoblauchzehe
- ¼ TL schwarzer Pfeffer

Zubereitung

Ofen auf 220 °C vorheizen und ein Backblech mit Backpapier auslegen. Die trockenen unteren Enden der Spargelstangen wegschneiden und den Rest in etwa 5 cm lange Stücke schneiden. Die Rosenkohlröschen vierteln. Gemüse in 2 TL Olivenöl wälzen und auf das Backpapier verteilen. Für etwa 15 Minuten im vorgeheizten Ofen backen.

Währenddessen alle Zutaten für die Soße zusammen im Mixer pürieren, bis eine cremige Soße entsteht.

Die Soße über das gebackene Gemüse geben.

Variationen

Grüner Spargel und Rosenkohl sind eine schöne Kombination von Winter- und Frühlingsgemüse, aber wenn das Gericht im Winter zubereitet werden soll, kann man statt des Spargels Kartoffeln verwenden. 600 g davon (mehlig kochende eignen sich gut) schälen und in zentimetergroße Würfel schneiden, in Olivenöl wälzen und 30 Minuten lang backen. Dann ebenfalls mit der Soße begießen.

Knoblauchliebhaber können gut ein paar Zehen mit dem Gemüse im Ofen backen. Am besten erst vor dem Servieren die Schale der Knoblauchzehen entfernen, dann werden die Zehen im Ofen weicher.